Wir produzieren nachhaltig
- Klimaneutrales Produkt
- Papiere aus nachhaltigen und kontrollierten Quellen
- Hergestellt in Europa

© der Originalausgabe by CARLSEN Verlag GmbH, Hamburg 2022
Text © Ada Bailey, 2022
Lektorat: Larissa Bendl
Umschlagbilder: shutterstock.com / © kiadtisuk Seedapan / © ganjalex / © Olly Kava
Umschlaggestaltung: ZERO Werbeagentur
Satz: Pinkuin Satz und Datentechnik, Berlin
Herstellung: Gunta Lauck
Litho: Margit Dittes, Hamburg
ISBN 978-3-551-58481-6

ADA BAILEY

STARS IN OUR HANDS

Liebe Leser*innen,

dieses Buch enthält potenziell triggernde Inhalte. Deshalb befindet sich am Ende des Buches eine Content Note. Achtung: Diese enthält Spoiler!

Wir wünschen euch das bestmögliche Leseerlebnis.

Euer Carlsen Verlag

FÜR MAXI, NADINE & NADINE

Ohne euch wäre diese Idee niemals zu einem Buch geworden.

KAPITEL 1

FARAH

Manchmal hasste ich mein Leben in vollen Zügen. Besonders dann, wenn nichts so lief, wie ich wollte.

Schon beim Aufwachen hatte ich gespürt, dass der Tag nicht zu den schönsten in meinem Leben gehören würde. Ob es der warmen Gewitterluft über dem spätsommerlichen Los Angeles geschuldet war oder der Tatsache, dass mein Smartphone durch die Weckervibration ganz spontan die Spider-App installiert hatte, daran konnte ich mich rückwirkend nicht mehr erinnern. Und auch jetzt schien es nicht besser zu werden.

Ich saß in dem viel zu engen Bus, der zu der Mall fuhr, in der ich arbeitete. Im Coffeeshop zu stehen und Milch aufzuschäumen, gehörte nicht gerade zu der Beschreibung meines Traumjobs, und trotzdem bezahlte ich damit meine Miete. Ohne die hätte ich aus meinem schnuckeligen Apartment in der Nähe des Strandes von Venice ausziehen müssen. Das wollte ich unbedingt vermeiden. Auch wenn die Einrichtung eher an ein drittklassiges Seniorenheim erinnerte, bedeutete es Freiheit für mich.

Meine Mom war überhaupt nicht glücklich gewesen, als ich zum Studieren nach L. A. gezogen war. Sie bezeichnete mich jedes Mal als besessen, wenn ich mit ihr über meinen Traum sprach, Regisseurin zu werden. Sie war der Meinung, dass ich mit einem Filmproduktionsstudium keine Zukunft haben würde. Dad hingegen hatte schon früh erkannt, dass der Film meine größte Leidenschaft war. Er hatte mir mein erstes Drehbuch geschenkt, das ich irgendwann als Buch hatte binden lassen, damit ich es überallhin mitnehmen konnte.

Und auch jetzt steckte ich meine Nase wieder in das abgenutzte Skript der Detektivserie *Veronica Mars*. Es mochte verrückt klingen, aber es war so eine Art Talisman geworden. Jedes einzelne Wort, jede sarkastische Bemerkung und jede Szene ließen mich davon träumen, irgendwann selbst einen Job im Filmbusiness zu ergattern und mich darin zu etablieren. Zumindest, bis mich die mechanische Stimme, die den Namen meiner Bushaltestelle durchsagte, daran erinnerte, dass ich in meinem realen Leben gerade auf dem Weg zur Arbeit war.

Als der Bus ruckartig zum Stehen kam, schulterte ich meinen Lederrucksack und quetschte mich an zwei waschechten Surferboys vorbei, die offenbar vergessen hatten, Shirts über ihre verschwitzten Oberkörper zu ziehen, bevor sie eingestiegen waren. *Welcome to Los Angeles.*

Ich überquerte den Parkplatz der riesigen Mall und beobachtete die wenigen Menschen, die sich bei dieser Hitze in ein Einkaufszentrum statt an den Strand verirrten. Der schwarze Asphalt unter meinen Füßen hatte sich so aufgeheizt, dass ich die Wärme durch die dicken Gummisohlen meiner Turnschuhe spüren konnte. Schweißperlen sammelten sich in meinem Nacken und an dem Ansatz meiner braunen Haare.

Ich huschte zwischen den wenigen Vans hindurch, die gerade vereinzelt am Ein- und Ausparken waren, und lief auf den gläsernen Eingang zu. Der weiße Block von Einkaufszentrum, der vor mir aufragte, hieß mich und viele andere mit seinem modernen Design willkommen. Ich mochte die gläserne Front, durch die man schon von außen einen Blick auf die Geschäfte und Besucher werfen konnte.

Als ich mich durch einen Spalt in eine der Drehtüren schob, blies mir die kühle Luft der Klimaanlagen entgegen. Einen Moment lang fühlte ich mich wie Olaf aus *Frozen*. Ein paar glücklich aussehende Menschen, bepackt mit den verschiedensten Einkaufstüten, kamen mir bereits entgegen. Das Bild erinnerte mich sofort an einen dieser typischen Teenie-Streifen. *Mean Girls*, *Clueless* und *The Duff*. Alles hier sah fast so perfekt aus wie in jenen Filmen. Es war einfach verrückt, wie viele Klischees die Menschen in Los Angeles wirklich erfüllten.

Als das grüne Schild mit der lächelnden Meerjungfrau über mir auftauchte, straffte ich die Schultern und tackerte mein Lächeln fest. Es konnte nur noch besser werden.

— — —

Die Ernüchterung folgte schon nach wenigen Stunden. Nicht nur der Parkplatz blieb beinahe leer, sondern auch die Mall. Deshalb übte ich seit bestimmt zwei Stunden, mit Kakaopulver neue hübsche Figuren auf Kaffee zu streuen. Das war so ziemlich das einzig Kreative, was ich hier tun konnte. Jedes Mal, wenn die Türglocke bimmelte, sah ich auf, in der Hoffnung, dass endlich jemand etwas bestellen würde. Aber das passierte so selten, dass ich in Gedanken alle Filmstudios und Produktionsfirmen durchging, bei denen ich mich bereits beworben hatte. *Warner Bros.* hatte mich kommentarlos abgelehnt, für *Netflix* hatte ich zu wenig Erfahrung, *CBF Productions* hatte seit gefühlt drei Jahren einen Einstellungsstopp und zu *Disney* kam man nur mit Vitamin B. Es war ein Jammer, dass man als Regietalent nicht einfach entdeckt wurde wie eine Schauspielerin. Ich hatte mich so oft beworben und trotzdem verbrachte ich mein Leben noch immer hinter einer Kaffeemaschine.

»Erde an Farah.«

Die kichernde Stimme meiner Kollegin Josie holte mich aus meinen Fantasien und teleportierte mich zurück in die Realität.

»Hmm, was gibt's?«

Josie verzog ihre rot geschminkten Lippen zu einem besorgten Grinsen. »Du siehst aus, als hättest du dich verliebt und direkt einen Korb bekommen. Wenn es so war, dann erzähl mir alles. Ist er heiß? Sportler? Oder ein Filmfreak?«

»Nein, ich habe mich nicht verliebt. Du weißt, wie ich das sehe. Erst erfülle ich mir meinen Traum und dann suche ich mir einen Mann, der in meinen Traum hineinpasst. Ich bin eine Karrierefrau. Heute bin ich einfach nur nicht gut drauf«, antwortete ich achselzuckend.

»Das ist nichts Neues. Was bedrückt dich?«, gab sie mir die Möglichkeit, noch etwas hinzuzufügen.

»Ich habe noch immer kein Jobangebot. Vor einem Jahr habe ich mein Studium mit Auszeichnung beendet und vegetiere hier immer noch vor mich hin, weil ich keinen Onkel dritten Grades habe, der zufällig ein erfolgreicher Drehbuchautor oder Ähnliches ist. Das ist doch alles Mist.« Frustriert zog ich die Schablone etwas zu schnell von dem veganen Milchschaum. Die Meerjungfrau, die uns eigentlich schokoladig angrinsen sollte, erinnerte jetzt eher an ein berühmtes schottisches Seeungeheuer. Immerhin hatte ich die Tasse nicht zerbrochen.

»Och, Maus, so schlimm?«

»Ja, so schlimm. Ich höre das ›Ich habe es dir ja gesagt‹ meiner Mom jetzt schon in meinen Träumen.« Das war nicht gelogen. Ich schlief schlecht und beobachtete mich jede Nacht selbst dabei, wie ich scheiterte und von meiner Familie ausgelacht wurde. Danach befand ich mich für gewöhnlich an einem dunklen Schreibtisch in einem Siebzigerjahre-Großraumbüro. Ein nicht enden wollender Albtraum.

»Holy! Das fühle ich.«

»Aber deine Eltern unterstützen dich doch?«, fragte ich, überrascht von ihrer Aussage. Sie träumte davon, Schriftstellerin zu werden, konnte sich ein Studium an einer Campus-Uni aber leider nicht leisten, weshalb sie tagsüber arbeitete und abends an einer Fern-Uni Literatur studierte. Trotzdem schickten ihre Eltern ihr ständig kleine Unterstützungen oder Überlebenspakete voller Schokolade, die sie regelmäßig mit mir teilte. Ich hatte bereits während des Studiums in dieser Filiale angefangen und auch Josie gehörte irgendwie zum Inventar. Wir waren nicht nur Kolleginnen, sondern auch Freundinnen geworden.

»Schon, aber Drew hat sich von mir getrennt, weil ihm der Job zu unsicher war«, erklärte sie angeschlagen.

»Vielleicht sollten wir uns nachher mit einer Flasche Wein an den Strand legen und weinen«, schlug ich vor.

»Gute Idee, lass uns das machen, obwohl Wodka wahrscheinlich angebrachter wäre. Dann fällt es mir leichter, bei Tinder Kerle wegzuswipen, um mich besser zu fühlen.«

Ich lachte zum ersten Mal an diesem Tag, wobei mir ein leichtes Grunzen rausrutschte. »Manchmal bist du echt seltsam.«

»Deswegen magst du mich doch so, gibs zu.«

Gerade als ich meiner Freundin und Kollegin antworten wollte, klingelte das kleine Türglöckchen. Eine junge Frau, die mir irgendwie bekannt vorkam, betrat den Laden. Sie war groß, sehr schlank und hatte lange goldblonde Haare, die ihr in Beach Waves über die Schultern fielen. Sie trug einen teuer aussehenden türkisfarbenen Jumpsuit, Wedges und eine Chanel-Sonnenbrille. Alles an ihr schrie förmlich *Hallo! Ich bin ein Miami Beach Girl!*

Die junge Frau blieb einen Moment in der Tür stehen und sah sich um, bevor sie zu uns an den Tresen trat.

»Einen ...« Das Piepen ihres Smartphones unterbrach ihre Worte und ließ sie das Telefon aus ihrer Handtasche ziehen. Wie wild tippte die Kundin darauf herum.

Ohne mit dem Schreiben aufzuhören oder hochzusehen, setzte sie einen Moment später ihre Bestellung fort.»Einen Strawberry Cream Frappuccino mit extra viel Sahne und ohne die rote Soße obendrauf.«

»Möchten Sie stattdessen eine andere Geschmacksrichtung?«, fragte ich freundlich.

Die Kundin antwortete nicht, sondern tippte fleißig weiter.

Ich räusperte mich kurz. »Möchten Sie eine andere Soße auf Ihrer Sahne haben?«

Für eine Millisekunde sah sie auf und warf mir über den Rand ihrer Sonnenbrille einen dieser Blicke zu, die einem das Gefühl gaben, eine Idiotin zu sein. »Argh, natürlich nicht«, stöhnte sie, als hätte ich das wissen müssen.

»Okay, kommt sofort.«

Während ich sehen konnte, wie Josie augenrollend abkassierte, mixte ich das Crushed Ice mit Milch, Erdbeersirup und Kaffee. Zum Schluss zauberte ich eine hübsche Sahnekrone auf den Becher und ließ natürlich die Erdbeersoße weg.

Mit einem breiten Lächeln auf den Lippen schob ich ihr das fertige Getränk über den Tresen. »Bitte schön.«

Immer noch in ihr Smartphone vertieft, griff die Frau nach dem Becher. Sie nahm, ohne sich zu bedanken, in eine kleine Sitzecke am Fenster Platz und begann, Selfies zu schießen. Aus unserer Perspektive sah es ziemlich amüsant aus, wie sie immer wieder mit dem transparenten Becher posierte.

Doch nach kurzer Zeit veränderte sich etwas an ihr. Rote Flecken bildeten sich auf ihrer Haut und sie fing an sich zu kratzen. Sofort sprang die junge Frau wie von der Tarantel gestochen auf und pfefferte den Rest ihres Getränks quer über den Tresen. Geschockt sah ich an meiner grünen Schürze hinab, die das meiste der rosa Flüssigkeit abfing.

»Was zum Geier haben Sie da reingemischt?!«, rief sie aufgebracht durch das ansonsten leere Ladenlokal.

»Ich habe alles so gemacht, wie Sie es bestellt haben. Kaffee, Eis, Milch, Erdbeersirup, mit Sahne und ohne Erdbeersoße«, erklärte ich ihr, während sich weitere Pusteln auf ihrer Haut bildeten. Ich begann mir Sorgen zu machen. Nicht dass diese Reaktion in einem anaphylaktischen Schock endete. »Meine Kollegin wird Ihnen sofort einen Krankenwagen rufen«, fügte ich mit einem Nicken an Josie hinzu, die den Hörer bereits in der Hand hielt.

»Sie haben da Erdbeersirup aus echten Erdbeeren reingekippt? Sind Sie wahnsinnig?!«, schrie sie mich nun an. Ihr Gesicht wurde rot. Ich konnte mittlerweile nicht mehr unterscheiden, ob es sich dabei um Wutrot oder Allergierot handelte.

»Sie haben einen Strawberry Cream Frappuccino bestellt. Da ist immer Erdbeersirup enthalten. Möchten Sie ein Glas Wasser haben?« Mein Herz klopfte vor Stress lautstark in meiner Brust.

»Ich möchte kein bescheuertes Wasser! Ich bin Lydia Benson, jeder Mensch auf dieser Erde weiß, dass ich allergisch gegen Erdbeeren bin, seitdem ich letzte Woche bei Jimmy Fallon in der *Tonight Show* war! Wie konnten Sie also diesen Sirup in mein Getränk mischen?!«

Wieso zum Teufel bestellen Sie ein Erdbeergetränk, wenn Sie wissen, dass sie dagegen allergisch sind?!, hätte ich am liebsten zurückgebrüllt, tat es aber nicht. »Es tut mir außerordentlich leid. Der Krankenwagen ist bestimmt bereits unterwegs. Kann ich Ihnen sonst irgendwie helfen?«, fragte ich stattdessen so freundlich und hilfsbereit wie möglich, auch wenn es mir anscheinend sichtlich schwerfiel.

»Das können Sie. Rufen Sie Ihren Chef, ich will, dass er Sie unfähige Idiotin auf der Stelle feuert!« Lydias Stimme bebte vor Wut.

In meiner Brust breitete sich ein Ungerechtigkeitsgefühl aus. Wie konnte sie glauben, dass jeder Mensch dieses Interview gesehen hatte und über ihre Allergien und was sie sonst noch hatte Bescheid wusste? Wieso hatte sie nicht einfach einen Caramel Frappuccino bestellt? Ohne dass ich etwas Weiteres sagen musste, hörte ich die Bürotür hinter der Küche quietschen. Unser Chef musste das wilde Geschrei gehört haben.

»Was ist denn hier los?«, fragte Lou in seiner rauchigen Stimme übertrieben laut. Er war klein und trug wie üblich einen zu engen Anzug. Seine silbrig grauen Haare hatte er zur Seite gegelt und die runde Nickelbrille ließ seine Augen kleiner aussehen, als sie waren. Als sein Blick auf die mit Pusteln übersäte Kundin fiel, verfinsterte er sich. Das sah auch Lydia, die direkt auf ihn zumarschierte und mit erhobenem Zeigefinger auf mich deutete.

»Ihre unfähige Mitarbeiterin hat Erdbeersirup in mein Getränk gemixt, obwohl ich dagegen allergisch bin! Ich bin Schauspielerin und muss heute Abend zu einer Gala. So kann ich da nicht auftauchen. Das ist ein Desaster!«

Lou legt der aufgebrachten Lydia beruhigend eine Hand auf die Schulter. »Das tut mir sehr leid, Miss. Sie können sich sicher sein, dass das Konsequenzen haben wird. Normalerweise sind meine Mitarbeiterinnen für solche Vorfälle geschult und lernen von Anfang an, die Anliegen unserer Kunden zu berücksichtigen.«

Bei seinen Worten lief mir ein eisiger Schauer über den Rücken. Das sah gar nicht gut für mich aus.

»Dann müssen Sie sie auf jeden Fall rauswerfen. Wenn es so ist, wie Sie sagen, kann das nur Absicht gewesen sein. Als Prominente habe ich häufig mit verblendeten Fans zu tun. Sie ist gemeingefährlich. Wenn ich das twittere, dann ...«

»Das wird nicht nötig sein. So eine Mitarbeiterin kann ich nicht mehr guten Gewissens hier arbeiten lassen. Gehen Sie bitte in mein Büro, Ms Stewart. Sofort!« Lous Blick wanderte enttäuscht zu mir.

Mir war klar, dass er jetzt keine Wahl mehr hatte. Er musste mich rauswerfen, wenn er keinen Social-Media-Shitstorm provozieren wollte, und das wollte er definitiv nicht. Auch Josie hatte das begriffen und sah mich mitleidig an. Damit war meine Karriere als Barista wohl endgültig vorbei.

Innerlich hatte ich bereits die zweite Flasche Wodka gekauft. Was für ein Scheißtag.

27.08. – Die Party

Normalerweise schreibe ich kein Tagebuch, aber heute muss ich irgendwo hin mit meinen Emotionen und das wird sich nicht so schnell ändern. Ich bin verliebt wie noch nie. Heute war ich zum ersten Mal auf der Party von Mr Anderson, dem Vater von Jasper Anderson, was mich darin bestärkt hat, dass ich in die Welt der Reichen und Schönen gehöre. Ich habe viele Unternehmer und Schauspieler getroffen, von denen sich die meisten wahrscheinlich nicht an mich erinnern werden. Das ist nicht schlimm, solange es einer tut.

Paxton Wright.

Wir haben uns kurz unterhalten und es hat so was von geknistert. Ich bin mir ziemlich sicher, dass er mich wiedersehen will. Er hat nämlich »Man sieht sich« gesagt. Er meldet sich bestimmt in den nächsten Tagen. Vielleicht werden wir das nächste große Hollywoodpaar wie Tomdaya oder Brangelina.

KAPITEL 2

PAXTON

DREI WOCHEN SPÄTER

New York war laut. Jedes Mal, wenn ich herkommen musste, konnte ich nicht schlafen, weil der Straßenlärm wie ein Geist durch die dünnen Hotelfenster drang. Jetzt war es 7:30 Uhr und ich lag bereits seit anderthalb Stunden wach und scrollte durch meine Instagram-Timeline. Irgendwie bestand meine morgendliche Routine mittlerweile daraus, im Bett liegen zu bleiben und Katzenvideos anzusehen, während Caralie neben mir schlief. Sie grunzte hin und wieder, wenn sie träumte, aber der Straßenlärm war schlimmer.

In den Hollywood Hills war es nachts ruhig und die Straßen vor den Villen waren so gut wie leer. In meinem kleinen sandsteinernen und von Palmen umgebenen Anwesen hatte ich meine Ruhe. Dort war ich in Sicherheit. Ich hatte mich an die Stille gewöhnt und ich liebte sie. Denn Stille bedeutete, dass ich allein war, dass niemand da war, der mich terrorisierte. Keine Fans, die kreischend vor dem Hoteleingang warteten, die sich in meine Umkleide schlichen, um Sachen zu stehlen, die ich berührt hatte, und auch keine lauernden Paparazzi.

Für Drehtage, Partys, Meetings und Veranstaltungen in New York musste ich jedes Mal einen Sicherheitsdienst engagieren, der mich durch die Ansammlungen von Menschen führte. Auch wenn ich es mir äußerlich nicht anmerken ließ, wütete in diesen Momenten ein Sturm in mir, der die Angst vor einer weiteren Panikattacke schürte. Ein vermutlich ewig währender Kreislauf. Wie oft bekam ich zu hören, wie sehr man mich beneidete und dass ich ein Vorbild sei. Ich war kein Vorbild, und wenn man mir vorher gesagt hätte, wie angsteinflößend es war, berühmt zu sein, hätte ich die Rolle in *Road Explosion* nie angenommen.

Natürlich freute ich mich über jede aufrichtig gute Kritik, über jeden Preis, für den ich nominiert wurde, und über jeden Beitrag, in dem mein Film gelobt wurde. Leider schmälerte das trotzdem nicht die Angst.

Die grunzende rothaarige Schönheit neben mir riss mich aus den Gedanken.

»Du bist ja schon wach, Babe«, summte Caralie im Halbschlaf, während sie sich von hinten an mich schmiegte. Das mit uns war nichts Ernstes, mehr eine Freundschaft mit gewissen Vorzügen, wenn ich gerade wieder in New York war. Caralie war eine mäßig erfolgreiche Popsängerin, die sich von unserer lockeren Affäre einen Aufstieg in die Welt der Hollywoodstars erhoffte. Und ich mochte das momentane Playboy-Image, weil es eine kleine Rebellion gegen mein Management darstellte. Denn die wollten, dass ich sämtliche Beziehungen und Affären geheim hielt, damit die Fans weiter träumen konnten. Dafür, dass ich trotzdem immer wieder mit hübschen jungen Frauen in der Presse auftauchte, rügten sie mich jedes Mal.

»Ja, schon eine ganze Weile«, lautete meine Antwort, während ich die weiße Decke des Hotelbettes zurückschlug und aufstand. Caralie blieb regungslos liegen und starrte zu mir hoch. Nachdem ich mich in Hose und Nikes geworfen hatte, zog ich mir das weiße Hemd über, das seit gestern über der Lehne der barocken Couch hing. »Was starrst du so, Cara?«

Ein kurzes Lächeln flog über ihre Züge. »Wollen wir es noch mal versuchen?«

Überrascht unterbrach ich das Zuknöpfen meines Hemdes. »Was noch mal versuchen? Falls du Sex meinst, du weißt, dass ich da morgens nicht so drauf stehe«, sagte ich ihr, wie jedes Mal, wenn ich ahnte, dass etwas im Busch war. Ich wusste dass Sex nicht das war, worauf sie hinauswollte, und sie wusste, dass ich es wusste.

Gespielt beleidigt richtete sie sich im Bett auf und zog sich die weiße Decke vor den nackten Oberkörper, als hätten wir nicht gestern erst miteinander geschlafen. Sie verschränkte die Arme vor ihrer Brust. Ihre langen weinroten Locken fielen ihr über die Schultern und legten sich auf ihre gebräunte Haut. Sie war wirklich hübsch, aber charakterlich waren wir nicht auf einer Ebene und ich hatte mir vorgenommen, keine Beziehung mit einer Frau anzufangen, die mich nur liebte, weil ich berühmt war.

»Cara, du weißt, dass das eine miese Idee ist. Ich habe keine Gefühle für dich, die über eine Freundschaft hinausgehen, und ich bin mir sicher, dass es bei dir ähnlich aussieht.«

Caralies Nasenflügel wackelten, als sie schnaubte: »Aber für Sex bin ich gut genug?«

»Ernsthaft? Ich könnte dich dasselbe fragen. Die Freundschaft-Plus-Idee war von dir, wenn ich dich daran erinnern darf.«

Überdramatisch warf sie die Decke weg und schwang sich aus dem Bett. Nur mit einem violetten Seidenslip bekleidet, kam sie zu mir herüber. Plötzlich schien es ihr ganz und gar nicht mehr peinlich zu sein, oben ohne vor mir zu stehen. Das süße Mädchen hatte sich gerade wieder in die Verführerin verwandelt. Ich hasste es, wenn sie das tat.

Sie neigte dazu, sich zu verstellen, wenn sie nicht das bekam, was sie wollte. Ich mochte diese Seite an ihr nicht, was nicht hieß, dass ich sie nicht verstand. Sie war eine Karrierefrau und die hatten es überall auf der Welt schwer, in jedem Beruf. Aber sie hatte es nicht nötig, sich hochzuschlafen, niemand hatte das. Bei dem Gedanken daran, wie oft Caralie das bereits probiert haben könnte, wurde mir ehrlich gesagt ein wenig übel. Es mochte bei anderen Männern in Hollywood funktionieren. Gut, vermutlich bei den meisten anderen, aber sie wusste eigentlich, dass sie bei mir nicht einmal daran zu denken brauchte.

Sie legte ihre weiche Hand an meinen Hals und ließ sie meine Brust hinabgleiten, nur um kurz an meinem Hosenbund zu stoppen. Ihre Finger hinterließen eine leichte Gänsehaut.

»Aber Gefühle können sich ändern«, flüsterte sie rauchig, während sich ihre Hände an meinem Gürtel zu schaffen machten.

»Es ist wirklich lobenswert, was du alles versuchst, um deine Karriere voranzutreiben. Ich respektiere das, aber das hier geht zu weit. Ich bin nicht so ein Arschloch.«

Caralie verdrehte ihre rehbraunen Augen, bevor sie anfing zu lachen. »Jeder Mann ist so ein Arschloch. Tu nicht so auf Moralapostel, Paxton, du hast genauso viel getan wie ich. Du hast mehr Dreck am Stecken als jeder andere von uns. Wie sonst wird man wohl über Nacht zum Star und bekommt nach einer Kaugummiwerbung eine Hauptrolle angeboten? Sex ist die einzige Währung, die in Hollywood zählt. Also verrate mir, Babe, mit wem hast du geschlafen, um hier oben anzukommen? Ich will die gleiche Chance.«

Ihre Worte ließen mich schlucken. Natürlich hatte ich Scheiße gebaut, aber ich hatte niemals jemanden dermaßen ausgenutzt, auch wenn einige mir das sicher vorwarfen.

Ich griff nach ihren Händen und schob sie unsanft von meiner Hose weg. »Ich würde sagen, es ist Zeit für einen endgültigen Abschied«, antwortete ich gewollt emotionslos, während ich mir meine bereits gepackte Tasche griff, zur Tür hinüberging und sie einen Spaltbreit öffnete. Dann warf ich einen letzten Blick über meine Schulter in das Gesicht der Frau, die ich vor wenigen Stunden noch für eine Freundin gehalten hatte. Man lernte nie aus.

»Zieh die Tür hinter dir ran, wenn du gehst, dann schließt sie automatisch.«

Ein steifes Dekokissen flog mir entgegen.

»Du Scheißarschloch! Ich werde allen erzählen, wie du mich benutzt hast!« Ihre vor Unmut bebende Stimme und ihr verkniffener Blick zeigten deutlich, dass sie mit der Gesamtsituation mindestens so unzufrieden war wie ich. Auch wenn die Gründe dafür nicht dieselben waren.

»Tu dir keinen Zwang an. Als Beweis kannst du ja ein oder zwei Bettlaken einpacken, die riechen so schön nach mir. Alternativ kannst du sie natürlich auch auf eBay versteigern, daran verdienst du wahrscheinlich mehr als bei einer deiner Low-Budget-Produktionen fürs Free-TV.«

In dem Moment, als die wütenden Worte meine Lippen passierten, bereute ich sie auch schon. Natürlich war das, was sie gesagt hatte, auf eine gewisse Weise verletzend gewesen. Einfach, weil sie offenbar nicht in Erwägung zog, dass ich aufgrund meines Talents berühmt geworden sein könnte. Aber tief in ihrem Inneren war Caralie sensibel, auch wenn sie sich gerade wie eine üble Zicke verhielt. Trotzdem schwor ich mir selbst in Gedanken, dass ich nie wieder mit ihr schlafen würde. Das war endgültig gelaufen.

Ich ließ sie stehen, ohne mich ein weiteres Mal nach ihr umzudrehen.

Es war so still auf dieser Hoteletage, dass ich meine eigenen Schritte dumpf auf dem edlen Teppichboden hören konnte. Das war das Beste daran, berühmt zu sein. Man bekam seine eigene Etage.

Ich zog mein Smartphone aus der Seitentasche meines Burberry-Weekenders und schaltete es ein. Sofort ploppten 4 Anrufe in Abwesenheit, 171 SMS und 7.219 Benachrichtigungen von Instagram auf, was vergleichsweise wenig war. So begann beinahe jeder meiner Arbeitstage.

Bereit für ein Selfie hielt ich mir mein Smartphone vors Gesicht und drückte ab.

> Auf dem Weg. Ich werde Big Apple vermissen.

Noch bevor ich in der Lobby des *Hilton* angekommen war, um auszuchecken, knackte meine Story die 17.000 Views. Ab dieser Sekunde überschlugen sich die Nachrichten in meinem Postfach wie üblich.

> CatlovesDogs: Was! Ich lebe in NY, omg, nicht gehen. Luv u!

> Melaniemarmalade89: Du bist sooo hot Paxton, ich bin soooo ein Fan! Ich will dich nackt sehen!

Das glaube ich dir gern, Melaniemarmalade89.

> Ninasingslovesongs: Ich glaube, ich liebe dich. Ist das verrückt? Nein, sooo romantisch <3

Doch, das war definitiv verrückt, Nina, absolut verrückt.

> Dinorainbow89: Wie kann es sein, dass die Guten immer hetero sind? Oder bist du secretly gay? Falls ja, sende mir ein Herz, ich bin offen für alles. ;)

Ich scrollte durch einige der Nachrichten und war wirklich froh darüber, dass es Shawn gab. Denn nicht alles, was ich geschickt bekam, war nett gemeint oder jugendfrei. Mein Management hatte ihn eingestellt, um meine Social-Media-Nachrichten zu sortieren, zu filtern und zu löschen sowie um Konten zu blockieren oder was eben sonst so anfiel. Nur posten musste ich noch selbst, was ich ehrlich gesagt ganz gut fand. So konnte ich selbst entscheiden, was von mir ich der Welt preisgab, auch wenn mein Management schon öfter damit gedroht hatte, meine Konten zu übernehmen oder zu sperren, weil ihnen meine Postings häufig zu oberflächlich oder provokant waren. Zwar gehörte ich nicht zu den Hollywoodstars, die ständig ihre Alkoholexzesse oder Drogenpartys mit der Welt teilten, aber die ein oder andere Kollegin hatte man zu Beginn meiner Karriere schon mal auf meinen Bildern gefunden. Und davon war mein Management, wie gesagt, nicht begeistert.

Die letzten acht Monate hatte sich mein Social-Media-Verhalten langsam verändert, was mein Managementteam bestehend aus Lucy und Kyle Hill einerseits begrüßte, andererseits aber auch nicht so überragend fand. Ich hatte vor acht Monaten begonnen, keine Frauenbilder mehr selbst zu posten und alle Markierungen auf Fotos mit meinen Kolleginnen zu löschen. Aber ich hatte auch aufgehört, alles aus meinem Leben breitzutreten.

Ich legte die Servietten mit Logos darauf zur Seite, wenn ich essen ging und meinen Teller fotografierte, ich zeigte meine Hotels nicht, ich postete keine Selfies von mir an Orten, die man wiedererkennen konnte, ich tat nichts, was *ihr* die Möglichkeit gab, mich wiederzufinden oder wieder zu verärgern.

Ich hatte Angst vor ihr. Wer sie war, wusste ich nicht. Manchmal nannte sie sich Morgan, manchmal Sarah, manchmal Emily. Sie hatte so unendlich viele Namen, aber kein Gesicht. Und trotzdem wusste ich es, wenn sie es war, die mir schrieb.

So, wie in diesem Moment.

Mein Blick blieb an einer Nachricht kleben. Genau genommen an den vier Zahlen 2 7 0 8. Es war eine Nachricht, die später wieder dafür sorgen würde, dass ich im Flugzeug nicht schlief und mich am Flughafen ständig umdrehte. Manche Fans übertrieben es einfach.

> Mayalovesyou27_08: Du siehst nicht gut aus, Schatz, New York tut dir nicht gut. Sie tut dir nicht gut, du solltest dich von ihr fernhalten. Sie ist eine Hure, gib nichts auf ihre Meinung. Sie wird dich niemals so verstehen wie ich, keine wird das. Du wirst das erkennen. Xoxo

Ich hielt den Atem an und hörte das Blut in meinen Ohren rauschen. Wort für Wort kämpfte ich mich durch ihre Nachricht. Und bei jedem einzelnen Buchstaben wurde mir ein bisschen schlechter. Automatisch drehte ich mich um, doch die Lobby war so gut wie leer. Eine ältere Dame las auf der roten Samtcouch im Eingangsbereich einen Thriller und eine Mutter mit Kind saß ihr gegenüber. Das Personal hinter der Rezeption arbeitete eifrig. Eine blonde junge Frau telefonierte und ihr Kollege checkte gerade ein offenbar ziemlich verliebtes Pärchen ein, das einfach nicht die Finger voneinander lassen konnte.

Aber woher wusste Mayalovesyou27_08 dann …?

Mein Selfie, natürlich! Aber darauf war keine Frau zu sehen, wen meinte sie also mit »Hure«?

Mit einer dunklen Vermutung schaute ich erneut auf das Display meines Smartphones und bemerkte, wie die Nachricht dieses verrückten Fans sofort wieder aufploppte. Es war fast wie die Begrüßung eines dunklen Omens.

Ich klickte sie weg und öffnete angespannt meine Markierungen. Mein Herz blieb für einen Moment stehen, als ich das Bild entdeckte, auf dem mich Caralie verlinkt hatte. Es zeigte mich und sie im Bett. Es war offensichtlich, dass wir kurz zuvor miteinander geschlafen hatten, denn das Einzige auf dem Foto, das unsere Intimsphäre schützte, war das dünne weiße Laken der Hotelbettwäsche. Es sah

aus, als würden wir kuscheln. Es war beinahe gleichzeitig mit meinem Foto hochgeladen worden.
Sie hatte sich, während ich geschlafen hatte, an mich geschmiegt und ein Selfie geschossen.

> Viele von euch hatten es ja schon vermutet, aber ja, es ist wahr. Paxton Wright und ich waren ein Paar, doch leider gehört er nicht zu den Männern, die es ernst mit einem meinen und die Finger von anderen Frauen lassen. Das habe ich nicht mehr ausgehalten. Auch wenn ich mich jetzt von ihm getrennt habe, wird er für immer einen Platz in meinem Herzen haben. Hier einer unserer glücklichen Momente. Ich werde darüber hinwegkommen, auch wenn es schwer ist. Aber ich glaube, meine Karriere an erste Stelle zu setzen, ist jetzt erst mal der richtige Schritt für meine Zukunft. Danke, dass ihr da seid, ihr haltet mich hoch! Ich habe die besten Fans aller Zeiten! Küsschen, Cara

Mir blieb die Luft weg. Wie konnte sie das tun? Sie wusste, dass sie damit gerade meinen guten Ruf und meine Karriere aufs Spiel gesetzt hatte. Normalerweise lagen Caralies Follower zwischen zwölf- und dreizehntausend, aber in den letzten Minuten hatte sich das geändert. Beinahe zehn Minuten stand ich in der Lobby und starrte regungslos auf mein Smartphone. 19k, 19,1k, 19,2k, die Zahl stieg quasi minütlich.

»Geht es Ihnen gut, Sir?«

Die Frage der Rezeptionistin ließ mich aufblicken.

»Äh, ja, ich war nur gerade etwas abgelenkt. Ich würde gerne auschecken«, sagte ich mit dem aufgesetztesten Lächeln aller Zeiten. Ich hatte gelernt zu reagieren, wie man es von mir erwartete.

»Natürlich, Mr Wright. Hat Ihnen der Aufenthalt in unserem Hotel gefallen?«, fragte sie freundlich.

»Ja, das Frühstück war großartig, genau wie die Aussicht von meiner Suite. Vielen Dank. Ich werde Sie auf jeden Fall weiterempfehlen!«

Ich zog die Schlüsselkarte aus meiner Hosentasche und schob sie ihr über den blank polierten Tresen aus schwarzem Marmor zu. Alles in diesem Hotel wirkte edel, von den vertäfelten Wänden bis zu den Kronleuchtern unter den Decken. Normalerweise stand ich eher auf rustikale oder moderne Möbel im Industrial-Stil, aber hier hatte ich mich bis eben wirklich wohlgefühlt.

»Das freut uns sehr. Ich hoffe, dass Sie uns wieder beehren werden, wenn Sie nach New York zurückkehren. So, damit haben wir alles. Ihre Rechnung sende ich wie vereinbart gleich an Ihr Management. Ich wünsche Ihnen noch einen schönen Tag, Mr Wright.«

»Danke, ich werde das Beste draus machen.« Für einen Moment vergaß ich zu lächeln, was der jungen Rezeptionistin nicht entging.

»Wir haben alle unsere schwarzen Tage, Mr Wright.«

»Als Schauspieler hat man es auch nicht immer leicht. Ach so, und es ist noch eine junge Frau in meinem Zimmer. Rufen Sie einfach mein Management oder die Polizei an, falls Sie nicht gehen will. Machen Sie es gut.«

Die blonde Rezeptionistin lächelte verständnisvoll, als ich mich verabschiedete. Ich nahm an, dass auch sie in der Mittagspause erfahren würde, was man jetzt über mich sagte. Was das anging, war die Kommentarspalte unter Caralies Foto sehr deutlich. Als ich das Hotel verließ, war sie bereits bei 33.000 Followern und 10.000 Likes und 5.822 Kommentaren angekommen. Ihr Beitrag verbreitete sich wie ein Lauffeuer im tropischen Regenwald.

> Fem.girl: Uh, was für ein Schlappschwanz. Hätte ich gar nicht erwartet. Typisch Mann. Sie benutzen dich und dann werfen sie dich in den Papierkorb! Scheiß auf ihn, Süße, du bist zu gut für so was!

> Lilapusteblume12: O mein Gott, ich liebe Paxton Wright und hätte nie gedacht, dass er so ein Arschloch ist. Direkt entfolgt! Wir verletzten Frauen müssen zusammenhalten!

> Pionier37: Arschloch, Arschloch, Arschloch! Das sieht man dem Schmierlappen doch schon an.

> Tamara.geek898: So ein Wichser! Ich freue mich schon darauf, wenn er es später öffentlich abstreitet. So ein Lügner.

> Ruby4love: @Tamara.geek898 Mit Sicherheit wird er das! Der ist doch auch nur darauf aus, seinen berühmten Arsch zu retten.

> Fem.girl: @Ruby4love Die lügen doch alle! So einem Arsch sollte man keine Bühne geben!!!! Er hat den Hate doch verdient!

> Zenboy: Erst einen auf Good Boy zu machen und dann auch noch fremdzugehen, ist unfassbar! Biggest bitch move ever. Karma bringt ihn hoffentlich um.

> Pionier37: @Zenboy So einen Autounfall hätte er schon verdient. Wieso ist es nicht strafbar, Frauen so zu behandeln?!?

Mit jedem Wort, das ich las, wurde es schlimmer. Das Internet brachte das Schlechteste in den Menschen zum Vorschein und absolut jeder war der Meinung, alles besser zu wissen. Die Welt schien mittlerweile von Social Media regiert zu werden. Wenn dein Ruf online ruiniert war, war er das in den meisten Fällen auch in der Realität. Und verdammt, ich hatte das Gefühl, dass es bei mir genau so lief.

Ich fühlte mich betrogen und benutzt. Cara log, um sich selbst zu pushen, aber ich war der, dem am Ende keiner glauben würde. Und ich hatte keine Möglichkeit zu beweisen, dass sie die Betrügerin war. Ihr Wort stand gegen meines.

Automatisch zog ich auf der Straße eine Sonnenbrille und eine Cap aus meiner Tasche und setzte beides auf. Normalerweise hätte ich mir erst einen Security-Service gerufen, aber ich wollte einfach nur raus.

Ich beschloss, erst die U-Bahn und dann den *JFK* AirTrain zu nehmen, um zum Flughafen zu gelangen. Damit rechnete keiner. Ich verschmolz mit den wartenden Massen am Bahnsteig der U-Bahn-Station. Niemand beachtete mich und trotzdem fühlte es sich an, als ob ich beobachtet würde. Ganz automatisch wurde ich mit einem Strom Menschen in die nächste Bahn gezogen. So viele Menschen auf so engem Raum war ich nicht gewohnt. Bei jeder Berührung setzte mein Herz einen Schlag aus, bis ich mich auf eine der frei werdenden Plastikbänke niederließ und meine Tasche wie einen Schild an mich presste. Mit den Augen scannte ich die Umgebung, doch die Menschen starrten nur auf ihre Smartphones und lauschten den Bässen ihrer Overear-Kopfhörer.

Mein Atem beruhigte sich, bis eine junge Frau gegenüber von mir zwischen den stehenden Menschen hindurchschielte. Sie begann mich zu mustern. Ich verkrampfte mich und senkte den Blick, um die Flecken auf meinen Turnschuhen zu zählen. Das half. Sie sagte nichts und sie tat nichts, zumindest kam sie nicht zu mir herüber. Ungeachtet dessen stieg ich an der nächsten Station aus, um auf die nächste Bahn zu warten. Sicher war sicher, auch wenn ich mir dabei wie ein verdammter Idiot vorkam. Das ständig leise vibrierende Smartphone in meiner Hosentasche half mir nicht gerade dabei, mich besser zu fühlen.

Mir war bewusst, dass ich mein Management längst hätte anrufen sollen, aber gerade ging das nicht. Ich würde sicher am Flughafen noch einen Moment Zeit dafür finden, bevor ich zurück nach Hollywood flog. Bis dahin nahm ich mir vor, mein Smartphone auszuschalten. Der Schaden war schon angerichtet, jetzt konnte ich sowieso nichts mehr tun.

Die Fahrt dauerte ungefähr anderthalb Stunden, in denen ich mein Gesicht hinter einem Buch versteckte, das in der zweiten U-Bahn schon auf meinem Platz gelegen hatte, als ich eingestiegen war. Statt auch nur ein Wort darin zu lesen, überlegte ich, wie es jetzt weitergehen sollte, und kam zu keinem Ergebnis. Wie würde ich da wieder herauskommen? Ich hatte keine Ahnung, was in dieser Situation zu tun war. Alles Kopfzerbrechen nutzte nichts, weil ich wusste, dass ich das nicht alleine schaffen konnte.

Am Flughafen angekommen, erlaubte ich mir, für einen Moment tief durchzuatmen und meine Gedanken zu sammeln, bevor ich mein Smartphone wieder einschaltete.

Weitere 23 entgangene Anrufe und 11.273 Direct Messages auf Instagram und Twitter. Ein dicker Kloß sammelte sich in meinem Hals, als ich die Nummer meines Managementteams wählte.

Es dauerte keine zwei Sekunden, bis jemand abnahm.

»Gott, Paxton, wir versuchen dich seit fast zwei Stunden zu erreichen! Wo bist du und was ist passiert?«, fragte Kyle Hill aufgeregt, während er mich auf Lautsprecher schaltete. Ich konnte hören, wie sich Lucy im Hintergrund mit einem Klatschmagazin stritt und wütend auflegte.

»Ich bin am *JFK* und gerade –«

Noch bevor ich meinen Satz beenden konnte, bekam ich Lucys geballte Wut ab. »Wright, was glaubst du eigentlich, wer wir sind? Wir sind nicht dazu da, die Scherben deiner Verflossenen hinter dir aufzukehren! Wie konntest du uns verschweigen, dass du doch etwas Ernstes mit diesem Möchtegern-Sternchen angefangen hast? Ich dachte, das wäre nur Sex!«

»Komm runter, Lucy, und lass Paxton zu Wort kommen«, beruhigte Kyle seine Frau. Die beiden waren das perfekte Paar. Er war der diplomatische Part in der Beziehung und sie war die Armee. Lucy war wirklich gut darin, Druck zu machen, wenn es sein musste, und er war wirklich gut darin, die Wogen zu glätten.

»Es war nur Sex, ehrlich. Charakterlich ist sie überhaupt nicht mein Fall. Sie hat das Bild gemacht, als ich geschlafen habe. Das, was sie mir da ankreidet, ist nie passiert! Heute Morgen ist sie ausgeflippt, weil ich gesagt habe, dass aus uns nichts wird, und als ich gegangen bin, hat sie offensichtlich das Bild gepostet.«

Ich beteuerte meine Unschuld, als ginge es um mein Leben und nicht um meinen Social-Media-Auftritt. Oder eher gesagt, um das, womit Caralie gerade versuchte, meine Karriere zu ruinieren.

Meine Worte brachten mein Management zum Nachdenken. Lucy gab nur ein leises »Hmmm« von sich und Kyle sagte überhaupt nichts.

»Zuerst sollten wir Shawn die ganzen Hassnachrichten löschen lassen und die Markierung entfernen«, schlug Lucy nachdenklich vor. Ich konnte quasi hören, wie Kyle zur Antwort nickte.

»Und dann? Was kommt als Nächstes?« Meine Worte waren vorsichtig gewählt.

»Schadensbegrenzung. Wir müssen uns eine Strategie überlegen, wie wir am besten vorgehen.« Kyles Antwort erinnerte mich an etwas, das mich aus dem Schlamassel herausholen konnte.

»Sie hat doch eine Verschwiegenheitserklärung unterschrieben, als wir unsere Freundschaft Plus begonnen haben. Können wir die nicht verwenden und klagen?«

»Nein, auf keinen Fall. Das würde nicht verborgen bleiben und deinen Ruf noch mehr ruinieren. Es würde dich unglaubwürdig machen. Die Leute würden denken, dass du das tätest, um eure Beziehung zu vertuschen. Jedes Statement, das du von da an herausgäbst, käme an wie eine Lüge«, warf Lucy ein.

»Warum haben wir dann eine?«, fragte ich irritiert.

»Normalerweise melden sich die Affären vorher und wollen Geld, damit sie nicht an die Öffentlichkeit gehen. Dann erinnern wir sie an die Vertragsstrafe aufgrund der Verschwiegenheitserklärung. Für gewöhnlich reicht das, damit sie den Mund halten. Hin und wieder gibt es aber auch gewitzte Menschen, die sagen, dass die Summe, die sie für die Informationen bekämen, deutlich höher wäre als die Vertragsstrafe. Dann kommt es häufig zu einem stillen Vergleich, bei dem wir die Differenz zu dem Angebot bezahlen, damit sie nichts ausplaudern. So sparen wir uns meistens den Millionenschaden, der durch eine Rufschädigung erzeugt werden würde, und geben ihnen das Gefühl, gewonnen zu haben.«

Kyles Erklärung war schlüssig. Ich musste zugeben, dass ich mich bisher kaum damit auseinandergesetzt hatte, worum sich mein Management alles kümmern musste. Ich war ihr erster Klient gewesen und wusste, dass ich damit eine besondere Stellung in ihrer noch recht jungen Agentur innehatte. Lucy und Kyle waren manchmal mehr Familie als meine eigene. Dieses Gefühl hatten sie mir von der ersten Sekunde an gegeben, als ich ihr kleines Büro in Venice betreten hatte, um ihnen meinen Vertrag für *Road Explosion* auf den ranzigen Holztisch zu legen und nach Hilfe zu fragen. Sie waren jetzt genauso wie damals für mich da. Ich konnte mich glücklich schätzen, in dieser ausweglosen Situation nicht allein zu sein. Ohne Lucy und Kyle wäre ich wahrscheinlich schon lange nicht mehr im Geschäft.

»Und was soll ich jetzt tun?«, fragte ich. Ich war mir sicher, dass sie die Verzweiflung hören konnten, die in meinen Worten mitschwang.

»Ich schätze, am besten gar nichts, bis wir einen Weg finden. Du solltest auf keinen Fall nach Hause fliegen. Vor deinem Haus in den Hollywood Hills steht mit Sicherheit bereits eine ganze Kolonne an Reportern und Paparazzi. Ich kaufe dir gleich ein Ticket zum *Anchorage International Airport* in Alaska. Lass um Himmels willen dein Smartphone an, du wirst in wenigen Minuten die Buchung in deinen Mails finden. Erste Klasse mit Priority Boarding.

In der Zwischenzeit wird Kyle dir ein Zimmer in dem Hotel organisieren, in dem *Snowlight* gedreht wird. Dann hast du schon die Chance, dich ein paar Tage früher als geplant dort einzugewöhnen, bevor wir nächste Woche mit den Dreharbeiten starten. Wir werden dafür sorgen, dass dir jemand zur Verfügung steht. Vielleicht nutzt du die Zeit, um dich vorher noch ein wenig zu erholen.« Lucys Vorschlag war vielmehr ein Befehl, denn mir war klar, dass ich keine Wahl hatte.

»Du meinst wohl eher, um mich zu verstecken.«

»Man kann allem etwas Positives abgewinnen, Pax. Mach das Beste daraus, um alles andere kümmern wir uns.« Lucys Worte waren eine Mischung aus tröstlich und mitleidig. Wir wussten alle, dass die nächsten Wochen nicht leicht werden würden. Vielleicht täte mir eine Auszeit tatsächlich ganz gut.

So oder so fieberte ich dem Dreh entgegen, denn der würde mich von alldem ablenken. Zumindest hoffte ich das.

29.08.

Liebes Tagebuch,

Paxton hat sich noch nicht gemeldet. Das ist bestimmt so eine Hinhaltetaktik, damit ich ihn noch mehr will. Und sie funktioniert. Ich will ihn jeden Tag mehr. Wenn ich ihn im Fernsehen reden höre, stelle ich den Ton immer lauter. In den letzten Tagen habe ich bestimmt zehnmal Road Explosion geschaut, obwohl ich für die Prüfungen hätte lernen müssen. Aber nachdem er in dem Interview bei Oprah angedeutet hat, dass es da jemanden gibt, für den er sich interessiert, kribbelt es in meinem Bauch noch mehr. Er meldet sich bestimmt in den nächsten Tagen und dann wird alles gut.

KAPITEL 3

FARAH

SPÄTER AM SELBEN TAG IN LOS ANGELES

»Schön, dass Sie hier waren, wir melden uns bei Ihnen«, erklärte der dickbäuchige Mann, der mich mit seinen Worten mehr oder weniger aus dem kleinen Büro schob.

Als mir ein leicht enttäuschtes »Danke« über die Lippen kam, war die Tür hinter mir bereits wieder zu. Der würde sich wohl kaum bei mir melden, um mir zu sagen, dass ich morgen anfangen konnte. Was im Grunde lächerlich war, weil es nicht um eine Anstellung als Hollywoods neue Top-Regisseurin ging.

Nein, ich hatte mich als Aushilfe in einem Vintage-Kino beworben. Popcorn poppen, Sirup-Cola in Becher füllen und Tickets verkaufen. Wie konnte es angehen, dass ich nicht mal so einen Job bekam? Das war bereits das fünfte erfolglose Bewerbungsgespräch, seit ich vor drei Wochen gefeuert worden war. Langsam wurde es echt knapp mit meinen Ersparnissen.

Frustriert lief ich die mit rotem Teppich bezogene Treppe des Kinos hinab in den Eingangsbereich und streifte meinen spießigen Blazer ab. Die Mitarbeiter schienen mich in ihren Uniformen geradewegs zu verhöhnen. Jeder von ihnen wusste genau, dass sie mich nicht als Kollegin wiedersehen würden. Langsam überlegte ich wirklich, ob ein Stripschuppen meine letzte Alternative war. Ich sah mich bereits in transparenten Glitzerheels um eine Stange herumtanzen und umknicken. Vielleicht sollte ich dann aber vorher eine Krankenversicherung abschließen.

Als die Eingangstür des Kinos hinter mir zuschwang, spürte ich die angenehme Abendluft auf meiner Haut. Statt nach Hause zu gehen, entschied ich, noch einen kleinen Abstecher an den Strand zu machen, der weniger als vierhundert Meter von meinem Apartment entfernt lag. Je später es wurde, desto leerer wurde der Strand und desto voller die Restaurants an der Strandpromenade.

Ich lief einen schmalen Weg zwischen den gepflasterten Terrassen entlang, von denen lautes Lachen und fröhliche Musik, die so gar nicht zu meiner Stimmung passte, zu mir herüberschallte. Als ich den Sand sah, zog ich meine Sandalen aus und warf sie in meinen Rucksack. Mit jedem Schritt spürte ich die feinen Körner ganz deutlich zwischen meinen Zehen.

Ich suchte mir eine freie Liege, die etwas abgelegen von allen stand, und genoss für einen Moment das Rauschen des Meeres. Es war so leicht, hier zu liegen, die untergehende Sonne zu beobachten und für eine Sekunde nicht daran zu denken, wie düster die Realität derzeit aussah. Und gerade als ich kurz davor war einzudösen, klingelte mein Telefon.

Ich öffnete meine Augen und stemmte meinen Oberkörper leicht auf, während ich meinen Daumen auf den kleinen Sensor des Telefons legte.

Eingehender Anruf: Shauna

Verwirrt runzelte ich die Stirn. Weshalb rief mich meine Cousine jetzt an? Sie lebte gerade als Au-pair bei einer neureichen Familie in Reykjavík. Dort musste es bereits nach Mitternacht sein, wenn man die sieben Stunden Zeitverschiebung zwischen Island und Los Angeles einrechnete. Das machte unsere normalerweise täglichen Telefonsessions zu einer Seltenheit. Ich liebte niemanden auf diesem Planeten so sehr wie Sha, aber die Zeitverschiebung war echt anstrengend.

Ich drückte auf den grünen Hörer und rollte mich auf den Rücken, bereit, mit einer Hiobsbotschaft konfrontiert zu werden. Vielleicht hatte der dreiundzwanzigjährige Sohn ihrer Gastfamilie und Erbe eines Multimillionen-Euro-Konzerns sie dazu verleitet, irgendwo einzubrechen oder Drogen zu nehmen, oder sie hatte einen schlimmen Autounfall gebaut und lag im Krankenhaus. Es war bezeichnend, dass der Gedanke, sie könnte verletzt sein, mir zuletzt kam. Eigentlich klang Lyall, so der Name des Sonnyboys, in ihren Erzählungen immer echt sympathisch. In der Presse fiel er jedoch hin und wieder mit dem ein oder anderen Frauenskandal auf.

»Hey, Sha, was gibt's?«, fragte ich meine Cousine erwartungsvoll.

»Lyall hat mich gerade gefragt, ob ich ihn nächste Woche zu einer Gala begleite«, quietschte sie aufgeregt. Nicht ganz das, was ich erwartet hatte, aber doch irgendwie beruhigend. Ein dumpfes rhythmisches Geräusch drang dabei durch den Hörer.

»Sag mal, hüpfst du gerade?«

»Jap, tue ich. Ich bin so aufgeregt, Farah! Das wird spitze! Ich brauche ein Kleid. So ein richtig atemberaubendes langes«, japste sie immer noch hüpfend.

Ich beneidete sie dafür, dass sie so eine Frohnatur war. Ihr Lächeln war ansteckend und fast schon hypnotisierend. Auch jetzt sorgte ihre aufgeregte Stimme dafür, dass es mir ein wenig besser ging. Trotzdem hielt es mich nicht davon ab, mich zu fragen, ob ich sie jemals richtig traurig erlebt hatte.

»O mein Gott! Endlich«, stöhnte ich lachend. »Wie lange schmachtest du ihn schon an? Sechs Monate? Sieben?«

»Seit ich ihn das erste Mal gesehen habe, trifft es wahrscheinlich eher. Deshalb ist es ja so wichtig, dass ich unbeschreiblich gut aussehe. Ich will, dass Lyall sich grün und blau darüber ärgert, dass ich ihm noch nicht früher aufgefallen bin.«

»Hast du nicht noch dieses schwarze Ballkleid von deiner Collegeabschlussparty? Nimm doch das«, schlug ich vor, während ich mit meiner freien Hand Kreise in den warmen Sand zeichnete.

»Meinst du? Ist das nicht etwas zu aufreizend mit der Spitze und dem Beinschlitz?«

»Ich dachte, du möchtest ihn reizen?«, antwortete ich. Ein Grinsen konnte ich mir nicht verkneifen.

»Ach, Farah, du weißt doch, wie ich das meine. Ich glaube, die Isländer sind prüde.«

»Prüder als die Amerikaner?«

»Hmm, gute Frage. Hier ist es oft kalt, da trägt man selten kurze oder weit ausgeschnittene Klamotten. Halbwegs warm ist es gefühlt keine zwei Monate im Jahr.«

»Aber die werden ja wohl Heizungen haben und die Gala nicht auf einem kalten Kiesstrand mit Meerwind veranstalten.«

»Ich hoffe nicht.«

»Dann zieh das Kleid an. Er wird nicht anders können, als dich anzusehen«, bestimmte ich mehr, als dass ich es ihr riet.

»Okay, werde ich. Und dazu welche Schuh–«

Mein lauter Klingelton unterbrach unser Gespräch.

»Moment, Sha, bleib mal dran. Gerade ruft mich eine unbekannte Nummer an«, sagte ich und schob meine Cousine in den Wartebereich. Ich hatte nicht die leiseste Ahnung, wer am anderen Ende der Leitung sein konnte. Alle, von denen ich dachte, sie hätten meine Nummer, hatte ich für gewöhnlich unter meinen Kontakten gespeichert.

Mit gerunzelter Stirn wischte ich den grünen Hörer auf meinem gesprungenen Display zur Seite und hielt das Telefon an mein Ohr. »Hallo?«

»Hallo, ist da Farah Stewart?«, fragte eine freundliche Frauenstimme am anderen Ende der Leitung.

»Ja, hier ist Farah Stewart.«

Erleichtert stöhnte die Frau durch den Hörer. »Es ist super, dass ich Sie erreiche. Ich bin Sarah Willson von *Californian Broadcasting Film Productions*.«

Moment. Hatte sie gerade *CBF Productions* gesagt? Augenblicklich saß ich kerzengerade auf der Sonnenliege. Ich war so überrascht, dass ich, statt zu fragen, was ich für sie tun konnte, nur »Das ist ja schön« hervorbrachte.

Das ist ja schön? Ist das dein Ernst, Farah?

Aber Sarah lachte zu meiner Beruhigung nur. »Ja, auf jeden Fall. Ich rufe an, weil ein Job in meinem Team am Set der romantischen Komödie *Snowlight* frei geworden ist. Ich bin die zweite Regieassistenz von Nolan White und würde mich freuen, Sie für uns gewinnen zu können. Ihre Bewerbung und Ihre ausgezeichneten Noten im Studium sprechen für sich.«

Eine Sekunde lang überlegte ich, ob ich mich wirklich kneifen musste oder ob Sarah Willsons Angebot echt war.

»Wow«, wisperte ich beinahe sprachlos in den Hörer meines kaputten Telefons. Ich hatte in den letzten Sekunden offenbar vergessen, wie es war zu denken oder selbstbewusst zu antworten. Geistreiche Bemerkungen in Stresssituationen gehörten leider nicht zu meinen Stärken. Sarah hingegen schien das einfach zu ignorieren. Ihr musste klar sein, dass ich alles dafür getan hätte, um an ihrer und Nolan Whites Seite zu arbeiten.

»Ich freue mich wirklich, Sie anrufen zu können. Eine meiner Assistentinnen ist aufgrund eines Fauxpas leider in letzter Minute ausgeschieden und dann kamen Sie mir in den Sinn. Die Stelle wäre aber sehr kurzfristig anzutreten. Der Dreh beginnt bereits nächste Woche und Sie müssten umgehend Ihre Koffer packen und nach Alaska zu dem Resort aufbrechen, in dem wir hauptsächlich drehen werden. Die Kosten übernimmt CBF natürlich.«

Das war das Angebot, auf das ich so verflucht lange gewartet hatte. Sarah Willson bot mir die Chance meines Lebens in dem Moment, in dem ich sie am meisten brauchte. Wäre ich religiös erzogen worden, hätte ich Sarah bestimmt für einen Engel gehalten.

»Das klingt großartig! Danke schön!«

»Keine Ursache. Da gibt es allerdings etwas, das ich Ihnen noch sagen muss. Der Titelheld wird von Paxton Wright verkörpert. Wahrscheinlich ist Ihnen nicht entgangen, wie es momentan in den Medien um ihn steht. Paxton liegt mir sehr am Herzen, er ist ein toller Mann und das passiert ihm zu Unrecht. Aber ich kenne ihn gut und weiß, wie impulsiv er sein kann. Deshalb möchten sein Management, die Produktion und ich, dass Sie ihn bis zum Drehbeginn keine Sekunde aus den Augen lassen.«

Ich schnappte nach Luft, als Sarah den Namen des männlichen Schauspielers aussprach. Ein paar der Surfer, die gerade aus dem in Rot getauchten Meer kamen, steckten ihre Boards nur zehn Meter entfernt von meiner Liege zum Trocknen in den Sand. Sie sahen mich stirnrunzelnd an, bevor sie sich in Richtung der Strandbars aufmachten, deren Beleuchtung mit der untergehenden Sonne immer heller strahlte.

»Ist alles in Ordnung?«

»Jaja, ich bin nur gerade ... eine Treppe hochgelaufen«, log ich, um zu vermeiden, von meiner zukünftigen Chefin als unprofessionelles Fangirl abgestempelt zu werden. Nicht, dass ich ein großer Fan von Paxton Wright war, aber in seinen Filmen mitzuwirken, bedeutete etwas. Er war der aktuelle Superstar, der sogar Tom Holland neben sich alt aussehen ließ. Von so einem Posten hatte ich immer geträumt. Gut, Babysitten war nicht darin vorgekommen, aber direkt in das Team der zweiten Regieassistenz zu kommen, war der Wahnsinn.

»Das ist kein Problem. Mit ihm werde ich schon fertig. Ich bin zielstrebig und sehr bestimmt«, antwortete ich fast schon ein wenig zu euphorisch.

»Das höre ich gern. Aber eine Sache wäre da noch. In der zweiten Woche werden die Filmhunde eintreffen, ein Rudel aus acht Huskys. Der zweite Hundetrainer kommt aus persönlichen Gründen erst später. Sie müssten dann übergangsweise auch zwei oder drei Abende lang die Tiere versorgen. Ich hoffe, dass Sie keine Allergie haben«, ergänzte Sarah.

Hunde. Huskys. Acht. Bei der bloßen Erwähnung der Tiere lief es mir kalt den Rücken herunter. Seit dem Unfall meines Dads war ich jedem Tier aus dem Weg gegangen und wenn das nicht geklappt hatte, war ich regelmäßig zu einer Salzsäule erstarrt. Schon allein der Gedanke daran, einen Hund vor mir zu haben, beschleunigte meinen Herzschlag auf das Tausendfache seiner normalen Geschwindigkeit. Und trotzdem sagte ich mechanisch: »Das klingt gut. Ich liebe Hunde«, während ich mir vornahm, einen Weg zu finden, aus der Geschichte rauszukommen. Ich hatte nicht vor, diese einmalige Chance auszuschlagen, nur weil ich an Zoophobie litt. Das schaffte ich schon ... irgendwie.

»Dann sind Sie perfekt für den Job. Sie werden meine wichtigste Assistentin. Ihnen ist das hoffentlich klar«, scherzte Sarah. »Ich sende Ihnen gleich per Mail alles zu, was Sie wissen müssen, und werde das Hotel anweisen, Ihnen die Zimmerkarte der Suite zukommen zu lassen, die Paxton später beziehen wird. Dann können Sie auch im Notfall zu ihm. Ich wünsche Ihnen ganz viel Spaß und herzlich willkommen bei *Snowlight*. Ich freue mich, Sie nächste Woche persönlich kennenzulernen. Machen Sie es gut!«, verabschiedete sie sich. Und noch bevor ich etwas erwidern konnte, hörte ich das nervige Piepssignal, das verkündete, dass sie bereits aufgelegt hatte.

Als ich völlig apathisch mein Smartphone einstecken wollte, fiel mir ein, dass Sha immer noch in der Leitung war.

»Hey, da bin ich wieder.«

»Ist alles in Ordnung? Du hörst dich an, als wärst du einen Marathon gelaufen.« Shas Stimme klang etwas besorgt. Wahrscheinlich fühlte sie sich gerade, wie ich mich gefühlt hatte, als sie mich vorhin angerufen hatte.

»Ich habe einen Job, bei einem echten Film. Ich fliege morgen nach Alaska. Und Paxton Wright wird die Hauptrolle übernehmen!«

Ich konnte es kaum fassen. Sie wollten mich im Team der zweiten Regieassistentin. Mich! Farah Stewart aus Daytona Beach, Florida. Das war das erste Positive, das mir seit einer gefühlten Ewigkeit passiert war. Wahrscheinlich sogar, seit ich mein Studium am Santa Monica College beendet hatte.

»Moment. Der Paxton Wright aus *Road Explosion*? Der superheiße Paxton Wright?«, fragte Sha ungläubig.

»Ja, genau der.« Meine Stimme klang tonlos, fast schon emotionslos. Ich konnte es nicht fassen. Vielleicht wollte ich es aber auch einfach nicht, aus Angst, Sarah würde gleich zurückrufen und mir erklären, dass sie doch jemand anderes gefunden hatte.

Sha hingegen flippte völlig aus. »Das wird deine Karriere endlich voranbringen! Herzlichen Glückwunsch, Farah! Du hast dir das echt verdient. Heute scheint unser Glückstag zu sein!«

»Ich bin überwältigt.«

»Das glaube ich dir. Das klingt einfach zu gut, um wahr zu sein.«

Während ich Sha durch den Lautsprecher giggeln hörte, kam mir der Gedanke, dass sie vielleicht recht hatte.

»Es gibt einen Haken.«

Meine Cousine wurde hellhörig. »Und der wäre?«

»Es werden acht Hunde am Set sein und ich werde mich um sie kümmern müssen.«

Sha antwortete nicht, und dass ich ihren Atem nicht hörte, beunruhigte mich. Nicht mal sie kannte die ganze Geschichte dessen, was vor fast fünf Jahren passiert war. Aber sie wusste genug, um sich darüber im Klaren zu sein, dass es für mich die Hölle werden würde.

»Du hast es denen nicht gesagt, oder?«

Ich schüttelte stumm den Kopf. Sha kannte mich, sie wusste, dass ich das tat.

»Und was willst du jetzt tun?«

»Keine Ahnung. Ich glaube, ich kaufe mir ein Buch mit dem Titel *Wie überwinde ich meine Zoophobie über Nacht?* oder *Zehn Dinge, mit denen Sie Ihrer Zoophobie den Kampf ansagen.* Es gibt hier in L. A. immerhin ganze Buchhandlungen nur mit Ratgebern.«

»Das klingt nicht besonders überzeugend, Farah.«

»Ich weiß, aber es ist meine einzige Chance. Ich bekomme das schon hin.«

Sha war genauso klar wie mir, warum ich meine übermenschliche Angst vor Tieren nicht erwähnt hatte. Ich wollte den Job und würde alles dafür tun, selbst wenn das pure Konfrontationstherapie bedeutete. Wie schlimm konnte es schon werden?

01.09.

Liebes Tagebuch,

ich glaube, dass Paxton sich nicht traut, mich anzusprechen. Anders kann ich mir nicht erklären, weshalb er sich noch nicht bei mir gemeldet hat. Immerhin folge ich ihm auf Instagram und meinen Social-Media-Namen habe ich ihm auf der Party sogar auf den Handrücken geschrieben, weil gerade keine Serviette in der Nähe lag. Vielleicht sollte ich ihm einen Brief schreiben oder eine Nachricht auf Social Media ... oder beides.
　Ja, beides klingt gut. Dann weiß er, dass er sich bei mir melden kann und ich auch interessiert bin. Wenn ich das Datum unseres ersten Treffens verwende, erkennt er bestimmt sofort, wer ich bin.

KAPITEL 4

PAXTON

Als mein Flieger in Anchorage aufsetzte, hatte ich zum ersten Mal seit Langem das Gefühl, meinem Leben im Rampenlicht entfliehen zu können. In Alaska schien ich noch keine große Nummer zu sein, zumindest wurde ich am Flughafen weder nach Fotos noch nach Autogrammen oder meiner Handynummer gefragt, was zur Abwechslung mal ganz schön war. Und trotzdem fühlte ich mich verfolgt.

Ich kam aus relativ einfachen Verhältnissen, weshalb es mir besonders an solchen Tagen schwerfiel, in der Öffentlichkeit zu stehen. Meine Mutter war nach Dads Tod wieder ins Berufsleben eingestiegen, weil sie die Summe aus der Lebensversicherung hatte sparen wollen, damit mein Bruder Julian und ich aufs College gehen konnten. Zu diesem Zeitpunkt hatte absolut niemand in unserer Familie damit gerechnet, dass gerade ich derjenige sein würde, der irgendwann mal vor der Kamera stehen würde. Und doch war ich hier auf einem Flughafen in Alaska, eine Woche vor dem Drehstart meines neuen Films.

Ich musste zugeben, dass mir der Flughafen gefiel. An den weißen Säulen und Wänden war immer wieder flächenweise grauer Bruchstein eingearbeitet, was für ein rustikales Flair sorgte. Es wirkte gemütlich, trotz der Menschen.

Normalerweise war ich kein Freund des Fliegens, selbst in der ersten Klasse. Aber der Flughafen wirkte zumindest alles andere als voll, was vermutlich daran lag, dass es mittlerweile wieder Nacht war. Der Zwischenstopp in Seattle hatte doch länger gedauert als gedacht. Ich hatte eine Nacht in einem Flughafenhotel verbringen müssen, bevor ich am Abend darauf einen weiteren Flieger in die Hauptstadt Alaskas hatte erwischen können.

Ich lief durch die vereinzelten beschäftigten Reisenden und niemand würdigte mich auch nur eines Blickes. Trotzdem setzte ich sicherheitshalber meine Cap wieder auf. Es war schön, mal undercover zu reisen, zwischen all den normalen Leuten. Ich wünschte, ich könnte es genießen. Doch sobald ich an einem Grüppchen vorbeikam, spürte ich, wie meine Hände schwitziger wurden. Jetzt konnte ich mich nicht hinter einem Buch, das ich sowieso nicht las, oder einem Bodyguard verstecken. Mein Herz schlug schneller und mein Körper spannte sich an, bis ich an ihnen vorbei war. Wie ich es hasste, und ich konnte nichts dagegen tun. Es gab Momente, in denen es mir fast nichts ausmachte, aber langfristig hatte bisher nichts geholfen.

Im letzten Frühjahr, nachdem ich gefühlt über Nacht groß rausgekommen war, war es besonders schlimm geworden. Ich hatte eine Panikattacke nach der nächsten bekommen und war von meinem Management dazu verdonnert worden, eine Therapie zu beginnen. Immerhin nahm meine Therapeutin meine Situation wirklich ernst, was hoffentlich nicht nur daran lag, dass sie fast tausend Dollar pro Stunde an mir verdiente. Die Sitzungen bei ihr hatten bisher geholfen, auch wenn ich die Angst noch nicht abschütteln konnte. Aber ich wusste dank Dr. Sanders, wie ich sie kontrollierte und klein hielt. Und genau das musste ich jetzt tun.

Für einen Augenblick verließ ich den Weg zum Ausgang und stellte mich in eine Nische am Rand. Normalerweise hätte ich jetzt die Augen geschlossen und tief durchgeatmet, aber dazu fühlte ich mich doch nicht sicher genug. Das Durchatmen musste reichen, also tat ich genau das.

Ich spürte, wie die Luft in meine Lungenflügel drang und sich die Anspannung meiner Muskeln löste. Eins ... zwei ... drei ... vier ... fünf ... Ich konzentrierte mich auf jeden einzelnen Atemzug. Das Zählen beruhigte mich, verschaffte mir Kontrolle über mich selbst, aber die Angst war trotzdem da. Die Angst war zu einem Teil von mir geworden, und nun war es an mir, sie zu kontrollieren. Zumindest so weit, dass ich nicht ausflippte, denn spätestens dann würde mich jemand erkennen. Und wenn das passierte, war ich am Arsch.

Ich ballte die Faust um den Henkel meiner schwarzen Tasche und kniff die Arschbacken zusammen. Und als wäre nie etwas gewesen, verließ ich die Ecke, in der ich gestanden hatte, und machte mich auf den Weg in Richtung der großen Ausgangstüren. Dabei fiel mir auf, dass das hier eine ziemlich spontane Aktion war und ich keine Ahnung hatte, wie es weitergehen sollte. Also zog ich das Smartphone aus der Seitentasche meiner Jacke und wählte die Nummer meines Managements.

»Paxton, endlich rufst du an. Wie war der Flug? Waren die Erdnüsse gut? Kyle ist verrückt nach diesen Erdnüssen.« Lucy klang so aufgeregt, als hätten wir nicht zuletzt vor dem Abflug telefoniert.

»Ja, ich bin sicher in Anchorage gelandet, und wie die waren, weiß ich nicht. Erdnussallergie, du erinnerst dich?«

»Stimmt, stimmt.«

»Wie geht's jetzt weiter? Ich habe ja praktisch nichts hier und wenn ich das richtig beurteile, liegt draußen Schnee.« Meine Lässigkeit war aufgesetzt und das wusste sie genauso gut wie ich, trotzdem sagte sie dazu nichts.

Organisation war mir wichtig. Ich gehörte definitiv zu der Sorte Mensch, die Listen schrieb und gerne vorbereitet war. Die Kontrolle gab ich ungern ab, auch wenn ich mir bei meinem Management sicher sein konnte, dass sie ihren Job gut machten. Am Anfang hatte ich mich allerdings auch bei ihnen erst mal daran gewöhnen müssen, das Ruder aus der Hand zu geben. Und jetzt war ich richtig froh, dass sie den Großteil der Organisation für mich erledigten. Auf die Dauer wäre ich sonst an dem ganzen Stress zerbrochen, auch wenn ich das damals nicht so gesehen hatte. Lucy und Kyle gaben mir die Möglichkeit, mich einfach nur auf meinen Job zu konzentrieren.

»Wir haben dir einen Fahrer organisiert. Samuel Brolin heißt er. Er wird schon mit einer dunkelgrünen Limousine vor dem Flughafen auf dich warten. Auf seinem Schild stehen deine Initialen. Mr Brolin wird dich zum *Alaska Snow Resort* in Gridwood bringen und die ganze nächste Woche zur Verfügung stehen. Die Filmproduktion hat das Resort für die nächsten Monate komplett gemietet, damit die Schauspieler und Regieleute sich vom normalen Betrieb des Hotels abschotten können. Brolin hat die Schlüsselkarte für deine Suite und wird dich hinbringen. Entspann dich und mach keinen Ärger, sonst komme ich persönlich als deine Aufpasserin.«

»Ich brauche keine Babysitterin, Lucy, ich bin schon groß«, antwortete ich grinsend. Doch meine sonst so liebenswerte Managerin lachte nur laut in den Hörer. Wahrscheinlich war sie so laut, dass die Leute, die gerade an mir vorbeigegangen waren, es auch gehört hatten.

»Natürlich brauchst du die nicht, aber in der aktuellen Situation ist es uns und der *Snowlight*-Produzentin Elane Growl lieber, wenn du dich einfach zurücknimmst und dich ein paar Tage von Social Media fernhältst. Elane war nicht besonders angetan von deinem aktuellen Skandal. Du hast Glück, dass sie dich so mag, sonst wärst du längst raus und dann wäre deine Rolle stattdessen mit Tom Holland besetzt worden.«

Mir war klar, dass sie recht hatte und dass es besser war, sich bedeckt zu halten, gefallen tat es mir trotzdem nicht. Was für eine Aussicht.

»Ich gebe mein Bestes«, versprach ich mehr oder weniger halbherzig.

»Ach so, eine Sache noch: Wenn du den Flughafen verlässt, wirst du ein bisschen frieren. Das Resort war so freundlich uns einen der Wintermäntel zur Verfügung zu stellen, die sonst ihre Mitarbeiter tragen. Das ist natürlich keine langfristige Lösung, aber es wird bis zum Hotel reichen. Außerdem bekommst du auch einen Satz Hoodies mit dem Logo des Resorts. Wenn du zu Drehbeginn wieder anfängst, auf Social Media Präsenz zu zeigen, solltest du die hin und wieder tragen, um für das Resort Werbung zu machen«, wies Lucy mich an.

Das mit den Hoodies würde ich wohl oder übel über mich ergehen lassen müssen, aber meine unpassende Kleidung könnte wirklich ein Problem werden. In L.A. war es selbst im Oktober und November ziemlich warm und auch in New York hatte meine khakifarbene Übergangsjacke von Burberry jetzt noch ausgereicht. Hier in Alaska hatte ich den weiß glitzernden Schnee auf den Bergen und rund um Anchorage schon aus dem Flugzeug beobachtet. Dass mir der Gedanke daran, dass es kalt werden würde, nicht früher gekommen war, schob ich auf meine durchgängige Angespanntheit. Selbst in der ersten Klasse des Fliegers, wo es wesentlich ruhiger zuging und wo man sich definitiv nicht um die anderen Fluggäste scherte, hatte ich mich beobachtet gefühlt.

»Bist du noch dran, Paxton?«, hörte ich Lucy mit ihrer melodischen Stimme in den Hörer sprechen.

»Ja, alles gut. Ich habe mir nur Gedanken darüber gemacht, wo ich neue Klamotten herbekomme. Notfalls muss ich wohl online shoppen.«

»Du alter Träumer, dafür finden wir schon eine Lösung. Ich hoffe, dass du dich am Set nicht ablenken lassen wirst. Einer von uns wird aber Ende Dezember vorbeikommen, um zu schauen, wie du dich machst, und um über andere Projekte zu verhandeln. Das wird ein Spaß. Pass auf dich auf, Paxton, und du weißt, wenn was ist, kannst du immer anrufen. Zu jeder Tages- und Nachtzeit. Wir sind für dich da. Du gehörst zur Familie.«

»Danke für alles. Passt auch auf euch auf und sorg dafür, dass Kyle nicht zu viele Slushies trinkt. Sonst bekommt er noch Diabetes.«

Ich hörte Lucy leise lachen. »Ich versuche es. Manchmal wundert es mich, wie er bei dem ständigen Gehirnfrost vernünftig arbeiten kann.«

Selbst nachdem wir aufgelegt hatten, ließen mich ihre Worte noch lächeln. Ich war wirklich froh, dass ich so ein tolles Managementteam hatte, auch wenn ich mich regelmäßig darüber aufregte, wie streng sie werden konnten. Tief in mir wusste ich trotzdem, dass sie es nur gut meinten und es für mich taten. Mittlerweile waren sie schon fast mehr Familie für mich als meine biologische.

Mit meiner Mom verstand ich mich eigentlich gut, aber das Verhältnis zu meinem Bruder war angespannt und ich konnte es ihm nicht mal verübeln. Immerhin war ich es gewesen, der weggegangen war und ihn zurückgelassen hatte, obwohl wir uns geschworen hatten, immer füreinander da zu sein. Ich liebte Julian wirklich, aber ich glaubte auch, dass der Abstand uns guttat. Vielleicht konnte ich irgendwann alles wieder ins Lot bringen, aber für den Moment war es okay. Zumindest redete ich mir genau das jeden Tag ein, wenn ich wieder an ihn dachte und mich daran erinnerte, was alles vorgefallen war.

Als ich durch die automatischen Schiebetüren trat, klatschte mir ein beißend kalter Windstoß entgegen und sorgte dafür, dass mir für einen Moment die Luft wegblieb. Es war arschkalt. Lucy hatte ziemlich untertrieben, als sie gesagt hatte, dass ich ein bisschen frieren würde. Ich verschränkte die Arme vor meiner Brust und begann sie zu reiben. Die dünne Herbstjacke, die ich trug, half kein bisschen. Genauso gut hätte ich nackt hier stehen können. Der einzige Unterschied dazu bestand darin, dass ich damit mit großer Wahrscheinlichkeit für viel mehr Aufsehen gesorgt hätte.

Mein Blick wanderte suchend zwischen den vor dem Flughafen parkenden Autos hin und her, bis ich einen grün schimmernden Maybach am Ende der Taxischlange parken sah. Vor dem Luxusschlitten stand ein kleiner Mann mittleren Alters mit Schnauzbart und Brille, der so gar nicht zu dem dekadenten Gefährt passen wollte. Mit einer Hand hielt er seine braune Schiebermütze auf dem Kopf, während in der anderen ein Pappschild im eisigen Wind flatterte. Ich konnte ein ziemlich hingeschmiertes *P.W.* darauf erkennen, weshalb ich mich in seine Richtung aufmachte. Je näher ich ihm kam, desto breiter wurde das freundliche Lächeln in seinem Gesicht.

»Es ist mir eine große Freude, Mr Wright. Ich bin Samuel Brolin, aber Sie dürfen mich gerne Sam nennen«, stellte er sich vor und bot mir die Hand an.

»Dann nennen Sie mich bitte auch Paxton. Ich freue mich ebenfalls, Sie kennenzulernen.«

Sam nickte kurz, als er die Tür öffnete und das zerknickte Pappschild zusammen mit seiner Mütze auf den Beifahrersitz pfefferte, um mir dann das bisschen Gepäck abzunehmen. Er führte mich um den Wagen zu der hinteren Tür der Limousine und hielt sie mir auf. Schon beim Einsteigen kam mir eine warme Wolke entgegen, die leicht nach Butterkeksen roch, was vermutlich an dem beigen Duftbaum lag, der am Rückspiegel hing.

Die Sitzheizung der Rückbank rettete mir wortwörtlich den Arsch, denn je weiter wir uns von Anchorage entfernten, desto stärker schneite es draußen. Irgendwann wurde Sam immer langsamer, bis wir die Straße im Schneckentempo entlangkrochen. Wir brauchten statt der, laut Sam, üblichen fünfunddreißig Minuten eine ganze Stunde, um das *Alaska Snow Resort* zu erreichen. Trotzdem genoss ich die Fahrt. Sam war kein besonders gesprächiger Fahrer, weshalb ich die Chance bekam, mich ganz auf die Umgebung zu konzentrieren. Das Setting zu fühlen, war als Schauspieler eine Grundvoraussetzung, um seine Rolle authentisch verkörpern zu können. Also saugte ich alles in mich auf.

Starker Wind wehte an den Autofenstern vorbei und sorgte dafür, dass der ganze Schnee auf den weiten Flächen des Tals, in das wir gerade fuhren, zu tanzen begann. Die hohen Tannen am Fuße der Berge und Gletscher umgaben uns und wiegten sich im Wind, als wären sie Blumen. Es war ein gewaltiges Naturspektakel, das augenblicklich die Frage aufwarf, ob es hier immer so stürmisch war. Das würde ich schon noch früh genug herausfinden.

Ich wusste, dass ich einen jungen Mann spielen würde, der Jahre zuvor seinen besten Freund während eines Schlittenhunderennens verloren hatte und damit auch sich selbst. Das passte erschreckend gut. Auch wenn mein früherer bester Freund noch lebte, hatte ich schon einiges verloren. Und wieder schoss mir das wütende Gesicht meines Bruders durch den Kopf.

Ich zwang mich, an Ian zu denken, den gebrochenen Mann, den ich spielen würde. Der Teil, auf den ich mich bei den Dreharbeiten am meisten freute, waren die Hunde. Ian hatte seinen Bürojob gekündigt und war nach Alaska zurückgezogen, um einen klaren Kopf zu bekommen und loszulassen. Er wurde Schlittenhunderennfahrer wie sein Vater und trainierte, um an dem ältesten Rennen der Welt teilzunehmen: dem Iditarod von Anchorage nach Nome.

Natürlich würde ich nicht an dem echten Rennen teilnehmen, dafür fehlte mir hundertprozentig die Erfahrung und außerdem fand das erst im März statt. Laut Zeitplan wollten wir die Dreharbeiten zu diesem Zeitpunkt bereits abgeschlossen haben. Aber den Hundeschlitten würde ich fahren dürfen, das hatte man mir bereits gesagt. Na ja, zumindest manchmal, wenn die Szenen nicht zu riskant waren. Ansonsten übernahm das mein Stuntdouble Cory. Er hatte mich auch schon in *Road Explosion* gedoubelt und war fantastisch gewesen. Ganz im Ernst, vermutlich war dieser eishockeyfanatische Katzenliebhaber der coolste Typ, den ich kannte, und ich freute mich schon, dass nächste Woche die Vorbereitungen für den Dreh starteten. Genau genommen konnte ich es nicht erwarten.

Das Schauspielern ließ mich immer für einen Moment vergessen, wer ich in Wirklichkeit war. Wenn ich drehte, hatte ich keine Angst vor Menschen. Ich war in meiner Safe-Bubble, ich konnte der sein, der ich gerne gewesen wäre. Es ließ mich meine Ängste vergessen und das war wie eine Droge. Ich würde nie wieder etwas anderes machen können.

Als wir in die freigeschippte Auffahrt des Luxusresorts einbogen, konnte ich mir ein leises »Wow« nicht verkneifen. Es lag auf einem Hügel in der Nähe eines kleinen, halb zugefrorenen Sees. Das opulente Anwesen war außerdem umgeben von dunkelgrünen Tannen, deren Spitzen mit Schnee bedeckt waren. Schon die Fassade des Resorts strahlte mit seiner braunen Holzverkleidung, den rustikalen grauen Steinwänden und den dunklen Dachziegeln pure Gemütlichkeit aus. Vor dem Eingang leuchteten Fackeln, die den kalten Schnee in einem warmen Orange glänzen ließen.

Das Geräusch einer laut zuschlagenden Autotür ließ mich zusammenzucken. Ich hatte gar nicht gemerkt, dass wir schon eingeparkt hatten. Lucy hätte gelacht und mich wieder mal Träumer genannt.

Dann öffnete sich meine Tür.

»Wir sind da, Paxton. Ich bringe Sie nun zum Hoteleingang«, sagte Sam mit einem warmen Lächeln und bedeutete mir auszusteigen.

»Danke schön, das ist sehr freundlich«, antwortete ich ebenso herzlich.

Als Sam den Kofferraum öffnete, kam ich ihm zuvor und griff nach meiner Tasche. Ich war jung und trainiert, außerdem war sie alles andere als schwer, wieso sollte ich sie also nicht selbst tragen? Ich kam nicht aus reichen Verhältnissen, wo solch ein Service zum Alltag gehörte. Manchmal war es mir sogar zu viel, wenn ein Chauffeur mir die Tür öffnete, auch wenn das sein Job war und zum guten Ton gehörte. Ich war in einem Vorort von L.A. aufgewachsen und auf eine normale Schule gegangen. Vermutlich fiel es mir deshalb so schwer, mich an den ganzen Luxus zu gewöhnen. Mittlerweile war ich bereits drei Jahre im Geschäft und trotzdem war es mir nach wie vor unangenehm, andere Dinge für mich erledigen zu lassen. *Selbst ist der Mann.*

Ich folgte Sam wortlos zum Haupteingang des Resorts, aber statt mit mir reinzugehen, hielt er mir die Schlüsselkarte hin.

»Ich lasse Sie sich jetzt in Ruhe einrichten. Entspannen Sie sich und genießen Sie die Aussicht. Ihre Suite ist die Nummer 2 und befindet sich im fünften Obergeschoss. Nehmen Sie am besten den Fahrstuhl. Mit dem Telefon in Ihrer Suite können Sie mich, den Nachtdienst oder die Rezeption jederzeit erreichen, wenn Ihnen etwas fehlt. Die Nummern sind gespeichert. Jetzt gerade macht unsere Nachtdame Virginia Pause. Sie müsste in zwanzig Minuten wieder erreichbar sein. Ich wünsche Ihnen eine erholsame Nacht, Paxton.«

Sam verabschiedete sich und stapfte durch den immer höher werdenden Schnee zurück zum Wagen.

Ich folgte seinen Anweisungen zu Suite Nummer 2 und öffnete die Tür mit einem sehr befriedigenden Klicken. Als ich das Zimmer betrat und meine Schuhe abstreifte, fiel mein Blick direkt durch das wandgroße Panoramafenster mit Sicht auf die Berge, die in der Dunkelheit zu versinken schienen. Ein Blick auf mein Smartphone verriet mir, dass es bereits nach Mitternacht war, und ich fühlte mich wirklich erledigt. Für einen Augenblick überlegte ich, Instagram noch mal einen Besuch abzustatten, entschied aber, dass das eine dumme Idee war, und pfefferte das Handy auf die teure rote Stoffcouch in der Mitte des Raumes.

Die Wände waren mit hellem Holz verkleidet, während der Boden aus rustikalen Dielen bestand. An der rechten Wand befand sich ein offener Steinkamin. Ich freute mich schon darauf, ihn in den nächsten Tagen auszuprobieren. In L. A. hatte zwar fast jeder einen Kamin, benutzen tat ihn aber nie jemand. Dafür war es die meiste Zeit im Jahr einfach zu heiß.

Ich stellte meine Schuhe in eine dafür vorgesehene Garderobe und inspizierte die luxuriöse Suite von oben bis unten. Im Grunde bestand sie aus drei riesigen Räumen, die mit verglasten Doppeltüren getrennt wurden. Da war der Hauptraum, in dem man direkt stand, wenn man die Tür öffnete. Er war der größte und beinhaltete nicht nur die gemütlich aussehenden Couchgarnituren, die sich gegenüberstanden, oder den Kamin, sondern auch einen riesigen Flatscreen inklusive Xbox Series X. Da ging mein Gamerherz auf. An den Hauptraum grenzten ein luxuriöses Bad inklusive Whirlpoolwanne und ein Schlafzimmer mit Blick auf den zugefrorenen Bergsee und Kingsize-Bett.

Ich warf meinen Weekender auf das hell bezogene Bett voller edler Dekokissen. Die letzten zwei Tage waren anstrengend gewesen, weshalb ich entschied, dass ich ein ausschweifendes Bad mehr als verdient hatte. Danach würde ich vermutlich direkt ins Bett fallen und zum ersten Mal seit Wochen einfach nur ausschlafen.

09.09.

Liebes Tagebuch,

langsam mache ich mir Gedanken, weil Paxton mir nicht schreibt. Im Film ist er immer so stark und sexy, aber ich glaube, dass er in Wirklichkeit ziemlich schüchtern ist. Irgendwie süß. Also muss ich den nächsten Schritt machen.
　Ich lege mir einfach noch ein paar Profile mit unserem Datum im Namen an. So, dass ihm das auf jeden Fall auffällt, wenn er seine Kommentare unter den Fotos durchgeht. Bei einem der Profile wird er mir bestimmt zurückschreiben.

KAPITEL 5

FARAH

AM NÄCHSTEN TAG IN LOS ANGELES

»Danke, Ms Hill. Ich fühle mich geehrt, dass Sie mir das zutrauen, und ich werde mein Bestes geben, um Mr Wright zu unterstützen. Er hat es ja gerade alles andere als leicht.«

»Sehr schön, Ms Stewart, es freut mich, dass Sie so kooperationsbereit sind. Passen Sie auf Paxton auf wie auf Ihre Geldbörse. Sorgen Sie dafür, dass er sich nicht betrinkt, unbedachte Aussagen tätigt oder fragwürdige Posts absetzt, und hindern Sie ihn um Himmels willen daran, etwas mit einer Hotelangestellten anzufangen. Die letzte Affäre hat seinem Ruf nicht gutgetan. Wenn das noch mal passiert, wird die Produktion ihn rauswerfen. Negativ-Publicity kann er sich momentan nicht leisten. Was das für Ihre Position bedeuten würde, muss ich Ihnen, denke ich, nicht extra erklären. Fliegt er, fliegen auch Sie. Das hat mir die Produzentin mehr als klargemacht, aber das passiert schon nicht. Sarah Willson wird ja auch vor Ort sein und sie weiß, wie man mit Paxton umgehen muss.«

Lucy Hills Worte hallten noch Stunden später in meinem Kopf nach. *Fliegt er, fliegen auch Sie.* Als Sarah mir gesagt hatte, dass Paxtons Managerin mich anrufen würde, war mir der Arsch auf Grundeis gegangen. Ich hatte geglaubt, sie wollte sich einfach nur ein Bild von mir machen. Immerhin würden ihr millionenschwerer Klient und ich die nächsten Tage allein miteinander verbringen. An ihrer Stelle hätte ich auch alles doppelt und dreifach überprüft.

Trotzdem ließ ich mich nicht davon einschüchtern. Ich hatte mir vorgenommen, einfach alles zu tun, damit ich ihren Vorstellungen gerecht wurde. Wie ich Paxton Wright unter Kontrolle halten sollte, hatte ich mir allerdings noch nicht überlegt.

Träumend starrte ich aus dem Fenster des engen Flughafenbusses. Dürrer Boden und ein paar wenige Palmen rauschten an mir vorbei, bis sie auf der Autobahn durch von der Hitze flimmernden Asphalt abgelöst wurden. Vielleicht wäre es klug, Paxton Wright erst mal zur Ruhe kommen zu lassen. Ich hatte die Kommentare unter dem Post von Caralie Reynolds gesehen und konnte sagen, dass 99 Prozent davon nicht besonders freundlich waren. Auch in den Nachrichten und Boulevardsendungen war Paxton Wright in den letzten Stunden zum Thema Nummer eins mutiert.

Ich wunderte mich zwar nicht über die Gerüchte, weil allgemein bekannt war, dass er zu den typischen Celebrity-Playboys gehörte, aber gut fühlte er sich damit bestimmt nicht. Selbst wenn es stimmte, dass er seine Freundin so gemein hinters Licht geführt und sie betrogen hatte, ging es mich nichts an. Deshalb nahm ich mir vor, ihn nicht zu verurteilen oder nach der Wahrheit zu fragen. Ich würde diese Chance einfach nutzen. Ich wollte Teil der Filmwelt sein, eine bekannte Regisseurin werden, Kontakte knüpfen und später jeden Film auf die Leinwand bringen, den ich im Kopf hatte.

Es war beinahe wie ein stiller Abschied von meinem alten Leben, als ich mir wenig später meinen grün karierten Trekkingrucksack auf den Rücken schnallte und den heißen Bus verließ. Zwischen Touristen mit Sonnenhüten und Geschäftsmännern in billigen Anzügen drängelte ich mich vor bis zum Flughafengebäude. Die kühle Luft der Klimaanlage begrüßte mich in der riesigen Eingangshalle des *Los Angeles International Airport*.

Das ist der Start in die Zukunft deiner Träume, Farah.

Ich konnte das breite Lächeln nicht unterdrücken und das wollte ich auch gar nicht. Sollte doch ruhig jeder sehen, dass mein Traum gerade damit begonnen hatte, in Erfüllung zu gehen.

So breit grinsend, als wäre ich auf Drogen, lief ich durch den Flughafen und gab mein Gepäck auf. Voller Vorfreude setzte ich mich mit Kaffee und billigem Sandwich in den Händen auf eine Bank gegenüber von den sich ständig aktualisierenden Anzeigetafeln. Ich sah, nein, vielmehr starrte ich auf die Ankunfts- und Abflugzeiten aus aller Welt, als wären sie ein spannender Film. Gedankenverloren rührte ich mit dem dünnen Holzstäbchen in dem kalten Automatenkaffee, der schmeckte, als hätte man in ihm Zigarettenstummel ertränkt. Und zum ersten Mal in meinem Leben war mir das völlig egal. Gerade als mein Flug zum Boarding aufgerufen wurde, meldete sich meine Blase. Bester Zeitpunkt überhaupt. Da Flugzeugtoiletten immer Platzangst bei mir auslösten, sprang ich wie von der Tarantel gestochen auf, um dem Flughafen-WC einen letzten Besuch abzustatten. Dort angekommen, traf mich der Schlag. Die Schlange vor dem Damenklo war gefühlt einen Kilometer lang und ich hatte definitiv keine Zeit, um mich anzustellen.

Was tun? Was tun? Was tun?

»*Sehr geehrte Damen und Herren, der Flug AS3441 von Los Angeles nach Anchorage steht nun an Gate 17 zum Boarding für Sie bereit. Wir wünschen Ihnen einen guten Flug*«, teilte die mechanische Frauenstimme durch sämtliche Lautsprecher des Flughafens mit.

Ein überraschenderweise fast leerer Starbucks auf der anderen Seite des Wartebereichs fiel mir ins Auge. Das war definitiv ein Zeichen. Schnellen Schrittes und nicht halb so elegant wie eine Kobra schlängelte ich mich durch die ganzen wartenden Menschen. Den ein oder anderen bösen Blick, den ich dafür erntete, ignorierte ich geflissentlich. Ich musste immerhin auch noch zurück, erst danach konnte ich mir ein schlechtes Gewissen erlauben.

Als ich den Starbucks betrat, versuchte ich schnell an der kurzen Schlange vorbeizukommen, als mich einer der Baristas anhielt.

»Wohin wollen Sie, Miss?«, fragte der junge Mann mit dunklen Locken vor mir, während er ein Tablett mit frischen Tassen auf dem Tresen abstellte.

»Mein Flieger geht gleich und ich wollte deshalb noch kurz Ihre Toilette benutzen.« Meinen gestressten Ausdruck versuchte ich, wohl wenig erfolgreich, durch ein freundliches Lächeln zu überdecken.

Der Lockenkopf schüttelte den Kopf. »Dieses hier ist nur für Kunden und so wie ich das sehe, sind Sie keine Kundin. Wir sind kein Wohltätigkeitsverein.«

Verdutzt sah ich ihn an. War das sein Ernst? Wir waren an einem

Flughafen und nicht in der Innenstadt. Die Leute hier hatten wirklich Zeitdruck.

»Das verstehe ich natürlich. Ich habe allerdings gerade meine Periode. Würden Sie deshalb eine Ausnahme machen?« Zwar hatte ich meine Periode noch nicht, aber das würde sich spätestens in den nächsten vierundzwanzig Stunden ändern, weshalb mir meine kleine Notlüge nichts ausmachte. Immerhin musste ich mich tatsächlich langsam darauf vorbereiten und ich hatte keine Lust, im Flugzeug davon überrascht zu werden. Meine Worte waren freundlich, aber wieder schüttelte der Barista ablehnend den Kopf.

»Ich werde keine Ausnahme machen. Dann würden plötzlich alle Menschen sich die Frechheit rausnehmen und ihre vollgebluteten Tampons hier abladen. Nein danke, euren Frauendreck mache ich bestimmt nicht sauber«, motzte er herum.

Seine Respektlosigkeit machte mich sprachlos. Meine Augenbrauen zogen sich beinahe automatisch zusammen, als ich seine Worte realisierte. Ich spürte, wie sich eine leise Wut in mir sammelte. Dumm nur, dass ich eigentlich überhaupt keine Zeit dafür hatte.

»Okay, hören Sie. Das finde ich ziemlich frech von Ihnen und so werde ich mich ganz bestimmt nicht abspeisen lassen. Dieser Starbucks freut sich sicher über eine schlechte Bewertung wegen Diskriminierung, in der Ihr Name auftaucht, Mr ...« Meine Augen wanderten zu dem silbernen Namensschild auf seiner Brust. »... Luis. Also entschuldigen Sie mich bitte, ich muss jetzt mal wohin!«

Ohne auf eine weitere Antwort zu warten, schob ich mich mit finsterem Blick an ihm vorbei und sprintete zum WC am Ende der Filiale. Eine Sekunde lang bildete ich mir ein, mich wie Lydia Benson zu verhalten, bis mir wieder einfiel, dass nichts davon mein Fehler gewesen war. Ich schüttelte den Kopf und drückte die dunkelgrüne Kabinentür auf.

Als hätte ich es nicht schon geahnt, war ich tatsächlich gerade dabei, meine Tage zu bekommen. Gott sei Dank hatte ich es rechtzeitig gemerkt, denn im Flugzeug wäre das ziemlich unangenehm geworden. Manchmal verfluchte ich es, eine Frau zu sein, aber andererseits war das ganz natürlich.

Ich beeilte mich, zurück zum Gate zu kommen, um glücklicherweise festzustellen, dass noch nicht alle Menschen an Bord waren. Das Boarding war genau genommen noch in vollem Gange. Mit meinem Handgepäck-Rucksack auf dem Rücken reihte ich mich hinter eine chaotische Großfamilie zur Passkontrolle ein. Zwei Jungs um die acht konnte ich unschwer als Zwillinge identifizieren. Sie schubsten sich kichernd, während die Eltern hitzig in einer Sprache diskutierten, die ich nicht verstand. Eine Tochter gab es auch noch, die beinahe die ganze Zeit damit beschäftigt war, Selfies zu schießen, hochzuladen und wieder von vorn anzufangen.

Als ich an der Reihe war, kam die Vorfreude, die vorhin noch von meinem Ärger mit dem Barista überdeckt worden war, wieder an die Oberfläche. Ein aufgeregtes Kribbeln floss durch meinen Körper, als mich die freundliche Flugbegleiterin nach meinen Papieren fragte. Als ich die Brücke entlanglief, drehte ich mich ein letztes Mal um und warf einen Blick Richtung Flughafen, wobei ich einen traurigen Gedanken an meine eigene Familie nicht unterdrücken konnte. Ich würde ihnen wieder das Herz brechen. Aber manchmal war Abschließen der einzige Weg, der einen vor dem Ertrinken bewahrte.

Ich war auf dem Weg in mein neues Leben und ab jetzt konnte es nur noch bergauf gehen. Meine Mom würde früher oder später sehen, dass es nur diese eine Richtung für mich gab, und sie würde es akzeptieren, sie würde mich akzeptieren, da war ich mir sicher.

15.09.

Liebes Tagebuch,

Paxton hat sich auf Social Media unter einem Kommentar gemeldet, den ich geschrieben habe!!!! Da hat er auf die Tierhilfe in Los Angeles aufmerksam gemacht und ich habe darunter gepostet: »Ich bin zwar kein Fan von den meisten Tieren, finde aber trotzdem großartig, was du machst. Etwas anderes habe ich aber nicht erwartet von jemandem, der so viel Herz hat. Ich werde für die Tierhilfe auf jeden Fall spenden.«
   Und er hat einfach geantwortet: »Danke, das ist toll«!!!
   Ich glaube, jetzt bin ich ihm endlich aufgefallen! Bei den meisten anderen hat er nämlich nur »Danke« oder »Wie schön« geantwortet.
   Ich werde ihm noch mal eine Privatnachricht schicken.

KAPITEL 6

FARAH

Alaska war ein Kulturschock. Noch nie in meinem Leben hatte ich echten Schnee gesehen. Ich war ein L.A.-Girl und wenn es bei uns richtig kalt wurde, bedeutete es, dass ich einen Hoodie unter meiner Jeansjacke trug. Aber hier peitschte kühler Wind schon Anfang Oktober durch die Straßen und Schnee rieselte bei minus ein Grad auf mich herab. Im Flughafen hatte ich den dicken Mantel aus meinem Rucksack gezogen, was nichts daran änderte, dass ich trotzdem fror.

Als die schwarze Limousine auf dem Parkplatz des riesigen *Alaska Snow Resort* zum Stehen kam, war es bereits stockduster. Sarah Willson hatte mir einen freundlichen Fahrer namens Sam zum Flughafen geschickt, um mich abzuholen. Erst war er ziemlich ruhig gewesen, bis ich ihn nach der Umgebung gefragt hatte. Er hatte von den Gletschern, den seltenen Tierarten, die in der Gegend lebten, und den heißen Quellen in Chena Hot Springs erzählt, in denen sein Großvater früher regelmäßig gebadet hatte. Es hieß, dass das heiße sprudelnde Wasser jegliche Beschwerden heilen konnte. Ich beschloss, es mir zu merken, für den Fall, dass meinem sonnenstrahlenverwöhnten Körper ein Zeh abfror.

Sam ließ mich auf dem Parkplatz des Resorts raus und half mir, mein Gepäck in das Gebäude zu bringen, in dem ich die nächste Zeit wohnen würde. Der im Laternenlicht funkelnde Schnee knirschte unter meinen Boots, während wir durch die kalte weiße Masse zur Hotelveranda hinüberstapften. Der Saum meiner Jeans war durchnässt und rieb eiskalt über meine Haut. Das Erste, was ich tun würde, wenn ich später im Bett lag, war, mir ein paar kniehohe Stiefel zu bestellen. Denn der Schnee war so tief, dass das Einzige, was darauf hinwies, dass hier normalerweise ein Weg entlangführte, die warm leuchtenden Vintage-Laternen waren, die sich an den Rändern über das gesamte Gelände zogen.

Auf der Veranda angekommen, übergab mir Sam die Schlüsselkarte für mein Zimmer.

»Zimmer 227 ist Ihres. Nehmen Sie am besten den Fahrstuhl neben der Rezeption. Ich wünsche Ihnen eine gute Nacht.«

»Danke, Sam, schlafen Sie auch gut.«

Als ich die Tür aufschloss und das Schmelzwasser meiner Boots auf der Fußmatte abtrat, kam ich aus dem Staunen nicht heraus. Ich war vorher noch nie in so einem noblen Hotel gewesen. Alles hier schrie nach Geld, sodass ich wirklich Bedenken hatte, die Möbel auch nur anzufassen. Ich konnte die große Badewanne durch die offen stehende Badezimmertür quasi nach mir rufen hören.

Ich trug mein Gepäck hinein und ließ mich in das wolkenweiche Boxspringbett fallen. Es war so gemütlich, dass ich mich wirklich zusammenreißen musste, um nicht direkt einzuschlafen, sondern wieder aufzustehen, weil ich noch unter die Dusche wollte. Nach Flügen fühlte ich mich immer so unsauber, selbst wenn ich es gar nicht war. Aber dieses Gefühl ließ sich ganz einfach mit ein wenig warmem Wasser und Seife wieder abwaschen. Und genau das tat ich, bevor ich völlig erschöpft in das kuschelige Kingsize-Bett zurückfiel und nur eine Sekunde später in einen tiefen traumlosen Schlaf versank. Die Stiefel konnte ich auch morgen noch bestellen.

Ein lautes DEEED-DEEED-DEEED riss mich viel zu früh aus dem erholsamsten Schlaf seit Langem. Der Schreck sorgte dafür, dass ich wie ein Sack Zement aus dem Bett fiel und hart auf dem weichen Teppichboden landete. In diesem Moment glich meine Körperspannung ungefähr der einer Qualle, was mich vermutlich vor ernsteren Schäden bewahrt hatte.

»Blöder Wecker«, fluchte ich, während ich mir den standardmäßigen Hotelbademantel überwarf und im Handgepäck nach meinem Telefon kramte. Als ich es fand, war ich ziemlich irritiert. Das Klingeln hörte nicht auf und es kam definitiv nicht aus dem Lautsprecher meines Smartphones, denn das hatte keinen Akku mehr.

»Was zum ...?«, flüsterte ich, als ich das Telefon in die Tasche meines Morgenmantels gleiten ließ. Tatsächlich kam mir als Erstes meine abergläubische Grandma in den Sinn, die früher hinter jedem Geräusch einen Geist vermutet hatte. Ich musste zugeben, dass ich das deshalb für eine Sekunde in Erwägung zog. Den Gedanken verwarf ich aber schnell wieder. Immerhin hatte ich noch nie von einem Geist gehört, der das Klingeln eines Weckers imitierte. Falls es ihn allerdings doch gab, fiel er definitiv in die Kategorie Poltergeist.

Doch dann fiel mein Blick auf den Mantel, der neben der Tür hing und das Zimmertelefon verdeckte. Das war definitiv der Ursprung des Klingelns. Schnell lief ich hinüber und riss bei dem Versuch, mir den Hörer zu greifen, beinahe den Mantel herunter.

»Hallo?«, keuchte ich fragend in den Hörer.

»Guten Morgen, Ms Stewart, ich hoffe, dass Sie gut geschlafen haben.«

Ich brauchte einen Augenblick, bis ich begriff, dass Sarah Willson, meine Chefin, am Telefon war.

»Natürlich. Ich war echt ziemlich erledigt, als ich ankam. Aber es ist der Wahnsinn hier. So anders als Los Angeles.«

Sarah lachte. »Ja, ich weiß. Ich war für die Vorbereitungen schon mal da. Es ist wunderschön. Aber der Grund, weshalb ich eigentlich anrufe, ist, dass an der Rezeption ein Hoodie mit dem Resort-Logo und die Zimmerkarte für Paxtons Zimmer hinterlegt sind. Bringen Sie den Pulli einfach in die Suite, die für ihn vorgesehen ist. Sie werden ihn sicher auch heute noch kennenlernen.«

»Natürlich, das ist kein Problem.«

»Super, ich freue mich über so eine tatkräftige Assistentin wie Sie. Das wird toll. Machen Sie es gut und halten Sie mich auf dem Laufenden.«

»Mach ich, versprochen.«

Keine zehn Minuten später stand ich in Jeans und Norwegerpulli unten und nahm der freundlichen Rezeptionistin den Hoodie für Paxton ab.

Ich beobachtete die leuchtenden Zahlen in dem luxuriösen Fahrstuhl, bevor ich auf der obersten Etage ausstieg.

Ganz plötzlich beschleunigte sich mein Puls. War ich etwa aufgeregt, weil ich gleich das zukünftige Zimmer eines Hollywood-Filmstars betreten würde, der noch nicht mal da war? Ja, verdammt, war ich.

Andächtig starrte ich auf die Schlüsselkarte, bevor ich sie an das schwarz glänzende Lesegerät hielt. Das befriedigende Klicken sagte mir, dass die Tür bereit war, geöffnet zu werden. Aber war ich bereit dazu?

Komm, Farah, das Zimmer ist leer.

Vorsichtig zog ich die Tür auf und betrat die Suite.

»Wow«, seufzte ich überwältigt. Ich hatte mein Zimmer schon für supernobel gehalten, aber das hier war krass. Zwei rote Sofas standen um einen Glastisch herum. In den weißen Teppich, der auf den dunklen Dielenboden lag, waren Fäden eingewebt, die in dem Licht des Kronleuchters golden glänzten. Sowohl auf der rechten Seite des Raumes als auch auf der linken gab es zwei weiße Doppeltüren. Sie waren geschlossen, und trotz meiner Neugier ermahnte ich mich, sie nicht zu öffnen. Das hier war nicht meine Welt. Ich würde den Pullover einfach auf den Couchtisch legen und wieder verschwinden. Doch dann hörte ich ein lautes Knarzen aus einem der angrenzenden Räume.

Erschrocken hielt ich die Luft an und bewegte mich keinen Zentimeter. War hier jemand außer mir? Vielleicht das Zimmermädchen? Nein, dann hätte draußen ein Wagen gestanden, aber da war nichts gewesen. Alles war picobello. Und Paxton Wright? Das war unmöglich, sonst hätte man mir gesagt, dass er schon angereist war. Aber wenn es nicht Paxton war oder ein Zimmermädchen, wer oder was war es dann?

Sofort schoss mir ein weiterer Gedanke durch den Kopf: Einbrecher.

Etwas nervös griff ich nach dem Stecker der modernen Lampe, die auf der dunklen Holzkommode neben der Zimmertür stand, und nahm sie leise in die Hand. Den Pullover ließ ich dafür liegen. Mein

Herz begann, so schnell zu rasen, dass ich befürchtete, dass der Jemand auf der anderen Seite es hören konnte. Trotzdem öffnete ich die linke Tür. Ich lugte durch den Spalt, konnte aber niemanden entdecken.

Was konnte ich in dieser Situation tun? Ich könnte die Polizei rufen, aber das Resort war so abgelegen, dass es vermutlich eine Ewigkeit dauern würde, bis der Deputy hier eintraf. Bis dahin könnte ich längst tot sein.

Wie wär's mit einem hilfreicheren Gedanken? Denk nach, Farah, denk nach.

Vielleicht würde sich der Einbrecher ja durch das Hotelpersonal vertreiben lassen. Ja, das konnte funktionieren. Vielleicht war das sogar meine einzige Möglichkeit. Aber wie bekam ich es kontaktiert? Mein Smartphone hing immerhin an einem Ladekabel in meinem Zimmer.

Ich blickte mich für eine Sekunde um, musste aber schnell feststellen, dass das Telefon, das auf dem Nachttisch neben dem Kingsize-Bett stand, wahrscheinlich die einzige Option war. Wie beunruhigend. Sam hatte mir erzählt, dass alle Servicenummern des Resorts darauf gespeichert waren. Der Sicherheitsdienst wäre in jedem Fall schneller hier als die Polizei. Ich musste es versuchen.

Lautlos öffnete ich die Tür noch ein Stück weiter. Immer noch war niemand zu sehen, weshalb ich davon ausging, dass der Einbrecher gerade das Zimmer auf der anderen Seite inspizierte.

Mein Blick wanderte erneut zu dem kleinen schnurlosen Telefon, das in seiner Ladestation stand. Das war meine Chance. Doch bevor ich mich in den Raum schieben konnte, fiel hinter mir eine Tür ins Schloss und ließ mich eine Millisekunde in der Bewegung erstarren.

Das Doofe daran, in der Bewegung zu erstarren, war, dass das Gleichgewicht sich einem dabei in der Regel nicht anpasste, genauso wenig wie die Erdanziehungskraft.

Wie in Zeitlupe taumelte ich ein paar Schritte zurück. Was ich auch nicht einkalkuliert hatte, war der riesige Teppich vor der Sofagarnitur. Er rutschte unter meinen Füßen ein Stück beiseite und ließ mich stürzen. Mit einem lauten Klirren landete ich in dem gläsernen

Couchtisch. Ein schmerzerfüllter Schrei entfuhr mir, als das zerbrochene Glas einige blutige Schrammen auf meinen Beinen verursachte und meiner Jeans einen unfreiwillig angesagten Destroyed-Look verpasste.

Ich ignorierte das Blut, das an meinem Schienbein hinunterlief, und rappelte mich schnell hoch. Die Lampe ließ ich dabei in dem Scherbenhaufen liegen.

»Sofort stehen bleiben!«, rief eine männliche Stimme hinter mir.

Wie betäubt erstarrte ich augenblicklich.

»Umdrehen!«

Doch ich konnte es nicht. Mein Herz überschlug sich und ich spürte, wie sich kalte Schweißperlen auf meiner Haut bildeten. Jetzt war es vorbei. Die schlimmsten Gedanken schossen mir durch den Kopf.

Er würde mich erschießen oder erschlagen, wenn ich mich umdrehte.

»Bitte erschießen Sie mich nicht«, krächzte ich erschrocken.

»Erschießen? Wieso sollte ich Sie erschießen?« Die Stimme des Einbrechers klang irritiert, während meine so sehr zitterte, dass sie zu versagen drohte.

»Ich weiß nicht, was Sie wollen, aber ich werde Ihnen alles geben, was ich habe. Wissen Sie, ich bin wegen eines Jobs hier und das ist die Chance meines Lebens und vermutlich die einzige Möglichkeit, meinen Eltern klarzumachen, dass Träume sich erfüllen können und mehr sind als bloße Fantasie«, plapperte ich unkontrolliert drauflos. Ich hatte keine Ahnung, weshalb ich ihm das erzählte. Vielleicht hoffte mein Unterbewusstsein darauf, dass er Mitleid mit mir bekam und mich deshalb nicht umbrachte. Einen Versuch war es allemal wert und es schien zu funktionieren, denn der Mann hinter mir begann zu lachen. Es war ein dunkles Lachen, das ich vermutlich schön gefunden hätte, wenn ich mich nicht gerade in so einer beschissenen Situation befunden hätte. Seine Reaktion verwunderte mich, beruhigte mich aber kein bisschen.

»Sie sind doch die Einbrecherin hier, wie kommen Sie darauf, dass ich Ihnen das abkaufe?«

Seine Aussage befreite mich aus meiner Starre und sorgte dafür, dass ich mich ihm verwundert zuwandte.

»Nein, Mister. Das hier wird später das Zimmer eines Kollegen. Ich bin hier, um etwas abzulegen. Ich gehöre zu dem ...« Weiter kam ich nicht, als ich realisierte, wer da gerade vor mir stand.

Seine dunkelblonden Haare waren durcheinander, aber er hatte definitiv die kleine Narbe über seinem linken Auge und eine große über der Brust. Er trug Schlafsachen. Na ja, genau genommen hatte er nur eine lange karierte Schlafhose an. Aber sein trainierter Actionheld-Oberkörper war unbekleidet und unverkennbar.

»Paxton Wright ...« Ich flüsterte seinen Namen eher, als dass ich ihn aussprach. Trotzdem hörte er es, was ich daraus schloss, dass sich seine Miene verdunkelte. Er spannte seinen Oberkörper an und ging ein paar Schritte rückwärts, ohne mich auch nur eine Sekunde aus den Augen zu lassen.

»27.08.«, hauchte er, bevor er seine selbstbewusste Stimmlage von eben wiederfand. »Wenn Sie nicht gehen, rufe ich die Polizei. Lassen Sie mich endlich in Ruhe!«

Verwirrt starrte ich ihn an, wie einen Unfall, bei dem man nicht wegsehen konnte. Wobei von uns beiden wahrscheinlich ich diejenige war, die wie ein Unfall aussah.

»Hören Sie, das ist, glaube ich, ein ziemlich großes Missverständnis. Ich glaube, dass man vergessen hat, uns darüber zu informieren, dass der jeweils andere kommt. Ich –«

Paxton unterbrach mich, bevor ich die Möglichkeit bekam, ihm meine Theorie zu erklären. »Natürlich ist das ein Missverständnis. Wie jedes Mal, wenn mir ein verrückter Fan auflauert. Aber so etwas Abgefahrenes, wie dass jemand in meiner Suite auftaucht, hat noch niemand versucht. Sie schrecken wohl vor gar nichts zurück. Das ist Ihre letzte Chance. Gehen Sie oder ich rufe die Polizei!«

Die wütende Angst, die er in diesem Moment fühlte, war ihm mehr als deutlich anzusehen. Sein Gesicht war blass geworden und seine Hände hatten zu zittern begonnen.

»Nein, bitte. Hören Sie mir einen Moment zu. Ich bin kein Fan. Ich bin Farah Stewart und arbeite als Assistenz der zweiten Regieassistentin Sarah Willson. Sie und Ihre Managerin Lucy Hill haben mich gebeten, schon früher zu kommen«, faselte ich.

Meine Worte schienen Paxton zumindest etwas zu beruhigen, und ich konnte spüren, wie auch meine Anspannung sich löste.

»Und weshalb genau sind Sie hier, Ms Stewart?«

»Nennen Sie mich bitte Farah, meine Mutter ist Ms Stewart.«

»Das ist keine Antwort auf meine Frage.«

»Ihr Management und Sarah Willson haben mich hier abgestellt, damit ich auf Sie aufpasse.«

Paxton hob überrascht die Augenbrauen. »Und dafür haben sie Sie engagiert? Sie sehen nicht aus wie jemand mit Security-Erfahrung«, bemerkte er zynisch, während er mich musterte und an meinem blutenden Knie hängen blieb. Der Schnitt schmerzte noch etwas, aber das Blut war geronnen. Immerhin das.

»Ich bin nicht diese Art von Aufpasserin. Ich soll darauf achten, dass Sie rund um die Uhr eine Ansprechpartnerin haben, und vor allem, dass Sie sich nicht in einen Skandal oder eine Affäre verwickeln lassen. Das können Sie ja bekanntlich ausgezeichnet.«

In der Sekunde, in der mir meine Bemerkung über die Lippen kam, bereute ich sie auch schon. Hatte ich gerade Paxton Wright beleidigt?

Paxtons Mundwinkel zuckte amüsiert. »Was von beidem kann ich gut?«

Ich ärgerte mich kurz, dass ihn meine Worte nicht tangierten, bevor ich realisierte, dass das wahrscheinlich ganz gut für mich war. Mit jemandem wie dem Hollywood-Schönling vor mir wollte man keinen Zwist haben. Ein »Beides« konnte ich mir als Antwort trotzdem nicht verkneifen.

»Es war sicher ein Missverständnis. Man hat vergessen, uns genau zu informieren. Ich hatte es so verstanden, dass Sie erst noch anreisen würden. Und Ihnen hat man anscheinend gar nicht von mir erzählt.«

Paxton nickte. »Wenn das wirklich ein Missverständnis ist, und das hoffe ich für Sie, Farah Stewart, dann wird sich das sicher überprüfen lassen.«

Diese Situation war so absurd, dass ich ein Lachen nicht unterdrücken konnte. Paxton hingegen schien nach wie vor nicht zum Lachen zumute zu sein. Seine Gesichtszüge waren hart. Das Einzige, was er noch zu mir sagte, bevor er mir mit einer deutlichen Bewegung den Weg Richtung Ausgang wies, war: »Lassen Sie das wegräumen und passen Sie auf, wenn Sie mein Zimmer verlassen. Wenn Sie so jemand aus meiner Suite kommen sieht, gibt es wahnsinnig schlechte PR.«

Sein Tonfall war kühl und ablehnend. Er hatte nicht mal gefragt, wie es mir ging, oder mir ein Handtuch oder Pflaster angeboten. Jeder normale Mensch mit etwas Empathie hätte wenigstens das getan.

In dieser Sekunde war ich mir ziemlich sicher, dass Paxton Wright nicht nur ein Playboy war, sondern auch ein arrogantes Arschloch. Irgendwie hatte ich das Gefühl, dass die Arbeit mit ihm nicht so einfach werden würde, wie ich es mir vorgestellt hatte.

17.09.

Liebes Tagebuch,

heute gab es einen kleinen Rückschlag. Sein Social-Media-Assistent hat auf meine Privatnachricht geantwortet, weil Paxton im Urlaub auf Maui ist. Ich hatte gehofft, dass er mir wenigstens vorher schreiben würde, aber er hat bestimmt einfach superviel zu tun gehabt.

    Ach, ich wünschte, ich könnte mit ihm auf Maui sein. Ich müsste dazu allerdings meine Mom fragen, ob sie mir etwas Geld leiht, weil das Gehalt meines Jobs nicht dafür reicht, ihm nachzureisen. Das würde sie bestimmt verstehen. Immerhin geht es hier um Liebe.

19.09.

Liebes Tagebuch,

meine Mutter wollte nicht, dass ich nach Maui fliege. Aber was hatte ich erwartet? Sie unterstützt mich nie. Jetzt muss ich warten, bis er wieder in Los Angeles ist. Klasse.

    Vielleicht vertreibe ich mir die Zeit damit, ihm ein paar Gedichte zu schreiben. Darüber freut er sich bestimmt.

KAPITEL 7

PAXTON

An manchen Tagen fraß mein Leben mich auf. Heute war so ein Tag.

Kurz nachdem Farah irgendwann mein Zimmer verlassen hatte, war ich aufs Bett gesunken und hatte geschlagene zwanzig Minuten an die Zimmerdecke gestarrt, um das rasende Herz in meiner Brust zu beruhigen. Wenn es etwas in meinem Leben gab, was ich aus tiefster Seele hasste, dann waren das Überraschungsbesuche von fremden Menschen.

Seit einer Veranstaltung im August letzten Jahres war ich vorsichtig, was Frauen betraf. Ich hätte nie gedacht, dass man bei Ankündigungen eines Bauprojekts potenzielle Stalkerinnen traf, aber so war es offenbar gewesen. Denn nachdem ich gegangen war, hatte ich die erste Nachricht bemerkt. Jedes einzelne Wort hatte sich in meine Erinnerungen gebrannt und ich war sicher, dass ich sie nie wieder vergessen würde. Seitdem wünschte ich mir jeden Tag, dass ich nie hingegangen wäre. Aber damals war ich noch relativ neu im Business gewesen und hatte die PR gebraucht, und Jaspers Vater war ein großzügiger Sponsor von Filmprojekten.

Mein Besuch der Gala hatte dazu geführt, dass ich besonders Frauen, die ich attraktiv fand, nicht mehr traute. Farah Stewart war definitiv attraktiv, obwohl sie nicht so richtig in mein normales Beuteschema passte. Sie war kein Fan oder eine Schauspielerin, die ich schon anhand ihres ersten an mich gerichteten Satzes durchschauen konnte. Sie konnte genauso gut eine Verrückte sein. Bei diesem Gedanken lief es mir eiskalt den Rücken herunter, als stünde ich gerade draußen im puren Schnee und nicht in meinem Schlafzimmer.

Ich zog mein Smartphone aus der Tasche meiner Flanellhose und wählte die Kurzwahl.

»Komm schon, Lucy, geh ran«, murmelte ich. Doch ich erreichte nur die Mailbox meiner Agentin. Also klickte ich auf die zweite Nummer, die in meinem Telefonbuch ganz oben stand.

»Hey, Paxton, was kann ich für dich tun?«, begrüßte mich Part zwei meines Managements.

»Hey, Kyle, du, da ist vorhin etwas Seltsames passiert. Ich bin gestern Abend im Hotel angekommen und es war auch alles gut, bis mich eben eine Frau in meiner Suite überrascht und den Couchtisch zerstört hat. Sie sagt, Lucy und Sarah hätten sie mit irgendwas beauftragt. Kyle, was ist da los?«

Meine Stimme war ernst und mein Manager wusste, dass ich alles andere als amüsiert war.

»Sie hat den Couchtisch kaputt gemacht?«

»Ja, hat sie. Kyle, wer ist die Frau?«

»Farah Stewart. Sie ist seit Kurzem die Assistentin von Sarah Willson, der –«

»Ich kenne Sarah, du brauchst mir nicht zu erklären, wer sie ist. Sag mir lieber, was diese Ms Stewart hier in meiner Suite verloren hat«, hakte ich ungeduldig nach. Und wenn ich ungeduldig war, wurde ich automatisch gereizt.

»Wenn du mich zu Wort kommen lässt, sag ich dir das gern.«

»Okay. Also?«

»Sie ist Sarahs neue rechte Hand, nachdem Leonhard wegen Trunkenheit am Steuer gefeuert wurde. Sie brauchte dringend Ersatz und Farah war flexibel. Weil Sarah und die anderen Regieassistenten erst in ein paar Tagen vor Ort sein können, haben wir entschieden, Farah zu dir zu schicken, damit sie dir Gesellschaft leistet.«

»Damit sie mich überwacht, trifft es wohl eher. Oder weshalb hat sie sonst eine Schlüsselkarte zu meinem Zimmer? Die Tür habe ich jedenfalls nicht offen stehen lassen, Kyle.«

Kyle seufzte ertappt. »Ja, wir, aber vor allem die Produzentin des Films, wollen dich etwas im Auge behalten. Elane Growl hat mehr als klargemacht, dass du raus bis, wenn du dir auch nur den kleinsten Fauxpas leistest, Paxton. Farah Stewart ist unsere Versicherung.«

»Und weshalb habt ihr mir das nicht vorher gesagt?«

Frustriert schwang ich mich aus dem Bett und lief zu den bodentiefen Fenstern hinüber. Der Schnee rieselte langsam an dem Glas vorüber und legte sich auf die Tannen, die um den kleinen vereisten See herumstanden.

»Lucy hatte Angst, dass du nicht in den Flieger steigen würdest, wenn wir dir noch Bescheid gäben«, gab Kyle zu. Das schlechte Gewissen war ihm anzuhören.

»Ihr vertraut mir also nicht«, schlussfolgerte ich, obwohl es unfair war. Lucy und Kyle waren die besten Menschen, die ich kannte, und sie hatten absolut alles für mich getan.

»Doch, aber sag mir ehrlich, Paxton: Wärst du nach Anchorage geflogen?«

»Wenn ich von eurer Babysitterin gehört hätte? Nein, wahrscheinlich nicht«, gestand ich. Wir wussten beide, dass ich dafür zu eitel gewesen wäre.

»Siehst du, es reicht nicht, wenn nur wir wissen, dass du ein guter Mensch bist, Paxton. Mach einfach keine Fehler und hör auf das, was Ms Stewart sagt.«

»Okay, fein. Aber dann will ich Stewarts Akte. Ich will alles über die Frau wissen, der ihr meinen Zimmerschlüssel so einfach überlassen habt.«

»Mach ich, aber einiges kannst du auch selbst rausfinden. Sie wird später für dich nach Anchorage in die Mall fahren und Wintersachen besorgen. Du hast nichts da und Alaska ist, wenn man nicht gerade aus der Arktis kommt, kein Ort für einen Spontantrip. Sag ihr, was du willst, aber sei nett und hör auf sie. Ach so, und eine Sache noch. Lucy arrangiert gerade einen Interviewtermin für dich, der kurz vor Weihnachten stattfinden soll. Da sollst du dich zu Caralie äußern. Die Leute stehen um Weihnachten herum auf Vergebung. Das nutzen wir aus.«

»Na gut, ich werde einfach alles tun, was Stewart sagt, versprochen. Aber über das Interview reden wir noch mal«, seufzte ich. Es nervte mich, dass man mich wie eine Mischung aus Kleinkind und Hund behandelte. Ich war einer von den Guten. Und, scheiße, natürlich war die Affäre mit Caralie ein Fehler gewesen. Das wusste ich selbst, aber ich konnte es nicht ungeschehen machen. Also musste ich nun wohl oder übel die Arschbacken zusammenkneifen und durchhalten.

»So leid es mir tut, aber unsere Optionen sind da begrenzt. Mach dir einfach schon mal Gedanken darüber, was du sagen könntest. Bis dahin sind es ja auch noch etwas mehr als zwei Monate.«

»Ladies and Gentlemen, eigentlich gibt es nicht viel zu sagen. Hiermit möchte ich mich in aller mir möglichen Höflichkeit dafür entschuldigen, dass ich eine Affäre mit einem mediengeilen Miststück angefangen habe«, übertrieb ich, so überheblich ich konnte. Aber Kyles Lachen blieb aus, was ich nicht als gutes Zeichen verbuchte.

»Versuch es, ohne jemanden zu beleidigen. Es ist ja noch etwas Zeit bis dahin. Pass einfach so lange auf, dass du nichts über die Sache erzählst.« Damit legte er auf.

Frustriert warf ich mein Smartphone auf die weiche Bettwäsche und schlurfte ins Bad, wobei ich in eine Scherbe trat, die es bis zur Tür geschafft hatte. Der kurze Schmerz, der meine Nerven durchzuckte, erinnerte mich daran, dass ich lebte, so beschissen die Situation auch war.

Ich pulte sie aus meiner Fußsohle und schnippte sie in den Mülleimer, bevor ich meine Hände unter den Wasserhahn hielt und mein Gesicht wusch.

»Du kannst das, Paxton. Stewart ist eine Kollegin. Sie ist nicht *sie*.«

Ich schloss gerade den Reißverschluss meiner Hose, als die Zimmertür aufschwang und mein Herz einen Moment lang aussetzen ließ. Farah dirigierte eine Hotelangestellte mit Staubsauger und Besen freundlich zu der Unfallstelle. Die Frau begann augenblicklich damit, aufzukehren, was von dem Tisch übrig geblieben war. Farah, die sich umgezogen und ihre Wunden versorgt hatte, kam zu mir herüber. Ich nahm mir vor, sie zu fragen, wie es ihr ging, und mich für meine harsche Reaktion zu entschuldigen. Und doch war das Erste, das mir über die Lippen kam, ein kühles: »Klopfen Sie eigentlich nie an?«

Farahs Blick verdunkelte sich und sie verschränkte die Arme vor der Brust. »Haben Sie eigentlich nie ein Hemd an?«

»Die meiste Zeit schon, aber hin und wieder muss ich es ablegen. Vertragsbedingung«, versuchte ich zu kontern, was Farahs genervtem Stöhnen nach zu urteilen nicht besonders gut funktionierte.

»Ja, das würde ein Pornostar auch sagen.«

»Das hat irgendwie wehgetan.«

Sie zuckte mit gespieltem Desinteresse in den Augen und einem fiesen Grinsen auf den Lippen die Schultern. »Tja, dann würde ich sagen, dass Sie sich besser das Wärmste anziehen sollten, was Sie dahaben, denn ich werde ganz sicher nicht alleine nach Anchorage fahren, um Sie einzukleiden. Nachher passt etwas nicht, das ich aussuche, oder Sie finden es hässlich. Außerdem wären Ihr Management oder Sarah bestimmt nicht glücklich darüber, wenn ich Sie hier alleine ließe. Alle haben mir mehr als klargemacht, dass ich, wenn Sie fliegen, ebenfalls meinen Platz räume, und ich fürchte, dass das zumindest die nächsten Tage auch andersherum gilt.«

»Ich kann aber nicht einfach in ein Einkaufszentrum gehen, Stewart.«

»Mein Name ist Farah und ich bin keine Idiotin. Ich habe mir was einfallen lassen. Sie werden schon sehen. In zehn Minuten treffen wir uns in der Lobby. Dann ist Abfahrt.«

Farah gab sich Mühe, autoritär und respekteinflößend zu klingen, aber ganz kaufte ich ihr das noch nicht ab, obwohl ich zugeben musste, dass ich wohl mitfahren musste, wenn ich nicht vorhatte, in den nächsten Tagen zu erfrieren.

— — —

Die Autofahrt in das vierzig Minuten entfernte Anchorage war seltsam. Sam unterhielt sich fast die gesamte Zeit mit Farah über Alaska und die Tiere hier, während sie mich, so gut es ging, ignorierte. Ich war wohl gemeiner zu ihr gewesen, als ich gedacht hatte.

Kühl begann ich, sie zu mustern. Farah trug einen schwarzen Daunenmantel, der definitiv wärmer war als meine Herbstjacke, und ein nicht gerade dazu passendes Stirnband in Rot. Ihre Haare hatte sie zu einem Pferdeschwanz zusammengebunden. Im Gegensatz zu ihr wirkten diese nicht so steif. Im Gegenteil. Sie wellten sich hauptsächlich in einem dunklen Braun, nur die Spitzen glänzten in einem satten Lila. Zugegeben, es stand ihr, sah aber zu cool für ihr restliches Auftreten aus. Mit der Frisur hätte ich Farah eher für eine angesagte Stylistin statt für eine spießige Assistentin gehalten.

Das war auch so ziemlich das Einzige, was mir mein Management heute Morgen über sie hatte preisgeben können. Die Akte, die Kyle mir zugeschickt hatte, umfasste einen halb ausgefüllten Steckbrief. Nichts, womit ich arbeiten konnte. Farah Stewart war dreiundzwanzig Jahre alt, ein Meter achtundsechzig groß und würde als Assistenz der zweiten Regieassistentin am Set von *Snowlight* arbeiten. Über ihre Vergangenheit oder woher sie kam, hatten Lucy und Kyle kaum Infos bekommen, ihnen reichte es, dass Sarah ihr vertraute. Mir reichte das allerdings nicht.

Sarah vertraute jedem und gehörte zu den Frauen, die ihr Herz auf der Zunge trugen. Sie war immer freundlich und entdeckte selbst in arroganten Miesepetern wie mir einen Funken Gutherzigkeit. Ich mochte Sarah immer noch sehr, aber auf ihre Menschenkenntnis würde ich mich nicht verlassen.

Ich fürchtete, dass ich anfangen musste, freundlicher zu Farah zu sein, wenn ich etwas über sie erfahren wollte.

»Farah, seit wann sind Sie Sarahs Assistentin?«, fragte ich so höflich, als hätte ich einen Stock im Arsch.

Sie drehte ihren Kopf zum ersten Mal, seit wir in Sams Limousine gestiegen waren, in meine Richtung und bedachte mich mit einem starren Blick. »Wenn Sie mich schon bei meinem Vornamen anreden, dann bieten Sie mir doch bitte das Du an.«

Jap, sie war wirklich sauer. Ich hatte es übertrieben mit meinem arroganten Gehabe. Ich wollte mich auf keinen Fall mit ihr anfreunden, das hieß, ich musste sie auf Distanz halten. Andererseits wollte ich wissen, mit wem ich es zu tun hatte. Es war ein schmaler Grat, auf dem ich mich bewegte. Irgendwie musste ich die Balance halten, um nicht abzustürzen. Nicht zu freundlich, aber freundlich genug.

»Natürlich, es tut mir leid. Und wenn wir schon dabei sind, möchte ich mich bei Ihnen … ich meine, bei dir, für meine uncharmante Art entschuldigen. Ich hatte einen sehr schlechten Start in den Tag und habe das an dir ausgelassen, obwohl nichts davon deine Schuld war. Ich hoffe, dass du dich nicht zu sehr verletzt hast.«

Um den heißen Brei herumzureden, gehörte nicht zu meinen Stärken, weshalb ich so gut wie immer mit der Tür ins Haus fiel. Normalerweise funktionierte das, was nicht hieß, dass das ein oder andere Haus dabei nicht schon zusammengefallen war.

Farahs Gesichtszüge veränderten sich. Sie wurden weicher. Ich hatte ihr die Sprache verschlagen. Die neue Regieassistentin hatte wohl mit etwas anderem gerechnet.

»Schön, dass es dir wenigstens auffällt. Es geht mir gut, danke. Und nur um das klarzustellen: Ich habe nun mal den Job bekommen, auf dich aufzupassen wie auf ein schutzbedürftiges Hundebaby. Das gefällt mir ebenso wenig wie dir. Aber ich bin genauso ein Mitglied der Crew wie du oder Sarah und ich werde ganz sicher niemanden auf mir herumtrampeln lassen«, stellte sie klar.

Ich nickte zustimmend. Ich hatte mich wie ein Arsch verhalten, aber das war nicht der richtige Weg.

»Du hast recht. Dass wir einen schlechten Start hatten, liegt zu einem Großteil an mir, es tut mir leid. Vielleicht hast du ja Lust auf einen Neustart. Ich verspreche hiermit feierlich, nie wieder auf dir herumzutrampeln.« Ich hob meine Hand wie ein Erstklässler bei den Pfadfindern und lächelte, so charmant ich konnte.

»Okay, versuchen wir einfach, es einander nicht so schwer zu machen«, antwortete sie misstrauisch. Farah konnte sich trotzdem kein echtes Lächeln abringen.

»Schön, das freut mich.« Diese Unterhaltung gehörte definitiv zu der Sorte, die unangenehm war, obwohl keiner wusste, wieso. Mein Gefühl sagte mir, dass es jetzt erst mal besser war, die Klappe zu halten, auch wenn ich gern auf die Frage vom Anfang zurückgekommen wäre. Vielleicht brauchte sie nur etwas Zeit.

Der Rest der Fahrt verlief stumm. Niemand sagte mehr etwas. Nicht mal Sam, der gesprächiger zu sein schien, als ich ihn anfangs eingeschätzt hatte. Erst als wir auf den Parkplatz einer Mall einbogen, wurde mir klar, dass wir uns auf dem Weg in die Öffentlichkeit befanden. Obwohl mich am Flughafen niemand beachtet hatte, war ich mir sicher, dass man mich hier erkennen würde. Meine Hände wurden schwitzig.

»Sicher, dass so eine große Mall der richtige Ort für uns ist? Ich meine, ich bin berühmt. Ich habe keine Lust, die ganze Zeit von jungen Mädchen belagert zu werden«, schob ich vor. In diesem Augenblick konnte ich schlecht zugeben, dass ich Angst vor Menschenaufläufen hatte, weil ich sie nicht kontrollieren konnte.

Meine halbwahre Erklärung bestrafte Farah mit einem Augenrollen, während sie die Tür öffnete und aus dem Auto stieg. Ich hörte, wie ihre dumpfen Schritte durch den Schnee um die Limousine herumstapften. Mir war klar, dass sie mich wieder für arrogant oder verwöhnt halten würde, wenn ich die Autotür jetzt nicht selbst öffnete und ausstieg. Doch ich konnte es nicht. Ich saß wie angewurzelt da und kämpfte mit der in mir aufsteigenden Angst.

Okay, du schaffst das. Du bist nicht allein. Farah muss auf dich aufpassen. Versuch, ihr zumindest dabei zu vertrauen.

Gerade als meine Hand den kalten metallischen Türgriff berührte, öffnete sie Sam. *Zu spät, gut gemacht, Paxton.*

»Ich werde hier auf Sie beide warten. Wenn etwas sein sollte, rufen Sie einfach die Nummer auf der Karte an. Ich wünsche Ihnen einen erfolgreichen Shoppingausflug.«

Er drückte Farah eine kleine Visitenkarte aus schwarzer Pappe in die behandschuhten Finger, bevor er sich ins Auto setzte.

»Keine Sorge, Mr Hollywood und ich werden schon etwas Passables finden«, antwortete sie. Das Grinsen, das sie Sam dabei schenkte, war echt im Gegensatz zu dem, das ich von ihr zu bekommen schien.

Als der freundliche Chauffeur die Tür neben sich schloss, spürte ich eine Hand an meinem Ärmel. Farah führte mich in die Richtung des eingeschneiten backsteinroten Gebäudes, auf dessen Dach eine gläserne Kuppel thronte. Ich erwartete, dass sie mich hineinzog, doch das tat sie nicht. Stattdessen fanden wir uns in einer spärlich beleuchteten Nebengasse der Mall wieder, in der eine große Menge Müllcontainer standen und darauf warteten, von den Schneemassen auf ihren Deckeln befreit zu werden. Auch wenn es in dem dämmrigen Licht schauderhaft wirkte, sorgte zumindest die Kälte dafür, dass es nicht stank. Alleine wäre ich hier mit Sicherheit nicht abgebogen.

»Ich dachte, wir fangen noch mal neu an, und nicht, dass du mich jetzt doch noch um die Ecke bringst«, scherzte ich, um meine Nervosität etwas zu verdrängen. Ich sah mich reflexartig um, doch die Gasse war, abgesehen von uns, menschenleer.

»Nein, aber ich gehe davon aus, dass du nicht erkannt werden möchtest. Und da wir gleich an der Fifth Avenue entlangspazieren werden, um die Mall zu betreten, und es leider nicht in meiner Macht steht, sie für dich persönlich zu mieten, schlage ich eine Verkleidung vor.«

Farah zog etwas aus ihrer braunen Ledertasche hervor und zu meiner Verwunderung war weder eine Cap noch eine Sonnenbrille dabei.

»Was ist das?«, fragte ich und zeigte auf die Tuben und Stifte in ihrer Hand. Mein Stirnrunzeln musste sie gesehen haben, denn sie grinste mich plötzlich an, als würde sie mich gleich fressen.

»Das sind Haargel, Make-up und Kontaktlinsen. Es war sehr einfach, das alles im Hotel zu organisieren. Ein Teil der Maskenbildnerausrüstung ist schon angekommen. Keine Angst, die Kontaktlinsen sind ungetragen«, antwortete Farah, während sie den ganzen Kram in meinen Armen ablud.

»Das willst du alles benutzen?«

»Wir werden sehen.« Sie klatschte mir einen großen Klecks Gel in die Haare und begann, darin herumzuwühlen. Zu meiner eigenen Überraschung zuckte ich nicht unter ihrer Berührung zusammen. Mit Farah, einer mir unbekannten jungen Frau, in einer dunklen Gasse zu stehen, machte mir auf einmal nichts aus und ich hatte keine Ahnung, warum. Normalerweise mied ich solche Situationen. Vielleicht lag es daran, dass Farah so viel kleiner war als ich. Vermutlich hätte ich sie mit einem Fingerschnipsen umstoßen können, was ich natürlich nicht tat. Ich war schließlich nicht der Unmensch, für den sie mich hielt.

Ihre Fingerspitzen kitzelten über meine Kopfhaut und ließen mir trotz der eisigen Kälte einen warmen Schauer über den Körper laufen. Ihre Hände waren warm und weich, und ich spürte, wie vorsichtig sie war, auch wenn es wahrscheinlich hundert Leute gab, mit denen sie in dieser Sekunde lieber ihre Zeit verschwendet hätte. Aber man fasste nicht jeden Tag einen Hollywoodstar an, zumindest war ich sicher, dass sie genau das dabei dachte.

»Bist du eher der verrückte Wissenschaftler-Nerd oder der brave Schachspieler?«, fragte sie.

»Frisurtechnisch? Da bin ich eher der Brave, aber innerlich definitiv der Wissenschaftler.«

Farah lachte leise und schüttelte den Kopf. Zum ersten Mal hatte ich das Gefühl, dass die Stimmung trotz der Eiseskälte um uns herum langsam auftaute.

»Na gut, der Brave also. Du hast es so gewollt.«

Sie strich mit ihren Händen meine kurzen blonden Haare an den Seiten glatt. Dann schnappte sie sich einen hellbraunen Stift und begann, auf meinem Gesicht viele feine Punkte zu verteilen.

»Sommersprossen, ernsthaft? Ist das nicht etwas too much?«, fragte ich. Mit der linken Hand zog ich mein Smartphone aus der Hosentasche und schaltete die Frontkamera ein, um mich zu begutachten.

»Nein, das sieht doch super aus. Niemand kommt darauf, dass du das sein könntest. Die Kunst dabei ist, verkleidet zu sein, ohne verkleidet auszusehen.«

Ihre Stimme klang zuversichtlich, und auch wenn ich fand, dass ich idiotisch aussah, weil dieser Look absolut nicht zu mir passte, war genau das das Ziel. Das musste ich ihr lassen. Sie hatte das wirklich gut hinbekommen, dafür, dass wir in einer Sackgasse hinter beinahe eingefrorenen Müllcontainern standen. Was für eine seltsame Situation.

»So, jetzt fehlen nur noch die Kontaktlinsen«, sagte sie, als sie die Kappe zurück auf den Stift steckte und zusammen mit dem Gel und dem anderen Kosmetikkram in ihre Tasche packte. Die Kontaktlinsen von *coolHalloweenlenses.org* ließ sie dabei in meiner Hand liegen. Sie hatten ungefähr denselben Ton wie Farahs warme tiefbraune Augen.

»Das ist zu viel. Man erkennt mich doch jetzt schon nicht, weil ich so albern aussehe. Du kannst mir nicht auch noch meine Augenfarbe wegnehmen. Bitte, böse Meerhexe, du hast schon mein Gesicht.«

Farah verdrehte die Augen und steckte die Kontaktlinsen zurück in ihre Tasche. Das sagte mir, dass es mindestens so aberwitzig war, wie es in meinem Kopf geklungen hatte. Aber es hatte funktioniert.

»Na gut, obwohl ich nicht finde, dass du albern aussiehst.« An der Freundlichkeit in ihrer Stimme erkannte ich, dass sie das vollkommen ernst meinte.

Ein leises Lächeln legte sich auf meine Lippen. »Du findest mich also auch so attraktiv?«, sagte ich und zeigte auf mein Gesicht.

Farahs Mund öffnete sich leicht, als wollte sie etwas sagen. Doch es kam nichts.

»Sehr interessant, gut zu wissen.« Mein Grinsen wurde noch breiter. Ihr Blick hingegen war ausweichend.

»Okay, erst mal geht dich das gar nichts an, weil wir Kollegen sind, und gesagt habe ich das auch nicht. Aber nein, ich finde dich nicht attraktiv, du bist überhaupt nicht mein Typ.«

Autsch, das saß. Normalerweise war ich es gewohnt, dass so ziemlich alle Frauen auf mich standen, aber Farah ließ ich kalt. Ich hatte auch eigentlich nicht vorgehabt, mit ihr zu flirten, aber in der Regel lockte man so jemanden aus der Reserve. Einerseits war es gut, dass sie mich abwehrte. Andererseits war es mir ein Dorn im Auge, dass ich sie nicht einschätzen konnte. Das raubte mir ein wenig Kontrolle. Wenn man mich nach meinem ersten Eindruck zu Farah Stewart gefragt hätte, hätte ich absolut nichts antworten können.

»Schön, dass wir das geklärt haben. Aber Typen ändern sich. Ich wollte das nur erwähnt haben«, antwortete ich nun selbst etwas steif.

Farah nickte und wechselte das Gesprächsthema schneller, als ich bis drei zählen konnte. »Wenn du trotzdem noch etwas brauchst, damit du dich sicher fühlst, dann hätte ich noch eine Fensterglasbrille im Angebot, um deinen Nerdlook abzurunden.«

Sie holte eine schlichte Ray-Ban mit dickem Rand aus der Ledertasche, die ihr um die Schulter hing, und hielt sie mir hin. Automatisch griff ich danach und klappte sie auseinander, um sie aufzusetzen.

»Die nehme ich noch. Können wir jetzt reingehen? Mir ist ziemlich kalt.«

»Gute Idee. Vielleicht können wir ja mit einem heißen Kaffee starten, bevor wir uns in die Läden stürzen. So wird uns jedenfalls warm«, schlug sie vor.

Zustimmend nickte ich. Es überraschte mich ein wenig, aber damit konnten wir unseren Neustart besiegeln. Jeder wusste, dass heiße Getränke für lockere Stimmung sorgten. Vielleicht musste ich Farah einfach nur auf einen Kaffee einladen, damit sie mir zeigte, wer sie war.

»Ja, vielleicht ist das keine so schlechte Idee. Aber ich zahle, immerhin tust du dir an, mit mir einkaufen zu gehen.«

»Normalerweise zahle ich lieber selbst, aber wenn ich uns einen Cookie dazu spendieren darf, haben wir einen Deal.«

Wie bei einem geschäftlichen Vertragsabschluss gaben wir uns die Hand. Das würde noch spannend werden.

27.09.

Liebes Tagebuch,

heute vor einem Monat sind wir uns zum ersten Mal begegnet. Ich habe ihm als kleine Aufmerksamkeit und um das zu feiern, ein paar weiße Wachsrosen nach Hause geschickt. Dann kann er sich darüber freuen, wenn er aus dem Urlaub zurück ist. Diese Rosen halten ewig, so wie unsere Liebe es tun wird. Ich freue mich so auf den Tag, an dem wir uns endlich wiedersehen.

15.10.

Liebes Tagebuch,

Paxton ist aus dem Urlaub zurück, das habe ich in seiner Story gesehen. Ich habe ihm direkt geschrieben, wie sehr ich hoffe, dass ihm die Rosen gefallen haben, aber leider kam keine Antwort. Vielleicht muss er seine Gefühle jetzt erst mal sortieren.

KAPITEL 8

FARAH

Wie viel und wie wenig konnte ein Mensch gleichzeitig von sich preisgeben? Paxton Wright war ein Mysterium, das ich noch nicht ergründet hatte, und ich war mir nicht sicher, ob ich das überhaupt wollte.

Erst behandelte er mich von oben herab, dann wollte er einen Neustart und jetzt hatte er mich angeflirtet, und das in weniger als vierundzwanzig Stunden. Was kam wohl als Nächstes, ein Heiratsantrag?

Ich hatte keine Ahnung, was er damit bezweckte, aber ich für meinen Teil würde meinen Job machen.

Wir betraten die riesige Mall, ohne ein weiteres Wort miteinander zu wechseln, aber es entging mir nicht, wie er mich ansah. Ich hatte ein wenig den Eindruck, dass er versuchte, mich wie ein Buch zu lesen, das nicht in seiner Sprache geschrieben war. Etwas, womit er sonst selten zu tun zu haben schien.

»Ist alles in Ordnung?«, fragte ich.

Ertappt schaute mir Paxton in die Augen. »Ja, wieso fragst du?«

»Weil du mich anstarrst, Paxton, und das irgendwie ein wenig seltsam ist«, gab ich offen zu. Falls ich ihn gerade ertappt hatte, ließ er sich nichts anmerken. Er zuckte nur mit den Schultern.

»Ich habe bloß darüber nachgedacht, wie absurd es war, mich von dir in einer Gasse schminken zu lassen. Warum haben wir das nicht im Auto gemacht?«

»Weil ein Maybach, der länger als fünf Minuten auf dem Parkplatz einer Mall hält, wahrscheinlich etwas zu viele Blicke auf sich zieht, und wenn ich dir schon im Hotel gesagt hätte, dass ich vorhabe, dich zu schminken, wärst du wahrscheinlich nicht mitgekommen, oder?«

»Ja, da könntest du recht haben.«

»Siehst du.«

»Und warum hast du Sam dann nicht gebeten, mit der Limousine in die Gasse zu fahren und dort zu halten?«

»Das hätte doch noch zwielichtiger gewirkt. Außerdem wäre das langweilig gewesen.«

»Hast du eigentlich auf alles eine Antwort, Stewart?«

»Wenn du so einfache Fragen stellst.«

»Dann sollte ich wohl anfangen, mir etwas Schwierigeres auszudenken«, antwortete Paxton verschwörerisch.

Wir schlenderten unerkannt durch die Gänge der Mall und betrachteten die Schaufenster, um auszuloten, welche Läden zu Paxton passten. Ich war sicher, dass es hier keinen gab, in den sich Paxton normalerweise verirrt hätte. Aber das schien ihm gerade herzlich egal zu sein. Er hatte die Hände in seinen Hosentaschen versenkt und wirkte angespannt. Bei jedem Besucher, der ihn streifte, verhärtete sich sein Ausdruck. Paxton musste ganz schöne Angst davor haben, erkannt zu werden. Aber seine Maskerade war gut, weshalb ich ausschloss, dass dieser Fall eintreten würde.

»Ich habe mich nur gefragt, auf was für einen Typ Kaffee du stehst?«, fragte er aus dem Nichts und mit offensichtlichem Bezug auf meine Abfuhr von eben. Was genau sollte das hier werden? Aber gut, wenn er Spielchen wollte, konnte er Spielchen haben. Zu meinen Bedingungen.

»Hm, ich mag Kaffee mit einer süßen und einer herben Note, besonders wenn er heiß ist. Ich brauche keinen Szene-Kaffee, auf den alle scharf sind. Mir reicht ein Klassiker mit etwas Sahne und Zucker«, antwortete ich, um ihm klarzumachen, dass er wirklich nicht mein Typ war, auch wenn das nicht ganz stimmte. Er war mein Typ, zumindest optisch. Charakterlich mochte ich Männer lieber, die weniger idiotisch und viel sympathischer waren als Paxton. Und was den Kaffee anging, liebte ich alles mit viel Schnickschnack, da war klassisch in Wirklichkeit überhaupt nicht meins.

Wahrscheinlich flirtete er sowieso nur mit mir, damit ich ihn seinen Kram machen ließ und ihn die nächsten Tage nicht auf Schritt und Tritt begleitete. Aber das war nun mal mein Job für die kommende Woche und ich hatte keine Lust, als gefeuert zu werden, noch bevor der Dreh begonnen hatte. Das würde sich wohl nicht besonders gut in meiner nächsten Bewerbung machen. Ich würde mich definitiv nicht von Paxton Wright um den Finger wickeln lassen.

»Du magst also klassischen Kaffee. Ich hätte dich dann ja total falsch bei den Caramel-Latte-Trinkerinnen eingeordnet«, kommentierte er meine Antwort. Himmel, innerlich starb ich für einen Caramel oder Pumpkin Spice Latte, aber das konnte ich ihm natürlich nicht mehr sagen.

»Das klingt so besonders, dass ich es wahrscheinlich nicht mal probieren würde.« Wann hatte ich eigentlich zu lügen angefangen?

»Vielleicht bist du aber auch überrascht, wenn du ihn probierst. Vielleicht wird er ja sogar dein neuer Lieblingskaffee. Manchmal lohnt es sich, neue Dinge auszuprobieren. Ich lade dich auf einen Caramel Latte ein und danach sagst du mir, ob er immer noch nicht dein Typ ist.«

Okay, an diesem Punkt unseres Gesprächs war ich mir nicht mehr sicher, ob er wirklich auf das anspielte, was er draußen zu mir gesagt hatte. Vielleicht ging es tatsächlich nur um Kaffee, oder?

Wir reihten uns in die Schlange vor dem ersten Starbucks ein, den wir in der Mall fanden. Das war gar nicht so einfach, weil jeder Gang hier gefühlt gleich aussah. Die Wände und Decken waren in futuristischem Weiß gehalten, während die cremefarbenen Kacheln des Bodens aussahen, als hätten sie die Achtziger gerade so überlebt. An jeder Ecke waren Rolltreppen, die einen über die vier Ebenen führten.

»Die Nächsten bitte«, tönte es lustlos über den Tresen, damit wir vorrückten.

Paxton stockte für einen Moment, als würde ihm erst jetzt auffallen, dass er eigentlich ein berühmter Schauspieler war, der sich verkleidet hatte. Dann bestellte er, selbstbewusst und ohne sich etwas anmerken zu lassen, einen Caramel Latte für mich und einen Toffee Nut Latte für sich selbst. Als es dann an die Bezahlung ging, wich Paxton sämtliche Farbe aus dem Gesicht. Seine Hand zitterte leicht, als er sein Portemonnaie aus der Gesäßtasche holte und seine glänzende American Express zückte. Paxton schaute sie einen Moment zu lange an, bevor er sie vor das Kartenlesegerät hielt. Ihm war gerade bewusst geworden, dass sein richtiger Name darauf stand. Zwar verdeckte er ihn so gut es ging mit seinem Daumen, aber seine Nervosität war ihm anzusehen.

Ich fühlte mit ihm, obwohl ich natürlich nicht wusste, wie es war, an seiner Stelle zu sein. Trotzdem empfand ich so etwas wie Mitleid für Paxton Wright. Hätte ich ihn als Außenstehende so gesehen, wäre ich nie darauf gekommen, dass der attraktive junge Mann neben mir in Wirklichkeit ein Schauspielstar war. Vielleicht fiel es mir nur so deutlich auf, weil ich es wusste. Der gelangweilte Barista hatte es jedenfalls nicht bemerkt.

»Welche Namen soll ich auf die Becher schreiben?«, fragte er im Grunde seines Herzens desinteressiert.

»Farah und Pax… Payton«, antwortete Paxton geistesgegenwärtig, was mich zum Schmunzeln brachte.

Der Barista sah misstrauisch von dem billigen Pappbecher hoch, direkt in Paxtons Gesicht. »Ist das nicht ein Mädchenname?«

Ich musste mir ein Lachen echt verkneifen, sonst wäre die ganze Situation noch merkwürdiger geworden.

Die Frage des Baristas löste die Anspannung auch bei Paxton ein wenig. »Ja. Meine Eltern haben nie ein Geheimnis daraus gemacht, was sie sich eigentlich gewünscht haben«, konterte er humorvoll. Sein Selbstbewusstsein schaltete sich wieder ein, als wäre es nur kurz im Stand-by-Modus gewesen.

Der Barista hingegen blieb todernst und verzog keine Miene. Nicht mal der Anflug eines Lächelns war auf seinem Gesicht zu sehen. »Tut mir leid, Mann«, antwortete er betroffen, während er seelenruhig und in einer ziemlichen Sauklaue *Farah* und *Payton* auf die zwei Pappbecher schrieb und unsere Getränke fertig machte.

Wir setzten uns auf eine Bank in einer weniger belebten Ecke und begannen, unsere Kaffees zu schlürfen.

»Payton passt zu deiner Verkleidung«, eröffnete ich leise kichernd das Gespräch, doch Paxton schüttelte nur grinsend den Kopf.

»Wäre dir etwa auf die Schnelle was Besseres eingefallen?«

»Auf keinen Fall, aber ich bin auch keine Schauspielerin. Bei dir gehört Lügen ja quasi zur Berufsbezeichnung.«

Paxton hielt bei meinen Worten inne. Sein Gesichtsausdruck wurde plötzlich hart und von jetzt auf gleich war all der Humor von vorher verflogen.

Habe ich was Falsches gesagt?

»Es war keine Lüge«, antwortete er kühl.

Ohne zu wissen, weshalb genau, machte sich das schlechte Gewissen in mir breit. »Aber du heißt nicht Payton«, sprach ich das Offensichtliche aus.

Paxton seufzte betroffen. »Das ist richtig, was nichts daran ändert, dass sich meine Familie immer eine Tochter gewünscht hat.«

Ein Kloß groß wie ein Meatball bildete sich in meinem Hals. Da hatte ich wohl einen wunden Punkt getroffen.

»Ich ... oh ... Das tut mir leid für dich«, stammelte ich aufrichtig. Immerhin wusste ich, wie es war, nicht das zu erfüllen, was die Eltern sich von einem erhofften.

»Danke, Farah, wirklich. Danke, dass du mir zeigst, was für ein guter Schauspieler ich bin.«

Verwirrt sah ich Paxton an, dessen Grinsen sich in seinem Gesicht ausbreitete und sogar auf seine Augen übersprang. Mit dem Mund konnte jeder grinsen, aber mit den Augen zu lächeln, war eine Kunst. Zumindest hatte das mein Dad immer gesagt.

In diesem Moment war ich ehrlich gesagt froh darüber, dass er die Kontaktlinsen abgelehnt hatte. Seine Augen waren mit ihrem Moosgrün einfach zu schön, um sie zu verstecken. Die aufgemalten Sommersprossen und die gegelten Haare hatten schon genug an ihm verändert. Seine Art war dabei leider dieselbe geblieben, denn er war arrogant und ich hatte mich gerade von ihm verarschen lassen.

»Du hast es mir abgekauft«, stellte er belustigt fest. Er bedachte mich mit einem selbstzufriedenen, stichelnden Blick, bevor er den letzten Schluck Kaffee aus seinem Becher schlürfte. Dann warf er ihn gekonnt und ohne hinzusehen in den Mülleimer neben der Bank. Gab es irgendwas, das Paxton Wright nicht konnte?

»Ja, wie gesagt, es gehört zu eurer Berufsbezeichnung.« Meine Erwiderung stellte ihn zufrieden, mich allerdings nicht. Denn genau das war der Grund, weshalb ich ihm nicht trauen sollte. Er war

Schauspieler und es war sein Job, die Menschen zu verzaubern und einzulullen. Ich hatte ihm für eine Millisekunde geglaubt und das hatte sich direkt als Fehler entpuppt. Natürlich mochte das hier in diesem Moment nur eine Kleinigkeit sein, aber wenn er schon bei so einer Nichtigkeit überzeugend war, wie konnte ich dann noch wissen, wann er in wichtigen Situationen die Wahrheit sagte?

Paxton fiel auf, dass etwas nicht stimmte. »Ich dachte, es wäre lustig«, erklärte er nur.

Ich nickte, als ob dieser Satz es besser machen würde. »Ich weiß nicht. Ich finde es nicht besonders lustig, andere Menschen in solchen Situationen auf den Arm zu nehmen und anzulügen«, gab ich dennoch zurück.

»Es war auch eher eine Halbwahrheit«, sagte Paxton. Dieses Mal war das ehrliche Lächeln aus seinen Augen einem falschen auf seinen Lippen gewichen. »Immerhin habe ich Eltern«, fügte er noch an, aber das konnte es jetzt auch nicht mehr retten. Ich hatte wirklich geglaubt, für eine Sekunde den echten Paxton Wright gesehen zu haben, dabei war es nur das Trugbild gewesen, das er allen zeigte.

Statt auf seine Aussage einzugehen, erhob ich mich einfach und warf meinen leeren Kaffeebecher in den Mülleimer.

»Wir sollten dir jetzt was zum Anziehen aussuchen, bevor die Mall hier schließt.« Meine Stimme war trocken und dieses Mal machte Paxton keine Anstalten, etwas vermeintlich Witziges zu kontern.

Wir liefen durch die Gänge des gigantischen Einkaufszentrums, wobei es uns beiden schwerfiel, die unangenehme Situation zu durchbrechen. Immerhin waren wir bisher weder beachtet noch angesprochen worden, was ich für ein gutes Zeichen hielt. Mein Make-up funktionierte und damit hatte ich meinen Job erledigt. Deshalb nahm ich mir die Freiheit, mich größtenteils aus der Klamottenberatung herauszuhalten. Zwar versuchte Paxton immer wieder, mich mithilfe von wirklich unschönen Hemden und Pullovern aus der Reserve zu locken, doch ich gab mich unparteiisch und sagte ihm, dass er einfach das kaufen solle, was ihm gefalle und worin er sich wohlfühle. Das stellte ihn zwar nicht zufrieden, machte ihm aber klar, dass ich nicht mehr hier war, um ihm zu helfen, sondern um auf ihn aufzupassen.

Es war nicht leicht, aber ich wollte mich einfach nicht auf ihn einlassen, nur um am Ende vorgeführt zu werden.

Ich musste Paxton nicht mögen, um meinen Job zu machen. Genau genommen musste ich ihm nicht mal vertrauen. Ich musste ihn nur kontrollieren und dafür sorgen, dass er nicht irgendeinen Mist fabrizierte. Das würde ich schon irgendwie hinbekommen, da war ich mir sicher.

Also lächelte ich einfach bei jedem Kleidungsstück, das er mir vor die Nase hielt. Jetzt gerade war das ein grün kariertes Flanellhemd von Coach. Das Erste, das auch mir gefiel. Beinahe die ganze Zeit hatte er nur extrem seltsame Klamotten anprobiert, bei denen ich mich ernsthaft gefragt hatte, ob es dafür überhaupt Abnehmer gab.

Im Eddie-Bauer-Store hatten wir ihm bereits wasserfeste Trekkingschuhe, einen isolierten Daunenparka, eine warme Schneehose sowie Schal, Mütze und Handschuhe zugelegt. Alles sehr hochwertig und schlicht. Jetzt war offensichtlich die Alltagskleidung dran.

Coach war keiner dieser Läden, die ich sonst besuchte, was vermutlich daran lag, dass ich das Budget dafür nicht besaß, genauso wenig wie die nötige Einstellung. Vierhundert Dollar für einen Pullover waren definitiv zu viel für ein Kleidungsstück, aber Paxton scherte das nicht besonders. Er hatte mich geradewegs in diesen ziemlich britisch eingerichteten Laden geschleppt und in einen der ledernen Polstersessel verfrachtet, um sich wieder seelenruhig die hässlichsten Sachen rauszusuchen. Ich fragte mich, wann er endlich merken würde, dass diese Masche bei mir nicht funktionierte, was auch immer er damit zu erreichen hoffte. Wahrscheinlich versuchte er, mich einfach in den Wahnsinn zu treiben.

»Was sagst du dazu? Steht mir das?«, fragte Paxton, als wäre er wirklich an meiner Meinung interessiert. Er hielt mir ein klein kariertes Hemd hin, das so steif aussah, dass ich nicht überrascht gewesen wäre, wenn es von selbst hätte stehen können.

»Weiß ich nicht, du hast es nicht an.«

Meine Antwort ließ ihn grinsen, als wäre ihm endlich eingefallen, wie er die peinliche und unangenehme Stimmung zwischen uns wieder auflockern konnte.

»Stimmt, wenn das so ist, sollte ich es wohl besser anprobieren«, sagte er und begann, mitten im Laden sein Hemd aufzuknöpfen. Ich konnte nicht anders, als ihn anzustarren. Es war nicht so, als sähe ich ihn zum ersten Mal ohne Oberteil, aber dreimal an einem Tag war dafür, dass wir keine Beziehung miteinander führten, echt viel.

Als er das karierte Flanellhemd öffnete, um es überzuziehen, fielen mir drei junge Frauen auf, die ihn ebenso gebannt anstarrten wie ich. Plötzlich wurde mir klar, dass man ihn zwar nicht an seinem Gesicht erkennen konnte, dafür aber an der großen Narbe, die sich quer über seine Brust zog.

Wie von der Tarantel gestochen sprang ich auf und warf mich an seine Brust. Paxton, der offenbar mit einem anderen Ergebnis gerechnet hatte, grinste mich nur überrascht an, bevor er eine Augenbraue hochzog.

»Ich werde einfach nicht schlau aus dir. Erst zeigst du mir die kalte Schulter und jetzt wirfst du dich mir an den Hals wie ein verliebter Teenie.«

»Ich mache hier nur meinen Job, Paxton, und mein Job ist es, darauf aufzupassen, dass du nicht für noch mehr Schlagzeilen sorgst«, erwiderte ich ernst. Dabei fuhr ich so unauffällig ich konnte mit meiner Hand über die Narbe.

Paxtons Haut kräuselte sich unter meinen warmen Fingern und ich konnte spüren, wie sich seine Muskeln verhärteten. Erst jetzt schien er zu realisieren, dass wir gerade beobachtet worden waren. Seine Lockerheit war verflogen und durch dieselbe Anspannung ersetzt worden, die ihn schon zu Beginn unseres ersten Aufeinandertreffens begleitet hatte.

Bevor wir noch mehr Aufsehen erregen konnten, schubste ich ihn in eine der rustikalen Umkleidekabinen und zog den Samtvorhang hinter uns zu.

»Okay, wir brauchen einen Plan. Denn wenn sie dich anhand deiner Narbe erkannt haben, was nicht unwahrscheinlich ist, weil du ziemlich berühmt bist, werden sich hier ziemlich schnell einige Fans oder Paparazzi tummeln«, brachte ich vor.

Paxton nickte starr. Sein Oberkörper war nach wie vor frei, was die Situation nicht einfacher machte. Wenn die Mädels draußen uns nicht aus den Augen gelassen hatten, dann hatten sie uns gerade zusammen in diese zwei Quadratmeter große Umkleidekabine gehen sehen. Das würde für Zündstoff und Aufsehen sorgen, was definitiv das Letzte war, was wir gerade gebrauchen konnten.

In dieser Sekunde bereute ich es ein wenig, dass ich darauf bestanden hatte, dass er mich begleitete. Mein Plan hatte so gut funktioniert, bis zu dem Moment, in dem er ihn mit Anlauf gegen die Wand gefahren hatte, ohne es zu merken. Wer zum Teufel zog sich auch mitten im Laden das Hemd aus? Die Antwort war leicht: niemand, bis auf Paxton Wright.

»Meinst du, sie haben mich erkannt?«, fragte er ernst.

»Ich weiß es ehrlich gesagt nicht, aber wir sollten die Shoppingtour auf jeden Fall beenden. Sicher ist sicher. Ich denke, dass du in dem Flanellhemd toll aussehen wirst, weshalb ich vorschlage, dass ich einfach noch ein paar davon in anderen Farben einpacke. Brauchst du sonst noch etwas?«, gab ich mich so freundlich, wie ich konnte.

Paxton dachte einen Moment lang nach, bevor er nickte. »Hosen mit Weite und Länge 32, Socken in 9½, T-Shirts, Pullover und ... Boxershorts in M.«

»Und du bist sicher, dass dir das passt?«

»Auf jeden Fall. Diese Größen trage ich bei Coach immer«, bestätigte er.

»Gut, dann werde ich jetzt durch diesen Laden sprinten, alles einsammeln und an die Kasse bringen. Du rufst schon mal Sam an und sagst ihm, dass er direkt vor den Südeingang der Mall fahren soll. Der ist direkt hinter dem Laden nebenan und damit unsere schnellste Fluchtmöglichkeit. Wenn alles so weit fertig ist, werde ich dich aus der Kabine holen. Dann zahlen wir und verschwinden.«

»Abgemacht.«

Gerade als ich durch den Vorhang schlüpfen wollte, spürte ich, wie Paxton nach mir griff, um mich zurückzuhalten. Ich sah ihm über meine linke Schulter hinweg direkt in die Augen.

»Danke«, hauchte er fast tonlos.

Doch statt ihm zu sagen, dass ich das gern tat, konnte ich nur ein dumpfes »Wird schon« herauspressen.
Wird schon? Echt jetzt, Farah?
Von hier an lief alles wie am Schnürchen. Ich schaffte es innerhalb kürzester Zeit, alles, was Paxton mir aufgezählt hatte, zu besorgen. Auf eine bestimmte Farbauswahl würde er dabei allerdings verzichten müssen, denn alles, was ich aussuchte, war, abgesehen von den vielen Flanellhemden, in schlichtem Tannengrün oder klassischem Schwarz. Da ich nicht wusste, was er sonst so trug, erschien mir das am sinnvollsten. Schwarz ging im Grunde eigentlich immer.

Ehe wir es uns versahen, saßen wir mit einem Berg von Papiereinkaufstüten auf dem Rücksitz von Sams grüner Limousine. Die Mädels waren bereits verschwunden gewesen, als ich Paxton aus der Kabine geholt hatte. Das änderte trotzdem nichts daran, dass die Verunsicherung uns ab diesem Moment begleitet hatte. Erst im Auto fiel die Anspannung deutlich sichtbar von uns beiden ab.

Die Rückfahrt verlief ziemlich ruhig. Jeder schwieg, aber im Gegensatz zu vorher war es kein unangenehmes Schweigen. Es war einfach nur still, bis wir wieder in die lange Einfahrt des Resorts einbogen und auf dem Parkplatz zum Stehen kamen.

»Das war ja ein aufregender Tag für euch. Geht ihr später im Hotelrestaurant essen? Ich kann gern einen abgelegenen Tisch für euch reservieren. Das wäre doch nett, oder?«, fragte Sam. Das freundliche Lächeln konnte man unter seinem bauschigen Schnauzbart nur erahnen.

»Ich weiß noch nicht.« Fast automatisch wanderte mein Blick zu Paxton, als würde ich die Antwort erst kennen, wenn er etwas sagte. Natürlich war das totaler Humbug und trotzdem wurde ich neugierig.

»Ich ziehe mich lieber zurück, aber du hast heute tolle Arbeit geleistet und mir den Hintern gerettet. Außerdem sollen die Cocktails großartig sein.« Sein Tonfall war aufrichtig.

»Woher weißt du das?«, fragte ich misstrauisch, woraufhin Paxton leise lachend den Kopf schüttelte. Das schien ein Tick von ihm zu sein.

Er lehnte sich so nah zu mir herüber, dass ich seinen warmen Atem auf meiner Wange spüren konnte. »Ich kann hellsehen«, flüsterte er.

»Und in Wirklichkeit?«

»In Wirklichkeit habe ich den QR-Code gescannt, der an der Innenseite der Zimmertüren hängt. Dann werden alle Zimmerservice-, Restaurant- und Hotelangebote angezeigt«, gab er zu.

»Du Fuchs.«

»Nicht wahr?«

»Ich überlege es mir und entscheide spontan. Aber danke für das Angebot, Sam«, wandte ich mich an unseren netten Chauffeur.

Wir stiegen aus dem beheizten Wagen und stapften durch den eisigen Schnee zurück ins Resort. Schweigend fuhren wir in dem holzvertäfelten Aufzug, bis ich auf meiner Etage ausstieg. Ich hielt einen Moment inne und blieb in der Tür stehen.

»Meinst du, ich muss dich noch zum Zimmer begleiten?«

Paxton hob die Schultern. »Ich denke, ich schaffe es auch allein. Aber wenn du mich unbedingt bis ins Bett bringen willst, würde ich das auch verstehen. Bisher haben sich die wenigsten Frauen das entgehen lassen.«

Damit stand meine Entscheidung.

»Hab noch einen schönen Abend, Paxton«, antwortete ich und trat aus den Fahrstuhltüren.

Paxton lag ein schelmisches Grinsen auf den Lippen. »Das war viel zu leicht, Stewart.«

»Ich habe eine Keycard für dein Zimmer. Ich kann kommen, wann ich will.«

Das Letzte, was ich sah, war, wie sich Paxton Wright das Haar hollywoodreif aus dem Gesicht strich. Die silbernen Türen schlossen sich vor meiner Nase und um mich herum kam es mir plötzlich so still vor.

Ich lief den Flur entlang bis zu meinem Zimmer. Meine Schritte waren nicht mehr als ein dumpfes Geräusch auf dem roten Teppichläufer. Es war fast schon unheimlich, so viel Hotel für sich zu haben, aber die Produktion hatte das ganze Resort für den Dreh gemietet, also war zum aktuellen Zeitpunkt so gut wie niemand hier.

Das Piepen des Türmechanismus klang lächerlich laut. Als ich mein Zimmer betrat und mein Blick durch den Türspalt auf die Wellnessbadewanne fiel, wurde mir klar, dass ich den Raum an diesem Abend wohl nicht mehr verlassen würde.

17.10.

Liebes Tagebuch,

heute habe ich Paxton auf einem Paparazzi-Foto mit einer blonden Frau gesehen. Es war in einem dieser Klatschblätter abgedruckt, die ihre Fotos ständig manipulieren, um dann Unwahrheiten darüber zu verbreiten. Das hat ihn sicher sehr getroffen. Aber ich werde ihm schreiben, dass ich weiß, wie fake das Bild ist und auch, dass ich nicht sauer bin, weil das zwischen uns echt ist es. Es fühlt sich an, als würden wir uns schon unser ganzes Leben kennen.

KAPITEL 9

PAXTON

Riiinnng, riiinnng, riiinnng.

Das Klingeln meines Smartphones riss mich aus einem seltsamen Traum, der irgendetwas mit einem sprechenden Eichhörnchen zu tun gehabt hatte. Was genau, bekam ich im Halbschlaf nicht mehr zusammen, nur daran, dass es lila gewesen war, konnte ich mich erinnern.

Ohne die Augen zu öffnen, tastete ich nach der abgenutzten grünen Hülle auf dem kleinen Tisch neben meinem Bett. Als ich auf *Snooze* drücken wollte, um mich noch einmal umzudrehen und weitere fünf Minuten von violetten Nussfreunden zu träumen, begann mein Gehirn zu arbeiten.

Moment, schoss es mir durch den Kopf. *Mein Wecker klingelt anders.*

Normalerweise spielte er *Last Resort* von Papa Roach, um mich zum Aufstehen zu bewegen. Dass ich mir gerade diesen Song dafür ausgesucht hatte, kam nicht von ungefähr, denn ich neigte dazu, während eines Filmdrehs zu verschlafen. Ich wusste nicht, ob mich die Umgebung meiner Arbeit immer zusätzlich erschöpfte, oder ob es daran lag, dass mein Kopf während der Monate am Set immer so viel leisten musste. So oder so konnte ich es nicht ändern und die ersten Klänge der schrillen E-Gitarre sorgten wenigstens dafür, dass ich jeden Morgen vor Drehstart senkrecht im Hotelbett saß und beinahe einen Herzinfarkt bekam.

Ich öffnete meine Augen und stemmte meinen Oberkörper leicht auf, während ich meinen Daumen auf den kleinen Sensor des Telefons legte.

Eingehender Anruf: Sarah Willson

Verwirrt runzelte ich die Stirn und ein ungutes Gefühl kroch in meine Brust. Weshalb rief mich Sarah jetzt an? Wir hatten uns vor

Monaten getrennt, weil sie sich den Fehltritt des Jahrhunderts erlaubt hatte. Es war geradezu ein Wunder, dass davon nichts in den Medien gelandet war. Aber das war es nicht, was mir an ihrem Anruf seltsam vorkam. Es lag an der Tatsache, dass Farah nun ihr Schoßhündchen war. Was konnte sie von mir wollen? Dann kam mir ein Gedanke, der in meinen Muskeln für Anspannung sorgte. War etwas mit Farah?

»Hey, Sarah, was kann ich für dich tun?«, nahm ich das Gespräch ganz unverbindlich an.

»Paxton, schön, dass du rangehst.«

»Wieso? Hast du damit etwa nicht gerechnet?« Meine Gegenfrage klang schärfer als geplant.

»Ehrlich gesagt weiß ich nicht, womit ich gerechnet habe. Aber es freut mich, dass du abnimmst. Ich hoffe, dass wir das zwischen uns professionell behandeln können.«

»Ja, da haben wir wohl keine Wahl.«

»Es tut mir leid, Paxton, wirklich. Ich …«

»Was willst du, Sarah?«, unterbrach ich sie, bevor sie mir weitere scheinheilige Ausreden auftischen konnte, nur damit ihr Ego verkraftete, was sie getan hatte. Ich rappelte mich aus dem Bett und warf noch einen Blick durch das Fenster, an dessen äußeren Rändern Eisblumen entlangwuchsen. Ich konnte sehen, wie ein weißer Hase gemächlich durch den Schnee hoppelte. War es sehr seltsam, wenn ich mir eine Sekunde lang wünschte, dieser Hase zu sein, statt mit meiner Ex zu telefonieren? Keine Sorgen, keine Ängste, nur kalter Schnee unter weichen Pfoten.

Sarah seufzte. »Eine unserer Locations ist aufgrund von Lawinengefahr gesperrt. Wir benötigen Ersatz. Unser Location Scout schafft es aber nicht nach Alaska. Sein Visum ist abgelaufen und bis er ein neues bekommt, kann es dauern. Er hat mir allerdings ein paar Instagram-Bilder von möglichen Drehorten gesendet. Ich möchte Farah bitten, einen zu inspizieren. Ich erreiche sie gerade nicht, deshalb rufe ich dich an. Ich dachte, dass sie vielleicht bei dir wäre. Es ist dringend und außerdem wäre es schade, bei dieser Kulisse auf ein Studioiset ausweichen zu müssen. Ist sie bei dir?«

»Farah ist nicht hier. Aber ich könnte es ihr sagen, wenn sie herkommt, und sie begleiten.«

»Nein, das ist keine gute Idee«, schmetterte Sarah meinen Vorschlag direkt ab.

»Wieso nicht?«

»Du könntest erkannt werden, Paxton. Momentan verbergen wir dich vor der Öffentlichkeit. Es wäre nicht gut, wenn du Passanten begegnest, besonders wenn du mit Farah allein unterwegs bist.«

»Gestern in der Mall von Anchorage hat mich auch niemand erkannt«, rutschte es mir heraus. Dass Farah und ich dafür ordentlich Ärger bekommen könnten, war mir für eine Sekunde entfallen.

»Moment, du warst wo?«

»Ich habe mich gelangweilt und Farah so lange bearbeitet, bis sie mich mit zum Shopping genommen hat. Es ging um meine Kleidung, Sarah. Du weißt, wie eigen ich da sein kann«, schob ich vor, in der Hoffnung, so die Schuld von Farah zu lenken.

Sarah schnaubte am anderen Ende der Leitung. Ich sah vor meinem inneren Auge, wie sie ihre Stirn in Falten legte und ihre blonde Mähne wütend zurückwarf. Sie konnte es nicht ausstehen, wenn man ihre Autorität infrage stellte.

»Das ist nicht dein Ernst!«

»Doch. Farah hat mich geschminkt. Ich sah aus wie ein Physiknerd. Niemand hat mich erkannt, alles gut.«

»Ich fasse es nicht. Du bringst dich selbst, Farah und mich in Schwierigkeiten. Kannst du bitte einfach das nächste Mal vernünftig sein und dich an die vorgegebenen Regeln halten?«

Das war eine große Bitte dafür, dass ich ihr nichts schuldig war. Nachdenklich lief ich im Zimmer auf und ab. Ich wollte Farah begleiten, bei was auch immer Sarah ihr auftrug. Sie war meine einzige Gesellschaft und obendrein verspürte ich das Verlangen, herauszufinden, was für ein Mensch hinter meiner Aufpasserin steckte.

»Wenn ich dich richtig verstanden habe, ist diese Location extrem wichtig. Ich könnte Farah einfach so viel Ärger machen, dass sie mich hier gar nicht allein lassen kann. Und dann würde sich doch alles verzögern und Aufschub ist teuer, richtig?«, fragte ich, als wüsste ich nicht, dass die Antwort darauf *Ja* lautete. Ich hatte kein Problem damit, wenn sich der Dreh verzögerte, weil ich noch keine neuen Verträge unterschrieben hatte. Der Film war jetzt schon kostspielig, dadurch, dass wir beinahe nichts im Studio drehten, sondern in echten Locations. Das half bei der Authentizität und machte es auch mir bedeutend einfacher, in meine Rolle zu schlüpfen. Es wäre schade, zu oft in ein Studio zu müssen und damit ein Ungleichgewicht in den Film zu bringen. Solche Details entschieden bei *Rotten Tomatoes* regelmäßig über den Erfolg eines Blockbusters. Außerdem wollte ich mit.

»Sagst du mir gerade wirklich, dass du den Dreh sabotieren würdest, damit du mit meiner Assistentin wandern gehen kannst?« Sarah seufzte.

»Das ist bloß eine Option. Außerdem bist du mir noch etwas schuldig«, spielte ich die Karte aus, die ich mir absichtlich aufbewahrt hatte.

Stille machte sich zwischen uns breit. Wahrscheinlich hatte ich Sarah gerade verletzt. Allerdings nicht so sehr wie sie mich, als sie eine Affäre mit dem weiblichen Stuntdouble meiner Filmpartnerin aus *Road Explosion* begonnen hatte.

»Ich verspreche dir auch, keinen Skandal anzuzetteln und die besten Drehorte zu finden.«

»Ich vertraue dir, Paxton. Treib es nicht auf die Spitze. Dann darfst du mitfahren«, gab Sarah nach.

»Sehr gut, sende mir die Bilder und Koordinaten. Ich werde Farah Bescheid geben.«

»Fang nichts mit Farah Stewart an. Ihr habt Klauseln in euren Verträgen, die das verbieten. Außerdem würde das auch ein wirklich schlechtes Licht auf mich werfen und rüberkommen, als hätte ich meine Assistenten nicht im Griff«, ermahnte sie mich.

»Habe ich nicht vor«, gab ich trocken zurück.

»Sehr gut, ich wusste, dass du Verantwortung übernehmen kannst.«

»Ich tue das für den Film, nicht für dich«, machte ich klar, bevor sie sich noch an ihren überschwänglichen Bekundungen verschluckte. Sarah war gut darin, einen einzuwickeln und für sich zu gewinnen.

Sie brauchte nur zu lächeln, ihre glatten blonden Haare nach hinten zu werfen und etwas Nettes zu sagen, und schon fraßen ihr alle aus der Hand.
»Das weiß ich.«
»Dann ist ja gut.« Ich nahm mein Smartphone vom Ohr und schob das rote Auflegen-Symbol zur Seite.

Eine Sekunde lang überlegte ich, ob es klüger wäre, ihr Zimmer zu suchen oder zu warten, falls Farah auf dem Weg zu mir war und deshalb nicht ans Telefon ging. Vielleicht stand sie unter der Dusche oder es kam etwas dazwischen. Es gab bestimmt einen guten Grund dafür, weshalb ich mir vornahm, erst in einer Dreiviertelstunde bei ihr vorbeizusehen, wenn Farah bis dahin immer noch kein Lebenszeichen von sich gegeben hatte.

Ich wählte die Nummer des Zimmerservices, bestellte ein britisches Frühstück für zwei und sagte dem Team, dass sie es in einer Stunde vorbeibringen sollten. Ein gemeinsames Frühstück schlug zwei Fliegen mit einer Klappe. Wir könnten unseren kleinen Ausflug absprechen und vielleicht würde ich etwas über sie in Erfahrung bringen. In der Zwischenzeit schnippelte ich einen Obstsalat aus den Früchten, die ich gestern Abend aufs Zimmer bestellt hatte. Zugegeben, es war ziemlich dekadent, hier so etwas Banales wie einen Tropenobstsalat zuzubereiten, während Erdbeeren in einem lokalen Supermarkt dreiundzwanzig Dollar kosteten, aber wozu war ich ein Hollywoodstar?

Und nun hieß es Zeit vertreiben. Ich öffnete die Tür des überdachten Balkons, der an mein Schlafzimmer grenzte. Ein eisiger Windstoß schoss durch das Zimmer. Die Kälte legte sich wie ein Film auf meine Haut und ließ mich wacher werden. Einen Fuß vor den anderen setzend, trat ich aus der Tür auf das kalte Holz. So bekam man auf jeden Fall einen kühlen Kopf. Ich atmete tief ein und sog die frische Luft in meine Lungenflügel, bis es schmerzte. Alles roch nach Wald und gefrorenem Wasser. So war es nie in L. A. Die Luft in meiner Heimat war warm und schwer wie Blei.

Ich genoss das kleine Stechen in meiner Lunge, bevor ich die Tür wieder hinter mir schloss und Wasser in meine Wellnesswanne einließ. Das hauseigene Schaumbad des *Alaska Snow Resort* duftete vanillig, und ohne etwas dagegen tun zu können, schoss mir ein Bild in den Kopf. Farah, wie sie verdeckt von zartem Schaum in dampfendem Wasser lag. Ihre braunen Augen glänzten und ihre feuchten Haarspitzen klebten an ihrer Brust.

Heilige Scheiße. Reiß dich zusammen, Paxton Wright.

Doch als ich mich ermahnte, war es bereits zu spät. Pochende Hitze hatte sich in mir ausgebreitet und wartete darauf, beachtet zu werden. Am liebsten hätte ich genau das getan, aber ich war mir unsicher, wie passend der Moment dafür war. Farah hatte eine Zimmerkarte und konnte theoretisch jede Sekunde hier hereinschneien. Warum dachte ich über so was immer erst nach, wenn es bereits zu spät war?

Ich brauchte etwas, das unsexy war. Aber was? Mir fiel nichts ein. Rein gar nichts. Immer wieder kam mir die Assistentin meiner Ex in den Sinn.

Okay, wenn Paxton sich nicht zusammenreißen kann, schafft es vielleicht Ian.

Ich wickelte mir ein Handtuch um die Hüften, griff nach meinem E-Reader und öffnet das Drehbuch zu *Snowlight*. Jetzt war ich nicht mehr der Hollywoodstar aus Los Angeles. Jetzt war ich Ian McMan, der amerikanische Schlittenhunderennfahrer, der sich nach einem schweren Verlust in die eisige Kälte Alaskas zurückgezogen hatte. Eisig war, in Anbetracht der Hitze, genau das, was ich gerade brauchte.

Ich öffnete eine der Szenen, die ich noch nicht auswendig konnte, und fokussierte mich auf jeden einzelnen Buchstaben.

»Herrgott, Ivy, was soll der Scheiß?«, schnauzte ich mein Spiegelbild sauer an. Meine Gesichtszüge waren steif und hart. Perfekt.

»Ich dachte, ich soll das verdammte Zimmer streichen?«

»Ja, aber in Weiß. Nicht in Rosa!«

»Ich bin mir sicher, dass du von Weiß nichts gesagt hast.«

»Doch, habe ich.«

»Nein.«

»Doch.«

»Sicher?«

»Ganz sicher.«

Die blonde Schönheit in meinem Kopf verschränkte die Arme genau wie Farah und schmollte mich an.

»Tja, jetzt ist es eben rosa. Das ist eine romantische Farbe. Ist bestimmt gut für die turtelnden Pärchen.«

»Ich denke, Rosa ist für meine Pension etwas zu romantisch.«

»Bist du etwa nicht romantisch, McMan?«

Ich schüttelte den Kopf. »Nein.«

»Niemals?«

»Niemals.«

»Das ist wirklich schade.«

»Weil?«

Ein lautes Klopfen, das unmittelbar von dem Geräusch meiner sich öffnenden Zimmertür begleitet wurde, ließ mich ruckartig von meinem Drehbuch aufsehen.

»Paxton?«, hörte ich Farahs dumpfe Stimme aus dem Nebenraum fragen.

Und ohne mir eine weitere Sekunde zu geben, öffnete sie die nächste Tür. Die zu meinem Schlafzimmer.

Schnell sah ich mich um, als mir einfiel, dass meine Klamotten im Schlafzimmer lagen. Tja. Das war unglücklich.

Ich sog die Luft tief ein und legte meine Hand auf das kalte Metall des Türgriffs. Bloß mit meinem Handtuch bekleidet, drückte ich sanft die Tür des Badezimmers auf und lächelte sie an. »Ja?«

Farah klappte der Mund auf, als sie merkte, dass ich im Grunde fast nackt vor ihr stand. Schon wieder. Ihre welligen Haare hatte sie zu einem wilden Dutt hochgesteckt und ihr Lippenstift war ein wenig verwischt, was sie nicht weniger hübsch aussehen ließ.

»Oh, ich ... Hast du eigentlich jemals etwas an?«, fragte sie fast schon genervt. Obwohl sie versuchte, ihren Blick zu zwingen, auf den Boden gerichtet zu bleiben, sah sie immer wieder zu mir auf.

»Ich weiß, es sieht nicht so aus, aber ich besitze Kleidung. Ich habe telefoniert und hatte eigentlich vor, ausgiebig heiß zu baden«, antwortete ich grinsend, wohl wissend, welches Kopfkino meine Worte bei ihr auslösen könnten. Genau genommen hoffte ich sogar, dass sie es taten. Dann wäre ich nicht mehr der Einzige mit unangemessenen Fantasien in diesem Raum.

»Ja, ich weiß. Ich war mit dir in der Mall. Kleidung zu besitzen, schließt nicht aus, ein Nudist zu sein«, sagte sie mit dem Anflug eines Lächelns auf ihren Lippen.

»Wahrscheinlich hast du recht, aber ich will, dass du weißt, dass ich mir für dich sogar was anziehen würde. Ich will doch, dass das hier funktioniert«, sagte ich und deutete mit meinem Zeigefinger zwischen ihr und mir hin und her.

Farah nickte knapp, bevor sie ein paar Schritte rückwärts zur Tür machte.

»Als Nudist hättest du dir mit Alaska wahrscheinlich keinen schlechteren Ort aussuchen können. Ich gehe einfach noch mal raus und werde den Koch fragen, ob er Croissants mit Avocado und Lachs für dich zum Frühstück machen kann. Und wenn ich wiederkomme, dann ...«

Grinsend schüttelte ich den Kopf. »Geh nicht. Ich gehe ins Schlafzimmer und ziehe mir etwas an. Außerdem habe ich uns schon etwas bestellt. Was hältst du von Rührei auf Toast?«

»Du hast für uns Frühstück bestellt?«

»Ja, habe ich. Sarah hat mich vorhin angerufen, weil sie dich nicht erreicht hat. Da dachte ich, ich besorge etwas zu essen und schaue mal bei dir vorbei. Hätte ich das nicht tun sollen?«

»Doch, also nein. Ich meine, du hättest das nicht tun müssen, das weißt du.«

»Ich weiß, aber ich wollte.«

»Danke schön.«

Farahs Gesichtsausdruck veränderte sich, als sie mir antwortete. Er war nicht mehr so starr und verklemmt. Sie wurde offener. Ich musste also aufhören, arrogant und blasiert auf sie zu wirken, wenn ich wollte, dass sie auch anfing, mich zu mögen. Und mir wurde klar, dass ich das wirklich wollte.

Ich ging ins Schlafzimmer und zog mir etwas an, das nicht einfach von meinen Hüften rutschen und mein bestes Stück entblößen konnte. Als ich mein Hemd zuknöpfte und die Tür zum Wohnbereich wieder aufschob, sah ich Farah, die mit gefalteten Händen auf dem Sofa saß wie eine leblose Statue. Manchmal erstarrte ich auch so, wenn eine Spinne über meinen Fuß lief. Widerliche Viecher.

»Und, wie war dein Morgen?«, zwang ich sie aufzusehen. Die Situation zwischen uns fühlte sich komisch an. Keiner wusste so richtig, was er dem anderen sagen oder fragen sollte.

»Gut, danke, und deiner?«, führte sie dieses beinahe inhaltslose Gespräch weiter.

»Auch. Sarah hat eine Sondermission für uns. Wir sollen eine Location für den Dreh scouten. Die Daten hat sie dir auch gemailt.«

Farah nickte. »Hab's schon gelesen. Deshalb bin ich hergekommen. Wir sollten recht schnell los, damit wir uns Zeit lassen können. Keiner von uns kennt das Gebiet.«

»Klingt vernünftig. Bist du immer so vernünftig?«

Farah lachte. »Du bist der Erste, der das zu mir sagt.«

»Das glaube ich dir nicht, Miss Babysitterin. Es wird schon einen Grund geben, weshalb die wählerische Sarah Willson dich hergeschickt hat.«

»Ich war kurzfristig verfügbar, lautet dann wahrscheinlich die traurige Antwort.«

Ich ließ mich neben ihr auf die weichen Polster fallen. Farah rutschte ein Stück von mir ab und überschlug ihre Beine.

»Im Grunde ist es auch egal, wie du hergekommen bist, denn du bist hier und hast die unbeschreiblich große Ehre, Zeit mit mir zu verbringen.« Mein Grinsen wurde breit. »Es gibt viele Menschen, die dafür eine Menge Geld über den Tresen schieben würden.«

Farah rollte stöhnend mit den Augen. »Tja, dann habe ich ein wahnsinniges Glück, dass ich dafür bezahlt werde.«

»Das ist dann wohl der Traum.«

»Das mag für viele so sein.«

Ich hob eine Augenbraue. »Für dich etwa nicht?« Erst nachdem ich die Frage gestellt hatte, wurde mir bewusst, wie überheblich sie rüberkam. Ich erwartete, Farah erneut mit den Augen rollen zu sehen, doch stattdessen lachte sie.

»Wow, du bist wirklich eingebildet.«

Diese Aussage konnte ich ihr nicht verübeln, wahrscheinlich hatte sie stellenweise sogar recht mit dem, was sie sagte, was es nicht weniger unangenehm werden ließ.

»So war das nicht gemeint«, versuchte ich, das längst sinkende Schiff zu retten, auch wenn Farahs ironischer Blick kein Geheimnis daraus machte, dass sie mir nicht glaubte.

»Natürlich nicht.«

»Gut, vielleicht doch, aber ich bin nun mal einer der besten Schauspieler auf dem Markt. Mit mir zu ...« Ich brach ab. Damit hatte ich es schon wieder getan. *Paxton, hör bitte mal auf, ein arroganter Arsch zu sein. Danke schön.* Das Ironische daran war, dass mein altes Ich, das in einer üblen Gegend aufgewachsen war, genau wie Farah reagiert hätte. Ich war ein Witz auf ganzer Linie.

»Fällt es dir so schwer zu glauben, dass sich nicht alles nur um dich dreht? Ich habe eine Message für dich, Paxton Wright. Mit überheblichen Mistsäcken verschwende ich meine Freizeit nicht.« Farah stand auf und machte Anstalten zu gehen. Aber ehe ich mich's versah, griff ich nach ihrem Handgelenk.

»Bitte geh nicht.« *Bitte geh nicht? Was war denn plötzlich in mich gefahren?* Farah schien sich dasselbe zu fragen und blickte stirnrunzelnd zu mir herunter.

»Es tut mir leid. Ich wollte nicht überheblich sein und eigentlich denke ich auch gar nicht, dass sich alles nur um mich dreht. Wirklich.«

»Ach nein?«

Ich schüttelte den Kopf und stand auf. Immer noch lag ihr zartes Handgelenk in meinen dagegen grobschlächtig wirkenden Händen. Sie zog sich nicht zurück und ich ließ sie nicht los.

»Nein, und ich werde es dir beweisen.«

»Und wie willst du das bitte machen?«

»Ich könnte dein Sprungbrett sein.«

»Mein was?« Zwischen Farahs Augen bildete sich ein nachdenkliches Fältchen.

Ich grinste verführerisch. Dieses Angebot hatte ich noch nie jemandem gemacht. »Na, dein Sprungbrett in die große Filmwelt. Ich könnte dir sicher helfen, als Regisseurin, oder was auch immer du werden willst, groß rauszukommen. Im Gegenzug musst du nur besonders nett zu mir sein.«

Das, was sie gerade gesagt hatte, hatte mich getroffen. Ich konnte Farah helfen, wenn sie mich ließ. Ich könnte sie empfehlen oder sie wichtigen Menschen vorstellen. Ich würde ihr zeigen, dass ich nicht nur an mich dachte, dass ich nicht nur arrogant war.

Aber Farah befreite sich aus meinem Griff und lief geradewegs zur Zimmertür.

»Was genau habe ich jetzt Falsches gesagt?«, fragte ich eine Spur zu genervt.

Farahs Blick quittierte das ebenso genervt, als sie den silbernen Griff der Suitetür wütend hinunterdrückte.

»Schon allein, dass du das fragst. Ich bin hierhergekommen, weil ich studiert habe. Weil ich nicht aufgebe, obwohl ich mir die letzten Jahre meinen verdammten Arsch in einem Starbucks aufgerissen habe und immer wieder abgelehnt wurde. Mir hat niemand geholfen, meinen Traum zu erfüllen. Das ist alles harte Arbeit. Meine Arbeit. Lieber bin ich noch zehn Jahre die Assistentin einer Assistentin, als mich hochzuschlafen. Also nein, Mr Wright, vielen Dank für dieses vorzügliche Angebot, aber auf Ihre Nettigkeit kann ich wirklich verzichten.« Mit diesen Worten stürmte Farah förmlich aus dem Zimmer und ließ die schwere Tür hinter sich ins Schloss fallen.

Damit waren wir jetzt wohl wieder beim Sie. Hatte ich mich so falsch ausgedrückt? Ich ging in Gedanken jedes einzelne meiner Worte durch und kam zu dem Schluss, dass ich es gründlich verkackt hatte. Mal wieder. Nettigkeit? Mein Ernst? Ich wäre besser gefahren, wenn ich direkt erklärt hätte, wie ich meinte, was so unfassbar verdreht aus meinem Mund gekommen war. Ich sollte mir wirklich angewöhnen, meinen Grips zu benutzen, bevor ich den Mund aufmachte.

Unruhig lief ich auf und ab, während ich fieberhaft darüber nachdachte, wie ich ihr am besten erklärte, dass ich nicht an einer Liaison mit ihr interessiert war. Aber dass ich es einfach nur gut meinte, konnte ich ihr jetzt wahrscheinlich nicht mehr verkaufen.

Eine Sekunde lang überlegte ich sogar, mein Management anzurufen, aber Lucy riss mir dann wahrscheinlich meinen hübschen Kopf ab. Wenn Farah jetzt meldete, dass ich ihr ein unangebrachtes Angebot unterbreitet hatte, wäre ich raus. Dann wäre es das mit *Snowlight* und wahrscheinlich sogar mit meiner Karriere gewesen. Headlines wie *Hollywoodstar belästigt Assistentin der Regie* lasen sich nie gut. Ich hatte wirklich nicht vor, wie Kevin Spacey zu enden.

Das laute Klopfen an der Zimmertür schreckte mich auf. War sie zurückgekommen?

Ich riss die Tür auf und eine grauhaarige kleine Frau streckte mir ein Tablett mit zwei Portionen des englischen Frühstücks entgegen, das ich bestellt hatte. Damit bekam ich vielleicht wieder hin, was ich verbockt hatte.

19.10.

Liebes Tagebuch,

Paxton hat heute der Presse verkündet, dass er jetzt mit einem anderen Supermodel ausgeht. Was für ein Scheiß, er sollte in meinen Armen liegen. Mich wieder anlächeln. Da steckt bestimmt sein Management dahinter.
Die wollen doch einfach nur die Promi-Paar-PR und ignorieren dabei einfach die Gefühle zweier Menschen. Ich fühle mich langsam wie in einem Shakespeare-Drama. Aber wir werden uns schon finden, auch wenn es so endet wie bei Romeo und Julia.

KAPITEL 10

PAXTON

Keine fünf Minuten später stand ich mit dem Tablett vor einer Hotelzimmertür im zweiten Stock. Meine Hand zitterte kurz, als ich gegen das faserige Holz klopfte.

»Wenn Sie das sind, Wright, bin ich nicht da.«

»Wie doof nur, dass ich dich hören kann, Stewart.«

Sie öffnete die Tür einen Spaltbreit.

»Ich werde Ms Willsons Auftrag gleich allein in Angriff nehmen. So ein wichtiger Schauspieler wie Sie hat bestimmt wahnsinnig viel zu tun.« Dann knallte sie mir die Tür wieder vor der Nase zu.

Ich lehnte mich mit dem Rücken dagegen und starrte an die Decke des schmalen Flures. Meine Finger umklammerten die Holzgriffe des Silbertabletts und drückten die Kante gegen meine Brust.

»Farah, du brauchst mir nicht aufzumachen. Das ist okay, aber bitte hör mir zu. Ich bin hier, um mich zu entschuldigen. Ich wollte dir kein unangebrachtes Angebot machen. So ein Typ bin ich nicht, auch wenn die Medien das gern mal behaupten, damit sich ihre Zeitungen verkaufen. Manchmal denke ich nicht gut genug über das nach, was ich sagen möchte.«

»Offensichtlich«, drang es gedämpft durch die lasierte Holztür. Sie stand auf der anderen Seite. Sie hörte mir zu. Und ohne es wirklich zu verstehen, floss urplötzlich ein nervöses Kribbeln durch meinen Körper.

»Ich weiß, wie hart die Filmwelt sein kann. Und selbst wenn es vielleicht nicht so aussieht, aber auch ich musste kämpfen, um dahin zu kommen, wo ich bin. Ich wollte dir helfen, und ja, ohne anzügliche Gegenleistung, nur als Freund. Ich weiß, es ist schwer zu glauben, aber ich möchte einfach nur eine Chance, dir zu zeigen, dass ich mehr bin als der Arsch, für den du mich hältst.«

Etwas hinter mir rührte sich. Leider war meine Reaktionsgeschwindigkeit gerade im Energiesparmodus. Ich taumelte ein paar Schritte zurück, wobei ich versuchte, die zwei Servierglocken auf dem Tablett nicht auf den Boden zu kippen. Ich verlor nur eine leere Kaffeetasse an die Schwerkraft. Die Scherben knirschten unter meinen Schuhen. Farah griff an meine Oberarme und brachte mich zum Stehen.

»Sie haben das Frühstück wirklich dabei.«, stellte sie fest.

»Gut beobachtet, aber ich hatte ja bereits erzählt, dass ich etwas bestellt habe«, sagte ich grinsend.

»Wirklich schade. Ich hatte Sam schon Bescheid gegeben, dass ich allein zu der Location fahre. Ich denke, er wartet auf mich.«

»Kein Problem. Ich komme trotzdem mit in die Berge und wir frühstücken in der Limousine. Diese Chance auf Freigang lasse ich mir nicht entgehen. Hast du dir die Sachen, die Sarah dir geschickt hat schon näher angesehen?«

»Ehrlich gesagt, nein. Ich bin noch nicht dazu gekommen«, gab sie zu, während sie ihren Mantel von der Garderobe nahm und ihn sich überzog.

»Dann kläre ich dich gleich im Auto auf. Wir nehmen das Tablett am besten mit nach unten und lassen uns unseren Proviant einpacken. Die Rezeption kann auch jemanden hochschicken, der sich um die Scherben kümmert.«

»Das klingt nach einem Plan. Machen wir es so. Danke, Mr Wright.«

»Gern geschehen. Ich will doch, dass das hier funktioniert«, sagte ich und deutete mit meinem Zeigefinger zwischen ihr und mir hin und her.

Farah nickte knapp, bevor sie ein paar Schritte zur Tür machte. Sie hielt einen Moment inne und musterte mich. »Vielleicht sollte ich lieber das Tablett nehmen. Sicher ist sicher.«

»Danke für dein Vertrauen«, erwiderte ich ironisch.

Farah grinste. »Das hat nichts mit Vertrauen zu tun. Eher Selbsterhaltung. Ich kann nicht riskieren, dass Mr Hollywood ausfällt, weil er sich wegen eines zerbrochenen Tellers die Hände aufschneidet.«

»So schlimm wäre das nicht. Für die Actionszenen habe ich ein Stuntdouble. Cory. Er ist super. Du wirst ihn mögen.«

Farah nahm das Tablett trotzdem an sich, nachdem sie sich in ihre dicke Winterkluft gehüllt hatte. Sie hatte etwas vom Michelin-Männchen mit den makellos weißen Moonboots, die sie trug.

»Wenn er weniger eingebildet ist als du, mag ich ihn sicher.«

»Autsch.«

― ― ―

Wir teilten uns auf. Ich ging in mein Zimmer und zog meine neuen winterfesten Sachen an, während Farah in die Küche lief und für unseren Ausflug einen Rucksack packte.

»Wieso erklärt Sarah Ihnen eigentlich genau was ansteht und ich bekomme nur eine E-Mail?«, fragte Farah, während sie sich auf dem Rücksitz die Jacke auszog, damit es nicht so kalt wurde, wenn wir ausstiegen. Sie griff nach einer der Metallbrotdosen und öffnete sie auf ihrem Schoß. Salziger Dampf verteilte sich im Auto und erfüllte es mit dem Duft eines leckeren Frühstücks. Der arme Sam tat mir etwas leid, weil er fahren musste, während wir aßen, aber wahrscheinlich hatte er bereits gefrühstückt.

»Sarah hat dich nicht erreicht, mich schon. Außerdem habe ich jetzt die Freude dir zu sagen, dass sie uns auf ein Rendezvous schickt.«, antwortete ich beim Aufdröseln der Alufolie, die um mein Rühreisandwich gewickelt war.

Farah sah mich verwirrt an. »Sarah tut was?«

»Gut, genau genommen schickt sie uns nicht auf *ein* Rendezvous, sondern auf *den* Rendezvous«, erklärte ich extra kryptisch, weil ich es so amüsant fand, wenn sie ihre Stirn runzelte. Doch bevor ich meine Wortspielchen noch weitertreiben konnte, schritt Sam ein.

»Er meint den Rendezvous Mountain. Es gibt dort einen Trail, den Sie sich ansehen sollen.«

Farahs Blick öffnete sich, was dafür sorgte, dass ich ein klassisches Augenrollen von ihr als Reaktion bekam. »Ach so. Na, dann ist der Rendezvous immerhin nicht so flach wie dein Witz.«

»Und der war jetzt gar nicht flach«, konterte ich, was Farah ein Lächeln entlockte.

»Doch, schon, aber damit scheine ich ja ganz Ihren Humor zu treffen, Mr Wright.«

Begann sie gerade etwa, mit mir zu flirten?

»Ist dieses Siezen wirklich nötig, Ms Stewart?«, hauchte ich grinsend.

»Nicht, wenn Sie das nicht wollen«, antwortete sie freundlich. Sie fuhr sich mit den Händen durch ihre dunklen Wellen und band sie zu einem Pferdeschwanz. Farahs lila Spitzen ließen es aussehen, als hätte sie ihre Haare in einen Farbeimer getunkt. Normalerweise stand ich nicht auf bunte Haare, aber bei ihr sah es toll aus. Sie konnte der Farbtupfer sein, den ich in meinem Leben gerade brauchte.

»Ich will nicht, danke.«

Farah zog ihr Smartphone aus der Tasche ihres grünen Daunenmantels, den sie auf ihrem Schoß zusammenknautschte wie einen Schlafsack. Sie warf einen Blick darauf und lächelte kurz, bevor sie es wieder weglegte.

Ich fragte mich, was sie so zum Schmunzeln bringen konnte. Vielleicht ein lustiges Katzenvideo? Mir fiel auf, wie lange ich nicht auf mein eigenes Smartphone gesehen hatte und wie viel besser es mir seitdem ging. Ich hatte Social Media gemocht, bis zu dem Tag, an dem ich meinen Durchbruch gehabt hatte. Es fühlte sich jetzt manchmal so an, als hätte jeder ein Motiv, einem nachzustellen.

Bei Farah hatte sich dieses negative Gefühl schnell in Luft aufgelöst. Wir kannten uns nicht und außerdem hatte sie von Anfang an kein großes Interesse an mir gehabt. Ihr fiel es anscheinend selbst schwer, Menschen näher als zwei Meter an sich heranzulassen und ihnen etwas von sich zu zeigen. Sie war wie ich.

»Ist alles okay, Paxton?«, hörte ich Farahs Stimme. Meine Gedanken waren abgedriftet. Das passierte mir in letzter Zeit häufiger, wenn ich unter Stress stand. Es war vielmehr der Gedanke, dass ich mich demnächst in einem Interview vor der ganzen Welt mental ausziehen sollte. Zumindest fühlte es sich so an. Ich versuchte, es noch zu verdrängen, aber es war nicht so leicht, während eine Babysitterin neben einem saß, die vermeiden sollte, dass meine Talkshowredezeit noch länger wurde als sowieso schon. Hin und wieder blinkte der Gedanke daran auf wie eine kleine Glühbirne.

»Ja, ich war nur abgelenkt«, erklärte ich und Farah nickte.

»Bist du aufgeregt wegen des Drehstarts?«

Ich schüttelte den Kopf. »Nein, ich mache mir nur Sorgen um mein Image«, log ich. Mein Image war momentan nicht gut, aber sobald jemand etwas Schlimmeres tat, als eine angebliche Beziehung mit einem C-Promi zu leugnen, wäre ich aus dem Schneider. So war es in Hollywood. Ich brauchte nur zu warten, bis der nächste Skandal meinen überschattete. »Das hat durch die Sache mit Caralie ganz schön gelitten.«

Farah warf mir einen mitfühlenden Blick zu. Er war von der Sorte, die ich normalerweise nicht leiden konnte, aber irgendwie war es schön.

»Ich weiß, das ist sicher hart. Aber vielleicht hilft es dir, wenn ich sage, dass ich nicht mehr glaube, dass an der Geschichte was dran ist«, versuchte Farah mich aufzumuntern.

Ein Grinsen verirrte sich auf meine Lippen. »Nicht mehr?«, fragte ich auffordernd.

»Ja, ich gebe zu, dass ich ihr vielleicht doch für eine Sekunde geglaubt habe, besonders nach dem unüberlegten Spruch von dir«, antwortete sie aufrichtig.

»Ach ja? Und was hat sich geändert?« Meine Stimme klang so neugierig, wie ich es war.

»Tja. Das ist ehrlich gesagt eine gute Frage. Ich kann es nicht genau sagen. Du kannst zwar ein ziemlicher Idiot sein und brauchst auf jeden Fall einen Benimmkurs, aber herzlos kommst du mir nicht vor.«

»Wow, ich glaube, das ist das Netteste, das du bisher zu mir gesagt hast, Farah. Danke für deinen Beistand.«

Sie lachte, während die Reifen mit einem Knirschen zum Stehen kamen.

»Wir sind da. Weiter kann ich Sie beide leider nicht heranbringen. Die Location, die Sie suchen, liegt irgendwo auf dem Wanderweg. Sie müssen dem also nur folgen. Das Foto haben Sie ja«, sagte Sam, als er die Limousine auf einen kleinen Schotterplatz fuhr, auf dem schon zwei Geländewagen parkten.

»Wie lang ist der Weg denn, Sam?«, fragte Farah unseren liebenswerten Fahrer. Dieser schob sich nachdenklich die Mütze in den Nacken, bevor er antwortete.

»Ungefähr vier Meilen, glaube ich. Wissen Sie, ich war schon lange nicht mehr wandern. Vielleicht sollte ich meine Frau auch mal auf den Rendezvous einladen«, scherzte er.

»Vielleicht sollten Sie das«, sagte ich grinsend und öffnete die Tür zum Aussteigen.

Augenblicklich blies mir kalter Wind ins Gesicht, sodass ich meinen neuen Winterparka bis zum Anschlag zuzog. Die dicken Wollhandschuhe streifte ich mir über die Hände, während Sam Farah die Tür aufhielt.

Ihr Pferdeschwanz flatterte im Wind, weshalb Farah ihn in ihren Schal schieben musste, damit er ihr nicht ins Gesicht wehte.

»Es ist ganz schön kalt, aber immerhin schneit es nicht«, stellte sie fest. Sie schnallte sich ihren kleinen Rucksack auf den Rücken, in dem sich heißer Tee verbarg. So dürfte selbst im Notfall keiner von uns den Kältetod sterben.

»Durchs Laufen wird uns hoffentlich gleich warm. Warten Sie hier, Sam?«, wandte ich mich an unseren Fahrer.

»Nicht ganz. Ich besuche einen Freund, der in der Nähe wohnt. Im Auto würde ich wahrscheinlich erfrieren. Sie sind bestimmt zwei, drei Stunden unterwegs, bis Sie den Platz gefunden haben. Rufen Sie an, wenn Sie umdrehen, dann bin ich innerhalb von zehn Minuten hier.«

»Super, haben wir etwas vergessen?«, überlegte Farah laut.

»Ja! Das Resort hat mir für Sie noch Schneeschuhe mitgegeben. Das macht die Wanderung um einiges leichter. Die müssen Sie nur unter Ihre normalen Schuhe schnallen. Gut, dass Sie noch mal gefragt haben, Farah, das hätte ich sonst wirklich vergessen.«

Farah nahm die metallischen Sohlen grinsend entgegen, die Sam aus dem Kofferraum der Limousine holte, und schnallte sich ihre direkt unter.

»Alles klar, Sam. Danke«, sagte ich, nachdem ich die Verschlüsse meiner Schneeschuhe festgezurrt hatte. Sam schloss den Kofferraum und stieg wieder ins Auto. Ich verfolgte seine Rücklichter, bis sie hinter einer Kurve verschwanden.

»Okay, du weißt, wo wir langmüssen?« Farah trat motiviert neben mich.

Zur Antwort deutete ich mit meiner behandschuhten Hand in Richtung des eingeschneiten Berges, der vor uns lag.

»Was tut man nicht alles für den Job seiner Träume. Hatte ich erwähnt, dass ich nicht zu der sportlichen Sorte Mensch gehöre?«, stöhnte sie und setzte sich in Bewegung.

»Nein, hattest du nicht. Zu welcher Sorte Mensch gehörst du dann?«

»Zu der Schokoladeneissorte«, antwortete Farah so ernst, als ginge es um etwas Weltbewegendes. Ein kleines Lächeln entwich ihr trotzdem.

Wir begaben uns auf den zugeschneiten Wanderweg und stapften vorwärts. Ich kam mir ein bisschen vor wie in *The Revenant*, auch wenn ich keine Pelze tragen musste und meine Begleitung hoffentlich nicht vorhatte, mich umzubringen.

Die Umgebung und die Aussicht waren atemberaubend. Zwar gab es kaum Vegetation, höchstens hier und da mal ein paar Büsche, Fichten oder Tannen, aber alles war weitläufig. Wir hatten freie Sicht auf die anderen eingeschneiten Berge, die den Rendezvous Mountain umgaben, und die Flüsse, die sich zwischen ihnen hindurchschlängelten. Sie verliehen der sonst so starren Umgebung etwas Bewegendes.

Ich war bisher nur einmal in meinem Leben wandern gewesen, und zwar auf dem tropischen Tahiti. Genau genommen war das nicht mal wirklich wandern gewesen, weil ich es für den Dreh einer Serienepisode hatte tun müssen.

Irgendwie taten wir das hier auch für einen Film, aber es fühlte sich viel mehr nach Freizeit an.

Farah sagte die erste Zeit kam etwas, was ich auf die atemberaubende Aussicht schob, die einen in seinen Bann zog und einem wortwörtlich die Sprache verschlug. Dabei konnte man fast vergessen, dass es null Grad hatte, auch wenn uns durch das andauernde Laufen nicht kalt wurde. Innerlich dankte ich Farah dafür, dass sie mit mir in die Mall gefahren war, um mich kleidungstechnisch auf das kalte Wetter vorzubereiten.

Zwischen Alaska und Hollywood lagen Welten, die bis auf den Himmel nichts gemeinsam hatten.

Ich beobachtete Farah immer wieder dabei, wie ihr Blick leuchtend die schneebedeckten Berge entlangwanderte. Nach einer Dreiviertelstunde hatten wir schon einen guten Teil des Wanderweges zurückgelegt und kamen immer höher. Die Route war aufgrund des Wetters beschwerlich und wahrscheinlich auch nicht ganz ungefährlich. Dass sich der eisige Wind drehte, kam uns da sehr gelegen. Nun war es so gut wie windstill.

Der glitzernde Schnee knirschte bei jedem Schritt unter meinen wasserfesten Schuhen. Ein beruhigendes und schönes Geräusch, das ich einfach in der Stille des Berges genoss.

Ich holte mein Smartphone aus der Jackentasche und entsperrte es mit meinem Gesicht. Über die Sprachsteuerung griff ich auf die Mail von Sarah zu, in der sich das Bild des Ortes befand, den wir suchten: eine weite, nicht so steile Fläche, die ab Dezember auch zum Skifahren genutzt wurde.

Auf dem Bild sah man eine junge Frau mit Snowboard unter dem Arm, die in den Sonnenuntergang blickte. Das Licht spiegelte sich auf dem glatten Puderschnee und tauchte die kalte Landschaft in ein warmes Orange.

Noch hatten wir den Ort nicht gefunden, aber da, wo wir jetzt ankamen, war es ebenso schön.

Ein umgefallener Baum lag direkt am Wanderweg und bot den perfekten Platz für eine kleine Pause mit der Aussicht auf das türkisfarbene Wasser der Cook-Inlet-Bucht. Mittlerweile hatte sich auch die Sonne aus den Wolken freigekämpft und warf ihre warmen Strahlen auf das Wasser, den Schnee und unsere Gesichter.

In dem Moment, in dem ich daran dachte, Farah zu fragen, ob wir eine Pause einlegen wollten, schob sie auch schon den Schnee vom Baumstamm und setzte sich darauf.

»Sorry, ich brauche einen Moment. Wie gesagt, Schokoeismensch«, meinte sie und zielte damit auf ihre eigene Unsportlichkeit ab.

»Dafür hast du es ziemlich tapfer durchgestanden. Ich habe den tiefsten Respekt vor dir.«

»Machst du dich gerade über mich lustig? Falls ja, bekommst du nichts von dem heißen Tee, den ich jetzt aus meinem Rucksack zaubern werde«, drohte sie.

Lachend schüttelte ich den Kopf, während ich mich ganz nah neben sie auf den Baumstamm sinken ließ. »Nein. Bei der Kälte durch den Schnee zu wandern, ist wirklich anstrengend, und wenn du mich fragst, könnte unsere Crew so ziemlich jeden Ort hier zum Drehen verwenden. Es ist überall wunderschön.«

Farah drehte den Deckel der großen silbernen Thermoskanne auf, auf der das eingravierte Logo des Resorts prangte. Sie goss die dampfende, fruchtig riechende Flüssigkeit in den Deckel. Doch dann stockte sie plötzlich und runzelte die Stirn.

»Was ist?«

»Ich habe keinen zweiten Becher eingepackt. Wir müssen uns den Deckelbecher teilen«, offenbarte sie, als wäre das so schlimm.

»Und du möchtest nicht mit mir aus demselben Becher trinken?«

»Doch, also ich meine, für mich ist das kein Problem, aber ich weiß nicht, wie das für dich ist«, gab sie zu.

»Hast du Herpes?«

Farah schüttelte zur Antwort den Kopf.

»Gut, dann trinkst du zuerst«, befahl ich.

Farah setzte den Becher an ihre von der Kälte leicht rissigen Lippen und trank. Dann gab sie ihn mir und schenkte mir ein.

»Wieso sollte ich zuerst trinken? Hast du etwa Herpes?«, fragte sie, während das heiße Getränk in meinen Becher plätscherte.

»Nein.« Ich nahm den ersten Schluck. Die Wärme des nach Waldfrüchten schmeckenden Tees aus dem Hotel durchfuhr meinen ganzen Körper und schien ihm neues Leben einzuhauchen. Ich hatte nicht wirklich gefroren, aber dieses Gefühl war entspannend.

»Okay, und wieso dann?«

Das Grinsen in meinem Gesicht wurde breiter. »Na ja, da du noch stehst, weiß ich jetzt, dass mich das Hotelpersonal und du nicht vergiften wollt.«

Farahs Augen weiteten sich ungläubig. »Du bist doch nicht echt so paranoid, oder?«

»Nein, nicht ganz so schlimm. Aber ehrlich gesagt bin ich schon ziemlich paranoid«, gab ich zu. Die Öffentlichkeit wusste nicht, dass ich dazu neigte, jede Frau in meinem Umfeld für eine Stalkerin zu halten. Farah wusste demnach nicht, wie groß der Schritt war, den ich gerade mit diesen Worten auf sie zu gemacht hatte. Wenn ich wollte, dass sie mir vertraute, musste ich auch ihr vertrauen.

Farah wirkte nicht wie jemand, der mit den Geheimnissen anderer in eine Talkshow spazieren würde. Dafür war sie selbst zu verschlossen und darauf bedacht, alles, was sie beschäftigte, für sich zu behalten. Ich würde den ersten Schritt machen und darauf warten, dass Farah mir folgte. Sie war mir ähnlich und das war irgendwie schön. Ich hatte das Bedürfnis, Zeit mit ihr zu verbringen, sie kennenzulernen, aber vor allem, sie auf meiner Seite zu haben. Ich fühlte mich auf eine Weise zu ihr hingezogen, die ich noch nicht verstand. Das war beängstigend, aber schlecht zu ändern. Mich reizte, dass sie sich so wenig für mich interessierte, dass sie nichts von mir wollte. Es hatte was von einer Herausforderung, auch wenn dieses Wort Farah nicht gerecht wurde.

»Die Schauspielerei war nie mein Traum«, setzte ich an, einen Teil von mir zu zeigen, den ich in meinem dunklen Innersten einschloss.

»Wie ist es dann dazu gekommen?«, fragte sie interessiert.

»Ich habe meinen Bruder zu einem Casting begleitet. Die Schauspielerei war eigentlich immer das, was er wollte. Ich bin da so reingeschlittert und das hat vieles zerstört«, schnitt ich einen Teil der Geschichte an, die mich bis in meine schlimmsten Träume verfolgte. Meine Betonung ließ vermuten, dass mehr dahintersteckte, aber Farah fragte nicht weiter. Sie schien zu spüren, dass es mir schwerfiel, darüber zu sprechen.

Es war ein bisschen wie Loslassen, was komisch war. Als ich Dr. Sanders, meiner Therapeutin, damals davon erzählt hatte, hatte es sich nicht so befreiend angefühlt. Stattdessen war es konfrontierend gewesen und hatte mich in die schwerste Nacht meines Lebens zurückkatapultiert.

»Dann ist dein Bruder bestimmt stolz auf dich, dass du es so weit geschafft hast«, sagte sie lächelnd.

Es war süß, wie sie versuchte, das Gute im Menschen zu sehen. Aber so war es nicht. Ich gehörte zu der Sorte Mensch, die andere immer wieder verletzte, ohne es zu wollen. Und ich gehörte zu den Arschlöchern, die nicht damit aufhörten, obwohl sie es wussten.

»Eher nicht. Das hat uns entzweit.«

»Oh, das ist schade. Tut mir leid.« Farah sah mich aus ihren großen rehbraunen Augen mitleidig an. Ich wusste nicht, was sie dachte, aber es war offensichtlich, dass es sie mitnahm.

»Muss es nicht. Du bist ja nicht daran schuld.« Es war ein kläglicher Versuch von mir, den grüblerischen Ausdruck auf ihrem Gesicht zu vertreiben.

»Ich weiß, aber es ist immer schade, wenn man jemanden aufgrund von Träumen verliert. Ich kenne das, meine Mom und ich haben uns auch entfremdet«, antwortete Farah. Sie wirkte traurig, aber gleichzeitig gefasst, als hätte sie schon länger damit abgeschlossen. Oder als hätte sie es zumindest probiert.

Ich traute mich fast nicht zu fragen, weil ich die Situation nicht überstrapazieren wollte, aber ich konnte es mir nicht verkneifen. »Wieso habt ihr euch entfremdet?«

Einen Moment lang starrte sie wortlos in die Ferne, um dann zu antworten, ohne mich dabei anzusehen.

»Dafür gibt es mehrere Gründe. Aber einer ist, dass sie meinen Traum, als Regisseurin zu arbeiten, nicht ernst nehmen kann. Sie glaubt nicht, dass ich es schaffe. Stattdessen werde ich in ein paar Jahren bei ihr auf der Matte stehen, weil ich gescheitert bin, so, wie sie es mir prophezeit hat. Das versucht sie mir einzureden, seitdem ich mein Studium begonnen habe. Ich hatte gehofft, dass sie es mit der Zeit akzeptieren würde, wenn ich ihr zeige, wie sehr ich das will. Jetzt bin ich fertig mit dem Studium und sie hat ihre Meinung nicht geändert.«

Ich wusste, wie sie sich fühlte. Hollywood war ein hart umkämpftes Pflaster. Mir hatten am Anfang auch alle vorhergesagt, dass ich ein One-Hit-Wonder bleiben würde. Jedes Mal, wenn ich das hörte, zweifelte ich an mir selbst und an meinem Können, obwohl ich es eigentlich besser wusste. Aber selbst die selbstbewussteste Person konnten die Stimmen der anderen verunsichern.

»Es ist schwer, an seine eigenen Träume zu glauben, wenn alle um einen herum schon von vornherein erwarten, dass man scheitert.«

»Ich dachte, die Schauspielerei wäre nicht dein Traum gewesen«, sagte Farah lächelnd.

»Sie ist zu meinem Traum geworden. Träume entstehen durch Erfahrungen. Nachdem ich in Hollywood meine erste Szene gedreht hatte, wusste ich, dass ich nie wieder etwas anderes würde machen können oder wollen.«

Farah nickte zustimmend. »Ja, da hast du recht. Mir ging es nach meinem ersten Schultheaterstück an der Highschool so. Ich hatte mir den Fuß gebrochen und durfte nicht mitspielen, also hat die Lehrerin mich zur Regisseurin gemacht.«

»Und dann hast du beschlossen, Regisseurin in der Filmbranche zu werden?«

Sie schüttelte den Kopf und strich sich eine Strähne hinters Ohr, die sich aus ihrer Frisur gelöst hatte. »Nein, nicht sofort. Ich hatte wahnsinnige Angst. Ich war ein schüchternes Mädchen und es kam mir wie ein Albtraum vor, alle herumzudirigieren. Aber es wurde besser, als ich merkte, dass das Stück besser wurde, wenn alle auf mich hörten. Und sie merkten es auch. Das Stück war ein voller Erfolg. Wir haben es sogar ins *Daytona Beach News-Journal* geschafft.«

»Habt ihr nicht.«

Farah lächelte. »Doch, das war toll.«

Sie taute auf, während ich einfror. Das meinte ich bildlich, denn es war superkalt geworden. Ich rieb mir die behandschuhten Hände, weil ich nicht wollte, dass der Moment endete. Das blieb allerdings nicht unbemerkt. Farah nahm mir den leeren Becher aus der Hand und schraubte ihn zurück auf die Kanne, die sie dann in den Rucksack schob.

»Wir sollten weiterlaufen, sonst erfrierst du noch, Hollywood«, witzelte sie und schwang sich den Rucksack auf den Rücken.

»Hollywood? Habe ich jetzt einen neuen Spitznamen?«

»Noch nicht, aber Hollywood finde ich gut. Geigenarsch ist jedoch auch eine Option, die mir direkt bei unserer ersten Begegnung eingefallen ist. Vielleicht etabliert sich eins davon ja noch«, antwortete sie und lief den schneebedeckten Wanderweg entlang.

Je weiter wir vorankamen, desto schmaler und steiler wurde der Pfad, obwohl er laut Google auch für Anfänger geeignet sein sollte.

Immer wieder schossen wir Fotos von geeigneten Drehorten auf unserer Route, auch wenn sich der Ort auf Sarahs Vorgabefoto einfach nicht finden ließ. Dabei schauten wir auch links und rechts vom Pfad. Langsam begann ich, daran zu zweifeln, dass die Snowboarderin wirklich auf dem Rendezvous gewesen war.

Irgendwann beschlossen wir dann, dass der Rest des Weges einfach zu umständlich für ein ganzes Kamerateam wäre, und kehrten um. Ich fing an, mich immer wieder nach Farah umzusehen, damit ich ihr im Falle eines Falles helfen konnte, doch augenscheinlich brauchte sie das überhaupt nicht. Schokoeis-Farah kam auch ziemlich gut ohne meine starken, hilfsbereiten Hände zurecht.

Mir wurde klar, dass sie nicht einfach nur so dahingesagt hatte, dass sie alles für ihren Job tun würde. Nein, sie hatte es genauso gemeint.

20.10.

Liebes Tagebuch,

heute ging ein Bild durch die Medien, auf dem das Miststück und Paxton sich küssen. Ich weiß gar nicht, wie schlecht er sich deswegen fühlen muss. Es bricht mir das Herz, nur daran zu denken. Er ist eine Marionette seines Managements. Ich habe ihr geschrieben, dass ich nicht verstehe, wie sie sich zwischen zwei Liebende drängen konnte, nur weil jemand anderes das für sie entscheidet. Das zeugt nicht von einem besonders guten Charakter. Aber was sollte man in dieser schillernden Welt auch erwarten? Er ist umgeben von Schlampen.

KAPITEL 11

FARAH

Die Stufen der Hotelveranda quietschten leicht, als ich im Schein der Dämmerung den Schnee von meinen Schuhen darauf abtrat. Die elektrischen Türen schoben sich vor mir auf und ich betrat die Lobby des Resorts. Um mich herum wurde es warm und hell.

Unter den rustikalen Holzbalken der Decken hingen moderne Leuchter, welche nicht nur die mittlerweile gut besuchte Eingangshalle in warmes Licht tauchten. Auch die Naturfotografien, die in aufwendigen Rahmen an den Wänden hingen, wirkten trotz der Winterstimmung beinahe sommerlich. Eine zeigte den schneebedeckten Rendezvous Mountain, bei dessen Anblick ich mir ein leichtes Prickeln auf meiner Haut einbildete. Und auch ein Lächeln manifestierte sich auf meinen Lippen, ohne dass ich etwas dagegen tun konnte.

Ich hatte in den letzten Stunden viel an unsere Wanderung gedacht. Paxton schien generell eher verschlossen zu sein. Für einen Moment hatte ich mir eingebildet, die dunklen Schatten zu sehen, die er sonst niemandem zeigte. Er war nicht der Übermann, das Sexsymbol, zu dem ihn die Medien regelmäßig abstempelten. Paxton hatte Probleme, ein Leben, eine Vergangenheit. Ich war mir sicher, dass da mehr sein musste. Manchmal strotzte man vor falschem Selbstbewusstsein, um seine innere Dunkelheit zu verbergen. Bei Paxton war es genauso.

Wahrscheinlich hätte ich mich ewig in den Gedanken an ihn verlieren können, wenn die Realität nicht mit ihrem Gewicht versucht hätte, mir die Arme abzureißen. Und das meinte ich wörtlich, denn ich schleppte einen Sieben-Kilo-Sack Hundefutter durch die Lobby und erntete dafür fragende Blicke von eincheckenden Crewmitgliedern. Meine schneenassen Schuhe hinterließen dunkle Abdrücke auf den roten Läufern, die durchs gesamte Hotel führten.

Allmählich füllte sich das Resort mit Leben. Die Crew reiste heute an. Schauspieler und Statisten unterhielten sich auf den Fluren. Als ich mich auf den Weg in die Stadt gemacht hatte, waren das Kamera- und das Tontechnikteam mit gut dreißig Leuten dabei gewesen einzuchecken. Und wenn ich mich so umsah, versuchte gerade ein Haufen bunt und modisch gekleideter Menschen, es ihnen gleichzutun. Ich vermutete, Maske und Kostümbild.

Eine Frau mit schulterlangen blonden Haaren und Karobrille unterhielt sich mit einer Brünetten in einem sehr floralen Mantel. Um sie herum wuselten drei junge Frauen und ein Concierge, die violette Koffer auf drei Gepäckwagen verteilten, sowie ein dunkelhaariger dünner Mann mit Nickelbrille, der gerade am Tresen stand und darauf wartete, von Marlyne beachtet zu werden.

Als ich am Tresen vorbeikam, nickte ich der telefonierenden Rezeptionistin freundlich zu. Marlyne war einundzwanzig und half nach der Uni hier aus. Ihrem Onkel gehörte das *Alaska Snow Resort*, weshalb sie gern hier arbeitete und wahrscheinlich besser verdiente als die anderen Hotelangestellten. Es ließ mich daran denken, wie oft meine Mom versucht hatte, mich dazu zu bekommen, bei *Pure Package*, dem Familienunternehmen, einzusteigen. Doch die Produktion nachhaltiger Verpackungen lag mir nicht genug am Herzen, um meine Kreativität dafür verschimmeln zu lassen. Die Familienbindung von Marlyne und ihrem Onkel war vermutlich stärker als die innerhalb meiner Familie.

Marlyne hatte mir all das vor ein paar Stunden erzählt, als ich in der Lobby auf Sam gewartet hatte. Er hatte mich nach der Wanderung noch mal in die Stadt fahren müssen, weil ich für die Hundetrainer ein paar Hundeleckerlis hatte besorgen sollen. Na ja, ein paar Säcke Hundeleckerlis traf es wohl eher. Der Kofferraumboden der schicken Luxuslimousine war durch die ganzen Plastiksäcke nicht mehr zu sehen gewesen. Sie vom Parkplatz in die Hotelküche zu schleppen, war wahnsinnig anstrengend. Draußen hatte es Minusgrade und ich schwitzte wegen ein paar Schinken-Knusper-Bite-Packungen, von denen aus mich ein glücklicher Husky anstarrte.

Mit einem Fuß stieß ich die Schwingtür zur Küche auf, die mir wieder einmal entgegenschlug. Schnell huschte ich mit dem richtigen Timing hindurch. Erleichtert, keine der Metalltüren ins Gesicht bekommen zu haben, blieb ich kurz stehen. Ich musste wahrscheinlich nicht extra erwähnen, dass ich nicht unbedingt zu der abenteuerlustigen Sorte Mensch gehörte. Wenn man mich, Farah Stewart, in ein Lara-Croft-Abenteuer gesteckt hätte, wäre das Erste, was ich getan hätte, kapitulieren. Alternativ wäre ich in den ersten fünf Minuten gestorben, weil ich abrutschte und in irgendeine total auffällig unauffällige Schlangengrube fiel.

Mit einem lauten Stöhnen ließ ich den Leckerchensack auf eine metallene Arbeitsfläche fallen.

»So, das war der letzte«, verkündete ich laut, was total unnötig war. Ich war die einzige Person in dieser Küche. Das Restaurant öffnete erst in anderthalb Stunden wieder. Mich hatte man nur hergeschickt, damit ich die Leckerlies in der gut bestückten Vorratskammer zwischenlagerte.

Ich schloss die Küchentür hinter mir und machte mich auf den Weg zu meinem Zimmer, weil mich das Hundefutter daran erinnert hatte, dass ich meinen bescheuerten Wie-werde-ich-meine-Zoophobie-los-in-24-Stunden-Ratgeber dringend lesen musste. Noch war es einigermaßen ruhig und damit perfekt zum Lesen, aber in einer Woche würde hier wirklich die Hölle los sein. Spätestens dann konnte ich meinen Ratgeber auch meinem Zimmerkamin spenden.

Mir fiel auf, dass der Betrieb im Hotel sich zumindest optisch normalisierte, auch wenn es sich nur um Setmitarbeiter handelte. Wenn es war, wie meine Kommilitonen mir im Studium immer hatten weismachen wollen, dann würde ein Studentenwohnheim nichts gegen diese Flure sein. Was blöd war, denn Studentenwohnheime waren so gar nicht mein Ding. Davon abgesehen, kannte ich noch niemanden und hatte mich zugegebenermaßen nicht getraut, irgendwen auch nur anzusprechen. Das Einzige, wozu ich mich bisher hatte durchringen können, war ein höfliches Nicken auf dem Flur, wenn jemand gerade sein Zimmer bezog. Und wie bekanntlich jeder wusste, tauchte der Teufel immer dann auf, wenn man an ihn dachte.

Als ich mich meinem Zimmer im zweiten Stock näherte, versuchte er, ein paar Türen vor meiner mit der Schlüsselkarte in sein Zimmer zu gelangen. Aber so, wie er fluchte, schien es nicht besonders gut zu klappen. Am liebsten wäre ich weitergelaufen, aber der junge Mann schien ziemlich verzweifelt zu sein. Also verschränkte ich meine Finger ineinander und stellte mich zu ihm.

»Kann ich Ihnen irgendwie helfen?«

Ich schluckte, als der Mann sich aufrichtete und mit seinen huskyblauen Augen direkt in meine sah. Das war ganz sicher nicht real.

»Können Sie zufällig elektrische Türschlösser knacken?«, fragte er mit einem breiten Grinsen auf den Lippen. Doch statt ihm zu antworten, starrte ich ihn einfach nur an. Die blonden Haare, die kantigen Wangenknochen. Er sah aus wie ...

»Paxton Wright.«

»Ich bin nicht Paxton Wright.«

»Ich weiß«, presste ich hervor, verblüfft darüber, dass ich meinen Gedanken laut ausgesprochen hatte. »Sie sind das Stuntdouble. Cole.«

»Fast. Cory«, sagte er und reichte mir die Hand zur Begrüßung. »Aber da haben Sie wohl einen ziemlichen Vorteil, Miss, denn ich habe keine Ahnung, wer Sie sind.«

Wie sollte er auch? Ich war ein Niemand in der Filmwelt, während er das gottgleiche Abbild eines Hollywoodstars präsentierte.

Zögerlich ergriff ich seine Hand. »Farah Stewart.«

»Ah, eine der Regieassistentinnen. Richtig?«

Ein Lachen, das mehr an einen verunglückten Schluckauf erinnerte, entwich mir. »Schön wär's. Ich bin die Assistentin von Sarah Willson, der zweiten Regieassistentin.«

»Damit lag ich ja beinahe richtig.«

»Knapp daneben ist auch vorbei«, konterte ich und Cory lachte ebenfalls.

»Ja, das stimmt. Aber um noch mal auf meine anfängliche Frage zurückzukommen: Können Sie elektrische Türschlösser knacken? Ich komme leider nicht in mein Zimmer.«

»Leider habe ich dieses Modul im Studium nicht belegt. Tut mir leid.«

Cory zuckte mit den Achseln. »Wie ärgerlich. Aber dann habe ich es wenigstens versucht.«

»Ich möchte jetzt nicht anmaßend klingen oder so, aber sind Sie denn beim richtigen Zimmer?«

Cory schlug den kleinen Kartenhalter aus Pappe auf und hielt ihn mir hin. »218, sehen Sie? Ich bin beim richtigen Zimmer.« Er deutete mit dem Zeigefinger auf die golden glänzende Nummer der Tür.

Ich nahm ihm den Kartenhalter aus der Hand und begutachtete die mit Kugelschreiber hingekrakelten Ziffern genauer. Marlynes Handschrift war so verschnörkelt, dass man höchstens erahnen konnte, welche Nummer die Rezeptionistin meinte.

»Also, wenn Sie mich fragen, könnte das genauso gut die Nummer 213 sein. Haben Sie das schon versucht?«

»Nein. Ich komme mir schon wie ein Einbrecher vor, wenn ich nur daran denke, meine Karte an eine fremde Tür zu halten«, gestand Cory lachend. Es war eines dieser Lachen, das ansteckte und förmlich dazu zwang, mitzulachen.

Ich klopfte mit den Fingerknöcheln leicht gegen das glatte Holz der Hotelzimmertür. »Aber wenn die 213 nun wirklich Ihr Zimmer ist, dann versuchen Sie die ganze Zeit, in dieses einzubrechen.«

»O mein Gott, Sie haben recht. Heilige ... Dann sollten wir wohl schnell zur 213 rüberlaufen.«

Cory umfasste den Griff seines großen Silberkoffers und schwang sich eine Sporttasche, die genauso schwarz war wie sein Hoodie, um die Schulter.

»Wir?«, fragte ich ihn.

»Ja, wir. Sie sind meine Zeugin dafür, dass ich kein Einbrecher bin.« Cory lief ein paar Zimmer weiter und ich folgte ihm.

»Eigentlich weiß ich gar nicht, ob Sie kein Einbrecher sind.«

Mein Blick wanderte über die absteigenden Türnummern. 217.

»Stimmt. Aber ich sehe vertrauenswürdig aus.«
216. 215.

»Das ist Ansichtssache.«
214.

»Hey, der war gemein.«
Wir hielten. 213.
»Sind Sie bereit, Farah?«, flüsterte er fragend, als verbärge sich hinter der unscheinbaren Tür vor uns ein Goldschatz.
»Wieso fragen Sie mich das? Ich bin nicht die, die ihr Zimmer verloren hat.«
»Aber Sie sind hier die Einzige, die ich fragen kann.«
»Auch wieder wahr. Also los, machen Sie schon. Brechen Sie ein.«
Cory zückte die Schlüsselkarte, hielt aber inne, statt sie direkt an den Sensor der Türklinke zu halten. Er wandte sich mir zu und sah mir tief in die Augen. »Was halten Sie von einer Wette? Sie sagen, dass das hier mein Zimmer ist, ich halte dagegen. Wenn ich recht habe, gehen Sie mit mir aus. Und wenn Sie recht haben, schulde ich Ihnen einen Gefallen.«

Mein Herz stolperte und ich konnte förmlich spüren, wie sich mein Puls beschleunigte. Hatte mich Paxton Wrights Double gerade nach einem Date gefragt? Ja, im Grunde schon. Aber es war nie schlecht, in der Filmwelt Gefallen gut zu haben. Vitamin B war das A und O. Was hatte ich zu verlieren? Im schlimmsten Fall bekam ich ein Date mit einem sympathischen jungen Mann.

»Deal«, sagte ich gespannt und verschränkte die Arme vor meiner Brust.

Cory hielt die Karte an die Klinke und ein leises Piepen verschaffte uns Gewissheit. Die Tür öffnete sich. Ich lag goldrichtig mit meiner Vermutung.

»Sie hatten recht und ich würde lügen, wenn ich sagen würde, ich wäre nicht ein wenig enttäuscht.«

Ich lächelte ihn an und lief ein paar Schritte rückwärts. »Wir sehen uns bestimmt noch öfter und außerdem schulden Sie mir jetzt einen Gefallen, auf den ich sicher zurückkommen werde. Haben Sie einen schönen Abend, Cory.«

Er hob die Hand zum Abschied, bevor er in der 213 verschwand.

Als ich mein Zimmer betrat, lächelte mich der Ratgeber auf meinem Bett schon an. Der Gedanke daran, mich mit meiner Angst zu befassen, löste aufkeimende Panik davor aus, Angst zu bekommen. Die Angst vor der Angst.

Mit schwitzigen Fingern griff ich nach dem Buch. Ich hielt es in den Händen und starrte es an. Mit dem Blick zog ich die feinen Buchstaben des Titels nach und beobachtete, wie sie vor meinen Augen verschwammen.

Das dumpfe Vibrieren meines Smartphones ließ mich wegsehen. Es fühlte sich wie die Erlösung an. Schnell angelte ich das Telefon aus meiner Jackentasche und warf einen Blick auf das aufleuchtende Display.

> Ich brauche deine Hilfe. –Paxton.

Ohne zu antworten, machte ich kehrt und verließ mein Zimmer in Richtung Fahrstuhl. Mein Innerstes hoffte, dass er keinen Mist veranstaltet hatte. Doch die verschiedensten Bilder fächerten sich in meinen Gedanken auf.

Was konnte Paxton schon getan haben in den wenigen Stunden, die ich weg gewesen war? Vielleicht hatte er eine Hotelangestellte aufgerissen und ihr Herz gebrochen. Nicht unwahrscheinlich, wenn man die Medien fragte. Vielleicht lag sie bewusstlos in seinem Bett und ich sollte die Leiche für ihn beseitigen. Das wäre auf jeden Fall der Super-GAU. Da wäre es mir lieber, dass er mit zwei gebrochenen Beinen nackt neben seiner Badewanne lag. O nein, bitte doch nicht. Andererseits hatte er ein Handy und würde in so einem Fall hoffentlich eher einen Krankenwagen verständigen statt mich. Vielleicht war der Krankenwagen aber auch schon da.

Ich nahm gar nicht bewusst wahr, wie sich meine Schritte beschleunigten, und doch taten sie es. Vorsichtig klopfte ich an Paxtons Tür, bevor ich meine Keycard für sein Zimmer hervorholte und mich selbst hineinließ. Ich erwartete das Schlimmste, aber es trat nicht ein. Paxton saß auf der Couch und las in einem ... Anglermagazin? Das Fischfreunde-Blättchen in seinen Händen war aber nicht das einzig Seltsame an der Situation. Nein, viel komischer war, dass eine riesige Glasschale mit Obstsalat auf dem neuen Couchtisch stand. Mit zwei

Tellern. Einer für ihn und … einer für mich? Beide waren noch unberührt. Verwirrt runzelte ich die Stirn, als Paxton grinsend von seiner Zeitschrift aufsah. Seine blonden Haare waren etwas wild, was ihn unverschämt attraktiv aussehen ließ. Er trug eines der neuen Hemden und es stand ihm. Er gehörte zu den Männern, die in absolut allem gut aussahen.

»Hey, Farah«, sagte Paxton und legte die Zeitschrift zur Seite. Dann beugte er sich vor, stützte die verschränkten Arme auf den Knien ab und wartete, bis ich mich zu ihm setzte.

»Hallo, Paxton«, antwortete ich vorsichtig. Er schien extrem gute Laune zu haben. Nichts deutete auf eine Katastrophe hin. Also versuchte ich es mit dem, was ich am wenigsten konnte: Small Talk. »Hat das Hotelpersonal den vorbeigebracht?«, fragte ich verwundert, als mir Paxton die Schüssel mit den kunterbunten Obstschnitzen reichte. Der Geruch der süßen Früchte wirkte wie eine Droge in meiner Nase und ließ mich wohlig erschaudern.

»Nein. Ich habe den gemacht«, antwortete er stolz, als hätte er gerade ein Heilmittel gegen Krebs entdeckt. Er nahm sich die silberne Servierkelle und tat sich etwas auf. »Damit hast du nicht gerechnet, was?« Paxton grinste schelmisch, während er kaute.

Ihm schien mehr als klar zu sein, dass er mich damit überrascht hatte, dabei gehörte ich nicht zu der Sorte Mensch, die man leicht lesen konnte. Ich mochte das nicht besonders, weshalb ich vor einigen Jahren angefangen hatte, eine Art Schutzwall um meine Persönlichkeit zu ziehen. Ich wollte nicht, dass die Leute um mich herum direkt wussten, wie schäbig es in meinem Inneren aussah, wie sehr die Vergangenheit an mir nagte. Ich war Farah Stewart, eine selbstbewusste junge Frau, die dafür kämpfte, dass sich ihre Träume erfüllten. Und das war es, was jeder über mich wusste. Nicht mehr und nicht weniger. Und bisher war ich ziemlich gut damit gefahren.

»Weshalb bin ich hier?«, fragte ich, doch statt etwas darauf zu antworten, schob er mir den leeren Teller rüber.

»Dazu komme ich noch. Setz dich erst mal. Wie war die Fahrt in die Stadt?«

Die Situation zwischen uns fühlte sich komisch an. Irgendwie gedrückt. Keiner wusste so richtig, was er dem anderen sagen sollte. »Gut, danke«, führte ich dieses beinahe inhaltslose Gespräch knapp weiter.
»Möchtest du keinen Obstsalat? Früchte sind in Alaska Mangelware. Wegen dem Permafrostboden wächst hier nichts.« Ohne auf meine Antwort zu warten, stand Paxton auf und füllte etwas Obstsalat auf das unbenutzte Glastellerchen.

Als er es dann mit in Joghurt schwimmenden Früchten vor meiner Nase abstellte, konnte ich nicht anders, als ihn überrascht anzusehen. Hatte Paxton Wright mir gerade selbst gemachten Obstsalat gegeben, oder träumte ich?

»Obst und Joghurt habe ich noch vom Vormieter im Kühlschrank gefunden«, erklärte er, als wäre es das Normalste der Welt.

Etwas angeekelt verzog ich mein Gesicht. »Bitte sag, dass das ein Scherz war. Sonst muss ich annehmen, dass du dieses Mal derjenige bist, der mich vergiften möchte.«

Paxton schüttelte lachend den Kopf. »Nein, keine Angst, Lebensmittelvergiftungen sind nicht so mein Ding. Ganz vielleicht habe ich den Obstsalat doch in der Küche bestellt.«

Erleichtert griff ich nach meinem Teller.

»Das mit der Lebensmittelvergiftung verstehe ich. Als ich mit meiner Cousine in London war, habe ich eine durch die Garnelen-Spaghetti von so einem kleinen Gassenrestaurant bekommen. Das war echt übel und das Krankenhaus war nicht schön.« Schon der Gedanke daran ließ mich erschaudern. Ich hatte mich den kompletten Rückweg ins Hotel über in eine wunderschöne und, nebenbei bemerkt, leere Waterstones-Tüte erbrochen.

»Das glaube ich dir. Hat dir niemand gesagt, dass man in London nur Fisch aus den gehobenen Restaurants oder in Form von Fish and Chips essen sollte?«

»Verdammt, das hat man wohl vergessen. Dafür mussten wir unseren Aufenthalt dadurch verlängern. Nach zwei Tagen purem Leid konnte ich noch mal in den Tower.«

»Du stehst also auf Kronjuwelen, interessant.« Paxton stellte seinen leeren Teller beiseite und lehnte sich mit verschränkten Armen zurück.

»Ach ja, was sagt dir das über mich?« Erwartungsvoll zog ich meine Augenbrauen nach oben und spiegelte seine Bewegung.

Paxton lächelte schief, als er mich eindringlich mit seinen moosgrünen Augen musterte. Da vergaß ich glatt, meinen Obstsalat aufzuessen.

»Na ja, du magst es edel und glitzernd. Du hast wahrscheinlich eine große Schmucksammlung zu Hause, außerdem bist du eine klassische Lady und stehst auf britischen Charme. Und als Kind wolltest du natürlich immer eine Prinzessin sein«, erklärte Paxton mit einem Grinsen auf den Lippen, das mindestens so ansteckend war wie eine Erkältung.

Meine Mundwinkel zuckten. Er lag mit dem Großteil seiner Vermutungen ziemlich daneben, was mich zum Lachen brachte.

Kopfschüttelnd setzte ich an, das klarzustellen. »Nein, nein, nein. Das Einzige, was stimmt, ist, dass ich Glitzer mag und auf Briten stehe. Der Rest passt so gar nicht zu mir.«

Jetzt fing auch Paxton an zu lachen, was dazu führte, dass die Stimmung sich von seltsam zu gelöst wandelte. Ich begann mich wohler zu fühlen und spürte, wie die gute Laune von vorher zurückkam.

»Hey, ich habe immerhin zwei Sachen richtig geraten. Ein Hellseher werde ich nicht sofort, aber nächstes Mal schaffe ich vielleicht schon drei Dinge. Eins haben wir dabei beide gelernt«, führte er an.

»Ach ja, und was?«

»Dass eine Sache nicht so viel über einen aussagt, wie man vermutet.«

Zustimmend nickte ich. »Normalerweise würde ich dir recht geben, aber im Ernst, Paxton, ich bin mir ziemlich sicher, dass mir deine Ausgabe der *Angelwoche* verrät, dass du ein leidenschaftlicher Fischfreund bist. Dafür spricht übrigens auch dein Rat über das Fischessen in London.«

»Tja, dein Ermittlerinnendasein solltest du vielleicht an den Nagel hängen. Ich habe noch nie in meinem Leben geangelt. Es interessiert mich nicht mal«, informierte er mich achselzuckend.

»Und wieso liest du dann eine Anglerzeitschrift, Paxton?«
Zur Antwort deutete er auf den leeren Platz neben mir. »Sie lag in meinem Zimmer, auf einem Magazinstapel für Gäste. Aber im Grunde könnte ich dich dasselbe fragen. Weshalb liest du einen Ratgeber über Zoophobie?«

Ich erstarrte. Mein Kopf versetzte sich zurück in den Moment, in dem ich Paxtons Nachricht aufgerufen und postwendend mein Zimmer verlassen hatte. Ich hatte das Buch die ganze Zeit in der Hand gehalten, mitgenommen und nur zum Essen abgelegt. Und ich hatte nichts davon bemerkt. Plötzlich erschienen mir die Geschichten von Menschen, die schwere Verbrechen begingen und sich danach nicht mehr daran erinnerten, viel glaubwürdiger.

Nervös rieb ich meine Hände, während ich die feinen Goldfäden des teuren Teppichs mit meinen Blicken malträtierte, damit ich Paxton nicht aus Versehen in die Augen sah. Stattdessen versuchte ich, mich an meine ungewöhnliche Lässigkeit von vorher zu klammern.

»Ach, der. Den hatte ich zufällig in der Hand, als du mir geschrieben hast. Ich habe ihn am Flughafen gefunden«, log ich voller Hoffnung, dass er mich nicht ertappte.

Paxton schenkte mir ein sanftes Lächeln. Über seinen Mundwinkeln bildeten sich wieder die feinen Grübchen, die mir schon in der Mall aufgefallen waren. Mein Herz stolperte vor Aufregung, bevor es zurück in den Takt schwang. Ich schob es darauf, dass ich gerade jemanden angelogen hatte, der nach Drehstart ohne Weiteres dafür sorgen konnte, dass mich die Produktion feuerte. Aber falls Paxton mich durchschaute, sagte er nichts.

»Siehst du, jeder normale Mensch hätte jetzt erwartet, dass es deiner ist, was übrigens keine Schande wäre, weil jeder vor irgendwas Angst hat.« Paxtons Worte klangen so bedeutungsschwanger, dass sie genauso gut aus einem dieser 365-Tage-schöne-Zitate-Abreißkalender hätten stammen können.

»Das ist wohl gerade die Erkenntnis des Jahrhunderts. Du solltest in Erwägung ziehen, deinen Beruf zu wechseln und als TV-Orakel aufzutreten. Ich würde sofort an deinen Lippen hängen und eine dieser viel zu überteuerten Nummern wählen«, gab ich verunsichert grinsend von mir.

Paxton zog amüsiert eine Augenbraue nach oben. »Pass auf, Farah Stewart, nicht dass ich noch auf die Idee komme, du würdest mit mir flirten.«

»Keine Angst, das passiert schon nicht.«

Paxtons Mundwinkel zuckten, als er sich zu mir rüberlehnte. Mein Atem stockte, als er nur wenige Zentimeter vor meinem Gesicht innehielt. »Dann bin ich ja beruhigt«, raunte er voll provozierender Verführung.

Automatisch gab mein Körper meinen Lippen das Signal, sich zu teilen. Dachte ich wirklich gerade, Paxton Wright könnte mich küssen? Ja, es gab diesen winzigen Teil, der darauf hoffte, dass er es tat, ohne genau zu wissen, weshalb. Doch es passierte nicht. Paxton griff an mir vorüber und stapelte meinen leeren Teller in seinen. Innerlich beschämt darüber, dass ich mehr in seine Nähe hineininterpretiert hatte, rutschte ich ein Stück zurück und umschloss mit meinen Händen meine Knie.

»Weshalb bin ich hier, Paxton?«, erinnerte ich ihn daran, dass er vor nicht mal vierzig Minuten unbedingt meine Hilfe gebraucht hatte.

»Ich habe Probleme, meinen Text zu lernen, und fände es großartig, wenn du meine Partnerin sein könntest. Du müsstest nur die anderen Rollen lesen. In drei Tagen ist die große Versammlung zum Drehstart und da sollte ich zumindest einen Teil der Szenen im Kopf haben.«

Das war für Paxton Wright ein Notfall? Dafür brauchte er meine Hilfe? Etwas überfordert sah ich mich im Raum um, nur damit sich unsere Blicke nicht trafen. Das war kein Problem, oder? Ich hatte das Drehbuch gelesen und es war großartig. Harold Lancaster hatte so viele Gefühle in diese Geschichte geschrieben, dass sie beim Lesen lebendig wurde. Und ehrlich gesagt war ich ziemlich sicher, dass ich dem nicht gerecht wurde. Andererseits konnte ich Paxton helfen, jedem einzelnen Wort eine Stimme zu geben.

»Das klingt logisch. Wir können es ja probieren, aber ich bin keine Schauspielerin, also sei nicht so hart zu mir.« Ich erhob mich von der

Couch und schlenderte Richtung Zimmertür. Meine Hand umfasste den kühlen Griff bereits, als ich mich umdrehte und Paxton in die Augen sah.

Er nickte grinsend. »Das bekomme ich hin. Wollen wir uns morgen nach dem Frühstück um 11 Uhr im Fitnessstudio des Hotels treffen?«

Überrascht verzog ich die Brauen. »Ich dachte, wir wollten Text lernen?«

Paxton strich sich durch seine blonden Haare. Sie glänzten im Schein des gedimmten Leuchters fast wie flüssiger Honig. Unweigerlich fragte ich mich, ob sie gefärbt waren. War Paxton Wright eine richtige Blondine? Irgendwie wäre es schön gewesen, etwas von seiner Perfektion bröckeln zu sehen.

»Wir, Farah Stewart, verknüpfen den Text mit Situationen. Es ist schwieriger zu spielen, dass etwas anstrengend ist, wenn es das nicht ist.«

»Du sprichst in Rätseln.«

»Ich weiß. Zieh dir Sportsachen an, du wirst sie brauchen.«

03.11.

Liebes Tagebuch,

vor ein paar Tagen habe ich Paxton wieder Wachsrosen geschenkt. Ich habe mir überlegt, dass ich das ab jetzt an jedem 27. tun werde, damit er nie aus den Augen verliert, dass ich diese schwere Zeit mit ihm gemeinsam durchstehe. Ich bin da. Immer. Ich werde ihn wieder für mich gewinnen.

KAPITEL 12

PAXTON

»Eins. Zwei. Drei. Vier. Fünf«, presste ich hervor, während ich mich durch die Liegestütze kämpfte, die mein Sixpack so berühmt gemacht hatten.

Während jeder Muskelanstrengung, in der mein gesamtes Körpergewicht auf den Handflächen lastete, fragte ich mich, wieso manche Menschen Fitness-Influencer wurden. Das machte doch keinen Spaß. Ich verstand Foodfluencer oder Bookstagrammer. Die teilten nicht nur etwas mit der Welt, was sie liebten, damit alle sie heiß fanden. Aber Sport hatte ich schon während meiner Schulzeit gehasst, auch wenn man mir das dank der guten Gene meines Vaters wohl kaum ansah. Julian und mir den Stoffwechsel von Captain America zu vererben, war die einzige Leistung, die er je für uns erbracht hatte. Kurz nach Julians Geburt war er dann ganz klassisch Zigaretten holen gegangen und nie wieder zurückgekommen.

Das leise Quietschen der Studiotür hinter mir ließ mich in der Bewegung erstarren. Es war noch nicht 11 Uhr. Mein Körper sandte das innerliche Signal aus, mich zu verkriechen, zu verstecken, aber ich konnte es abschütteln.

Schritte hallten über den polierten Holzfußboden des Gyms. Ich versuchte, mich zu entspannen, legte meinen Oberkörper langsam auf der tannengrünen Fitnessmatte ab und drehte mich zur Tür. Erleichtert atmete ich auf, als ich Farah in einer engen schwarzen Sporthose und einem bauchfreien Meer-statt-Müll-T-Shirt auf mich zukommen sah. Ihr braun-violetter Pferdeschwanz wippte bei jeder ihrer Bewegungen energiegeladen. Ihr Gesicht hingegen spiegelte das in keinster Weise. Ich grinste, als sie ihre kleine Sporttasche neben mir auf den Boden knallte.

»Wieso ein Fitnessstudio, wieso nicht die Cocktailbar des Hotels?«

»Guten Morgen, Farah. Es freut mich auch, dich zu sehen.« Ich rollte mich auf den Rücken und drückte meinen Oberköper hoch. Farah ließ sich auf der freien Matte neben mir nieder, machte aber keinerlei Anstalten, sich in irgendeiner Weise sportlich zu betätigen.

Mein Blick folgte ihrem durch den großen modernen Raum. Der Boden war aus dunklem Holz, das aussah, als hätte man es erst gestern verlegt. Die Wände waren in demselben dunklen Grün gehalten wie die Matten, Hanteln und Handtücher. Eine kluge Farbwahl, wenn man wollte, dass sich alles in das Highlight des Raumes einfügte.

Und wenn ich von einem Highlight sprach, meinte ich sicher nicht die Luxusgeräte oder die automatisierte Getränkebar, die Shakes und Softdrinks in zwölf Geschmacksrichtungen anbot. Nein, ich meinte die Fensterfront, die einen Wahnsinnsausblick bot. Denn vom Sportstudio aus konnte man direkt auf den zugefrorenen See und das eingeschneite Waldstück hinter dem Resort sehen. Ich hätte stundenlang hier sitzen und die sich im leichten Wind wiegenden Bäume beobachten können. Und wenn ich Farah so ansah, dann konnte sie es auch. Verträumt strichen ihre Blicke durch die Landschaft hinter dem Fensterglas.

»Erde an Farah«, holte ich sie aus der Trance. Ihre Wangen röteten sich leicht. Am liebsten hätte ich sie gefragt, woran sie gerade dachte, aber das war wahrscheinlich eine Spur zu persönlich.

»Okay, Hollywood. Wieso sind wir in einem Fitnessstudio, wenn du deinen Text lernen willst? Ich habe das Skript noch mal gelesen und nicht eine Szene in einem Sportcenter gefunden.«

Ich nickte bestätigend und auch ein wenig beeindruckt davon, dass sie das gesamte Drehbuch durchgesehen hatte.

»Das ist richtig. Aber es gibt eine Szene, in der Ian an seinem Schlitten bastelt und Ivy den Hundesport erklärt. Wir haben noch keinen Hundeschlitten hier«, sagte ich und deutete auf die andere Seite des Raumes. »Aber wir haben diese Hantelbank da drüben.«

Farah runzelte die Stirn wenig begeistert. »Und du möchtest mir jetzt statt des Schlittens die Hantelbank erklären.«

»So in etwa, ja. Du wirst dir vorstellen müssen, dass dieses Sportgerät ein Hundeschlitten ist. Wenn es dir hilft, legen wir ein paar eingerollte Fitnessmatten als Hunde davor.«

Farahs Gesichtszüge entgleisten für eine Sekunde, bevor sie die Arme verschränkte und meinen Vorschlag mit einem Kopfschütteln ausschlug.

»Okay. Das geht sicher auch ohne Matten. Ich habe mein Drehbuch dabei. Lass uns anfangen.«

Irgendwie wurde ich das Gefühl nicht los, dass Hunde nicht unbedingt zu ihren Lieblingstieren zählten.

Ich presste meine Drehbuchausgabe an meine Brust, während ich mich zurück auf die Füße schwang. »Aber ich schlage vor, dass wir zum Reinkommen mit der ersten Szene anfangen. Das bedeutet, als Allererstes machen wir aus diesem Gymnastikball ein kleines Holztischchen.« Ich rollte ein rotes Exemplar in die Mitte des Raums. Vor dem Sportgerät, das ich eher von der Physiotherapie kannte, blieben wir stehen. Es hatte absolut keinerlei Ähnlichkeit mit einem Tisch. Wie denn auch?

»Wärst du so frei, die Regieanweisungen mit vorzulesen? Das ist doch dein Spezialgebiet.«

Nun stemmte sich auch Farah notgedrungen auf die Beine. Sie zog den Reißverschluss ihrer Sporttasche auf und holte ihr fein säuberlich getackertes Drehbuch heraus. Es sah aus, als hätte sie noch nicht eine Seite darin geblättert. Meins taugte dagegen höchstens noch als Klopapier.

»*Szene 1. Snowlight von Harold Lancaster. Fade-in. Innen, in Ians rustikaler Pension. Es ist Abend. Ian repariert gerade den Beistelltisch im Eingangsbereich der unansehnlichen Holzhütte, in der er Gästezimmer vermietet, als es an der Tür klingelt. Ivy steht mit zwei Louis-Vuitton-Koffern im Schnee vor der Haustür. In ihren Markenwintersachen sieht sie aus wie das Michelin-Männchen.*« Farah räusperte sich kurz. »Entschuldigung, aber ist das die Winterlodge?«

Es fiel mir schwer, bei ihrer Unbeholfenheit nicht zu lachen, aber Ian war nicht der Typ, der lachte. Ian war ein mürrischer, attraktiver

Einsiedler, der die Zivilisation aufgegeben hatte. Im Grunde war er das komplette Gegenteil von mir.

»Ja, das ist sie. Haben Sie etwas gebucht, Miss …?«

Farah las zwar, dass sie mich eigentlich unterbrechen sollte, aber ich nahm ihr nicht übel, dass sie es nicht tat. »Winston. Ivy Winston. Ja, ich habe gebucht, aber im Internet sah es … anders aus«, stellte sie nicht ganz so abwertend fest, wie Ivy es im Film tun würde.

»Das kann ich mir vorstellen. Ich habe es gerade erst übernommen. Weil ich noch keine neueren Bilder hatte, habe ich erst mal die alten reingestellt. Ich renoviere die Pension noch. Damit, dass jemand direkt etwas buchen würde, habe ich ehrlich gesagt nicht gerechnet«, erklärte ich grummelig.

»Offensichtlich«, antwortete Farah sarkastisch. »*Szene Ende*«, schloss sie dann nach einer dramatischen Pause die erste Szene ab.

»Und? Wie war ich als Ivy-Ersatz?«, fragte Farah, die ziemlich begeistert von ihrer eigenen Darbietung war.

»Nicht übel für den Anfang«, antwortete ich deshalb wahrheitsgemäß.

Farah schien äußerst zufrieden mit meiner Aussage, denn ein schmales Lächeln hatte sich auf ihre Lippen gelegt und nicht vor zu verschwinden. »Vielleicht hätte ich doch Schauspielerin werden sollen.«

»Das kannst du jetzt herausfinden. Wir gehen zu Szene 11 und das bedeutet …«

»Dass aus der Hantelbank da drüben ein Hundeschlitten wird.«

Ich nickte bestätigend, und Farah begann, durch ihr Manuskript zu blättern. Das Schnalzen der Seiten zwischen ihren Fingern hatte etwas Beruhigendes. Ich konzentrierte mich nur auf dieses Geräusch.

»*Szene 11. Ivy besucht Ian in seiner Werkstatt, um nach der Wandfarbe für die Pensionszimmer zu fragen. Dabei beobachtet sie, wie er vertieft in seine Arbeit an seinem Schlitten herumbastelt. Sie tritt zu ihm und unterbricht seine Ruhe.*«

Farah lief mit kurzen, langsamen Schritten in meine Richtung. Es fiel mir schwer, sie nicht anzusehen, wenn die einzige Alternative, die ich hatte, diese elende Hantelbank war. Das Leder war weich und die Metallstriemen mattschwarz.

»Wie sieht's aus? Eher Kaffee oder Sahne?«, schob Farah Ivys Text hinterher.

Ich rüttelte alibimäßig an einem der Gewichte, bevor ich mich zu ihr umdrehte. »Haben Sie mich gerade gefragt, ob ich lieber pure Sahne als einen Kaffee hätte?«

Ian unterbricht seine Arbeit, um Ivy anzusehen. Er begutachtet jeden Zentimeter der Frau, die mit zwei Farbmustern in den Händen vor ihm steht. Sie lächelt.«

Mich an Farahs Regieanweisungen zu halten, war nicht sonderlich schwierig. Ich musste sie schließlich nur mustern. Mein Blick fuhr über ihren Körper. Sie wirkte zierlich, fast schon zerbrechlich. Und bei dem Anblick ihrer runden Brüste, die unter dem T-Shirt deutlich zu sehen waren, regte sich etwas in mir.

»Nein, ich meine die Wandfarbe für die Pensionszimmer. Möchten Sie lieber einen Sahneton, passend zum Schnee? Oder vielleicht doch lieber Kaffeefarbe, passend zu dem rustikalen Holz und der Natur?«

Ich zwang mich, von Farah wegzusehen, und drehte mich wieder halb zur Hantelbank. »Vielleicht sollten wir die Zimmer nach Süßspeisen benennen. Dann steht bei jeder Buchung so was wie: Herzlich willkommen im Banana Split.«

Farah stöhnte gemäß der nächsten Regieanweisung. »Warum müssen Sie eigentlich immer so furchtbar zynisch sein, Ian? Was hat die Welt Ihnen getan?«

Ich verkrampfte meine Muskeln und versuchte, mich an all das zu erinnern, was ich in den letzten Jahren zum Thema Emotionenzeigen gelernt hatte. Ich musste authentisch sein, und Ian war ein gebrochener Mann, der das Leben verachtete, statt es zu lieben.

»Ich wüsste nicht, was Sie das angeht«, brummte ich.

Farah hockte sich neben mich vor die Hantelbank. »Eine Menge, immerhin muss ich Ihre Launen die nächsten drei Monate ertragen.« Ihr Blick war weit und offen. Der Glanz in ihren Augen erwartete eine Antwort. Es kam keine.

»*Das haben Sie sich selbst zuzuschreiben*«, flüsterte Farah wie eine Souffleuse.

»Das haben Sie sich selbst zuzuschreiben. Ich habe Sie nicht gezwungen, hier zu sein und meine Pension zu renovieren. Sie haben sich doch mir aufgedrängt.«

»Ich habe mich Ihnen aufgedrängt?« Farahs Stimme klang sauer. Sie kniff ihre Augen zusammen und zornige Falten legten sich auf ihre Stirn. Sie machte es mir leicht, Ian zu fühlen, denn sie verkörperte Ivy.

Ich erhob mich aus der Hocke und stellte mich mit gespannten Schultern vor die junge Frau. »Ja, genau. Sie sind hier hereingeplatzt und haben angefangen, alles über den Haufen zu schmeißen. Ohne Sie wäre ich wahrscheinlich bereits zehnmal fertig!«

Farah prustete sarkastisch. »Ich habe eine Nachricht für Sie, Sie vermaledeiter Mistkerl. Ohne mich hätten Sie noch nicht einmal angefangen, etwas zu verändern. Denn statt etwas Neues zu beginnen, hätten Sie sich mit Ihrer Hundehorde eingeschlossen und in Selbstmitleid gebadet, weil es so viel einfacher ist, als sein Leben auf die Reihe zu bekommen!«

Meine Fingernägel krallten sich in meine Handfläche, als ich auf Farah zeigte. »Sie wollen mir Tipps geben, wie ich mein Leben in den Griff bekomme? Ist das Ihr Ernst? Sie sind doch mit einem One-Way-Ticket hierhergeflogen, haben überstürzt Ihren Job gekündigt und sich an das Ende der Welt verzogen, weil Ihnen irgendein Idiot das Herz gebrochen hat. Der einzige Grund, weshalb Sie noch hier sind und ich so freundlich war, Sie für die Renovierung zu engagieren, ist, dass Sie sich sonst schlicht und ergreifend keinen Rückflug leisten könnten!«

Ich spürte, wie sich eine fremde Wut in meiner Brust ausbreitete und meine Worte zum Kochen brachte. Ian war sauer, ich war sauer. Und auch Farah rissen die Emotionen mit.

»Und das ist Ihr beschissenes Glück. Denn sonst würden Sie nicht *ein* Zimmer vermieten, weil alles hier aussieht, als hätte Ihre Urgroßmutter vergessen, den Sperrmüll an die Straße zu stellen!« Sie tippte mit dem Zeigefinger gegen meine harte Brust, bevor sie mit wütend funkelnden Augen auf unsere Hundeschlitten-Hantelbank zeigte. »Und von diesem Ding will ich gar nicht erst anfangen. Sie werkeln jeden Tag an diesem Schlitten. Jeden verdammten Tag, seit ich hier bin. Aber Sie fahren nie. Genau genommen stellen Sie ihn nicht mal in den Schnee.«

Ich wandte mich dem Hundeschlittenersatz zu und versuchte, mich darauf zu konzentrieren, verletzt zu sein. Schmerz zuzulassen.

»Sie haben nicht die leiseste Ahnung, wovon Sie sprechen.«

Farah strich mit ihrer Hand über meinen Oberarm. Ihre Fingerspitzen hinterließen ein wohliges Schaudern in mir. Selbst als sie ihre Hand sinken ließ, spürte ich die zarten Berührungen noch auf meiner Haut. Sie brannten sich ein, bereit, für immer zu bleiben. »Dann erklären Sie es mir«, flüsterte sie so sanft, dass mein Herz zerrissen wäre, hätte ich Ians Schmerz wirklich gefühlt.

Schwer seufzend stellte ich mich an die Hantelbank und fuhr mit den Händen über das kühle Metall. Vor meinem inneren Auge krümmte sich die Stange und wurde zu einem runden Griff.

»Das ist die Handlebar, der Teil, der den Musher mit dem Schlitten verbindet. Mein bester Freund hat diesen Schlitten für mich gebaut, bevor ich überhaupt daran gedacht habe, meine Huskys zu trainieren. Er wusste, dass ich es lieben würde, bevor ich es wusste. Als er ihn mir geschenkt hat, ist er von der vereisten Ladefläche seines Pickups gefallen und dieses Stück hat sich leicht verbogen. Es ist nicht schlimm für den Schlitten, aber Levi war unglaublich sauer. Er hat die Anchorline, die an der Handlebar befestigt war, abgezogen, gegen einen Baum gepfeffert und nie wieder aufgehoben. Ich glaube, sie liegt immer noch an derselben Stelle. Normalerweise bindet man den Schlitten mit der Leine an Bäumen fest, wenn man auf dem Trail unterwegs ist und eine Pause macht.«

Ich holte tief Luft, bevor ich das offenbarte, was der Grund für Ians Schuldgefühle war. Ich mochte mir nicht vorstellen, wie es jemandem wie Ian ging, aber ich musste es tun. Eine Sekunde lang bildete ich mir ein, auch in Farahs Augen Tränen glitzern zu sehen.

»Levi und ich waren eigentlich immer zusammen unterwegs, weshalb es sich eingebürgert hat, dass wir uns zusammen anseilen. Wir brauchten nur eine Leine, bis zu dem Morgen, an dem sich alles änderte. Wir waren gerade losgefahren und kamen in eine Lawine. Meine Hunde und ich hatten Glück, weil wir am Rand waren und nur ein paar Meter mitgeschleift wurden. Es ist nichts passiert, aber Levi war schneller. Er und seine Hunde waren mittendrin.

Ich habe gesucht, bis ich Levi ein paar Hundert Meter weiter auf einem Vorsprung liegen sah. Er war schwer verletzt, kaum ansprechbar. Seine Hunde waren in die Tiefe gestürzt. Hätte ich eine Anchorline gehabt, hätte ich sie ihm zuwerfen können, aber ich hatte keine. Ich war nicht schnell genug. Als ich im Dorf ankam und Hilfe holen konnte, war Levi bereits tot.«

Jemand schluckte schwer. Kurz dachte ich, es wäre Farah, bis ich bemerkte, dass ich selbst der Verursacher des Geräuschs war. Farah stand nur da und knetete ihre Haarspitzen. Es sah seltsam aus. Noch nie hatte ich eine Frau gesehen, die das tat, wenn sie nicht gerade unter der Dusche stand. Aber wenn ich so drüber nachdachte, wurde mir klar, dass ich überhaupt noch niemanden gesehen habe, der das tat. Sie wirkte abwesend.

»Farah?«, fragte ich eine Spur zu besorgt.

»Das war richtig gut, Paxton«, antwortete sie ruhig und trat ein paar Schritte zurück. Ihr Pferdeschwanz wippte rhythmisch, als sie sich von mir entfernte. Dann griff sie nach ihrer Tasche und verließ das Sportstudio, ohne sich noch einmal zu mir umzudrehen.

Überforderung machte sich in mir breit. Was genau war da gerade passiert? Hatte ich etwas Falsches gesagt? Verwirrt blätterte ich durch das Drehbuch, aber ich hatte mich genau an Ian gehalten. Harold Lancaster wäre stolz auf mich gewesen.

Als ich die Schockstarre überwunden hatte, lief ich ihr auf den Flur nach, aber Farah war bereits verschwunden. Ich zog mein Smartphone aus der Tasche und öffnete ihren Kontakt. Mit flinken Fingern tippte ich so schnell, dass ich meine Nachricht zweimal wieder löschen musste, damit man verstand, was ich auszudrücken versuchte.

> Hey, ich weiß nicht, was los ist, aber wenn du drüber reden möchtest, bin ich nur einen Anruf entfernt.

Einen Moment lang starrte ich wartend auf mein Smartphone. Doch es regte sich nichts. Ich beschloss, meine Sachen zusammenzupacken

und die Geräte zu desinfizieren, damit ich der Rezeptionistin Bescheid sagen konnte, dass das Hotelstudio nicht länger von mir benötigt wurde. Ich hatte es für den ganzen Tag reservieren lassen, in der Annahme, dass wir länger proben würden als eine Stunde, aber damit hatte ich mich wohl gründlich verschätzt.
Als ich das von Desinfektionsmittel durchtränkte Papiertuch in den Müll warf, sorgte die leise Vibration meines Smartphones dafür, dass ich es wieder aus der Tasche zog.

> Farah: Wir sehen uns morgen früh zum Proben. Such dir ein oder zwei Szenen aus, die dir schwerfallen. Wir kümmern uns um die. Ich wünsche dir einen schönen Tag, Paxton.

Stirnrunzelnd starrte ich auf ihre Worte, die sich so kühl anfühlten, wie sie sich lasen. Es kostete mich einiges an Willenskraft, nicht einfach mit dem Fahrstuhl in den zweiten Stock hinabzufahren und bei Farah an die Tür zu klopfen. Das war doch verrückt. Ich machte mir Sorgen um eine Frau, die ich kaum kannte. Und doch schaffte ich es an diesem Tag nicht mehr, mich auf die einzelnen Sätze in meinem Drehbuch zu konzentrieren. Farah Stewart kreiste durch meine Gedanken und ich hatte keine Ahnung, wie ich sie da wieder rausbekam.

07.11.

Liebes Tagebuch,

ich habe mir überlegt, nach Los Angeles zu ziehen, weg von zu Hause. Dann kann ich wieder öfter bei Paxton vorbeifahren und schauen, ob es ihm gut geht. Er soll das Gefühl haben, dass immer jemand da ist. Das beruhigt.

KAPITEL 13

FARAH

Das Proben mit Paxton war schön gewesen. Ich hätte nie gedacht, dass gerade er mich einmal so von sich überzeugen würde, und doch hatte ich jedes Wort, das er gesagt hatte, gefühlt. Da war eine Spannung zwischen uns gewesen, bei der ich allerdings unsicher war, ob sie wirklich existierte. Vielleicht waren es die Rollen, Ivy und Ian, zwischen denen es funkte, und das hatte überhaupt nichts mit uns zu tun. Genau das hatte ich versucht mir einzureden. Einfach weil es noch peinlicher gewesen wäre, mir einzugestehen, diese Spannungen zu durchbrechen und wegzulaufen wegen einer Hundeschlitten-Szene.

Um mich davon abzulenken, hatte ich den restlichen gestrigen Tag und die halbe Nacht damit verbracht, durch meinen nutzlosen Ratgeber zu blättern, und festgestellt, dass alle Tipps für die Tonne waren.

Halten Sie respektvollen Abstand zu Tieren, bis Sie sich trauen, auf sie zuzugehen. – Ach was, da wäre ich niemals von selbst draufgekommen, Captain Obvious.

Wenn Sie eine Konfrontation in Erwägung ziehen, dann bitten Sie jemanden, dem Sie vertrauen, mitzukommen. – Alleine würde ich da sicher nicht mal von träumen. Dazu bekämen mich keine zehn Pferde. Ich fand ein einzelnes schon angsteinflößend genug.

Frustriert schleuderte ich das Buch von mir. Mit einem lauten Flatschen prallte es gegen die Tür. Die Geräuschkulisse spiegelte eins zu eins wider, wie ich mich gerade fühlte. Ich rollte mich auf die andere Bettseite und angelte nach meinem Smartphone, was drei Zentimeter zu weit auf dem Nachttisch lag. Als meine Finger den Rand der abgenutzten Hülle berührten, fühlte es sich an wie ein kleiner Triumph. Ich zog es an mich und entsperrte das Display. Keine ungelesenen Nachrichten. Keine Anrufe in Abwesenheit. Beides waren eindeutige Antworten auf die Frage, ob mich irgendjemand in meiner sonnigen Heimat vermisste.

Die Digitaluhr meines Smartphones zeigte 10:27 Uhr. Schnell googelte ich, wie viel Zeitverschiebung zwischen Anchorage und Reykjavík herrschte, bevor ich die einzige Telefonnummer wählte, die ich auswendig kannte.

»Hey, Sha, hier ist deine Lieblingscousine, die gerade in einer genauso kühlen Gegend abhängt wie du. Ruf doch zurück. Hab dich lieb«, säuselte ich auf die Mailbox meiner Seelenverwandten.

Ich schälte mich aus der Bettdecke wie aus einer Bananenschale und schlurfte ins Bad. Dort presste ich ein erbsengroßes Zahnpastakügelchen aus dem Spender auf meine Zahnbürste und steckte sie mir in den Mund. Dann tippte ich mit den Fingern auf das Touchfeld neben dem Spiegel und regelte die Fußbodenheizung hoch. In Sekundenschnelle erhitzte sich der Marmorboden auf Körpertemperatur und mir wurde klar, dass ich zurück in meine Studentenwohnung musste, wenn der Filmdreh vorbei war. Das moderne Interieur des Resorts begann mir schon zu fehlen, wenn ich nur daran dachte, die lichtdurchlässigen Häkelgardinen vor meinem Fenster zuzuziehen. Ich liebte es, wenn die letzten warmen Sonnenstrahlen durch die Scheibe fielen, aber im Sommer schienen die Nächte manchmal heller zu sein als die Tage.

Das Klingeln meines Smartphones holte mich aus den Gedanken an das heiße L. A. zurück in die kalte Realität mit Fußbodenheizung.

»Hey, Cousinchen, was gibt's?«, fragte ich Sha.

»Du hast doch zuerst angerufen, das sollte ich dann wohl dich fragen«, hörte ich sie durch den Hörer säuseln.

»Wohl wahr. Ich wollte deine Stimme hören und ein wenig mit dir plaudern. Ich vermisse dich.« Der leichte Trennungsschmerz in meiner Stimme war echt. Ich vermisste sie sehr, besonders in solchen Momenten.

»Aww, du bist die Beste. Ich vermisse dich auch«, erwiderte sie.

»Und, wie ist das Wetter in Alaska im November?«

Ich schlenderte zu den bodentiefen Fenstern hinüber und entriegelte die Balkontür, um zu sehen, wie sich die frische Luft auf meiner

Haut anfühlte. Ein eisiger Windhauch schlug mir entgegen und wehte ein paar weiße Flocken ins Zimmer. Nur ein Blinzeln später waren all die kleinen Eiskristalle geschmolzen.

»Kalt, es schneit die meiste Zeit«, antwortete ich und zog die Tür wieder zu. Wenn ich so recht darüber nachdachte, setzte ich wohl doch besser keinen Schritt nach draußen. »Und bei euch?«

»Grau und diesig. Nicht besonders einladend. Hier könnte man gerade perfekt sämtliche Gruselromane neu verfilmen. Ich spüre Jack the Ripper quasi durch die Gassen streifen.«

»Gruseliger Gedanke.«

»Auf jeden Fall. Was gibt's Neues an der Mr-Sexskandal-Front?«, fragte sie geradeheraus. So war Sha. Bis auf ihre eingebildete Schwester war sie wahrscheinlich die selbstbewussteste Person aus meiner Familie. Wie oft hatte ich mir gewünscht, genauso zu sein, und es trotzdem nicht versucht? Viel zu oft.

»Erst fand ich ihn ziemlich blöd. Er kann ganz schön arrogant sein und er hat einen schlimmen Humor.«

»Abeeer?«

»Aber ich glaube, er ist ein guter Mensch.« Ich musste seinen Namen nicht in den Mund nehmen, um seine moosgrünen Augen und das schelmische Lächeln in meinen Gedanken aufblitzen zu sehen.

»Du magst ihn.« Ich konnte Sha quasi durchs Telefon lächeln hören.

»Ich würde sagen, ich habe keine Meinung zu ihm.«

»Das glaub ich dir nicht. Aber vielleicht weiß ich es auch einfach nur schon, bevor du es überhaupt bemerkst. Ich bin gut in Sachen Liebe.«

Bei Shas Kommentar konnte ich mir nicht verkneifen loszuprusten. »Das glaubst du doch wohl selbst nicht, Miss Ich-himmle-Lyall-still-an.«

»Also, was das angeht: Wir haben ein Date.«

Um ein Haar hätte ich mich an meinem eigenen Speichelfluss verschluckt. »Ihr habt was?«

»Na ja, gut. Ich habe ein Date mit seinem Freund. Ich dachte, ich könnte ihn vielleicht eifersüchtig machen.«

»Lief die Gala etwa nicht wie erwartet?«, fragte ich mit einer unguten Vorahnung.

Shas enttäuschtes Seufzen ließ kaum noch Raum für Spekulationen. Damit hatte ich wohl ins Schwarze getroffen.

»Er hat mich als eine Art Unterstützung mitgenommen, damit er etwas auf der Veranstaltung trinken konnte.«

Mein Herz krampfte bei dem Gedanken daran, wie sehr sich Sha auf diesen Abend gefreut hatte. Wie konnte ein Mann nur so blind sein? Sha sah aus wie ein etwas zu kurz geratenes Supermodel. Sie war heiß, schlank, selbstbewusst und klug. »Ach Mann, Sha. Der hat bestimmt nur Angst vor dir, weil du kein manipulierbares Mauerblümchen bist.«

»Wenn er mich dann wahrnehmen würde, wäre ich gern eins«, quengelte sie wie eine Dreizehnjährige mit Liebeskummer.

»Sag so was nicht, das hast du nicht verdient. Der Mann ist ein arrogantes Rich Kid. Das ist nicht deine Schuld.«

»Du hast recht, es könnte auch am Kleid gelegen haben. Ich bin damit weder Prom Queen geworden, noch habe ich Lyall auf mich aufmerksam machen können. Dabei ist es echt heiß. Ich sollte es vielleicht verbrennen, falls es verflucht ist«, überlegte Sha laut.

Ich erinnerte mich genau daran, wie wir es in der Mall zusammen ausgesucht hatten. Es hatte meilenweit über ihrem Budget gelegen, aber es war ein absoluter Traum. Der schwarz glitzernde Stoff, der tiefe Ausschnitt. Ich hatte im Starbucks eine Schicht umsonst geschoben, damit Lou mir das Geld vorstreckte. Es hingen zu viele Momente an diesem Kleid, um es einfach anzuzünden.

»Dann schick es lieber her. Ich finde bestimmt einen Anlass, es zu tragen.«

»Na gut, du kannst ja mit Mr Sexskandal ausgehen.«

»Das halte ich für eine weniger gute Idee. Mir reicht schon das gemeinsame Textlernen. Ich –«

Ein lautes Klopfen an der Zimmertür brachte meine Konzentration zum Stolpern. Ich lief zur Tür.

»Du probst mit ihm?«

»Ja, ich –«

Wieder unterbrach mich ein penetrantes Pochen. Da schien jemand wirklich ungeduldig zu sein.

»Ich rufe dich morgen wieder an. Hier ist jemand an der Tür«, sagte ich und legte mit einer Hand auf. Mit der anderen drückte ich die Türklinke nach unten. Ich reckte meinen Kopf auf den Flur, doch niemand war zu sehen. Stirnrunzelnd sah ich mich um. Mein Herz schien in Zeitlupe zu schlagen, so angespannt war jede Zelle meines Körpers.

»Hallo? Ist hier jemand?«, rief ich den leeren Hotelflur entlang und wahrscheinlich hätte ich mich mehr gegruselt, wenn jemand geantwortet hätte. Aber alles blieb stumm.

»Merkwürdig«, murmelte ich, als ich zurück in mein Zimmer trat. Automatisch verriegelte ich die Tür hinter mir. Einen Moment lehnte ich mit dem Rücken an dem kühlen Holz, bis mein Blick auf meine Armbanduhr fiel. Langsam sollte ich mich wirklich auf den Weg zu Paxton machen, damit er weiter mit mir proben konnte. Innerlich hoffte ich, dass er sich nicht für eine der Hundeszenen entschieden hatte.

Nachdem ich mindestens zweimal sichergegangen war, dass ich meine Zimmertür auch wirklich verschlossen hatte, machte ich mich zum Fahrstuhl auf. Ich konnte nicht leugnen, dass ich mich mit dem Anziehen und Zu-Paxton-Laufen mehr beeilte, als ich es ohne diesen seltsamen Klopfstreich getan hätte. Vor seinem Zimmer angekommen, ballte ich meine Hand zur Faust und hob sie, bereit, auf mich aufmerksam zu machen, doch sie schlug ins Leere. Paxton stand vor der nun geöffneten Tür und sah mich an, als hätte er gerade einen Geist gesehen. Aber er wäre kein so gut bezahlter A-Promi gewesen, wenn er das nicht zu überspielen gewusst hätte.

»Ich wollte gerade zu dir«, sagte er, ohne jegliche Form der Begrüßung.

»Toll, und ich wollte zu dir.«

Paxton nickte grinsend. »Das sehe ich.«

»Gut, dann haben wir das ja geklärt. Welche Szenen nehmen wir uns vor?«, fragte ich ohne Umschweife.

»Motiviert und fokussiert, so gefällt mir das, Farah. Ich würde gern die Szene auf dem Eis proben. Ich bin noch nie Schlittschuh gelaufen, da wäre es wohl besser, wenn zumindest der Text säße«, gab er zu und zog die Tür hinter sich ins Schloss.

»Moment, du warst noch nie Schlittschuh laufen?« Paxton schüttelte den Kopf. »Nein, ich komme aus Los Angeles.«

»Ich auch. In der Stadt gibt es zwei Eishallen und um Weihnachten rum auch mobile Eisbahnen. Wie kann es sein, dass du noch nie auf einer gewesen bist?«, fragte ich erstaunt. Es gab kein Jahr, in dem die mobilen Eisbahnen in Downtown oder Santa Monica nicht überfüllt waren. Alle in L. A. wetterten in der Weihnachtszeit über die fehlende Winterstimmung und ließen sich ihre einzige Möglichkeit auf Wintersport selten entgehen. Es wunderte mich, dass Paxton dieses Bedürfnis offenbar nie verspürt hatte.

»Es fühlt sich falsch an, in Shorts und T-Shirt Schlittschuh laufen zu gehen.«

Ich verstand Paxtons Argument. Es war logisch. Und es brachte mich auf eine Idee. Ein breites Grinsen schlich sich auf mein Gesicht, und so, wie Paxton mich ansah, schwante ihm nichts Gutes.

»Du siehst aus, als hättest du gerade überlegt, ein Monster aus den Körperteilen toter Prostituierter zu basteln.«

Ich lachte kurz, bevor ich nach seiner Hand griff und ihn zum Fahrstuhl zerrte. »Meine Idee ist eindeutig besser.«

Wir stiegen in der Lobby aus dem Fahrstuhl und liefen schnurstracks auf Marlyne zu. Die schwarz gelockte Rezeptionistin lächelte uns schon von Weitem freundlich zu.

»Guten Morgen, was kann ich für Sie tun?«, fragte sie mehr an Paxton gewandt als an mich.

Doch er hob kopfschüttelnd die Arme. »Fragen Sie das sie. Ich habe keine Ahnung, was in ihrem hübschen Kopf vor sich geht.«

Ich erstarrte mit geöffnetem Mund und auch Marlyne blickte Paxton überrascht an. Er schien erst jetzt zu realisieren, was er gerade gesagt hatte. Paxton zuckte lächelnd mit den Achseln und kehrte sofort zu seiner gewohnten Lässigkeit zurück. Ich brauchte zugegebenermaßen eine Sekunde, bevor ich mich an das erinnerte, worüber ich mit Marlyne sprechen wollte.

»Kann man hier irgendwo Schlittschuh laufen? Ungestört, versteht sich. Immerhin habe ich Mr Sexskandal dabei«, rutschte es mir heraus. Sofort sah ich mich zu Paxton um, der mich mit hochgezogenen Augenbrauen musterte.

»Theoretisch können Sie auf unserem kleinen Privatsee eislaufen. Wir öffnen ihn ab November jeden Dienstag für die Hotelgäste. Das ist zwar erst in ein paar Tagen, aber abgenommen wurde er schon. Wenn Sie wollen, kann ich Ihnen sofort Schlittschuhe auf Ihre Zimmer bringen lassen und immer wieder jemanden nach Ihnen sehen lassen«, schlug Marlyne vor.

Ich nickte. »Das wäre großartig. Vielen Dank, dann gehen wir uns jetzt wohl mal dick einpacken.«

— — —

Keine zwanzig Minuten später standen wir vor dem zugefrorenen See. Die Landschaft erinnerte mit den vereisten Wassermassen, den schneebedeckten Tannen und den von Wolken umringten Berggipfeln an ein Postkartenmotiv. Es hätte mich nicht gewundert, wenn man genau so eine Karte im Souvenirshop des Hotels teuer erstehen konnte.

Ich schob den Schnee von einer der Bänke am Rand des Sees und ließ mich auf das eiskalte Holz sinken. Paxton hingegen rührte sich keinen Millimeter in meine Richtung.

»Möchtest du dir deine Schlittschuhe nicht anziehen?«

Paxton schüttelte den Kopf. »Was an ›Ich kann nicht Schlittschuh laufen‹ hast du nicht verstanden?«

Ich zog meine Moonboots aus und schlüpfte in die weißen Schlittschuhe, die mir Marlyne hatte bringen lassen.

»Das habe ich sehr gut verstanden, aber ich habe mir gedacht, ich könnte dir etwas beibringen. Zumindest die Basics. Damit du dich nicht total blamierst«, erklärte ich, wohl wissend, dass Paxton zu den Menschen gehörte, die sich ungern zur Lachnummer machten.

»Netter Versuch, aber für so was habe ich ein Stuntdouble.«

Ich stapfte auf den Kufen zur Eisfläche. Die ersten Schritte waren wackelig, aber nachdem ich meinen Schwerpunkt gefunden hatte, wurde es einfacher.

»Ah ja, stimmt. Cory. Du hattest recht damit, dass ich ihn mögen würde.«

Paxton zuckte lässig die Achseln. »Man sagt, dass er fast so attraktiv ist wie ich.«

»Stimmt, aber zehnmal sympathischer«, erwiderte ich grinsend.

»Hey, das hast du laut gesagt!«

»Ich weiß, war Absicht. Aber Cory würde sicher sofort zu mir aufs Eis kommen.«

Damit hatte ich ihn. Paxton lief zu der Bank hinüber, auf der auch schon meine Boots verweilten, solange sie nicht gebraucht wurden.

»Du weißt genau, was du sagen musst, um mich aufs Eis zu bekommen, oder?«

Ich nickte, während ich ein paar kleine Runden drehte. Das Kratzen der Kufen war wie Musik in meinen Ohren. Ich hätte mich nicht als herausragende Eisläuferin bezeichnet, aber ich liebte es trotzdem. Es war schwer zu erklären, aber ich dachte, es fühlte sich ein wenig wie das Ausbrechen aus einem Käfig an. So stellte ich mir Freiheit vor.

Langsam lief ich zu Paxton, der in Zeitlupe auf mich zustakste.

Seine Miene wirkte nicht besonders begeistert. Wenn ich ehrlich zu mir war, wäre es wohl besser gewesen, ihn vorher zu fragen, ob er überhaupt Schlittschuh laufen lernen wollte. Dafür war es jetzt eindeutig zu spät.

In etwa so elegant wie ein frisch geborenes Fohlen bewegte sich Paxton auf die Eisfläche und es dauerte keine zehn Sekunden, bis er das erste Mal auf den Unterarmen landete.

Er stöhnte schmerzerfüllt. »Fuck, war das hart.«

»Nichts passiert?«, fragte ich mit einer leichten Besorgnis in der Stimme. »Ich bin mir nämlich unsicher, wie lange ich meinen Job noch habe, wenn dir unter meiner Aufsicht etwas passiert.«

Paxton schüttelte den Kopf und rappelte sich tapfer zurück auf die Kufen. »Geht schon. Ich habe schon härtere Stürze abgefedert. Also, was muss ich tun?«, fragte er leicht genervt.

»Zuerst läufst du ein paar Schritte, als wäre der Boden nicht aus

Eis. Breite dabei am besten die Arme aus, das hilft dir, das Gleichgewicht zu halten«, erklärte ich und demonstrierte parallel, was ich meinte. Paxton fiel noch ein paarmal, bevor er es schaffte, einige Meter unbeschadet zurückzulegen. Er stolperte wie ein unsicherer Wackeldackel über die Eisfläche.

»So ungefähr?«

»Ja, genau, das ist gut. Wenn du dich sicher genug fühlst, kannst du anfangen, dich immer abzustoßen, wenn du einen Schritt gemacht hast. Dann fängst du langsam an zu gleiten.«

Paxton befolgte meine Anweisungen, sodass wir schnell kleinere Fortschritte verzeichnen konnten. Je besser und schneller er wurde, desto mehr von seiner Finsternis verschwand. Langsam schien es ihm tatsächlich Spaß zu machen, auch wenn noch lange kein Meister vom Himmel gefallen war. Paxton Wright stand auf dem Eis und ich zeigte ihm, wie. Diese Situation war vollkommen verrückt, aber ich genoss jede Sekunde.

Wir glitten über die Fläche und zogen unsere Kreise. Keiner sagte etwas, das mussten wir nicht. Wir liefen einfach nebeneinanderher und lauschten unserer Umgebung. Der Wind wehte leise durch die Tannen und ließ die Nadeln rascheln. Ein paar Vögel zwitscherten und die Situation schien perfekt, bis zu dem Moment, in dem ein kleiner Fuchs am Seeufer auftauchte und uns anstarrte. Mein Atem stockte und das Herz in meiner Brust begann zu rasen. Es wurde schneller und schneller.

»Nein, nicht jetzt«, flüsterte ich mir selbst mahnend zu. Meine Hände schwitzten in den dicken Handschuhen und auch mein Nacken blieb nicht länger trocken. Ich erstarrte genau wie der Fuchs. Wir sahen einander in die Augen und mein Instinkt versuchte, mich darauf vorzubereiten, dass das wunderschöne Tier vor mir eine gefährliche Bestie war. Und dann begannen die Flashbacks.

All das Blut ... das Brüllen ... der Wald ... mein Dad ... die Fetzen unseres Zelts ... und ich ...

Langsam ließ ich mich auf die Eisfläche sinken, weil ich genau spürte, dass ich keine Alternative hatte. Ich würde umkippen. Der Fuchs war schon wieder weg, aber meine Angst blieb.

»Sagst du mir jetzt, was los ist?« Paxtons Worte waren so sanft, dass der Schnee sie zu verschlucken drohte. Ich hatte ihn ausgeblendet und es fiel mir schwer, ihn wieder einzublenden.

Die Nässe durchdrang meine Hosenbeine und ließ den kalten Stoff an meiner Haut kleben. Ich versuchte zu atmen, aber es war so unendlich hart.

»Bitte«, flüsterte er, wohl wissend, dass er die Antwort, die er bekam, bereits kannte.

»Ich habe eine Zoophobie, Paxton«, sprach ich das Offensichtliche aus.

»Das heißt, dass du Angst vor allen Tieren hast«, erklärte er mehr sich selbst, als dass er es zu mir sagte. Er setzte sich neben mich aufs Eis und nahm meine Hand. Er hielt sie einfach nur fest und es war genau das, was ich brauchte.

»Zu meinem achtzehnten Geburtstag habe ich mir einen Campingausflug in den Yosemite-Nationalpark gewünscht. Mit meinem Dad. Er war der Einzige, der je verstanden hat, was der Film für mich bedeutet, und wir wollten beim Zelten einen Plan ausklügeln, um meine Mutter von meinem Traum zu überzeugen …« Ich umklammerte mich selbst und schluchzte.

»Und dann …«, setzte ich an. »Dann hat sich alles verändert. Ich hatte heimlich einen kleinen Kuchen in meine Jacke gesteckt. Als Dessert zu den klassischen Dosenravioli. Beim Aufbau des Zeltes hat mein Dad mir gesagt, dass ich die Rucksäcke mit den Lebensmitteln etwas abseits an einen Baum hängen solle. Damit die Bären uns in Ruhe lassen. Das habe ich auch gemacht. Aber den Kuchen hatte ich vergessen. Der lag in meiner Jacke und die war in unserem Zelt …«

Ich holte tief Luft und versuchte auszuklammern, dass der, dem ich gerade das schlimmste Trauma und die größte Schuld meines Lebens offenbarte, Paxton Wright war, der neben mir auf einem zugefrorenen See saß und meine Hand hielt.

»Kurze Zeit später, als Dad und ich gerade Holz für ein Lagerfeuer gesucht haben, kam ein Bär. Zuerst sind wir ruhig geblieben, aber dann ist mir der Kuchen wieder eingefallen. Mein Dad hat mir gesagt, dass ich weglaufen solle, er werde sich nur kurz das Telefon greifen, damit er Hilfe rufen könne. Aber der Bär war schneller.

Ich glaube, er hat sich erschreckt. Er hat meinen Dad angegriffen, in seine Beine und seinen Oberkörper gebissen. Da war so viel Blut, und irgendwann hat mein Dad sich nicht mehr bewegt, weil er das Bewusstsein verloren hat. Da hat der Bär ihn in Ruhe gelassen. Ich habe mich nicht von der Stelle gerührt, bis er weg war. Und dann habe ich Hilfe gerufen.

Er hat es überlebt, aber gleichzeitig alles verloren. Mein Dad ist gelähmt und schafft es kaum, ein Wort zu sagen. Ich bin daran schuld. Es ist meine verdammte Schuld. Jedes Tier, auf das ich treffe, erinnert mich wieder an den Bären. Und dann ist es, als würde ich diese Angst zum ersten Mal erleben.« Meine Stimme wurde mit jedem Wort leiser, bis ich mit der letzten Silbe verstummte.

Schwarze Schlieren mussten wie Rinnsale über meine Wangen laufen, und für eine Sekunde bereute ich es, Mascara aufgetragen zu haben. Aber letztendlich zeugte jede einzelne Träne von dem Schmerz, der mein Leben immer wieder verdunkelte. Sie tropften in den Schnee und hinterließen Löcher, die so klein waren, dass man sie mit dem bloßen Auge kaum sah, und doch wusste ich, dass es sie gab. Genau wie Paxton.

19.11.

Liebes Tagebuch,

ich bin nach L. A. gezogen und darf mich nun offiziell Beach Girl nennen. Zu Paxtons Anwesen sind es mit dem Rad nur fünfunddreißig Minuten. Das ist einmal der Soundtrack von Road Explosion. Das nenne ich Schicksal. Wir sehen uns jetzt sicher öfter. Ich war in den letzten zwei Tagen zweimal da. Er hat einen tollen Geschmack. Das Haus ist sandsteinfarben und von Palmen umgeben. Durch die Hecke konnte ich einen Blick auf den riesigen Pool in seinem Garten werfen. Irgendwann werden wir zusammen an diesem Pool liegen. Das fühle ich.

KAPITEL 14

PAXTON

Zehn Minuten lang saßen Farah und ich auf dem eiskalten See, bis sie sich wieder etwas beruhigt hatte. Mittlerweile war ich bis auf die Knochen durchnässt. Ich konnte spüren, wie meine Boxershorts an meinen Hüftknochen hafteten. Aber es war mir egal, weil mein Herz bei jeder weiteren Träne von ihr ein kleines bisschen einriss, als wäre es ein Blatt Papier. Sie hatte eine übermächtige Angst in sich und ich wusste genau, wie sich das anfühlte. Es war lähmend. Und heilige Scheiße, das wünschte ich niemandem. Jetzt war der Fuchs weg, und ich stellte mir die Aufgabe, sie zurückzuholen.

»Du hast mich angelogen, Stewart«, sagte ich leise, um sie aus der Reserve zu locken. Mir half Ablenkung, wenn ich spürte, dass die nächste Panikattacke nur einen Katzensprung entfernt von mir darauf wartete, dass ich endlich um die Ecke kam.

Farah nickte stumm. Sie zitterte und ihre Haare hingen platt herunter, weil sich Schneeflocken darin sammelten, die vereinzelt von den Bäumen geweht wurden. Innerlich betete ich, dass sie nicht zu lange brauchte, um sich aufzuraffen. Sie war sicher schon genauso durchnässt wie ich.

»Also war das Zoophobiebuch doch deins.«

»Ja. Eine der Bedingungen für den Job war, dass ich auch mit den Schlittenhunden aushelfe. Ich war so naiv gewesen zu sagen, dass das absolut kein Problem sei. Der Ratgeber war meine Hoffnung, das irgendwie hinzubekommen.«

»Aber da steht nichts Brauchbares drin?«, schnitt ich dazwischen.

»Du hältst mich jetzt wahrscheinlich für dumm, weil ich gedacht habe, dass ich das schaffen könnte.«

Ich schüttelte den Kopf. »Wenn du etwas nicht bist, dann dumm. Ängste sind genauso irrational wie Träume. Und trotzdem kann sowohl das eine als auch das andere sich einfach nur verdammt real anfühlen.«

»Ich habe keine Ahnung, wie ich damit umgehen soll. Sobald das Rudel Huskys in zwei Tagen hier auftaucht, wird Sarah wissen, dass ich gelogen habe. Ich kann nicht auf die Hunde aufpassen. Ich könnte nicht mal auf Hamster aufpassen oder ein beschissenes Kaninchen. Das wird mich den Job kosten. Meinen ersten und dann wahrscheinlich letzten Job bei einer echten Produktion.« Jedes ihrer Worte wurde von Verzweiflung begleitet. Sie liebte diesen Job, ohne ihn je zuvor gemacht zu haben. Es war wie mit mir und der Schauspielerei. Es gab keine Alternative.

»Wir bekommen schon hin, dass du nicht gefeuert wirst. Schon mal über eine plötzliche Hundehaarallergie nachgedacht?«

»Ständig, nur leider hat mich Sarah genau danach gefragt und ich habe verneint. Ich hätte einfach die Wahrheit sagen sollen, aber dann säße ich wahrscheinlich in irgendeiner Bratwurstbude in Venice Beach.«

»Das wäre wirklich eine Verschwendung. Wer hätte mich sonst auf diese Todesmaschinen gezwungen?«, fragte ich und hob einen Fuß in die Höhe. Doch sie lachte nicht.

»Warum bist du gestern so plötzlich verschwunden?«, versuchte ich, das Thema zu wechseln. Manchmal half das.

»Die Geschichte von Ians Freund habe ich mir zu bildlich vorgestellt. Du bringst die Worte zum Leben, Paxton, das ist eine Gabe.«

»Hast du einen Flashback bekommen?«

Farahs Nicken zerriss mir das Herz. Ich war so ein verdammter Idiot. Ich hätte bei dem Ratgeber und der Szene gestern bereits eins und eins addieren können. Doch stattdessen rieb ich meinen Finger noch tiefer in ihre Wunde.

»Ich habe plötzlich meinen Dad auf dem Vorsprung gesehen.«

Was tat man in so einer Situation? Ich hatte nicht die leiseste Ahnung, aber die Eisfläche zu verlassen und ins Hotel zurückzugehen, um sich aufzuwärmen, schien mir nicht die dümmste Idee zu sein. Also stemmte ich mich auf die Füße, wobei ich beinahe das Gleichgewicht verlor. Ich hatte in der Zwischenzeit total vergessen, dass ich noch nicht zum nächsten Eiskunstlaufstar mutiert war. Aber ich schaffte es heile ans rettende Ufer und Farah folgte mir.

Wir zogen uns schweigend um, bevor wir zurückliefen. Farah zitterte, als ich ihr meinen Parka umlegte und sie zu ihrem Zimmer brachte. Ihre Haut fühlte sich kühl an und ihr Mantel war schwer durch die aufgesogene Nässe. Sie sagte nichts und sah mich nicht an, bis zu dem Moment, in dem sich ihre Zimmertür hinter uns schloss und die Welt aussperrte. Ich schlang die Arme um sie und zog sie, wie sie war, an mich.

»Das war so peinlich«, hörte ich ihre Stimme dumpf an meiner Brust. Ich hatte mit etwas anderem gerechnet. Mit Tränen oder damit, dass sie vielleicht anfing, wie wild rumzuschreien.

»Nur ein bisschen, aber es hat ja niemand bis auf mich und den Fuchs gesehen«, antwortete ich grinsend, was sie mir direkt mit einem leichten Schlag gegen meine Brust dankte. »Ich verstehe, dass du dich elend fühlst, aber du bist eiskalt und solltest warm duschen gehen, bevor du dich an Ort und Stelle in einen Eisblock verwandelst.«

Farah löste sich von mir. Das Make-up war verlaufen und ihren braunen Augen fehlte der Glanz, der sonst immer da war. Sie hatte etwas Zerbrechliches, das so gar nicht zu der Farah passte, die ich bisher kennengelernt hatte.

Als sie einen Schritt auf mich zu machte, hielt ich den Atem an. Sie griff mit ihrer Hand nach meiner, und kurz durchzuckte mich bei der Berührung ihrer frostigen Fingerspitzen ein Stromstoß. Das änderte sich, als sie sich zu mir vorbeugte, bis sich unsere Lippen berührten. Wir küssten uns nicht, wir standen nur da und keiner von uns wagte es, sich zu bewegen.

Als ich meine Augen schloss, um ihre kühlen, weichen Lippen noch deutlicher zu spüren, durchbrach sie den Moment.

»Darf ich dich was fragen?«

»Hast du das nicht gerade?«

Farah lächelte einen Augenblick lang. »Darf ich dich noch was fragen?«

»Immer.«

»Ich weiß, dass das nicht zu deinem Job gehört und wahrscheinlich auch echt viel verlangt ist, aber würdest du mir mit den Hunden helfen? Wenn *Snowlight* abgedreht ist, werde ich mir einen Therapeuten suchen.«

Ich merkte Farah an, wie schwer es ihr fiel, sich einzugestehen, dass sie mich brauchte. War ich ein Unmensch, weil ich gehofft hatte, dass sie mich darum bitten würde, damit ich noch mehr Zeit mit ihr verbringen konnte? So oder so gab es für mich nur eine einzige passende Antwort.

»Natürlich. Ich hatte selbst einen Hund. Lenny. Und ja, ich gehörte definitiv zu den Kids, die einen Hund als ihren besten Freund bezeichnen, weil sie keine echten Freunde haben.«

Farah entwich ein leises Grunzen, als sie lachte. Es klang natürlich und hatte keinerlei Ähnlichkeiten mit dem Schnarchen von Caralie.

»Die Verschwiegenheitserklärung sende ich dir morgen zu. Das darf niemals jemand erfahren.«

»Hast du harte Vertragsstrafen? Nur für den Fall. Ich würde gern abwägen, ob es sich lohnt, meiner Cousine Sha davon zu erzählen«, erwiderte sie spitzzüngig.

»Auf jeden Fall. Dafür gäbe es die Höchststrafe.«

»Und die wäre?« Farah klang neugierig.

Ich überlegte einen Moment lang, bevor ich mich dazu entschied, sie auf die Probe zu stellen. »Ein Date mit mir.« Direkt nachdem ich die vier Worte ausgesprochen hatte, veränderte sich etwas in mir. Mein Herz pochte, denn zum ersten Mal bemerkte ich den Hoffnungsschimmer in mir, der darauf wartete, dass Farah den Wink mit dem Zaunpfahl verstand und sich darauf einließ.

»Paxton Wright, fragst du mich gerade aus Mitleid nach einem Date?« Sie grinste. So konnte man es natürlich auch verstehen.

»Nein, so was würde ich niemals tun«, gab ich mich übertrieben ironisch.

Farah lachte. »Na, dann ist ja gut. Ich hatte schon Angst, ich müsste Nein sagen.«

Das tat mehr weh, als ich zugeben wollte.

30.11.

Liebes Tagebuch,

leider wurden zwei meiner Instagram-Profile geblockt und zwei andere gemeldet. Nun muss ich mir neue erstellen. Wie ärgerlich. Ich bin sicher, dass Paxtons Management oder irgendeine Bitch dahintersteckt, weil sie Angst hat, dass ich ihn ihr ausspanne. Aber man kann jemandem nichts ausspannen, was demjenigen gar nicht gehört. Daran werde ich sie wohl erinnern müssen. Er gehört mir.

KAPITEL 15

FARAH

Als das laute Gehupe eines Trucks mich an diesem Morgen aus dem Bett warf, wurde mir klar, dass sich ab morgen einiges ändern würde. Denn da war offizieller Drehstart. In den letzten Tagen war so viel passiert, dass es mir vorkam, als wäre ich bereits seit Wochen hier.

Nach dem gestrigen Nachmittag hatte ich den Abend in der Badewanne verbracht und mich aufgewärmt und ich war ziemlich sicher, dass Paxton dasselbe getan hatte. Ich hatte nicht vorgehabt, ihm von meiner Phobie zu erzählen, aber dafür war es jetzt eindeutig zu spät.

Als ich meinen Arm unter der Bettdecke hervorstreckte und nach meinem Smartphone griff, leuchtete der Bildschirm auf.

Drei Anrufe in Abwesenheit von Sarah Willson.

Stirnrunzelnd rief ich zurück, in der Hoffnung, dass es nicht wichtig war und sich jemand einfach nur verwählt hatte.

Kurz nachdem das Freizeichen ertönte, begrüßte mich eine aufgeregt atmende Frau.

»Schön, dass ich Sie erreiche, Ms Stewart. Wie geht es Ihnen und Paxton?«, fragte Sarah.

»Gut, er schlägt sich wacker und ist sehr engagiert. Wir haben die meiste Zeit damit verbracht, seine Texte zu üben.«

»Das klingt sehr gut. Danke, Farah. Ich hatte direkt ein gutes Gefühl bei Ihnen.«

Ihre freundlichen Worte bereiteten mir ein schlechtes Gewissen, als ich realisierte, dass meine Lippen auf Paxtons gelegen hatten, obwohl mir bewusst war, dass das ernste Konsequenzen haben konnte. Doch statt ihr das zu beichten, sagte ich einfach nur: »Gern.«

Wie wahnsinnig eloquent.

»In zwei Tagen kommen die Hunde ans Set und die Trainer stellen eine Liste mit Dingen zusammen, auf die Sie auch achten müssen.

Ich werde sie Ihnen weiterleiten, sobald ich sie habe. Ich freue mich sehr auf die Tiere. Huskys gehören auf jeden Fall zu meinen liebsten Rassen. Haben Sie einen Lieblingshund?«

Ich? Für mich war jeder Hund ein wahr gewordener Albtraum auf vier Beinen. Wenn man mein Lieblingstier herausfinden wollte, antwortete ich grundsätzlich mit »Amöbe«. Die waren so klein, dass ich sie nicht sah. Außerdem wusste ich zu wenig über Amöben, um Angst vor ihnen zu bekommen.

»Dackel?«, fragte ich mehr, als dass ich antwortete.

»O ja, die sind auch süß, aber schlecht vor Hundeschlitten. Dafür kommen ja die Huskys. Eine der Trainerinnen wird Ihnen eine Einweisung geben, wie Sie mit dem Rudel umgehen müssen, um es beispielsweise zu füttern. Viel mehr dürfte auch nicht zu Ihren Aufgaben dazukommen. Ich stelle Ihnen einen Plan zusammen.«

Sarah klang so unfassbar organisiert, dass ich fast schon neidisch wurde. In diesem Augenblick wünschte ich mir, etwas mehr tun zu dürfen, als auf einen erwachsenen Mann aufzupassen, der meine Hilfe gar nicht nötig hatte.

»Okay, danke schön, haben Sie sonst noch Informationen für mich, den Dreh betreffend?«

»Eigentlich nicht. Alles Weitere wird morgen früh bei dem großen Briefing im Tagungssaal des Resorts besprochen. Die Einladung dazu haben Sie in Ihren Mails. Ich werde irgendwann heute Nacht anreisen. Einige müssten schon angekommen sein.«

»Vielen Dank, Sarah, ich meine, Ms Willson«, korrigierte ich peinlich berührt meinen Fehler.

»Kein Problem. Wir können uns gern mit dem Vornamen ansprechen, das tun sowieso die meisten am Set. Das stärkt den Zusammenhalt.«

»Das wäre schön.«

»Sehr gut. Ich freue mich, dich morgen persönlich kennenzulernen.«

»Ich mich auch«, versicherte ich Sarah, bevor wir auflegten.

Dann schaltete ich den Flachbildfernseher an und stellte den Sender ein, der rund um die Uhr zwielichtige Dokumentationen über

Verschwörungstheorien, Geheimnisse der Geschichte oder Mysterien ausstrahlte. Ich regelte die Lautstärke hoch und watschelte ins Bad, um mich fertig zu machen. Während ich mir die Zähne putzte, hörte ich, wie einer der Verschwörungstheoretiker über die Bedeutung der Zahl Siebenundzwanzig sinnierte.

Gerade als ich dabei war, meinen Mund gut durchzuspülen, klopfte es plötzlich an meiner offenen Badezimmertür. Erschrocken drehte ich mein Gesicht in die Richtung und spuckte meinen schaumigen Mundinhalt direkt auf Paxtons T-Shirt.

Er lehnte lässig im Türrahmen und sah an sich hinab, bevor er seine Lippen zu einem breiten Grinsen verzog. »Was für eine herzliche Begrüßung. Ich freue mich auch, dich zu sehen.«

Ich konnte förmlich spüren, wie sich mein Kopf in eine saftige, reife Tomate verwandelte.

»Wie bist du hier reingekommen?«, fragte ich überrascht.

Paxton zog eine Schlüsselkarte aus der Hosentasche. »Ich habe mich an der Rezeption darüber beschwert, dass du eine zu meinem Zimmer hast, ich aber nicht zu deinem. Dann haben sie mir die hier gegeben. Aber ich finde, du könntest dich zumindest dafür entschuldigen, dass du auf mein neues Lieblingsshirt gespuckt hast.«

»Tut mir leid«, presste ich halbherzig hervor.

Paxtons Mundwinkel zuckte. »Braucht es nicht. Ich wollte schon immer angespuckt werden, um zu sehen, ob ich drauf stehe. Aber ich gebe zu, dass ich bisher geglaubt habe, dass ein Lama das übernehmen würde, und keine Regieassistentin.«

Erleichterung durchströmte mich, als ich merkte, dass er meinen Fauxpas mit Humor nahm. »Und, stehst du drauf?«

Er schüttelte den Kopf. »Ich glaube nicht, dass das mein Ding ist.«

»Schön, dass ich helfen konnte.«

»Danke, danke. Aber ich gebe zu, dass das nicht der Grund war, dich bei deiner Morgenroutine zu belästigen.«

»Sondern?«

»Ich wollte eigentlich fragen, ob du Lust hättest, mit mir übers Set zu laufen. Es gibt da ein paar Leute, die ich dir gern vorstellen würde.«

Überrascht sah ich ihn an. »Ähm … ja klar.«

»Sehr gut. Zieh dich so schick an, dass ich die Leute mit dir eifersüchtig machen kann.«

Völlig perplex starrte ich in seine grün glänzenden Augen. War das sein Ernst? Hatte er das gerade wirklich gesagt?

»Du siehst aus, als hättest du einen Geist gesehen«, kommentierte er grinsend.

»In gewisser Weise. Erst mal wäre ich dafür nicht die Richtige. Ich bin eine nerdige Regieassistentin und kein Model oder so. Du glaubst doch nicht wirklich, dass ich auch nur für eine deiner Freundinnen, On-off-Affären oder Ex-Partnerinnen irgendeine Gefahr darstellen könnte. Aber darum geht es gar nicht. Weißt du eigentlich, was für ein Arschloch-Move das gerade war?«

Paxton machte einen Schritt auf mich zu und strich mir sanft einige wirre Strähnen über die Schulter. Dabei streiften seine Finger für eine Sekunde meinen Hals. Augenblicklich flutete ein starkes Kribbeln meinen Körper, sodass ich kurz zuckte. Paxtons Augen lächelten selten, aber jetzt gerade taten sie es.

»Das war ein Witz, Farah. Ein dummer Witz. Ich will niemanden eifersüchtig machen. Warum sollte ich auch? Das würde ja bedeuten, dass mich interessiert, was andere über mein Privatleben denken. Dem ist absolut nicht so. Nicht mehr.«

»Du würdest mich auch in einem Kartoffelsack mitnehmen?«

»Nein, ich habe einen Ruf zu verlieren.«

»Also soll ich mich schick anziehen, aber du willst niemanden mit mir eifersüchtig machen«, stellte ich fest.

Grinsend ließ Paxton seinen Blick über meinen Körper fahren. Über die Hotelhausschuhe, meine knappen Adidas-Shorts, das schwarzes Croptop. Als würde er versuchen, jedes Detail von mir zu scannen.

Automatisch unterbrach ich ihn dabei und verschränkte meine Arme vor der Brust, weil ich keinen BH trug und meine Nippel gerade dabei waren, sich in aller Deutlichkeit zu präsentieren.

»Also meinetwegen kannst du auch das anbehalten, was du gerade trägst.«

»Falls das ein Flirtversuch sein soll, ist er richtig mies.«

In seiner Miene konnte ich einen Anflug von Überraschung erkennen. »Du hältst das für einen Flirtversuch? Hat noch nie jemand richtig mit dir geflirtet?«

Augenblicklich begann ich, mein Gehirn nach etwas, das unter die Kategorie Flirten fiel, zu durchblättern. Mir kamen meine Ex-Freunde in den Sinn, die mich mit »Hey, du bist süß, hast du Lust, ins Kino zu gehen?« und »Du bist wirklich die Lustigste von deinen Freundinnen« angesprochen hatten. Jetzt, wo ich so drüber nachdachte, wurde mir klar, wie leicht sie mich rumgekriegt hatten. Konnte es wirklich sein, dass noch nie jemand mit mir geflirtet hatte?

»Ich … Wir sollten uns fertig machen«, brach ich meine Gedanken ab und ließ Paxtons Frage gleichzeitig unbeantwortet.

»Na gut, aber denk nicht, dass ich das so stehen lasse. Jetzt hast du mich neugierig gemacht.«

Nachdem Paxton das Zimmer verlassen hatte, legte ich schnell etwas Make-up auf, zog meinen Norwegerpulli über und schlüpfte in meine Thermohose. Der Großteil des Sets befand sich im Freien und ich hatte definitiv keine Lust zu frieren.

Auch Paxton hatte sich bereits in einen dicken Pullover und Wintersachen geworfen. Als wir aus der Eingangstür hinaustraten, schlug mir ein frischer Windstoß entgegen, der sich anfühlte, als würde er meine Wangen vereisen. Schnell zog ich den Reißverschluss meines Mantels bis übers Kinn und rückte den Schal zurecht, den mir Sha irgendwann mal zu Weihnachten geschenkt hatte.

Wir stiefelten zwischen den vielen Menschen, die wie wild irgendwelches Equipment hin und her trugen, durch den Schnee. Das Hotel war so freundlich gewesen, uns einen Teil seiner Säle als Lagerorte zur Verfügung zu stellen. Größere und actionreichere Szenen würden in einem leer stehenden Lagerhallenkomplex etwas außerhalb von Anchorage gedreht werden, so viel hatte mir Paxton bereits verraten. Das Gebiet um das Hotel sollte hauptsächlich für Außenaufnahmen genutzt werden.

Als ich Sam entdeckte, der gerade dabei war, zwei riesige Koffer ins Hotel zu tragen, hob ich meine in roten Fäustlingen steckenden

Hände und winkte. Der freundliche Chauffeur sah das und nickte uns lächelnd zu, bevor er zwischen den Schiebetüren verschwand.

Gerade wollte ich Paxton vorschlagen, Sam zu folgen, da griff er nach meiner behandschuhten Hand und zog mich zwischen einem LKW und zwei Kamerawagen hindurch zu einem blonden jungen Mann. Cory. Er trug einen dicken Wollpullover mit hochgeschobenen Ärmeln. Schon bei seinem Anblick fröstelte es mich, immerhin war es so kalt, dass mein Atem sichtbar wurde.

»Pax! Hey! Ich hab gehört, dass du schon da bist. Wie geht's dir?«

Paxton ließ meine Hand los, um mit einem dumpfen Geräusch in die seines Gegenübers einzuschlagen und es dann zu umarmen.

»Schön dich zu sehen«, sagte er nur, bevor er sich aus der Umarmung löste. »Cory, darf ich dir Farah vorstellen? Sie ist Sarahs Assistentin und meine aktuelle Babysitterin.«

»Ist sie so was wie das Entschuldigungsgeschenk deiner Ex?«, fragte Cory scherzhaft.

Moment, Ex? Hatte Cory gerade Ex gesagt?

Paxton schüttelte den Kopf. »Ich glaube nicht, dass Sarah an dasselbe gedacht hat wie du, als sie Farah eingestellt hat.«

Ich konnte förmlich spüren, dass meine Gesichtszüge entgleisten wie ein überfüllter Güterzug.

»Stopp, stopp, stopp. Du warst mit Sarah Willson zusammen?«

»Ja, ein paar Monate. Nur leider hat sie ihn dann betrogen. Mit Maria, dem Stuntdouble seiner damaligen Filmpartnerin. Echt traurige Geschichte«, fasste Cory kurz zusammen. »Ihr wart ein süßes paar, Pax.«

Paxton ignorierte seinen Freund und wandte sich an mich. »Das wusstest du nicht?«, fragte er überrascht.

Tausend Bilder schwirrten mir plötzlich durch den Kopf. Paxton, wie er mir einen Kaffee ausgab, wie er mit mir wandern ging, wie wir auf dem See standen und er mich festhielt, Paxton, wie er eine superheiße Regieassistentin küsste, die nicht ich war. Und dann wurde es mir klar. Ich war eifersüchtig, und das völlig grundlos, als wäre ich ein verknallter Teenager und keine dreiundzwanzig Jahre alt. Und trotzdem verletzte es mich, dass er so vieles von mir zu wissen schien, wohingegen er es nicht für nötig erachtet hatte, mich darüber aufzuklären, dass er mit meiner Chefin zusammen gewesen war.

»Nein, aber es geht mich auch nichts an. Ich bin ja nur die Babysitterin«, antwortete ich mit einem kühlen und wahrscheinlich sehr unecht wirkenden Lächeln. So, wie Paxton mich ansah, entschuldigend mit einer Prise Schamgefühl, wusste er sicher, woran ich gerade gedacht hatte.

»Da hast du Glück, meine Babysitterinnen waren nie so hübsch«, sagte Cory, bevor er mir auffällig zuzwinkerte und so die Situation lockerte. »Freut mich, dich wiederzusehen.«

Nun schaute Paxton mit großen Augen zwischen uns hin und her. »Das heißt, dass du das mit Cory nicht erfunden hast, damit ich aufs Eis gehe.«

Ich schüttelte den Kopf. »Nein, habe ich nicht.«

Corys verwirrte Miene sprach für sich. »Kann mich mal jemand aufklären?«

»Die Kurzform ist: Paxton hat zu mir gesagt, dass ich dich mögen werde, wenn ich dich kennenlerne. Ich habe das gestern bestätigt.«

Cory grinste. »Dann habe ich vielleicht ja doch noch eine Chance.«

Ich schüttelte den Kopf. »Ich gehe nicht mit Kollegen aus. Sorry.«

»Nicht so schlimm, dann muss sich Pax eben einen neuen Stuntman suchen«, flirtete Cory heftig weiter, während Paxton sprachlos neben ihm stand.

»Mach nur, ich brauche sowieso keinen«, konterte dieser. Bildete ich mir das ein oder schwang in seinen Worten ein eifersüchtiger Unterton mit?

»Bei den kleineren Stunts stimmt das auch, aber die großen, richtig gefährlichen macht besser ein Profi für dich.« Cory drehte sich in meine Richtung und grinste mich verräterisch an. »Seit er sich bei *Road Explosion* sieben Rippen gebrochen hat und drei Monate lang ausgefallen ist, lässt ihn keiner mehr an große Stunts.«

»Die sexy Narbe, die ich mir dabei zugezogen habe, nicht zu vergessen.« Paxton zeigte auf seine Brust, weil er genau wusste, wie oft ich in den Genuss gekommen war, ihn ohne Shirt zu begutachten.

Schon bei der ersten Begegnung hatte ich mich gefragt, wie man zu so einer Verletzung kam. Und nun schloss sich auch noch die Frage an, ob Corys Körper ähnlich große Narben zierten.

Ich kam einfach nicht drum herum, die Ähnlichkeit zwischen ihm und Paxton zu bemerken. Die Frisur war dieselbe. An den Seiten kurz geschnittenes und oben volles blondes Haar und ein Zahnpastalächeln zum Niederknien. Nur ihre Augenfarben unterschieden sich. Während Paxtons Augen grün glänzten, waren die von Cory eisblau. Nichts, was man nicht mit Kontaktlinsen verändern konnte. Der wirkliche Unterschied zwischen den beiden war aber, dass Cory nicht auf den ersten Blick wie ein Arschloch wirkte. Im Gegenteil. Er war offen und freundlich. Etwas, wovon sich Paxton für seinen ersten Eindruck eine Scheibe abschneiden sollte.

Mir wurde klar, dass ich Cory einen Moment zu lang gemustert hatte, als Paxton vor meinem Gesicht schnipste.

»Farah, bist du noch bei uns?«

Ertappt sah ich zwischen den beiden Männern hin und her. »Ja, ich war nur gerade abgelenkt.«

Paxton zog seine Brauen hoch, während er mich schelmisch angrinste. »Das war offensichtlich. Also wäre ich eine Frau, würde ich mich auch von Corys attraktivem Aussehen ablenken lassen.«

Für diese Aussage kassierte Paxton von seinem Stuntman einen leichten Boxer gegen den Oberarm.

»Das sagst du nur, weil du genau weißt, dass ich dir so ähnlich sehe.«

»Das können wir ja Farah fragen.«

Für einen kurzen Moment hasste ich Paxton für diesen Vorschlag. Warme Röte breitete sich langsam auf meinen Wangen aus. Ich fragte mich, ob mein Gesicht je wieder die normale Farbe meiner Haut annehmen würde. Bevor noch irgendjemand auf die Idee kam, dieses Gespräch weiter zu vertiefen, grätschte ich dazwischen.

»Ich habe mich nur gefragt, wo deine blauen Flecken und Narben sind«, sagte ich so cool wie möglich und deutete auf seine freien Unterarme.

Erstaunt starrten mich Cory und Paxton an. Mit so einer Aussage hatte offenbar keiner von ihnen gerechnet. Dann fing Cory an zu lachen.

»Glaubst du, dass ich voll mit blauen Flecken und Verletzungen sein müsste, nur weil ich als Stuntman arbeite?«

Ich nickte ehrlich und freute mich gleichzeitig, dass mein Themenwechsel so gut geklappt hatte.

»Nein, also schon. Manchmal sehe ich aus, als würde man mich täglich verprügeln, aber in der Regel trage ich Schutzkleidung, die viel auffängt. Nur in Oben-ohne-Szenen ist das hin und wieder schwierig. Wenn ich dabei mal falsch falle, sieht mein Rücken aus wie blau und lila gefärbt. Aber das passiert selten, immerhin bin ich ein Profi.«

»Ah, das ist ja cool. Wie bist du –« Noch bevor ich Cory fragen konnte, wieso er Stuntman geworden war, unterbrach Paxton das Gespräch.

»Wenn du nicht bald reingehst oder dir etwas Wärmeres anziehst, wirst du noch blau, weil du einfrierst. Einen kranken Stuntman kann ich nicht gebrauchen.«

Cory nickte zustimmend. »Ich bin zwar warmblütig und laufe gefühlt immer ohne Jacke herum – berufliche Nebenwirkung –, aber ich muss zugeben, dass mir gerade echt kalt wird. Wir sehen uns später, Pax«, verabschiedete er sich.

»Hat mich gefreut«, entgegnete ich.

»Mich auch«, erwiderte Cory lächelnd, bevor er sich zu einer der hinteren Hütten bewegte.

»So, zu wem gehen wir als Nächstes?«, fragte ich Paxton motiviert.

»Ich weiß, dass Nolan die kommenden zwei Tage im Filmstudio ist, aber was hältst du von Elane?«

Es war gar nicht so leicht, die Produzentin von *Snowlight* ausfindig zu machen. Elane Growl war eine Legende. Kaum eine Frau hatte so viele erfolgreiche Filme und Miniserien produziert wie sie. Sie stand in einem dicken, beinahe bodenlangen Mantel und einer roten Wollmütze zwischen ein paar eingeschneiten Tannen und koordinierte die Einlagerung der Filmausrüstung.

»Himmel! Die Traversen müssen links gelagert werden. Links habe ich gesagt! Arbeiten hier nur Hilfsarbeiter mit Rechts-links-

Schwäche?!«, fluchte Elane so laut, dass man es wahrscheinlich auch am anderen Ende des Resortgeländes hören konnte.

Ganz automatisch ergriff ich Paxtons Hand und verlangsamte meine Schritte, bis der Schnee unter meinen Boots aufhörte zu knirschen. »Meinst du wirklich, dass das jetzt so eine gute Idee ist? Sie scheint gerade sehr gestresst zu sein.«

Paxton ließ seinen Blick von meinem Gesicht zu meiner Hand wandern, mit der ich seine umklammerte. Er war nicht zurückgezuckt, er sah mich nur an. Plötzlich kam mir diese Berührung zu intim vor, also löste ich meinen Griff schnell, fast schon zu hastig.

Auf Paxtons Lippen zeichnete sich ein Lächeln ab. »Elane ist nicht der Teufel, Farah. Und sie freut sich bestimmt, die Frau kennenzulernen, die ihren Hollywoodstar so schön im Zaum hält.«

Nun war er es, der meine Hand nahm.

Mit dem wahrscheinlich steifsten Pokerface, das ich je zustande gebracht hatte, trat ich zu der wild gestikulierenden Produzentin. Die grauen Spitzen ihres kinnlangen Bobs lugten unter der Mütze hervor und unterstrichen ihre dunklen Augen. Sie funkelten böse, sodass ich für eine Sekunde wirklich in Erwägung zog, dass der Teufel in ihr schlummerte. Doch als sie Paxton dann ansah, hoben sich ihre Mundwinkel und Augenbrauen.

»Paxton Wright, schön, Sie wiederzusehen! Haben Sie die letzte Woche gut überstanden? Ich sollte mich bei Ihnen dafür entschuldigen, dass ich Sarah angewiesen habe, Sie mit nichts als einer Assistentin zu isolieren.«

Mit nichts als einer Assistentin?

Ich musste mich wirklich zusammenreißen, das festgetackerte falsche Grinsen zu halten.

Paxton spürte meine Anspannung. Er drückte meine Hand einmal, bevor er sie losließ und seine eigene in seine Parkatasche steckte. Irgendwie fühlte ich mich ungeschützt, als mein Arm wie ein nasser Sack zurück an meine Seite fiel. Schnell verschränkte ich die Arme vor meiner Brust, weil ich nicht wollte, dass meine Geste kopiert aussah. Was total dumm war, weil wir bei Minusgraden in Gridwood, Alaska standen und es nur natürlich war, seine kalten Finger in die schützenden Jackentaschen zu schieben. Aber dafür war es jetzt erst mal zu spät. Ich wollte vor Elane selbstbewusst und nicht wie ein unsicherer Hampelmann wirken.

Ich ermahnte mich, cool zu bleiben, worin ich zugegeben nicht besonders gut war. In Situationen wie dieser neigte ich dazu, unsicher zu werden, obwohl es keinen Anlass dazu gab. Manchmal war es einfach wie verhext.

»Geht es Ihnen nicht gut, Miss …?«, bemerkte Elane stirnrunzelnd. In ihrer Stimme fiel mir ein überraschend sorgenvoller Unterton auf.

»Stewart. Farah Stewart. Die Assistentin der zweiten Regieassistentin. Mir geht es gut, vielen Dank«, stammelte ich höflich.

Elanes Augen weiteten sich. Ihre abfällige Bemerkung schien ihr bewusst zu werden, und ich bildete mir ein, eine schamhafte Röte auf ihren Wangen zu bemerken. Etwas dazu sagen, tat sie aber nicht. Stattdessen schenkte sie mir ein aufgesetztes Lächeln.

»Freut mich sehr, Sie nun auch persönlich kennenzulernen. Ich hoffe, dass Sie Ihre Zeit am Set genießen werden und viel lernen. Nolan White ist ein großartiger Regisseur. Wenn Sie ihn beeindrucken können, stehen Ihnen zukünftig alle Türen in Hollywood offen.«

Ihre freundlich anmutenden Worte wurden von einem unausgesprochenen *Wenn Sie das nicht schaffen sollten, werden Sie es in Hollywood niemals zu etwas bringen* begleitet.

Trotzdem nickte ich anerkennend für den Hinweis, den sie mir gegeben hatte. Der weitere Verlauf des Gesprächs fand zwischen Elane und Paxton statt. Sie schienen sich näher zu kennen. Zumindest schloss ich es daraus, wie sie ihm von ihrem letzten Karibikurlaub vorschwärmte. Weil mich das eher weniger interessierte, setzte ich ein Lächeln auf und überlegte, wie ich ihrem Rat nachgehen konnte.

Nolan White, aber vor allem Sarah zu zeigen, dass ich diszipliniert war und Ideen einbringen konnte, schien mir da ein guter Anfang zu sein. Ich würde mich auf meinen Erfolg konzentrieren und mich nicht ablenken lassen.

Das war leichter gesagt als getan, weil ich dazu neigte, mich selbst zu manipulieren, besonders, wenn es um wirklich wichtige Dinge ging.

In einer Vorlesung kurz vor den Prüfungen hatte meine Professorin erklärt, wie man durch Sport seine Lernleistung steigern konnte und warum ein Haufen Schokolade und Energydrinks eher kontraproduktiv waren. Ich, die definitiv zu der Enerydrink-Fraktion gehörte, hatte mir vorgenommen, mehr Sport zu machen. Das Problem dabei war, dass man mich wahrscheinlich als den unsportlichsten Menschen auf diesem Planeten bezeichnen konnte.

Die ersten drei Tage hatte es erstaunlich gut geklappt, zwischen den Lerneinheiten joggen zu gehen oder auf meiner Switch *Ring Fit* zu spielen, das ich mir eigens dafür zugelegt hatte. Ab dem dritten Tag war es mir schwerer gefallen und am vierten Tag war mein Durchhaltevermögen endgültig dahin gewesen. Das hatte nicht mal das Sportspiel mit dem witzigen Bodybuilder-Drachen retten können, gegen den man mit Liegestützen und Sit-ups ankämpfte. Also hatte ich beschlossen, meiner Motivation mit einem zusätzlichen Energydrink am Tag und Schokoriegeln etwas auf die Sprünge zu helfen. Letztendlich war ich wieder im Schlafanzug auf der Couch gelandet und hatte während der Prüfungsphase Unmengen an Schokolade gefuttert.

Wird schon schiefgehen.

Der sanfte Klang meines Namens aus Paxtons Mund sorgte dafür, dass ich mich wieder in das Gespräch einklinkte.

»Farah und ich wollten noch der Kostümbildnerin Maxine, Nadine aus der Maske, dem Drehbuchteam und natürlich auch den Licht-, Ton- und Kameraleuten einen Besuch abstatten. Sie ist sehr engagiert und möchte sich mit allen vertraut machen, damit sie alles managen kann.«

»Sehr lobenswert, aber das können Sie auch morgen nach dem Briefing noch erledigen.« Elanes Worte waren unmissverständlich ein Befehl, auch wenn sie es nicht so formuliert hatte. Es beeindruckte mich, mit was für einer Selbstverständlichkeit sie sprach. Frauen hatten es schwer in Hollywood, unabhängig davon, ob sie Schauspielerinnen, Regisseurinnen oder Produzentinnen waren. Aber Elane hatte es geschafft.

Paxton führte mich noch zum Kamerateam und den Tontechnikern, die sich wie zwei eingefleischte Gemeinden verhielten. Wahrscheinlich konnten sie sogar per Gedanken kommunizieren und sparten sich so die Worte. Denn das wenige Sprechen hatten beide Teams gemeinsam. Ich beschloss schließlich, mich noch etwas am Set umzusehen, während Paxton vorhatte, Cory einen Besuch in seinem Zimmer abzustatten. Sie hatten sich viel zu lange nicht gesehen. Ein Gefühl, das mich sofort an Sha denken ließ.

02.12.

Liebes Tagebuch,

ich habe Paxton einen Adventskalender gebastelt. Ich lasse ihm jeden Tag einen Mistelzweig mit einem Umschlag liefern, in dem ein Gedicht über unsere Liebe steckt. Ich glaube, so etwas Romantisches habe ich noch nie gemacht, aber was tut man nicht alles für seinen Traummann. Ich bin schon gespannt darauf, was er für mich hat.

KAPITEL 16

PAXTON

Der Morgen fühlte sich an, als wäre mir ein Lastwagen über den Schädel gebrettert. Ich hatte den vorherigen Tag größtenteils mit Cory verbracht, und wir hatten es für eine großartige Idee befunden, der Bar noch einen Besuch abzustatten. Und so, wie es aussah, waren wir etwas zu lange geblieben.

Es war ein wenig so, als hätte jemand mit einem Radiergummi über Teile meiner Erinnerungen gewischt. Stückchenweise schossen zusammenhangslose Bilder und Momente durch meinen Kopf. Wir hatten Martinis bestellt und ich hatte alle Oliven gegessen, dabei hasste ich Oliven. Ich glaubte, ich hatte Sarah gesehen, das könnte aber auch Einbildung gewesen sein. Das Nächste war das strahlende Lächeln der Rezeptionistin. Hatte sie mich um ein Autogramm gebeten? Ich wusste es nicht mehr. Danach war ich total ausgeknockt ins Bett gefallen.

Selbst Farahs morgendliches Wachklopfen an meiner Zimmertür verursachte mir Kopfschmerzen und holte mich nur kurz aus einem Traum, den ich gerne weitergeträumt hätte. Sie hatte mir versprochen, vor dem Meeting vorbeizukommen und mich aus dem Bett zu schmeißen, falls ich es noch nicht aus den Federn geschafft haben sollte. Doch statt zu reagieren, schlief ich wieder ein.

In meinem Traum begegneten Farah und ich uns auf einem der eingeschneiten Berge rund um das Resort. Aus irgendwelchen unerfindlichen Gründen suchte sie nach Krebsen und konnte keine entdecken. Und irgendwie wusste mein Traum-Ich ganz genau, wo sie finden würde, was sie suchte. Wir kamen an den eingefrorenen See und hatten plötzlich wieder Schlittschuhe an den Füßen. Farah trug die knappen Shorts und das Tanktop, das sie normalerweise zum Schlafen anzog. Natürlich konnte sie nicht Schlittschuh laufen, weshalb ich sie an die Hand nahm und in meine Arme schloss, bis ich ihre Lippen spürte. Und dann wurde mir unfassbar heiß. Aber so war das mit Träumen, sie zeigten einem Seiten von einem selbst, die es noch zu entdecken gab, genau wie Wünsche und Hoffnungen.

Und während ich dabei war, mich wieder mit Farah auf dem Eis zu drehen, klingelte mein Smartphone und versetzte meinem Traum damit endgültig den Todesstoß.

Etwas entnervt griff ich auf den Nachttisch, nur um festzustellen, dass mein Telefon dort gar nicht lag. Gestern Nacht war ich so müde gewesen, dass ich es einfach in meiner Hose vergessen hatte, und die lag am anderen Ende des Zimmers. Frustriert schlug ich die Bettdecke zurück, um zu meiner Hose zu laufen und die Person am anderen Ende der Leitung durch den Hörer zu ziehen. Doch dann leuchtete mich Farahs Name an. Was wollte sie um diese Uhrzeit von mir?

»Guten Morgen«, summte ich verschlafen.

»Paxton, wo bist du?«, fragte sie aufgeregt.

»Ich bin gerade aufgestanden, wo bist du?«

»Gott, Paxton, wir haben doch gleich das große *Snowlight*-Briefing. Es gibt die Einweisungen und allgemeine Informationen und es sieht ganz und gar nicht gut aus, wenn du fehlst. Du bist der Hauptdarsteller.«

Fuck, das hatte ich total vergessen. Gerade als ich überlegte, schnell in meine Sachen von gestern zu schlüpfen, roch ich mich selbst. Und das war kein gutes Zeichen. Denn mein Körpergeruch ähnelte dem eines toten Tieres. Angewidert rümpfte ich die Nase.

»Wann beginnt das Meeting?«, fragte ich, während ich mich auf den Weg ins Bad machte und mir schon mal frische Boxershorts und Handtücher zusammensuchte.

»In ungefähr fünf Minuten.«

Mir kam eine andere Idee, ich war nur nicht sicher, ob sich Farah darauf einlassen würde.

»Okay, das schaffe ich nicht rechtzeitig. Ich werde so oder so zu spät kommen. Aber du könntest mir ja texten, was gerade so besprochen wird, und ich komm dann einfach nach«, schlug ich charmant vor.

Farah stöhnte in den Hörer. Weniger erotisch als die Frauen, mit denen ich bisher zu tun gehabt hatte, aber sie stöhnte. »Können wir so machen, aber beeil dich. Ich habe da ein ganz mieses Gefühl.«
»Es muss wirklich schlimm sein, wenn du schon auf Star-Wars-Zitate zurückgreifst.«
Ich hörte Farah auf der anderen Seite des Hörers lachen. »Ich wusste gar nicht, dass du ein Star-Wars-Fan bist. Nette Überraschung«, ergänzte sie und knipste damit mein schlechtes Gewissen wieder an.
»Ja, Paxton Wright hat viele Gesichter«, sagte ich verschwörerisch.
»Wir sollten dringend mal einen Marathon starten.«
»Dann müssen wir aber mit *Rogue One* anfangen«, schlug ich vor.
»Gut, machen wir so, und du machst dich jetzt verdammt noch mal fertig und kreuzt hier auf. Denn sonst bin ich diejenige, die Sarah und Elane erklären muss, warum ihr Schützling nicht aus den Federn gekommen ist!«
»Das klingt ja fast so, als hätten wir etwas Verbotenes getan«, neckte ich sie. Als ich sie vorgestern im Spaß um ein Date gebeten hatte, hatte sie zwar abgelehnt, aber gänzlich abgeneigt schien sie nicht gewesen zu sein. Zumindest hoffte das ein kleiner Teil von mir, der durchaus dazu bereit war, eine saftige Vertragsstrafe zu zahlen, nur um diese Frau auch außerhalb meiner Träume zu küssen. Das war so was von idiotisch.
»Paxton, fertig machen. Ich lege jetzt auf«, verkündete Farah und holte mich aus den Gedanken. Noch bevor ich etwas erwidern konnte, tutete mir auch schon das Freizeichen ins Ohr.
Im Eiltempo sprang ich unter die Dusche und wusch Haare und Körper, ohne darauf zu achten, was genau ich dazu eigentlich gerade verwendete. Im Grunde war es auch egal, wenn es dafür sorgte, dass ich aufhörte, wie ein totes Tier zu duften. Den warmen Wasserstrahl abzubrechen, tat fast schon weh, weil ich mir normalerweise viel mehr Zeit beim Duschen gönnte.
Nachdem ich mir die Haare einigermaßen trocken gerubbelt hatte, wanderte mein Blick wieder zu meinem Smartphone. Zwei Nachrich-

ten von Farah leuchteten auf. Ich entsperrte das Telefon mit meinem Gesicht, wonach ihr hübsches Profilbild direkt aufploppte. Daneben die Zeilen, die sie mir geschrieben hatte.

> Farah: Das Meeting hat vor zehn Minuten angefangen. Wo bleibst du, verdammt? Ich fühle mich unwohl mit dem Smartphone in der Hand. Eine Ausrede dafür, wenn ich erwischt werde, ist mir noch nicht eingefallen.

Ich grinste. Dass sie Angst hatte, erwischt zu werden, passte zu ihr. Farah war jemand, der es liebte, sich an Regeln zu halten und alles zu koordinieren.

> Hast du gerade etwa geflucht?

> Farah: Ja. Es regt mich auf, dass du zu spät bist!

> Keine Sorge, ich bin so gut wie fertig.

> Farah: Ja? Bist du überhaupt schon angezogen?

Automatisch sah ich an mir herunter. Ich hatte noch nichts an, wie ständig, wenn Farah in mein Zimmer platzte. Ich konnte nicht anders, als mir ihre feuermelderroten Wangen dabei vorzustellen.

> Natürlich! Aber lass dich nicht von dem Meeting ablenken, nur weil du darüber nachdenkst, was ich anhaben oder auch nicht anhaben könnte. ;)

> Farah: Ich habe den mit den Augen rollenden Smiley nicht gefunden, deshalb stell ihn dir einfach vor.

> Farah: Jetzt hat Elane gerade verkündet, dass wir vier Wochen mehr Drehzeit zugestanden bekommen haben.

> Zum Glück. Weißt du schon, ob unsere Locations genommen werden?

Schnell schlüpfte ich in frische Boxershorts. Seitdem ich für die Calvin-Klein-Frühjahrskampagne modelte, konnte ich mich damit zuschmeißen. Während ich eine ebenfalls frische Jeans suchte, piepte mein Smartphone erneut.

> Farah: Nein, keine Ahnung. Kommt bestimmt noch.

> Das klingt doch schon mal gut.

> Farah: Jetzt hat Elane erklärt, dass Nolan nach seinem Studiobesuch entschieden hat, die meisten Parts draußen zu drehen. Der Authentizität halber.

Keine Sekunde später kam eine weitere Nachricht rein.

> Farah: Bitte beeil dich. Ich glaube, Elane hat mich im Auge! Ich werde noch paranoid.

Mit einem leichten Grinsen auf den Lippen fand ich eine ungetragene Jeans, die gefaltet und schon leicht eingestaubt unter meinem Bett hervorlugte. Ich schüttelte sie aus und stieg hinein. Dann zog ich mir ein schwarzes Hemd an und darüber einen dunkelgrünen Pullover. Das hielt nicht nur warm, sondern verlieh mir gleichzeitig auch den Charme eines zahmen Mannes. Was nicht das Schlechteste war, für den Fall, dass Elane, Nolan oder Sarah wirklich bemerkten, dass ich das Meeting verpasste.

Weil ich auf Anhieb keine gleichen Socken fand, zog ich hastig zwei verschiedene an. Eine grün gepunktet, die andere schlicht schwarz. Jetzt musste ich nur noch hoffen, dass mein Hosenbein nicht hochrutschte. Ich hatte keine Lust, einen neuen Trend zu initiieren. Als ich dabei war, mir die Schuhe zuzubinden, piepte es in meiner Hosentasche.

> Farah: Nun erzählt sie, dass die ersten Einstellungen schon heute gedreht werden.

> Hat sie gesagt, was für Einstellungen?

> Farah: Landschaftsaufnahmen

Ich lief ein letztes Mal mit Schuhen durch die Suite und schaltete überall das Licht aus, bevor ich den Reißverschluss meines Parkas zumachte und die Tür hinter mir abschloss. Sofort fiel mir auf, dass ich meine Handschuhe auf dem Esstisch liegen gelassen hatte. Einen kurzen Moment dachte ich darüber nach, einfach ohne zum Haupthaus zu laufen. Es lag nur wenige Minuten entfernt. Andererseits wusste ich nicht, wie genau es nach dem Meeting weiterging. Also schloss ich die Tür wieder auf und sprintete zum Tisch.

Das Smartphone vibrierte in meiner Jackentasche. Schnell zog ich es heraus und warf noch einen Blick auf das Display.

> Farah: Nun hat Elane den Drehbuchautor Harold Lancaster und seine Tochter Carrie vorgestellt, die in diesem Film eine Nebenrolle verkörpern wird. Es ist ihr erster Film. Ich finde, sie sieht nett aus.

Grinsend stopfte ich mir die Handschuhe in die Jackentasche.

> In deinen Augen sieht doch jeder nett aus.

> Farah: Das stimmt nicht. Dich fand ich unsympathisch.

Wieder zurück auf dem Flur zog ich die Tür hinter mir zu und verriegelte sie noch einmal. Wie immer kontrollierte ich, ob ich auch wirklich abgeschlossen hatte. Seit der Party letztes Jahr im August war ich vorsichtig geworden. Geradezu paranoid. Das erinnerte mich daran, in den nächsten Tagen mein Management und Dr. Sanders anzurufen.

> Das war aber nicht nett.

> Farah: Ich bin nett, sonst würde ich dir jetzt nicht schreiben, dass Elane beschlossen hat, dass alle Rennszenen auch mit echten Schlittenhunden gedreht werden und nicht mit CGI. Das macht dann doch bestimmt Cory, oder?

> Nein, nicht generell. Er macht nur die wirklich riskanten Dinger. Das Schlittenhundetraining habe ich schon auf dem Plan.

Schnell stapfte ich durch den knirschenden Schnee zum am Hotel angrenzenden Festsaal. Wir hatten alle Mails bekommen, dass wir bitte den Terrasseneingang nutzen sollten, um das Foyer nicht zu überschwemmen.

Der Himmel über mir war grau und voller Wolken, aus denen kleine weiße Flocken rieselten, um sich in meiner Kapuze und meinen Haaren festzusetzen. Ein kalter Windzug fegte an meinen Wangen entlang und sorgte dafür, dass sie erröteten. Ich freute mich gerade sehr über mein weitsichtiges Handeln, weil die Handschuhe zumindest für ein wenig Wärme sorgten, während ich den Laternenpfad entlanglief.

Vor Alaska hatte ich nie echten Schnee gesehen. Und damit meinte ich welchen, der nicht aus einer Maschine kam. Dieser war zwar genauso kalt gewesen, aber nicht ansatzweise so schön. Die Tannen und Dachziegel mit weißem Puderschnee bedeckt zu sehen, ließ das *Alaska Snow Resort* wie ein Postkartenmotiv erscheinen. Und obwohl ich in L. A. wohnte und die kältesten Wintertemperaturen dort bei ungefähr zehn Grad lagen, fühlte ich mich hier zu Hause.

Auf der Veranda des Resort-Haupthauses klopfte ich meine Schuhe ab und schüttelte mir die schmelzenden Flocken aus den Haaren. Sie waren leicht nass, weshalb man mich wahrscheinlich kinderleicht mit einem begossenen Pudel hätte verwechseln können. Darauf konnte ich gerade leider keine Rücksicht nehmen. Ich holte mein Smartphone ein letztes Mal aus der Tasche und stellte es auf stumm, als eine Message von Farah reinkam.

Farah: Ich glaube, jetzt kommt sie zum Ende. Wo bist du?

Ich bin da.

Ich schob das Smartphone in meine Jackentasche, während ich den Parka abstreifte und unter meinen Arm klemmte. Dann stopfte ich meine Handschuhe dazu und fuhr mir ein letztes Mal durch die feuchten Haare, um sie einigermaßen zu richten, bevor ich mich durch die leicht angelehnte Tür schlich, aus der Elanes Stimme drang. Gott sei Dank war der Raum so voll von Mitarbeitern, dass mich erst mal niemand zu bemerken schien. Rechts und links waren alle Stühle besetzt, und irgendwo in der sechsten oder vielleicht auch siebten Reihe entdeckte ich Farahs braune Haare, deren violette Spitzen in Wellen über ihren schwarzen Pullover fielen. Als hätte sie gespürt, dass ich den Raum betrat, sah sie über ihre Schulter. Das Glänzen in ihren dunklen Augen legte einen Schalter in mir um und ließ mich grinsen. All die Anspannung in mir wurde für eine Sekunde erstickt.

Ich stellte mich zwischen die Jungs von der Set-Sicherheit und die Kameraleute, die sich auf dem Mittelgang verteilten, weil sie woanders keinen Platz mehr gefunden hatten. Wie auch rechts und links neben der Tür standen an der ganzen Wand entlang die Teams von Nadine und Maxine, die für Maskenbild und Kostüm zuständig waren, sowie Sarah und ihr Team und Nolans persönlicher Assistent. Er war ein kleiner Mann mit schwarzen Locken und Hornbrille. Ich kannte ihn von der Website des Regisseurs, wo er in einem Satz vorgestellt wurde.

Gerade als ich meinen Platz gefunden hatte, verabschiedete sich Elane von der Runde.

»Es freut mich, dass Sie erschienen sind, und ich hoffe, dass ich es geschafft habe, alle auf unseren Filmdreh vorzubereiten. Diese Meetings wird es aufgrund der Zeitknappheit nur alle zwei Wochen geben, sodass wir jede freie Minute in den Dreh investieren können. Bei allgemeinen Anliegen können Sie gerne meine Assistentin fragen. Sie kümmert sich um sämtliche bürokratische Belange. Wenn Sie zum Szenenaufbau, zu Statisten oder zu Nebenrollen Fragen haben sollten, wenden Sie sich bitte an Sarah Willson, die zweite Regieassistentin. Für Fragen bezüglich des Ablaufs ist unsere erste Regieassistentin Marie-Ann Woods zuständig. Und jetzt wünsche ich Ihnen allen einen guten Drehstart. Und denken Sie immer daran: Arbeiten Sie miteinander, nicht gegeneinander, wir sind ein Team. Danke schön!«

Die Menge begann zu klatschen, also stimmte ich mit ein. Als Elane das Pult verließ, begann sich die Gruppe aufzulösen. Einige unterhielten sich noch miteinander und der Rest ging schon zur Tagesordnung über. Auch Farah erhob sich. Ich konnte erkennen, wie sie sich nach mir umsah. Ihr Blick wirkte fast ein bisschen panisch, und wieder tauchte diese süße Falte zwischen ihren Augenbrauen auf, die automatisch ein Lächeln einforderte. Ich schob mich an den Security-Schränken vorbei und hob die Hand, um ihr zu signalisieren, dass ich hier war. Ihr Blick wechselte zu erleichtert, als sie mich entdeckte. Sie schnappte sich ihre Jacke und kam auf mich zu.

»Was hast du noch mitbekommen?«, fragte sie flüsternd, als ob unsere Worte nicht sowieso in der Menge untergingen.

»Die Verabschiedung«, gestand ich grinsend.

»Okay, in einer Stunde beginnt der Dreh der ersten Sequenzen. Nolan White wird natürlich Regie führen. Bei den Sequenzen geht es um Übergänge sowie Fern- und Nahaufnahmen der Darsteller und Umgebung. Die sind alle tonlos. Ein Team von Tontechnikern macht sich gerade auf den Weg in die Natur, um dort authentische Geräusche aufzuzeichnen, die wir unter die Filmsequenzen legen können. Jeder von uns hat einen Drehplan per Mail bekommen«, erklärte sie.

Dankbar nickte ich und zog mein Smartphone aus der Tasche, um einen Blick auf den Ablauf der nächsten Wochen zu werfen. Die Regieassistenten hatten jede einzelne Minute verplant.

»Hab ich dir schon mal gesagt, dass du die beste Babysitterin bist, die ich je hatte?«

Farahs Wangen erröteten und mein Herz begann, stärker zu pumpen. So, wie es das in letzter Zeit häufiger tat, wenn sie in meiner Nähe war.

»Nein, aber das kannst du gerne öfter sagen.«

Ich unterbrach unser Gespräch, als ich sah, dass Elane auf uns zukam. Sie lächelte so breit und selbstbewusst wie immer, selbst in den schwierigsten Situationen. »Paxton, schön, dass Sie es auch geschafft haben. Ich hoffe, dass Sie das Ende noch erlebt haben«, sagte Elane in einem fast schon tadelnden Ton.

Entspannt winkte ich ab. »Alles gut, ich habe alle wichtigen Informationen mitbekommen. Wie schön, dass wir mehr Drehzeit eingeräumt bekommen haben.«

Überrascht sah Elane mich an. Offenbar hatte sie nicht damit gerechnet, dass ich wirklich informiert war.

»Ja, ich bin sehr gespannt, wie der Dreh verlaufen wird. Die Hauptdarstellerin der Ivy ist ganz neu in dem Bereich. Ich weiß, es ist unüblich, das nicht vorher abzusprechen, aber wir können das PR-mäßig super nutzen. So fragen sich alle, wer an Ihrer Seite die Ivy spielen wird. Außerdem hat sie uns gebeten, es möglichst lange geheim zu halten, weil sie von einem verrückten Fan attackiert worden ist«, sagte Elane verschwörerisch.

Ich war mir ziemlich sicher, dass Elane noch mehr sagte, aber ich konnte mich auf keins ihrer Worte konzentrieren. Zu hören, dass ich nicht als Einziger mit solchen Zwischenfällen konfrontiert wurde, war beängstigend. Gänsehaut zog sich für den Bruchteil einer Sekunde über meinen Körper. Ich konnte das Verhalten der Schauspielerin wirklich gut nachvollziehen. Ich steckte nach wie vor in einer selbst auferlegten Social-Media-Pause, aus der ich theoretisch langsam aussteigen sollte. Immerhin erwartete das Hotel von mir, dass ich ihre Hoodies trug. Doch bisher hatte ich jeglichen Gedanken daran beiseitegeschoben.

»Das klingt spannend. Ich werde mich dabei einfach überraschen lassen«, antwortete ich. Mit einem Lächeln versuchte ich, meine aufkeimende Unsicherheit zu kaschieren und abzulenken. »Können Sie mir schon sagen, wann das Schlittenhundetraining beginnen wird?«

»In den nächsten vierundzwanzig Stunden, weil wir wollen, dass Sie den Hunden so nah wie möglich stehen. Schlittenhunderennen erfordern eine gewisse Vertrauensbasis zwischen Mensch und Tier, habe ich mir sagen lassen. Und da uns Authentizität ja so wichtig ist, besonders Nolan, werden wir mit dem Dreh der Rennsequenzen erst im Dezember beginnen, das Training und Kennenlernen aber schon jetzt einleiten. Ich hoffe, dass Sie sich damit alle besser fühlen.«

Ich respektierte, dass Nolan, obwohl er menschlich keinen besonders guten Ruf genoss, auf Authentizität und Kommunikation bedacht war. So was war mittlerweile sehr selten in der Filmindustrie geworden.

»Das ist schön zu hören.«

»Sie werden ja heute schon mit dem Dreh der ersten Sequenzen beginnen. Die sind zwar erst tonlos, aber ich fände es super, wenn Sie schon mal damit anfangen würden, Ihren Text zu proben. Auch wenn mir Sarah bereits mitgeteilt hat, dass Sie wohl schon fleißig waren. Es muss perfekt werden, also üben Sie weiter. Die Aufnahme der romantischen Szenen, die in der Natur spielen, sollten so schnell wie möglich vonstattengehen, bevor es noch kälter wird und wir draußen nur noch wenig Drehzeit zur Verfügung haben.«

Zustimmend nickte ich, denn da war ich ganz ihrer Meinung. Es war nicht besonders leicht zu spielen, dass man in jemanden verliebt war, wenn man für denjenigen überhaupt nichts empfand, deshalb war eine Menge Übung erforderlich und natürlich ein Vertrauensverhältnis zwischen den Darstellern.

»Vielleicht hilft die liebe Ms Stewart Ihnen weiterhin beim Lernen Ihres Textes. Aber sie sollte heute Abend auf jeden Fall mit Sarah zu dem Meeting von Nolans Team gehen, immerhin ist sie nun ein Teil davon«, erklärte Elane mir, obwohl ihre Worte offensichtlich eher Farah galten. Eine Eigenschaft, die Produzenten häufig an den Tag legten, von der ich aber kein besonders großer Fan war. Diese Behandlung sorgte immerhin dafür, dass sich jemand schnell nicht wertgeschätzt fühlte, und Farah leistete definitiv gute Arbeit.

»Ich bin sehr gespannt. Können Sie mir sagen, wann genau das Treffen beginnt?«, fragte Farah Elane mit einer Extraportion Selbstbewusstsein in der Stimme, weil sie es auch gemerkt hatte. Wie ich Elane kannte, hatte sie das überhaupt nicht persönlich gemeint. Es war nicht so einfach, sich in der Welt des Films einen Namen zu machen, wenn man eine Frau war.

»Natürlich, Ms Stewart, Sie treffen sich heute um 18 Uhr, im Restaurant. Ich habe gehört, dass der geräucherte Schinken eine Delikatesse sein soll.«

Farah lächelte erleichtert. »Super, ich werde da sein. Und ich werde natürlich den Text mit Mr Wright durchgehen, so lange, bis er ihn im Schlaf rückwärts aufsagen kann.«

Elane lachte. »Das ist die richtige Einstellung, das wollte ich hören.«

Ein älterer Mann und seine Tochter näherten sich uns. Die Ähnlichkeit zwischen den beiden konnte kaum übersehen werden. Sie hatten dieselben rotblonden Locken und Sommersprossen. Es wäre wirklich eine Überraschung gewesen, wenn die zwei nicht verwandt wären.

Der Mann reichte mir mit einem Lächeln die Hand. »Es ist schön, Sie kennenzulernen. Mein Name ist Harold Lancaster und ich bin der Autor von *Snowlight*. Ich hoffe natürlich, dass Ihnen die Geschichte gefällt und Sie unseren Ian angemessen verkörpern können.«

Freundlich schüttelte ich ihm die Hand. »Die Freude ist ganz meinerseits. *Snowlight* ist der erste Liebesfilm, in dem ich mitspiele, und ich bin schon sehr gespannt darauf, wie ich mich dabei anstelle. Ich verspreche nichts, aber ich gebe mein Bestes.«

Die junge Frau neben ihm musste Carrie sein. Sie lachte offen und herzlich und schien sich richtig über meine Aussage zu amüsieren.

»Ich denke, wir sind alle sehr gespannt, wie der große Actionheld sich in so eine Rolle fallen lässt«, sagte sie.

Farah grinste. Ich konnte verstehen, weshalb sie die Tochter des Drehbuchautors nett fand.

»Und Sie übernehmen das erste Mal eine Rolle in einem Film?«, fragte Farah interessiert.

»Ja, genau, Dad wollte, dass ich erst mal meinen Schulabschluss mache und mir einen Studienplatz sichere. Und deshalb hat er mir, natürlich in Absprache mit Elane, erlaubt, eine kleine Rolle zu übernehmen.«

»Und ich bin überzeugt davon, dass Sie eine grandiose Konditorin spielen werden.« Elane wirkte wirklich überzeugt von ihren Worten.

»Wenn das so ist, werden wir ja auf jeden Fall ein oder zwei Szenen zusammen drehen. Ich freu mich drauf«, sagte ich ehrlich. Die Konditorin tauchte im Skript immer wieder auf. Bei der Eröffnung der Pension, auf dem Weihnachtsmarkt oder auch auf dem Geburtstag der Ivy. Ich war sicher, dass Harold Lancaster seiner Tochter diese Rolle auf den Leib geschrieben hatte. Welcher Vater würde das nicht tun?

»Na gut, dann werden Farah und ich mal an die Arbeit gehen. Es hat mich gefreut, Sie alle kennenzulernen, und wir werden uns am Set sehen«, verabschiedete ich mich. Farah folgte mir.

»Und jetzt?«, fragte sie ein kleines bisschen planlos.

»Jetzt werde ich mich in die Maske begeben und du wirst mitkommen«, erklärte ich ihr und schwenkte mit meinem Smartphone vor ihrer Nase. Das mit dem Drehplan wusste ich immerhin von ihr.

Verblüfft lief sie neben mir her. »Warum sollte ich mitkommen?« Als sie den üblichen Weg zum Hotelhauptgebäude einschlagen wollte, packte ich ihre Schultern und drehte sie um 180 Grad.

»Ganz einfach: Wir werden meinen Text üben, während wir auf Nadine und Maxine, das Masken- und Kostümduo, warten. Du hast ja gehört, dass heute Abend das Treffen des Regieteams stattfindet. Und wenn wir schon dabei sind, bekommst du auch die ersten Teile des Sequenzdrehs mit, dann kannst du direkt punkten«, erklärte ich die Vorzüge.

Farah grinste. »Okay, alles, was Eurer Hoheit beliebt, Hollywood«, neckte sie mich.

Wir übten den Text noch einige Male, bis ich es schaffte, die Emotionen in meinen Worten so rüberzubringen, wie ich es wollte. Der Sequenzdreh danach war ein Kinderspiel. Nolan war mindestens genauso mürrisch wie die Figur des Ian. Er gab strikte Anweisung und wenn man sich daran hielt, gab es keine Schwierigkeiten.

Es dauerte nur ein paar Stunden, bis wir alle Szenen mit mir im Kasten hatten. Die meiste Zeit während des Drehs verbrachte ich damit, im Schnee rumzustehen, an einem Baum zu lehnen, im Schnee zu sitzen, in den Wald zu gehen, aus der Hütte zu kommen, die die Pension darstellen würde, und so weiter und so fort. Farah stand die ganze Zeit über mit einem Notizheft am Rand und notierte sich Nolans Regieanweisungen wie eine echte Streberin. Ich hätte meinen Arsch darauf verwettet, dass sie eine Einserschülerin gewesen war.

Nachdem der Sequenzdreh abgeschlossen war, gingen Farah und ich zusammen zurück ins Hotel. Sie musste sich schnell fertig machen, damit sie es noch rechtzeitig zum Meeting des Regieteams schaffte. Aber sie wäre nicht Farah Stewart gewesen, wenn sie das nicht hinbekäme.

Als ich die Tür zu meiner Suite entriegelte, fiel mir wieder ein, dass noch ein ungeöffnetes kleines Kästchen neben der Tür auf dem Sideboard stand. Stimmte ja, es war gestern an der Rezeption für mich abgegeben worden. Zumindest glaubte ich, dass es so war. Vielleicht hatten Cory und ich doch den ein oder anderen Martini zu viel gehabt. Ich erinnerte mich jedenfalls dunkel daran, wie mir die freundliche Rezeptionistin das Kästchen in die Hand gedrückt hatte. Ich nahm an, dass es ein Fangeschenk von ihr war. Solche bekam ich häufig, hauptsächlich von weiblichen Hotelangestellten, nachdem ich bei ihnen residiert hatte.

Als ich die leuchtend rote Box auf den Couchtisch stellte, fiel mir eine kleine Karte auf, die an dem Geschenkband des Päckchens befestigt worden war. Auf ihr stand nur mein Name. Kein Absender.

Vorsichtig zog ich an der Schleife, sodass sie sich löste und sanft zur Seite fiel. Was zum Vorschein kam, war ein Blatt aus gelbem Papier. Ich nahm es heraus und faltete es auseinander. Mir stockte der Atem, als ich sah, worum es sich dabei handelte. Es war ein Liebesbrief, aber nicht irgendeiner.

Dein Lächeln ist schön, deine Augen träumen sacht. Ich muss an dich denken, jede einzelne Nacht. Ich sehe dein Gesicht vor mir, wenn ich durch den Schnee streife. Dein Geruch wunderschön wie frische Seife.

Es ist kalt in Alaska, und doch frier ich nicht, denn du bist ganz in der Nähe, und das bin auch ich. Wir sind uns begegnet und das war traurig für mich, weil ich dich liebe und du mich noch nicht. Aber das werde ich ändern, du wirst es schon sehen, denn egal, wo du hingehst, ich werde mitgehen.

In Liebe

27.08.

Der war nicht von Marlyne. Oder doch? Ich zitterte und konnte mich gleichzeitig nicht bewegen. Wie festgewachsen stützte ich mich am Holztisch ab und sah auf das Papier, auf dem die Buchstaben vor meinen Augen verschwammen. Kälte flutete meinen Körper und ließ mich betäubt vor Angst zurück.
Wie hatte sie mich gefunden? Und wie hatte sie es ans Set geschafft?
Die altbekannte Panik, die mich immer überkam, wenn *sie* sich bei mir meldete, schwappte durch meinen Körper. Nicht langsam, nicht schleichend, sondern eher wie ein Faustschlag mitten ins Gesicht.
Das Erste, was ich tat, war, die Tür abzuschließen und alle Gardinen zuzuziehen. Dann stellte ich den Fernseher laut und schloss mich im Bad ein. 27.08. war hier, und ich hatte keine Ahnung, wie sie das geschafft hatte. Es war traurig, wie schnell ein kleiner gelber Zettel alles zerstörte. Nun hatte sie mir auch die Möglichkeit genommen, mich am Set sicher zu fühlen, und ich wusste nicht, wem ich noch vertrauen konnte. Sarah? Marlyne? Carrie? Oder Farah?
Als ich spürte, wie meine Beine zusammensackten, kniete ich mich auf die kalten Fliesen. Mit dem Rücken lehnte ich mich an die Badezimmerwand und starrte auf den Türgriff, als würde er jede Sekunde anfangen, sich wie in einem Horrorfilm zu bewegen. Ganz automatisch tastete sich meine Hand zu dem Smartphone vor, das neben mir lag, und wählte die Nummer von Dr. Sanders.

24.12.

Liebes Tagebuch,

heute hat mir der Florist, über den ich Paxton immer die Wachsrosen zu unserem Jubiläum schicke, gesagt, dass er keine Rosen mehr an diese Adresse liefern darf. Langsam macht mich diese Situation echt sauer. Seine Hure ist ein ganz schönes Miststück. Sieht er das denn nicht? Die versucht alles, um uns zu trennen, aber so leicht mache ich es ihr nicht.

KAPITEL 17

FARAH

Inzwischen schimmerte die dunkle Farbe des Klemmbretts durch das immer dünner werdende Papier. Während meiner gesamten Schul- und Studienzeit hatte ich ein Radiergummi nie so exzessiv verwenden müssen wie in der letzten Dreiviertelstunde am Set. Sarah und ich arrangierten die Statisten für eine Filmszene, die erst am Ende des Films ihren Platz fand. Ivy kam nach Alaska, um ihr gebrochenes Herz zu heilen. Sie besaß weder Geld noch ein Rückflugticket und bot Ian an, seine frisch gekaufte Pension zu renovieren, wenn sie dafür kostenfrei darin leben durfte. Die Szene, die nun an die Reihe kam, war die Eröffnung der Pension, welche Ian und Ivy mit den Kleinstädtern zusammen feierten.

Sehr romantisch und viel Knistern lautete die dazugehörige Anweisung von Nolan White, Starregisseur sowie Morgen-, Mittags- und Abendmuffel vom Feinsten. Er gehörte zu der unangenehmen Sorte Mensch, die einem nur mit einem Augenrollen das Blut in den Adern gefrieren ließ. Und doch tat ich alles, um ihn zu überzeugen. Aber so richtig zu klappen schien das nicht. Jeden meiner Vorschläge hatte er ignoriert, bis Sarah ihn wieder aufgegriffen hatte. Damit wurde es automatisch ihr Verdienst und ich wurde von Minute zu Minute frustrierter. Das einzig Positive an der ganzen Situation war, dass es sich um Innenaufnahmen handelte und ich dabei nicht zu frieren brauchte. *Denk an die kleinen Dinge, Farah. In allem steckt etwas Gutes, du musst dich nur zwingen, das zu erkennen.*

»William und Sue, stellen Sie sich ein wenig weiter nach links«, ordnete ich an. Die zwei älteren Statisten, welche ein ewig jung gebliebenes Ehepaar mimten, leisteten kommentarlos Folge. Ich drehte mich fragend zu Richie, einem der Kameramänner, der sich um die Einstellungen kümmerte, damit am Ende auch alles perfekt lief. Er schwenkte die Kamera ein wenig, bevor er die Kopfhörer von seinem blondierten Afro zog und bestätigend nickte.

»Top, Stewart. Wir können Willson Bescheid geben. Ich denke, hier ist alles ready.«

Wieder setzte ich mein Radiergummi an und verschob die Punkte von Sue und William um ein paar Millimeter auf meinem Raumplan. Sie waren die Letzten.

»Danke, Richie, ich übernehme das.«

Fest umschlossen drückte ich das Klemmbrett gegen meine Brust. Ich trat auf die Veranda der rustikalen Lodge, die wir als Pensionsschauplatz nutzten. Sie befand sich neben neun weiteren etwas abseits von der Anlage des Resorts. Im Film würde es später aussehen, als stünde das Gebäude irgendwo ganz allein in der eingeschneiten Natur. Die anderen Hütten wurden für Innenaufnahmen, die Hundeunterbringung und als Lagerorte verwendet. Von außen hatte man sie mit grünen Stoffbahnen behängt wie ein Haufen Kunstwerke von Christo. Diese Greenscreens konnte man digital nachbearbeiten und durch alles, was man wollte, ersetzen. Ich liebte diese Möglichkeiten, die unscheinbare grüne Vorhänge boten, und wäre ich nicht die geborene Regisseurin gewesen, hätte ich mich wahrscheinlich auch für die digitale Nachbearbeitung begeistern können. Aber technisch gesehen gehörte ich leider zu den Nieten.

Ich stapfte mit meinen Boots durch den Schnee in Richtung des Hotelfestsaals, in dem Sarah gerade die Beleuchtung für eine andere Szene überprüfte, die heute noch gedreht werden sollte. Auf der Veranda trat ich den Schnee ab und zog die Tür mit einem Ruck auf. Warme Luft kam mir entgegen und umschloss meinen Körper wie ein Mantel. Bei dem Gedanken daran, gleich wieder rübergehen zu müssen, fröstelte ich. Der Weg war nicht weit, weshalb ich mir nicht die Mühe machte, jedes Mal eine Jacke zum Hin- und Herlaufen zu tragen, aber ich kam ursprünglich aus Florida. Auch in L.A. war es niemals kalt. Und wenn ich doch mal fror, würde mich wahrscheinlich ganz Anchorage dafür auslachen.

Mein Blick glitt suchend durch den mit Equipment vollgestopften Saal, den die Dekorateure gerade in ein romantisches Café verwandelten. Ich erspähte Sarah in einer Ecke, wo sie mit einem kleinen rundlichen Mann diskutierte. Keiner von beiden sah besonders glücklich aus. Immer wieder warf sich Sarah ihren blonden Zopf über die Schulter, nur um ihn kurz darauf wieder nach vorne zu ziehen und die Hände in die Hüften zu stemmen. Sie wäre im Disneyland als das perfekte Elsa-Double durchgegangen, wobei ihr Gesichtsausdruck gerade eher nach einem Darmverschluss aussah. Ich dachte kurz darüber nach, noch eine Runde zu drehen, bevor ich die Konversation crashte, aber ich hatte nicht vor, daran schuld zu sein, wenn sich der Dreh verzögerte.

Ich stellte mich neben meine Chefin und räusperte mich auffällig. Die Aufmerksamkeit des Mannes war mir in derselben Sekunde sicher. Er warf mir einen abfälligen Blick zu, bevor er sich dazu entschied, mich einfach weiter zu ignorieren.

»Mr White soll sich nicht so anstellen. Wir haben Ersatz gefunden und damit wird er arbeiten müssen. Richten Sie ihm aus, dass die Schauspielerin nicht länger verhandelbar ist. Guten Tag!« Schnellen Schrittes lief der Mann aus dem Saal Richtung Lobby.

Sarah strich sich über den seitlichen Zopf und runzelte nachdenklich die Stirn. »Mr Wang ist Elanes rechte Hand«, erklärte sie mir ungefragt. Ich hatte von Mr Wang zwar noch nicht gehört, geschweige denn ihn kennengelernt, aber wenn er zum Produktionsteam gehörte, war es kein Wunder, dass er sich wie ein Chef benahm.

»Das macht ihn offenbar nicht zu einem Sonnenschein.«

Sarah lachte. »Da hast du recht. Aber ich fürchte, auch Nolan wird zu keinem Sonnenschein werden, wenn er erfährt, dass seine erste Wahl für die Ivy nicht zu bekommen ist. Das war nämlich immer Emma Watson. Elane hat niemandem erzählt, wer stattdessen die Ivy spielen wird, außer der Maske und dem Kostümbild, damit sie vorbereitet sind. Aber wir werden es noch heute erfahren. Sam holt sie gerade vom Flughafen. Ich bin gespannt, wer es ist.«

»Das klingt aufregend. Aber ich bin hier, um den neuen Statistenplan für die Endszene mit dir durchzugehen«, sagte ich und hielt ihr das Klemmbrett hin. Mit der Radiererseite meines Bleistifts zeigte ich ihr die neuen Bewegungsraster und Abläufe.

»Am Ende sollten wir zwei oder drei Statisten rausnehmen, damit man Sue und William metaphorisch einblenden kann. Quasi als Zukunftsperspektive, um zu zeigen, dass Ivy und Ian gemeinsam alt werden«, schlug ich noch vor.

Sarah nickte eifrig. »Hast du das Szenenbild schon mit Kamera ausprobiert?«, fragte die Regieassistentin. Immerhin ging jeder meiner Fehler auf ihre Kappe. Da wäre ich auch auf Nummer sicher gegangen.

»Ja, Richie hat die Einstellungen mit mir zur Probe gedreht.«

»Super, dann machen wir es so. Du hast sehr gute Ideen, Farah. Wenn du dich reinhängst, könntest du in ein paar Jahren selbst Regie führen.«

Dass Sarah mich so einschätzte, brachte mich zum Lächeln. Es bestätigte, dass ich genau da war, wo ich hingehörte.

»Danke, das bedeutet mir viel.«

»Vielleicht sollten wir mal rübergehen und anfangen, die Statistensequenzen zu drehen. Dann ist das Set auch wieder frei, falls Nolan da gleich mit Paxton und der mysteriösen Ivy Probeaufnahmen machen möchte.«

--- --- ---

Eine Stunde später hatten wir die Aufnahmen gerade im Kasten, als Sarahs Smartphone klingelte. Sie hob es sich ans Ohr, hörte kurz zu und legte direkt wieder auf.

»Wir sollten zum Parkplatz gehen. Die Schauspielerin kommt jetzt an.«

Als wir eintrafen, standen dort schon eine Menge Menschen und warteten. Es schien sich herumzusprechen wie ein Lauffeuer. Während ich lieber am Rand blieb, stürzte sich Sarah direkt nach vorn.

Ich entdeckte Paxton, der wie ich mit verschränkten Armen ein wenig abseitsstand und alles genaustens beobachtete. Meine Fingerspitzen begannen zu kribbeln und mein Herz schlug vor Aufregung schneller. Etwas in mir hatte das Bedürfnis, zu ihm zu gehen, aber Paxton verhielt sich seit gestern seltsam. Er distanzierte sich, sprach wenig und wirkte so mürrisch wie die Rolle, die er verkörperte. Die Vermutung, dass er sich in Ian fallen ließ, lag nahe, und doch war mir unwohl dabei, so wenig von dem Paxton zu sehen, den ich kennengelernt hatte.

Trotzdem wagte ich es. Die flache Schneedecke knirschte unter meinen Boots.

»Und? Weißt du schon, wer deinen nächsten Filmkuss bekommt?«

Paxton warf mir einen Seitenblick zu und seine harten Gesichtszüge gaben ein wenig nach. »Nein, aber wir werden es sicher gleich erfahren.«

»Super. Ja, das ist toll«, setzte ich an und unangenehme Stille kehrte für einen Moment zwischen uns ein. Paxton wirkte in diesem Moment nicht besonders gesprächig. Ich überlegte, all meinen Mut zusammenzunehmen und ihn schon jetzt auf den Abstand zwischen uns anzusprechen. Ohne es selbst zu merken, hatte ich begonnen, von einem Fuß auf den anderen zu wippen.

»Du siehst nervös aus. Gibt es was, das du mir sagen möchtest, oder frierst du einfach nur? Würde mich bei minus zwei Grad ohne Jacke nicht wundern.«

Konnte er Gedanken lesen? Falls ja, überlegte ich einen Moment, ob ich lieber an Ponys oder rosa Katzen denken sollte, bis mir klar wurde, dass er, wenn er wirklich dazu in der Lage war, meine Gedanken zu lesen, auch das hier gerade mitbekam. Damit war dieser Gedankengang völlig umsonst.

Paxton, wenn du Gedanken lesen kannst, hebe bitte deine Hand und winke.

Als er nicht winkte, war ich zumindest ein wenig erleichtert.

»Und?«, bohrte er nach.

»Ja, da gibt es was«, presste ich heraus und war gleichzeitig stolz, dass ich mich zu dem ersten Schritt überwunden hatte. Konfrontationen zählten nicht unbedingt zu meinen Stärken. Ich war mir sicher, dass er meine Unsicherheit spürte.

Paxton drehte seinen Oberkörper in meine Richtung und sah mich an. Sein Ausdruck war nicht mehr so hart wie am Anfang, sondern eher erwartungsvoll. Seine Augen leuchteten durch den hellen

Schnee, der uns umgab, in einem besonders dunklen Grün, wie dichte Stellen im Moos. Ich hätte sie stundenlang ansehen können. Das Einzige, was mich davon abhielt, war die Angst, in ihnen zu ertrinken.
»Und sagst du mir auch, was?«, fragte er.
Nervös rieb ich mir die Hände. »Es fällt mir irgendwie schwer«, gab ich zu.
Zum ersten Mal seit Tagen schenke mir Paxton ein Lächeln. »Möchtest du etwa nach einem Date fragen?«
Nervös starrte ich auf meine Finger und bemerkte, dass sie zitterten.
»Nein, also nicht, dass du denkst, ich würde niemals in Erwägung ziehen, mit dir auszugehen. Es ist nur …«, stammelte ich mehr vor mich hin, als dass man es sprechen nennen konnte. Ein Haufen Gefühle durchflutete mich auf eine Art, die mir gänzlich unbekannt war. Ich wurde unsicher, obwohl Paxton und ich uns eigentlich schon ganz gut kannten. Und gleichzeitig verschlug mir meine Nervosität die Sprache. Beides passte nicht zu mir.
Paxton wandte sein Gesicht wieder in Richtung der Gruppe. »Was ist daran nicht einfach? Entweder du möchtest ein Date mit mir oder du möchtest keins.« Seine Züge verhärteten sich wieder, was ihn traurig wirken ließ. Also nahm ich all meinen Mut zusammen, um ihm zu sagen, was mich bedrückte, oder eher, um zu erfahren, was ihn bedrückte.
»Mir ist aufgefallen, dass du dich total von mir zurückgezogen hast.«
»Stimmt, ich versuche, mich wie Ian zu fühlen«, erklärte er eine Spur zu unbeteiligt. Ich hatte das Gefühl, dass das nicht alles war, aber wenn er es mir nicht erzählte, ging es mich wohl einfach nichts an. Diese Erkenntnis schmerzte, was mein Gesicht sicher nicht besonders raffiniert verbarg.
»Findest du mich attraktiv?«, fragte er aus dem Nichts heraus, wohl wissend, dass es so war. Seine unvermittelte Frage ließ meinen Puls leider trotzdem augenblicklich in die Höhe schießen. Manchmal hasste ich es, dass er diese Wirkung auf mich hatte. Es barg das Risiko, mich unprofessionell aussehen zu lassen. Das Einzige, was ich tun

konnte, war, mir meine Konzentration zu bewahren und so zu tun, als wäre es anders.

»Jeder findet dich attraktiv, Paxton Wright.«

»Das war nicht meine Frage, Farah Stewart. Also?«

Ich schob mit meinen Füßen etwas Schnee hin und her, um Zeit zu schinden. »Ja. Tue ich«, entkam es mir schließlich.

Paxton lächelte leicht, als er seinen breiten und dicken Schal von seinem Hals befreite. Er legte ihn mir wie eine Decke um die kalten Schultern. Wärme hüllte mich ein, woran mein schneller Herzschlag auch nicht ganz unbeteiligt war. Automatisch sah ich nach links und rechts, um zu sehen, ob uns jemand beobachtete, aber alle starrten nach vorn und unterhielten sich miteinander.

»Willst du etwa nicht mit mir gesehen werden oder weshalb siehst du dich so um?«, fragte Paxton grinsend. »Das passiert mir selten.«

»So ist das nicht. Ich bin neu in dem Business und im Gegensatz zu dir ein absoluter Niemand. Ich will einfach nicht, dass das auf dich zurückfällt, wenn das jemand mitbekommt. Außerdem sind Partnerschaften am Set ja sowieso nicht erlaubt, da kommt es nicht gut, wenn es zwischen uns enger aussieht.«

Paxton mimte ein verletztes Schmollen, auch wenn ihm sicher bewusst war, dass ich recht mit dem hatte, was ich sagte. Gerade konnte er solche Gerüchte nicht gebrauchen und ich noch weniger. Das war mein erster Dreh, ich wollte keinen Hochgeschlafen-Stempel, denn den bekam man in der Filmwelt viel zu schnell aufgedrückt. Mich würde niemand mehr engagieren, wenn sich Gerüchte verbreiteten. Also trat ich einen Schritt zur Seite und zog den wärmenden Schal enger um mich. Immerhin wehte und schneite es gerade nicht, was die Kälte um einiges aushaltbarer machte.

»Fühlst du dich nicht zu mir hingezogen?«

Meine Haut begann zu kribbeln und ein leichtes Prickeln schlängelte sich durch meinen Körper, als er mir diese Frage stellte. Für einen Moment fühlt es sich an, als wäre mein Herz gerade erst aufgewacht. So würde ich ganz sicher keine Fassung bewahren.

»Ja, tue ich, aber das solltest du besser schnell wieder vergessen, denn daraus wird nichts«, gab ich mehr vor mir selbst zu als vor ihm.

Ich war eine schlechte Lügnerin und seitdem seine Lippen auf meinen gelegen hatten, war da etwas, das ich am liebsten die Klippen heruntergestoßen hätte, weil es meine Karriere gefährdete, wenn ich nicht aufpasste.

»Würdest du mir einen Liebesbrief schreiben?« Paxtons Stimme klang ernst.

Verwirrt sah ich an ihm hoch. Wie meinte er das denn?

»Nein, ich bin nicht mehr in der Grundschule, und durch eine Sprachmemo kommen Gefühle doch sowieso viel besser rüber«, antwortete ich, so lässig ich konnte. Er schien zufrieden mit meiner Antwort zu sein.

Als ich für einen Moment den Blick von ihm abwendete, fiel mir auf, dass sich etwas verändert hatte. Ich war so vertieft in das Gespräch mit Paxton gewesen, dass ich gar nicht bemerkt hatte, wie sich die Menschentraube vor uns aufgelöst hatte. Nun waren wir die Einzigen, die noch verloren auf diesem Parkplatz herumstanden.

»Na toll. Jetzt habe ich verpasst, wer aus Sams Auto gestiegen ist«, ärgerte ich mich ein wenig.

»Du wirst sie noch früh genug kennenlernen.«

»Du hast sie also erkannt?«

»Ja, aber ich werde dir nicht verraten, wer es war«, sagte er grinsend.

Keiner von uns sah ein, noch länger hier herumzustehen wie zwei Kanister Wasser, weshalb wir uns zurück ans Set bewegten.

»Okay, jetzt finde ich dich vielleicht nicht mehr so attraktiv«, kommentierte ich.

»Und trotzdem fühlst du dich zu mir hingezogen. Das muss hart sein. Du weißt, dass ich dir das jetzt immer unter die Nase reiben werde?«

Ich seufzte. »Super, ich freu mich schon darauf.«

Wir liefen an den Hütten vorbei zu der, in der Sarah und ich vorhin mit den Statisten gefilmt hatten. Ein paar Kameraleute kümmerten sich gerade um die verschiedenen Winkel, während Sarah der Lichttechnik zur Hand ging, indem sie Softboxen aufbaute. Als Nolan Paxton und mich entdeckte, winkte er uns zu sich herüber. In mir stieg sofort die Hoffnung auf, dass er von meinen Vorschlägen gehört und vielleicht mein Potenzial erkannt hatte. Träumen konnte ich ja.

Nolan fuhr sich durch den weißen Bart und betrachtete erst Paxton und dann mich. »Gut, dass Sie hier sind. Lydia Benson ist gerade eingetroffen. Sie wird die Rolle der Ivy übernehmen. Also werden wir gleich eine Probeszene drehen, in der Ian und Ivy aufeinandertreffen. Paxton, ich will Emotionen sehen. Abneigung, Überheblichkeit, Desinteresse und einen winzigen Funken Magie. Kriegen Sie das hin?«

Paxton nickte. Ich überlegte, woher ich den Namen der Schauspielerin kannte, welche nun die Ivy verkörpern würde. Vielleicht aus meinem Studium? Da hatten wir einige modernere Filme analysiert. Konnte gut sein, dass sie dort mitgespielt hatte. Wenn ich sie sah, würde es mir bestimmt wieder einfallen.

»Und was kann ich tun?«, fragte ich höchst motiviert.

»Sie?« Nolan sah mich an, als wäre ihm gerade erst aufgefallen, dass es mich ja auch noch gab und er mich wie ein Kleinkind beschäftigen musste. Er neigte dazu, mir keine vernünftigen Aufgaben zu geben und sich immer von mir belästigt zu fühlen, wenn ich Hilfe anbot.

Ich hatte schon mitbekommen, dass Frauen es in seiner Gegenwart schwer hatten. Einige Kolleginnen hatten ihn als sexistisches Arschloch betitelt, weil er ihnen nicht einmal zugehört hatte, wenn sie Ideen vorgebracht hatten. Ironischerweise wurden die männlichen Mitarbeiter von ihm immer für ihre kreativen Denkprozesse gelobt. Deshalb waren viele meiner Kolleginnen dazu übergegangen, ihre Verbesserungsvorschläge den männlichen Kollegen mitzuteilen, damit diese sie dem Regisseur erklärten. Aber man konnte sich seine Kollegen ja nun mal leider nicht aussuchen. Zumindest im Filmbusiness.

Nolan sah mich genervt an. »Sie können Kaffee holen. Für mich einen Cappuccino, aber Lydia hätte gerne einen Frappuccino ohne Erdbeeren. Irgend so eine verrückte Starbucks-Mitarbeiterin hat vor Kurzem versucht, sie umzubringen. Mit Lebensmittelallergien ist nicht zu spaßen. Ich bitte Sie wirklich, darauf achtzugeben. Es ist das Wichtigste, dass sich unsere Schauspieler am Set wohlfühlen. Möchten Sie auch etwas, Paxton?«

Paxton schüttelte ablehnend den Kopf. Und ich? Ich erstarrte bei seinen Worten. In dem Moment, in dem er die Erdbeeren erwähnt hatte, war mir wieder eingefallen, woher ich sie kannte. Dass ausgerechnet die Schauspielerin die Hauptrolle in meiner ersten Hollywood-Produktion übernahm, wegen der ich gefeuert worden war, konnte nur ein ganz mieser Scherz sein. Einer dieser Scherze, die niemals lustig waren, egal, wer sie erzählte. Doch Nolan sah nicht aus, als würde er Scherze machen. Allgemein hätte ich ihn nicht als Mann mit Humor bezeichnet. Er war gut in dem, was er tat, aber menschlich gesehen ein absoluter Versager. Und das bedeutete, dass Lydia Benson wirklich hier war.
Was für ein Scheiß.

27.12.

Liebes Tagebuch,

heute hat Paxton einem meiner Profile geschrieben, dass ich ihn in Ruhe lassen soll. Die müssen ihm ganz schön das Gehirn gewaschen und ihn manipuliert haben. Aber das lasse ich nicht zu! Ich gewinne ihn zurück. Koste es, was es wolle!

KAPITEL 18

FARAH

Eine Woche. Das waren sieben Tage oder alternativ 168 Stunden. So lange dauerte der Dreh schon an und es lief nichts, wie ich es mir vorgestellt hatte. Rein gar nichts.

Mir war bewusst, dass ich nicht mehr war als die Assistentin einer Assistentin. Schon klar, aber bisher bestand die Hauptaufgabe meiner Tätigkeit darin, für Nolan und Lydia alle zwei Stunden Kaffee zu holen. Und da sie sich mit dem Kaffee aus dem Hotel nicht zufriedengaben, befand ich mich bereits zum dritten Mal auf dem Rückweg von Anchorage ins Resort. Ums Spritsparen und den Klimaschutz schienen sie sich so gar nicht zu scheren. Beim ersten Mal hatte ich den Fehler gemacht, mir Pappbecher geben zu lassen. Als ich im Resort angekommen war, war der Kaffee schon kalt gewesen. Also hatte ich mir im Coffeeshop Thermobecher mit dem golden glänzenden Label geben lassen. Ich lernte aus meinen Fehlern. Immerhin das.

Ich rutschte nun auf dem Ledersitz in Sams Limousine auf eine bequemere Position und lehnte meinen Kopf an die Scheibe. Eingeschneite Bäume und Hügel flogen am Fenster vorbei und die Häuser im Tal wurden mit jeder Meile, die wir uns der Hotelanlage näherten, kleiner. Wir wurden langsamer, als ein Räumfahrzeug vor uns auftauchte und die Straßen vom Schnee befreite. Bei anhaltendem Schneefall wie heute passierte das mehrmals täglich.

»Sie sehen unglücklich aus«, bemerkte Sam mit besorgter Freundlichkeit. »Haben Sie Ärger mit Paxton?«

Seufzend schüttelte ich mit dem Kopf. »Nein, er zieht sich nur etwas zurück, habe ich das Gefühl. Er lebt seine Rollen, zumindest gehe ich davon aus, dass es daran liegt.«

»Und deshalb sind Sie unglücklich?«

»Nein, ich bin unglücklich, weil ich abgesehen vom Kaffeeholen am Set nutzlos bin. Sarah meint es gut und gibt mir immer wieder kleinere Aufgaben, aber das reicht nicht. Das ist nicht das, was ich machen möchte.«

»Ich verstehe. Der Weg an die Spitze ist hart.« Demotiviert sackte ich zurück in den bequemen Beifahrersitz. »Ja, da haben Sie recht. Aber es ist besser, als in einem Hipsterladen zu arbeiten und witzige Schokopulverfiguren auf Schaumhauben zu streuen.«

Sam lachte mit derselben Ruhe, die er immer ausstrahlte. Seine Hände lagen auf dem weichen Lederlenkrad und bewegten sich nur, wenn es nötig war. Er trug Handschuhe, wahrscheinlich auf Anweisung des Hotels, um die teure Innenausstattung zu schonen.

»Jetzt sind Sie eine Etage aufgestiegen und besorgen nur noch den Kaffee, statt ihn selbst zuzubereiten. Damit können Sie zumindest niemanden aus Versehen vergiften.«

Meine Muskeln versteiften sich. Woher wusste Sam von dem Vorfall mit Lydia? Hatte ich etwas erwähnt? Vielleicht ganz beiläufig, ohne so wirklich darüber nachzudenken.

Gesprächsfetzen für Gesprächsfetzen ging ich in meinem Kopf durch. Nichts deutete darauf hin. Vielleicht hatte Lydia überall herumerzählt, dass ich es gewesen war. Aber ich wusste nicht, wie sie dazu hätte kommen sollen. Ich war ihr seit ihrer Ankunft aus dem Weg gegangen. Wir hatten kein Wort gewechselt. Wir waren uns so gut wie nie begegnet, weil ich ihr den Kaffee nie persönlich überreicht hatte. Ich konnte nicht mal sagen, ob sie von mir wusste. Die Angst, dass sie es tat, machte es aber nicht besser.

»Woher wissen Sie, dass ich es war?«, fragte ich geradeheraus.

»Oh, ich wusste es nicht. Das haben Sie mir gerade offenbart. Es sollte ein Witz sein«, gab Sam zu.

»Oh. Tja, dann behalten Sie es bitte für sich.«

Der Chauffeur bestätigte mein Anliegen mit einem verlässlichen Nicken. »Natürlich. Aber dürfte ich Sie fragen, wie es dazu kam? Sie haben sicher nicht wirklich versucht, sie umzubringen.«

»Nein, sie hat vergessen zu erwähnen, dass sie hochgradig allergisch gegen Erdbeeren ist, als sie ihren Strawberry Frappuccino bestellt hat. Ich habe nur ...«, unterbrach ich mich, als mein Handy unter meinem Hintern zu vibrieren begann. Ich hob mein Becken an und zog das Smartphone aus meiner Gesäßtasche. *Sarah Willson* prangte unter der Nummer, die versuchte, mich zu kontaktieren. Ich machte mich darauf gefasst, wieder eine banale Aufgabe zugeteilt zu bekommen, als ich den grünen Hörer mehrfach zur Seite wischte, um das Gespräch anzunehmen. Seitdem das Glas zersprungen war, hakte der Touchscreen an einigen Stellen.

»Hallo, Sarah, Sam und ich sind auf dem Rückweg ins Resort. Was kann ich tun?«, fragte ich mit geheuchelter Motivation.

»Das ist großartig. Die Hundetrainerin ist hier und möchte mit dir über die Verpflegung sprechen. Du hast Glück, dass du dich nur heute um sie kümmern musst. Der zweite Trainer kommt schon morgen Abend.«

Das Blut gefror in meinen Adern. Nach der Sache mit dem Fuchs auf dem See war ich mir ziemlich sicher, dass ich nicht mit einem Rudel Huskys fertigwerden würde, egal wie sehr ich es mir einredete.

»Wäre es vielleicht möglich, diese Aufgabe jemand anderem zuzuteilen?«

»Leider nicht. Du bist so ziemlich das freiste Teilchen am Set. Ich dachte, du hättest keine Hundehaarallergie?«

Tja, wie kam ich da nun wieder raus? Die Möglichkeiten in meinem Kopf schienen begrenzt. Ich könnte die Wahrheit sagen, aber das käme nicht gut. Ich würde mich als Riesenlügnerin entpuppen.

»Habe ich auch nicht. Na ja, zumindest dachte ich, sie wäre weg. In L. A. habe ich mit meiner Allergie so gut wie nie Probleme gehabt. Aber ich habe das Gefühl, dass die kühle Luft Alaskas sie verschlimmern könnte«, flunkerte ich, weil mir nichts Besseres einfiel. Damit wurde ich zu einer noch größeren Lügnerin. Ich war sehr dankbar dafür, dass Sam mit auf die Straße getackertem Blick den Berg hochfuhr. Er hätte mir meine Lüge sofort angesehen, auch wenn er nicht der Typ war, der Menschen in die Pfanne haute. Ich hätte mich nur noch mieser gefühlt als ohnehin schon.

»Hm, das klingt aber nicht so gut, obwohl ich gehört habe, dass sich die klare Luft eigentlich positiv auf die Gesundheit auswirken sollte.«

Was auch stimmte. Auf dem Hinflug hatte ich Alaska gegoogelt und mehrfach die klare Luft als Reiseargument für kranke Personen zu lesen bekommen. Das konnte ich ihr jetzt natürlich nicht mehr sagen. Stattdessen redete ich mich einfach weiter um Kopf und Kragen.
»Ja, bestimmt, aber meine Lunge ist so an den L. A.-Smog gewöhnt, dass es vielleicht einfach länger dauert.« *Echt jetzt, Farah? Länger dauert? Wer soll dir diesen Schwachsinn abkaufen?*
»Ich bitte dich, es trotzdem zu versuchen. Immerhin bist du hier noch keinem Hund begegnet. Vielleicht ist das, was du fühlst, einfach eine Erkältung. Es ist nur ein Abend und du hast mir am Telefon bestätigt, dass das kein Problem für dich darstelle. Komm einfach zurück ans Set und geh zu den Lodges. Die Trainerin wartet dort auf dich. Ich muss jetzt los. Nolan dreht heute die Eisszene auf dem See. Ich bin sicher, dass du das toll machen wirst, Farah.«

Sarah legte auf und ich konnte nur daran denken, dass ich noch kein Testament aufgesetzt hatte und Sha damit noch nichts von ihrem Glück wusste, meine umfassende DVD-Sammlung zu erben. Denn so, wie es aussah, überlebte ich die nächsten vierundzwanzig Stunden nicht, weil ich an einem durch eine Panikattacke verursachten Herzstillstand kümmerlich verenden würde. Die Angst war real und sie bahnte sich einen Weg in mein Leben. Das konnte heiter werden.

»So, Ms Stewart. Damit wissen Sie nun, wie Sie mit dem Rudel zurechtkommen. Es ist ja nur ein Abend und sollte nicht zu anstrengend werden. Ich habe Ihnen auch eine Liste gemacht, falls Sie noch etwas nachsehen möchten. Seien Sie gut zu meinen Babys.«

Linda Roth drückte mir ein Klemmbrett in die Arme, an dem ein Haufen buntes Papier heftete, und lächelte freundlich. Ihre kurzen schwarzen Locken wehten im Luftzug des offenen Wohnzimmerfensters der Hundelodge.

Sie hatte die letzten fünfundzwanzig Minuten damit verbracht, mich durch den improvisierten Zwinger zu führen, der mit verschiebbaren Zäunen und überdimensionierten Babygittern ausgestattet worden war. Wenn man reinkam, waren das kleine Sofa neben der Eingangstür und ein Couchtisch so ziemlich das Einzige, was außerhalb der Hundezone lag. Tagsüber durften sie durch die Räumlichkeiten flitzen und toben, wie sie wollten. Draußen war sogar eine Art Gartenbereich abgesperrt worden, damit die Huskys, auch wenn sie mal mussten oder im Schnee spielen wollten, nach draußen konnten. Filmhund müsste man sein.

Abends sollten die acht Hunde in Zweierpaare geteilt und in den Zimmern eingeschlossen werden, damit sie zur Ruhe kamen. Bei dem Gedanken daran, dass das in wenigen Stunden meine Aufgabe sein würde, durchschwemmten mich pure Übelkeit sowie die Überlegung, fristlos zu kündigen und mich selbst in den nächsten Flieger nach Los Angeles zu verfrachten. Dann allerdings hätte meine Mutter gewonnen.

»Ich fahre jetzt zu einer Hochzeit. Sie können mich im Notfall anrufen. Die Nummer steht auch unter der Liste. Morgen übernimmt dann mein Partner Daniel die Aufsicht über die Tiere. Haben Sie noch Fragen?«

»Nein. Das bekomme ich schon hin. Danke«, sagte ich, während ich das *Nein, das schaffe ich auf keinen Fall* auf den drei verschiedenen Sprachen dachte, die ich sprach: ¡No, no puedo hacerlo! – Spanisch. Não, não posso fazer isto! – Portugiesisch. No, I can't do this! – Englisch.

Meine Hand zitterte, als ich den Schlüssel in das Schloss der Hundelodge schob. Es klickte und doch überwand ich mich nicht, den Türgriff herunterzudrücken. Wie gelähmt stand ich da, eine Hand auf der Klinke, die andere presste den Zoophobieratgeber an meine Brust. Ich versuchte, mich an die Punkte aus dem Buch zu erinnern, aber mein Verstand streikte. Es fühlte sich an, als wollte ich mich selbst dazu zwingen, das Tor zur Hölle zu durchschreiten, und die braune Holztür neben den bodentiefen Fenstern der Hütte war meine ganz persönliche Version davon.

»Okay, Farah. Du schaffst das. Wirklich. Glaub an dich. Die Hunde sind trainiert und hören aufs Wort. Sie tun dir nichts. Sie sind zahm und freundlich. Zahm und freundlich. Zahm und …«, flüsterte ich mir selbst zu, in der Hoffnung, es würde meine Nerven beruhigen. Ich drückte den Griff und die Tür öffnete sich einen Spalt. Mein Herz setzte aus und mein Gehör lauschte der nahenden Gefahr. Das leise Kratzen auf dem dunklen Parkettboden fühlte sich ohrenbetäubend an. Trotzdem schaffte ich es irgendwie, die Tür weiter aufzustoßen und meiner Angst in die Augen zu sehen. Und das meinte ich wörtlich, denn ein schneeweißer Husky lag ungefähr fünf Meter von mir entfernt hinter dem Babygitter auf dem Boden und legte den Kopf schief. Seine eisblauen Augen glänzten und vermutlich hätte ich sie schön gefunden, wenn mich die Angst nicht so gelähmt hätte.

Vorsichtig befreite ich mich aus meiner Schockstarre und trat ein, nur um mich direkt auf das Sofa neben der Tür sinken zu lassen. Angespannt saß ich da und beobachtete den Hund, der sich im Gegensatz zu mir keinen Zentimeter bewegt hatte. Er wedelte so freundlich mit dem Schwanz, dass es mir beinahe leidtat, dass ich so ein Angsthase war.

»So, du bist also …« Ich hob das Klemmbrett an, um mir die Fotos der Hunde mit den Namen anzusehen. »Snowflake. Wie passend«, begrüßte ich den Hund. »Nur dass du Bescheid weißt: Ich bin hier, um euch Trockenfutter in die Näpfe zu schütten und in Räume zu verteilen. Dann bin ich sofort wieder weg. Es wird nicht gekuschelt oder gestreichelt«, versuchte ich, mir und dem Hund vor Augen zu führen, was auf uns zukam.

Unabhängig davon, ob das Tier mich verstand oder nicht, half es mir, mich auf das zu fokussieren, was ich vorhatte. Je schneller ich zum Punkt kam, desto eher war das hier wieder vorbei. So einfach war das.

— — —

Einfach. Was für ein beschissenes Wort. Nichts war einfach.

Zwei Stunden später saß ich immer noch auf derselben Stelle des Sofas und starrte in den Raum, als bestünde die Möglichkeit, dass sich meine Ängste und Probleme dadurch verflüchtigten. Das Einzige, was sich verändert hatte, waren die Hunde. Mittlerweile lagen alle acht im Vorraum und warteten seelenruhig und geduldig darauf, dass es endlich etwas zu essen gab. Und was tat ich? Ich saß verkrampft auf der grünen Samtcouch und wartete auf ein Wunder.

Gab es spontane Phobieheilung? So was wie spontane Selbstentzündung gab es ja auch.

Mit meinen kalten, schwitzigen Händen angelte ich in Zeitlupe nach dem Smartphone in meiner Jackentasche. Ich bildete mir ein, dass die Hunde ruhiger blieben, je weniger ich mich bewegte. Das klickende Geräusch der virtuellen Tasten ertönte, als ich meine Frage bei Google eingab. Die Ergebnisse sahen ernüchternd aus. Von einer Hilfehotline bis zu der Nummer des nächsten Krankenhauses wurde alles aufgeführt, was mir in dieser Sekunde nicht half. So spontan hatte ich nämlich leider keine dreitausend Dollar für einen privaten Psychiater übrig. Die klobigen Moonboots waren das Teuerste, was ich besaß, und die hatte ich an dem Morgen, bevor ich auf Paxton getroffen war, in einem Online-Outlet bestellt.

Enttäuscht hatte ich vor, das Telefon wieder wegzustecken, als es in meiner Hand vibrierte. Die durchdringenden Blicke der Hunde richteten sich urplötzlich auf mich. Eine Sekunde lang vergaß ich, wie man atmete. Paxtons Name blinkte auf dem Display auf. Als ich sicher war, dass die Hunde mich nicht über die Absperrung hinweg anspringen würden, öffnet ich die Nachricht.

> Paxton: Wie geht es dir? Ich habe gehört, du hundesittest. Brauchst du Hilfe? Ich habe Drehschluss.

Vielleicht war Paxton das Wunder, auf das ich seit über zwei Stunden wartete. Er hatte mal einen Hund gehabt. Lenny. Dementsprechend wusste er zumindest, wie man Hunde fütterte. Niemals hätte ich erwartet, dass die Möglichkeit bestünde, dass Paxton Wright mal der Ritter in glänzender Rüstung für mich werden würde. Sein Angebot war beinahe absurd. Und trotzdem schrieb ich nur ein Wort als Antwort.

Bitte.

Zehn Minuten später klopfte es an meinem persönlichen Höllentor. Paxton schob sich durch den Türspalt und schloss die Tür hinter sich. Sein blondes Haar war zerzaust und sein Bartschatten gab ihm eine verruchte Note. Statt einer klappernden Metallrüstung trug er den Winterparka und eine Jeans. Die Säume waren feucht vom Schnee und seine Stiefel trat er auf der Fußmatte ab. Er wirkte souverän, als wäre er nie woanders gewesen als hier in Gridwood, Alaska.

Die Hunde sprangen auf und einer der Huskys kläffte sogar zur Begrüßung. Sie schienen zu wissen, dass es ihm nichts ausmachte. Ich hingegen stand kurz davor, ohnmächtig zu werden. Mein Herz hämmerte lauter und lauter, bis ich nichts mehr hörte als meinen Herzschlag. Kein Kratzen, kein Bellen, nur mein Herz. Das Atmen fiel mir schwer und die Luft wurde immer dünner.

Und plötzlich saß ich nicht mehr auf einem Sofa am Set eines Hollywoodfilms. Ich saß auf feuchtem Waldboden. Die weiche braune Erde hinterließ Spuren auf meinen Jeansshorts und färbte meine Hände schwarz. Licht fiel durch die grünen Blätter der Bäume, die um mich herum in den Himmel ragten. Zwei Vögel jagten sich durch die Luft. Ein Zweig knackte, als ich langsam aufstand und meine Hände an den nackten Beinen abwischte. Ich wusste, was kam. Was kommen musste. Ich war nicht zum ersten Mal hier.

Ich folgte meinen eigenen Spuren zu dem zerfetzten Wurfzelt. Ein Bär schnüffelte mit der Nase durch meine Jacke. Weiße Cremefüllung klebte in seinem Fell. Vanille. Ihr Geruch vermischte sich mit dem satten Duft der Blätter. Spitze Steinchen bohrten sich in meine nackten Fußsohlen, und egal wie sehr ich weglaufen wollte, ich konnte es nicht.

Ein Arm ragte aus einem Busch. Blut lief an ihm hinunter und sammelte sich in der Handfläche. Ich wusste, dass er zu meinem Vater gehörte. Ich wusste es, obwohl ich sein Gesicht nicht sehen konnte.

»Dad«, flüsterte ich tonlos, als ich die Augen schloss. Tränen rannen über meine Wangen und sickerten in den Kragen meines T-Shirts. Ich versuchte, mich zu beruhigen, zu atmen, irgendwas zu tun, das dafür sorgte, dass mein Herz aufhörte zu brennen.

Als ich meine Augen wieder öffnete, waren das Zelt, der Bär und das Blut verschwunden. Das Einzige, was ich sah, waren moosgrüne Augen und eine kleine Narbe über der rechten Augenbraue. Sie gehörten nicht zu meinem Dad. Es waren Paxtons.

»Hey«, flüsterte er, vor mir kniend.

»Hey.«

Er stand auf und streifte sich den Parka von den Armen. Die Hunde waren plötzlich ganz still. Nicht mal ein leises Jaulen war von der vorherigen Aufregung übrig. Erst jetzt merkte ich, wie ich mich auf dem Sofa zusammengekauert hatte. Meine Arme umfassten meine Knie, die ich krampfhaft an meine Brust drückte.

»Du hattest eine Panikattacke.«

»Ich weiß. Es geht schon wieder.« Meine Stimme klang zerbrechlich wie das Zuckerglas, das beim Film verwendet wurde, wenn Fenster zu Bruch gingen.

»Es tut mir leid, das so zu sagen, aber du siehst echt mies aus.«

Ich musste lächeln. »Da lässt du ja wieder den Gentleman raushängen.«

»Immer, weißt du doch.« Und plötzlich war Paxton gar nicht mehr so distanziert wie Ian.

»Stimmt. Ich Dummerchen.«

»Wobei kann ich dir helfen? Was muss getan werden?«, fragte Paxton sanft, als er sich neben mich setzte. Sein breiter Oberarm schmiegte sich an meinen. Diese Berührung hinterließ eine prickelnde Wärme an der Stelle, die ich sogar durch meinen dicken Mantel spürte.

»Ich habe eine Liste. Daran müssen wir uns nur halten«, erklärte ich und deutete auf das Klemmbrett, auf das er sich gerade gesetzt hatte.

Er zog es grinsend hervor und durchblätterte die Zettel. »Füttern und in Pärchen teilen. Klingt nicht so schwierig. Wie lange bist du schon hier?«

»Fast drei Stunden«, gab ich zu.

Doch statt mich zu tadeln oder einen doofen Kommentar von sich zu geben, lachte Paxton. Kein unangenehm herablassendes Lachen, sondern ein echtes.

»Gut, dann sollten wir sie vielleicht noch mal nach draußen lassen, damit sie ihr großes Geschäft machen können.« Ich nickte, weil es mir logisch vorkam. Ich wollte nicht noch Hundekot aus Wohnungen entfernen müssen.

»Sie haben eine Gartenklappe, durch die sie rauskönnen. Wir sollten sie wohl zuerst füttern, dann gehen sie vielleicht von selbst.«

»Wow, hast du auch einen Hunderatgeber gelesen?« Das schiefe Grinsen in seinen Zügen ließ mich rot werden.

»Nein, nur die Liste. Es steht drauf.«

»Dann steht da bestimmt auch, wo ich das Futter finde.«

»Nein, aber das kann ich dir sagen. Rechts hinter der Eingangstür ist ein Servierschrank. Da sind das Trockenfutter und die Näpfe drin.«

»Na, dann los.«

Wir füllten das Futter in einen extra Messbecher und kippten es anschließend in die Näpfe. Keine Sekunde ließ ich die Höllenhunde aus meinem Blickfeld verschwinden. Sie waren nach wie vor entspannt, aber ich traute dem Seelenfrieden nicht.

»Wieso haben sie sich so aufgeregt, als du gekommen bist? Bei mir haben sie gar nichts getan, außer mich anzustarren.«

»Sie spüren, dass du dich fürchtest. Sie wollen dir keine Angst machen. Deshalb sind sie so ruhig. Filmhunde sind wahrscheinlich die bestausgebildeten Tiere, die du finden kannst. Sie müssen mit allem klarkommen. Kinder, Erwachsene, Requisiten, Explosionen, Lautstärke, Stress, ängstliche Assistentinnen, einfach alles.«

»Aber sie sind trotzdem Tiere und Tiere sind unberechenbar«, äußerte ich meine Ängste.

»Ja, Menschen sind auch unberechenbar, genau wie technisches Equipment oder Autos. Es gibt keine hundertprozentige Garantie, aber ich an deiner Stelle würde diesen Hunden mehr vertrauen als mir«, scherzte er.

»So habe ich das noch nie betrachtet.«

»Das tun die wenigsten, die Angst vor etwas haben.«

»Hast du auch vor etwas Angst?«, fragte ich geradeheraus.

Paxtons Blick verdunkelte sich. Seine Muskeln spannten sich an.

»Jeder hat vor etwas Angst, Farah«, sagte er mit tonloser Stimme.

Es musste etwas geben, vor dem Paxton so große Angst verspürte, dass er sich nicht dazu überwinden konnte, daran zu denken. Wenn er bereit war, würde er es mir erzählen, da war ich mir sicher. Aber es schwang noch ein weiterer Gedanke mit. Er war kleiner und dunkler. Was, wenn wir uns niemals so nahekamen, dass Paxton sich traute, sich mir zu öffnen? Er wusste Dinge über mich, die nur mein engster Familienkreis kannte. Mir wurde schlagartig klar, dass ich so gut wie nichts über ihn in Erfahrung gebracht hatte.

Als alle Futterschälchen gefüllt waren, öffnete Paxton das Gatter und trat in den Bereich der Hunde. Wir hatten verabredet, dass ich ihm das Futter rüberreichte und er die Hundeschalen hinstellte. Es klappte alles wie geplant. Keines der Tiere wurde hektisch oder unkontrolliert, was dazu führte, dass ich tatsächlich langsam damit begann, mich zu entspannen. Die Angst war allgegenwärtig und ich fühlte sie jede Sekunde, in der ich dieselbe Luft wie die Huskys atmete. Aber seit Paxton da war, wurde sie kleiner. Sie fühlte sich nicht mehr so betäubend an. Und das war ein tolles Gefühl.

Es dauerte nicht lange, bis wir die Hundeklappe zumachen konnten und Paxton begann, die Tiere in Paare zu teilen. Wie wir sie unterbringen sollten, hatte Linda auch haargenau beschrieben, denn die Hunde wurden zur Vertrauensstärkung mit ihren Rudelpartnern zusammengetan. Für die Hunde war es kein Problem, sie schienen die Prozedur zu kennen und folgten Paxton bereitwillig in die für sie eingerichteten Räume. Ich blieb hinter der Absperrung und beobachtete, wie Paxton völlig angstfrei mit fremden Hunden umging. Ich wünschte, dass es für mich genauso einfach war, aber dafür wäre eine Therapie nötig und die lag aktuell noch nicht in meinem Budget. Aber sobald ich es mir leisten konnte, würde ich eine machen.

An diesem Filmset arbeitete ich zum ersten Mal in meinem Leben krankenversichert.

Paxton brachte die letzten beiden Hunde in das übrige Zimmer und schloss die überdimensionierten Babygitter. Linda hatte aufgeschrieben, dass die normalen Türen geöffnet bleiben sollten, damit sich die Tiere durch die Gitter noch sehen und riechen konnten.

»Gute Nacht, Crew. Wir sehen uns beim Training«, verabschiedete sich Paxton von den Tieren, als er die Abgrenzung zum Eingangsbereich hinter sich schloss und zu mir trat.

Ich glaubte, noch nie in meinem Leben so viel Dankbarkeit verspürt zu haben wie jetzt. Paxton hatte mich gerettet und nicht nur das, er hatte es ohne Hintergedanken getan. Er mochte mich. Und verdammt, ich mochte ihn auch. Mehr, als gut für meinen Job war.

»Wie geht es dir?«, fragte er, als wir die Lodge verließen und durch das Höllentor hinaus in den Schnee traten. Flöckchen tanzten durch die Luft und der warme Schein der Laternen leuchtete uns den Weg zurück zum Hotel.

»Besser. Ich danke dir. Du kannst dir nicht vorstellen, wie sehr.«

»Doch, kann ich. Ängste können einen lähmen, sie machen einen klein und lassen dich vergessen, wer du bist und was dich ausmacht. Mir machen Menschenmassen Angst, oder eher gesagt die Tatsache, dass ich einem Menschen nicht ansehen kann, wie viel er über mich weiß«, vertraute er mir an. »Das mag für einige banal sein. Für mich ist es das nicht.«

Paxton machte eine kurze Pause und sah in den sternenklaren Nachthimmel. Die tausend Lichter über unseren Köpfen ließen den Himmel wie Wasser im Mondlicht glitzern. Der Ausblick war so schön, dass ich glatt vergaß, wie kalt es war.

»Ich weiß nicht, wie es ist, vor Häschen oder Hunden Angst zu haben, und ich denke, du hast keine Ahnung, wie es ist, in Menschenmengen von allen fokussiert zu werden. Aber wir wissen, was für ein starker Gegner so eine Angst sein kann. Ich habe Angst vor Menschen, aber das ist nicht das Einzige.«

»Was gibt es noch?«, fragte ich und trat einen Schneehaufen zur Seite.

»Meine Familie. Der Gedanke, meinem Bruder in die Augen zu sehen und in Schuld zu ertrinken, macht mir Angst.«

Mir fiel auf, dass Paxton selten über seine Familie sprach. Bisher hatte ich mich zurückgehalten und aus Respekt nicht weiter nachgefragt. Immerhin wusste ich, wie es war, das schwarze Schaf zu sein. Ich hatte mir wirklich nicht vorstellen können, dass Paxton der Außenseiter seiner Familie war.

»Kann ich dich was fragen?«, setzte ich daher vorsichtig an.

Paxton starrte eine Weile auf den im Laternenlicht schimmernden Schnee zu seinen Füßen, bevor er antwortete. »Klar, immer, was willst du wissen?«

»Was ist mit dir, deiner Mom und deinem Bruder passiert? Du hast es angedeutet, aber nicht weiter ausgeführt.«

Paxton schluckte. Seine Kieferknochen begann zu arbeiten, als er nachdachte. Er ging zu einer der Hollywoodschaukeln, die auf der Veranda des Resorts standen und mit Schaffellen und gemütlich aussehenden Kissen geschmückt waren. Heizpilze standen dazwischen und sorgten dafür, dass man den atemberaubenden Blick auf die nächtlichen Berghänge genießen konnte, ohne zu erfrieren.

Paxton stützte sich mit den Unterarmen auf die Oberschenkel und beugte sich vor, um den Boden mit seinen Blicken zu malträtieren.

»Ich hatte dir ja schon erzählt, dass mein Bruder und ich mal ein Herz und eine Seele gewesen sind. Das hat sich durch die Rolle in *Road Explosion* verändert. Ich hätte niemals gedacht, dass es so kommen würde. Ich hatte gerade auf dem College angefangen und studierte Elektrotechnik, obwohl ich genau wusste, dass es mich niemals glücklich machen würde. Ich hatte mich dafür entschieden, weil ich gut in so was war und meine Familie dringend finanzielle Unterstützung brauchte. Zwischen meinen Vorlesungen habe ich Julian zu verschiedenen Castings gefahren. Es war sein Traum, Schauspieler zu werden, aber das weißt du ja.« Jedes Wort fiel ihm schwer, denn egal, wie unbedeutend er es klingen ließ, es erzählte die Geschichte seiner Familie.

»An einem Tag dauerte es länger, also bin ich rein, um ihm zu sagen, dass ich später wiederkommen würde, um ihn abzuholen, damit ich meine Vorlesung nicht verpasse. Dann sprach mich eine junge Frau an. Sie wirkte ziemlich verzweifelt, auch wenn ich zu diesem Zeitpunkt nicht wusste, weshalb. Sie drückte mir einen Zettel in die Hand und flehte mich an, das Skript mit ihr durchzugehen und den männlichen Part zu sprechen. Niemand hier hatte sich dazu bereit erklärt, kurz mit ihr zu üben. Also nahm ich ihr das Blatt aus der Hand und fing an zu lesen. Jeder im Raum konnte quasi beobachten, wie ihre Augen größer und größer wurden, als ich vorlas. Und das wahrscheinlich nicht mal richtig gut. Am Ende fragte sie mich nach meinem Namen. Ich sagte Paxton Wyatt. Daraufhin hat sie gelacht und gesagt, dass man daran ja arbeiten könne. Sie griff nach meiner Hand. Ich weiß noch, wie die ganzen Leute geschaut haben, als sie mich in den Audition-Raum gezogen hat. Das Schlimme war, dass mein Bruder in dem Moment, als ich reinkam, die Absage bekommen hat.«

Ich bekam Gänsehaut.

»Das war der Beginn meiner ewigen Schuldgefühle.«

»Und was ist dann passiert?«, fragte ich vorsichtig, weil ich das Gefühl hatte, dass seine Geschichte noch eine Wendung nehmen würde, die ihn belastete. Ich wollte Paxton nicht zwingen, mir zu erzählen, was passiert war, ich wusste nur selbst, dass es besser war, etwas zu Ende zu bringen, bevor man dafür sorgen konnte, dass die Gedanken alleine weiterliefen. So wie mit guten Horrorfilmen. Man musste sie einfach zu Ende schauen, wenn man danach zumindest ein wenig ruhiger schlafen wollte.

Ich konnte beobachten, wie sich Paxtons behandschuhter Daumen in die linke Handfläche bohrte.

»Ich war anfangs ziemlich verwirrt und habe ihre Anweisungen befolgt, einfach weil ich nicht wusste, was ich sonst tun sollte. Zu dem Zeitpunkt dachte ich immer noch, ich würde ihr bei der Audition helfen. Dass sie ein Talentscout war, wusste ich in diesem Moment nicht. Also las ich einfach meinen Text vor, während sie – ich glaube, ihr Name war Sharon – den weiblichen Text zum Besten gab.

Am Ende tuschelten alle, bevor sie mir die Hauptrolle anboten. Ich habe eine ganze Weile darüber nachgedacht. Die fünfköpfige Jury saß da und hat mich beobachtet. Wartend, hoffend und gespannt. Sie haben mir für den ganzen Dreh drei Millionen Dollar geboten, was für mich eine Menge Geld war, obwohl es ein Witz ist, verglichen mit dem, was ich hierfür bekomme. Und da wir das Geld brauchten, und damit meine ich wirklich dringend, weil wir sonst unser Haus verloren hätten, nahm ich an.

In den ersten Stunden realisierte ich gar nicht, was genau das bedeutete, aber als Julian mich fragte, was da gewesen war, wusste ich schon, dass meine Antwort ihn verletzen würde. Und trotzdem habe ich nicht abgelehnt. Er war, wie zu erwarten, sauer und ging mir aus dem Weg. Also fuhr ich ihn zurück nach Hause und machte mich auf in die Uni. Während meiner ganzen Vorlesungen konnte ich nur daran denken, dass ich genug Geld verdienen würde, um unser Haus zu retten. Und dadurch fühlte es sich nicht mehr so falsch an.«

Ich nickte verständnisvoll, obwohl ich mir nicht vorstellen konnte, was er in diesem Moment empfand.

»Nach der Uni fuhr ich wieder nach Hause. Ein paar Freunde von mir, unter anderem Julian, warteten schon auf mich. Jeder gratulierte mir zu dieser wahnsinnigen Chance. Jeder außer mein Bruder, der brodelnd wie ein Kochtopf daneben saß und es leise ertragen hat. Wir gingen alle gemeinsam in eine Bar am anderen Ende der Stadt und feierten ziemlich ausgelassen. Besonders mein Bruder hatte den ein oder anderen Schluck zu viel. Dass er noch nicht einundzwanzig war, interessierte den Club herzlich wenig, was wahrscheinlich einer der Gründe war, weshalb wir so gerne dort abhingen.«

Paxton machte eine kurze Atempause. Mein Herz zog sich bei jedem Satz weiter zusammen, aber mehr als ihm zu zeigen, dass ich da war, konnte ich nicht tun.

»Als ich merkte, wie schlecht es ihm ging, wollte ich Julian den Autoschlüssel abnehmen und uns gemeinsam ein Taxi rufen. Aber er ist ganz schön ausgeflippt und dann mit dem Autoschlüssel in der Hand rausgerannt. Ich bin noch hinterher durch das Gedränge, aber als ich rauskam, sah ich nur noch seine Rücklichter. Frustriert bin ich wieder rein, um weiter mit meinen Freunden zu feiern, auch wenn ich nun von einem ziemlich miesen Gefühl begleitet wurde.

Irgendwann bekam ich einen Anruf von meiner Mom. Sie war aufgeregt und stammelte etwas von Krankenhaus und Gefängnis. Ich machte mich direkt auf den Weg in die Notaufnahme, in der sich mein Bruder befinden sollte. Meine Mom stand die ganze Zeit schluchzend im Wartezimmer. Mein Bruder hatte zwei Fußgängerinnen umgefahren und war dann in eine Laterne gebrettert, die abgebrochen war und seine Windschutzscheibe zerschmettert hatte. Er hatte es überlebt und wurde gerade operiert. Die beiden jungen Frauen waren noch an der Unfallstelle für tot erklärt worden.

Die nächsten Tage waren krass. Zwar ging es meinem Bruder schnell besser, aber nur körperlich, nicht psychisch. Er hat vor der Polizei, dem Gericht, zu den Eltern der Opfer und zu mir gesagt, dass er die Schuld nicht bei sich sehe, sondern bei mir. Ich habe ihn kaputt gemacht und dazu verleitet, betrunken nach Hause zu fahren. Er hat immer wieder betont, dass es nie passiert wäre, wenn ich nicht den Job angenommen hätte, den er so sehr wollte. Und jetzt gibt es nichts, was ich mir mehr wünsche, als die Leben der beiden Mädchen gegen eben jenen einzutauschen.«

Ich wusste nicht, was ich sagen sollte. Ich fühlte mit ihm, weil es schrecklich war, was sein Bruder gesagt und getan hatte. Aber ich verstand Julian auch. Er hatte für seinen Traum gekämpft und nun war dort jemand anders, der ihn lebte. Die Welt war unfair. Aber er war eine eigenständige Person und hatte sich selbst dazu entschieden, Scheiße zu bauen. Und ich war mir ziemlich sicher, dass Paxton das im Grunde seines Herzens wusste, was es natürlich nicht leichter machte.

»Ist er im Gefängnis?«

Paxton schüttelte den Kopf. »Nein, er ist in einer psychiatrischen Einrichtung untergebracht, weil er sich in der Haft zweimal das Leben nehmen wollte. Wegen mir.« Paxton vergrub das Gesicht in seinen Händen. Er kehrte jetzt gerade sein Innerstes nach außen. Für mich, weil er mir vertraute.

Sanft streichelte ich ihm über den Rücken. »Deshalb hast du mir geholfen, weil du dir vorstellen kannst, wie es ist.«

Paxton grinste. »Wenn ich das jetzt zugebe, dann kann ich das Actionheld-Image in deiner Gegenwart vergessen, also sage ich einfach, dass ich hoffe, etwas bei dir gutzuhaben.«

Das war's wohl mit der Uneigennützigkeit. Was könnte Paxton Wright von der Assistentin einer Regieassistentin wollen? Mir schwante Böses.

»Ich werde nicht mit dir ...«

Paxton lief kopfschüttelnd neben mir her. Licht drang durch die Fenster der Hotellobby nach draußen und erhellte die Dunkelheit um uns herum.

»Nein, ich will keinen unanständigen Gefallen. Immer noch nicht. Das hatten wir schon. Ich wollte dich bitten, mich zu einer Kostümparty zu begleiten. Ein Freund von mir gibt jedes Jahr eine Charityparty. Sie findet dieses Mal im Museum in Anchorage statt. Alle kommen maskiert, um die Anonymität der Spendenden zu schützen. Und wie du jetzt weißt ...«

»... stehst du nicht so auf Menschenansammlungen.«

Paxton nickte.

»Gut, ich komme mit. Ich nehme an, Abendgarderobe ist Vorschrift.«

»Ja, genau.«

»Dann geht mein Darth-Vader-Helm wahrscheinlich nicht als Maske durch.«

»Nein, ich denke, damit würdest du alle Blicke auf uns ziehen.«

Ich nickte. »Okay, kein Darth-Vader-Helm.«

»Was ziehst du stattdessen an?«, fragte er neugierig.

»Das wird noch nicht verraten. Ich möchte nicht länger ein offenes Buch sein. Du weißt jetzt schon viel mehr über mich als ich über dich.«

Paxton grinste. »Glaub mir, Farah Stewart, ich werde einfach nicht schlau aus dir.«

28.12.

Liebes Tagebuch,

heute habe ich die Folge Law & Order gesehen, in der Paxton mitgespielt hat, und das hat mir gezeigt, dass es Hoffnung für uns gibt.
  In der Folge verkörpert er den Ex-Freund eines Models, der sie zurückhaben will und deshalb ihre Katze ermordet, sich maskiert, sie entführt und ganz viele romantische Briefe schreibt. Unter anderem Namen natürlich. Dann eilt er ihr als Ritter in schillernder Rüstung zu Hilfe und sie kommen wieder zusammen. Sie trennen sich erneut, als sie erfährt, dass er das alles für sie getan hat. Law & Order ist da immer so überdramatisch.
  Ich werde mich daran halten und dafür sorgen, dass er nicht rausfindet, dass ich dahinterstecke. Ganz einfach.

KAPITEL 19

PAXTON

Mein Smartphone klingelte, als ich aus dem Taxi stieg und auf das hell beleuchtete *Anchorage Museum* zulief. Vor der Tür lag ein roter Teppich aus und Fotografen tummelten sich um die fleißig posierenden Stars und Sternchen. Es war lächerlich, dass sie Masken trugen, um anonym zu bleiben, und sich gleichzeitig im Blitzlichtgewitter der Boulevardblätter sonnten. Das war nichts für mich, weshalb ich mich klammheimlich zum Hintereingang aufmachte.

Ich hatte keinen Anzug mit ans Set genommen und, bis ich ihn heute Morgen raushängen wollte, leider nicht mehr daran gedacht, dass es nichts gab, das ich raushängen konnte. Manchmal hasste ich es, berühmt zu sein, aber in wenigen Momenten genoss ich die Vorteile, die mir der Name Paxton Wright verschaffte.

Das Hotel hatte auf meinen Wunsch hin einen Last-Minute-Termin in der exklusivsten Schneiderei in Anchorage organisiert. Nach dem Dreh zweier Szenen mit den Hunden hatte ich mir ein Taxi in die Stadt gerufen und ebendiesem einen Besuch abgestattet. Farah wusste, dass wir uns in der Location trafen.

Ich hatte meinem Freund Winston Redwood, Millionenerbe einer Hotelkette und Veranstalter dieser Party, Bescheid gegeben, dass Farah wahrscheinlich vor mir eintreffen würde. Sam brachte sie direkt vom Hotel aus zur Veranstaltung. Winston sollte sie durch den Hintereingang eskortieren. Die Textnachricht, die ich erhalten hatte, als ich aus dem Auto gestiegen war, bestätigte die Ankunft des Päckchens, wobei Farah natürlich das Päckchen war. Winston stand auf Agentenfilme und liebte es, genug Geld zu haben, um sich zeitweise wie ein James Bond geben zu können.

Ich wählte Winstons Nummer, während ich um den Museumskomplex herumlief. »Ich komme jetzt rein«, sagte ich.

»Sehr gut, der Adler steht Spalier.«
Lachend legte ich auf und schob das Smartphone zurück in meinen schwarzen Anzug.

Ich näherte mich einer unscheinbaren schwarzen Metalltür, neben der zwei Müllcontainer standen, und klopfte gegen die Tür. Ein breit gebauter Securitymann öffnete mir. Seinen Kopf hatte er kahl geschoren und auf der Rückseite prangte die Tätowierung eines brennenden Schmetterlings.

Ich grinste. »Paco, wie geht's dir?«

Der Securitymann verzog die Lippen zu einem richtig ekligen Lachen. »Wright, Sie hier zu sehen, und das ganz ohne Begleitung. Wunder passieren immer wieder.«

»Sorry, meine Begleitung ist schon drin.«

Paco zuckte mit gespielter Enttäuschung seine breiten Schultern. »Irgendwann, Wright. Irgendwann gehen Sie mit mir auf ein Date«, raunte er mit seiner schmirgelpapierrauen Stimme.

Paco war Winstons liebster Securitymann. Mein Freund kannte ihn und seinen Mann schon seit einer Ewigkeit. Beide arbeiteten für Winston im Personenschutz. Mittlerweile war es zu einer Art Running Gag geworden, dass er mich anbaggerte, wenn wir uns sahen. Ich musste gestehen, dass ich mich nicht mehr daran erinnerte, wann genau das damals angefangen hatte. Wahrscheinlich war ich einfach zu betrunken gewesen.

Die dumpfen Geräusche der Musik kamen mir schon auf dem Dienstbotenflur entgegen. Also folgte ich einfach nur den poppigen Bässen von Michael Jackson und Pharrell Williams in die Location.

Als ich die Tür aufstieß, schlug mir ein typischer Partygeruch entgegen. Er war eine Mischung aus süßen Cocktails und abgestandener, warmer Luft. Fantastisch.

Ich schob mich an einem Haufen tanzender Frauen vorbei, die vor jede ihrer Maskierungen ein *sexy* hängen konnten. Vom Häschen bis zur Löwin war so ziemlich alles an Masken dabei.

Meine Augen scannten den riesigen Saal nach Farah ab, doch ich konnte sie zwischen den ganzen maskierten Frauen in Abendkleidung nicht ausmachen. An jeder Ecke standen beleuchtete Skulpturen auf mit weißen Hussen bezogenen Stehtischen. Drum herum tummelten sich die verschiedensten kostümierten Menschen, und keine der Verkleidungen sah selbst gemacht oder billig aus. Genauso wenig wie das Ambiente.

Die Wände waren mit grauen Stoffbahnen abgehängt worden und dunkel leuchtende Lichterketten zogen sich unter der Decke des ganzen Raumes entlang. Alles hier sah teuer und edel aus. Winston hatte es sich ordentlich was kosten lassen. Die Kellner reichten Canapés und Shrimp-Cocktails, und die Gäste tranken aus Kristallgläsern, die in Regenbogenfarben schimmerten, wenn man sie in das bunte Licht hielt.

Diese Veranstaltung erinnerte mich sehr an die anderen Hollywoodpartys, auf die ich jedes Jahr eingeladen wurde. Irgendwie gab mir das ein wenig Sicherheit. Allgemein spürte ich trotz der ganzen Menschen um mich herum keinen Funken Angst in mir. Vielleicht lag es daran, dass man mich unter dieser Maske nicht direkt erkennen konnte, oder daran, dass alle anderen einfach auch maskiert waren. Ich konnte gar nicht genau sagen, was der eigentliche Grund dafür war, aber es tat mir gut, mal nicht Paxton Wright zu sein. Heute war ich nur irgendein Typ, der etwas spenden wollte und eine schwarzgoldene Fuchsmaske trug.

So gelassen wie schon lange nicht mehr, bewegte ich mich durch die Menschen auf der beleuchteten Tanzfläche, die sich passend zur poppigen Musik bewegten, in Richtung der Bar. Vielleicht würde mir der Barkeeper sagen können, ob er eine junge Frau mit lila Haarspitzen gesehen hatte. Es wäre vermutlich leichter gewesen, Farah in der Menge zu finden, wenn ich gewusst hätte, was sie trug.

Ich ließ mich auf einem der freien Hocker an der rustikalen, indirekt beleuchteten Holzbar nieder und orderte einen Whisky Sour mit Strohhalm, damit ich meine Maske zum Trinken nicht absetzen musste. Gerade als ich den Barkeeper nach Farah fragen wollte, rutschte eine junge Frau auf den freien Platz neben mich. Sie warf ein kurzes Lächeln in meine Richtung, bevor sie sich eine Piña Colada bestellte.

Ich betrachtete sie durch die mandelförmigen Ausbuchtungen meiner eigenen Maske. Die junge Frau trug ein langes schwarzes

Kleid mit einem Schlitz, der so hoch führte, dass er viel Haut zeigte. Die schwarzen Lederhandschuhe passten perfekt. Sie hatte ihre dunklen Haare hochgesteckt, und ihre Lippen leuchteten in demselben Rot wie die Clutch, die sie bei sich trug. Lediglich eine Locke hatte sich aus ihrer strengen Frisur gelöst. Lila Spitzen.
Es war Farah. Und sie sah atemberaubend aus.
Für einen Moment hatte ich geglaubt, dass sie eine venezianische Maske trug. Doch bei genauerem Betrachten ihres Gesichts fiel mir auf, dass sie die detailreiche verschnörkelte Maske nur aufgemalt hatte.
»Coole Kostümierung«, sagte sie.
Ertappt wurde mir klar, dass mein Anstarren ihr aufgefallen sein musste, obwohl ich die Maske trug. Die schützte eben nicht vor allem.
»Danke. War ein Schnäppchen«, antwortete ich knapp und etwas ironisch.
Das Lächeln auf ihren rot geschminkten Lippen wurde weicher.
»Hätte ich nicht gedacht. Es sieht ziemlich hochwertig aus. Obwohl der vergoldete Fuchs schon etwas dekadent wirkt.«
»An manchen Tagen ist Dekadenz angebracht. Eine Spendenparty ist der optimale Anlass. Außerdem siehst du edler aus als alle anderen Gäste zusammen. Du bist wunderschön, Farah.«
Sie hatte mich wirklich überrascht. Ich musste zugeben, dass ich sie bei dem kleinen Schwarzen und nicht bei den klassischen langen Abendkleidern eingeordnet hatte. Der Herzausschnitt betonte ihre Brüste und hypnotisierte mich einen Moment zu lange. Und so, wie sie mir in die Augen sah, war ihr das nicht entgangen.
»Leider hat mein Darth-Vader-Helm ja nicht mit reingedurft.«
»Hast du es wirklich versucht?«
»Nein, ich wollte doch keine Blicke provozieren, wenn dir nicht dran gelegen ist. Auch wenn ich kurz gehofft hatte, dass du doch in einem Darth-Vader-Outfit auftauchen würdest.«
Ihre Worte brachte mich zum Grinsen. »Ich hatte kurz dran gedacht, ich mag *Star Wars*, aber es schien mir dann doch etwas zu riskant. Und du wolltest aussehen wie eine heiße Vampirin aus *Twilight*?« Damit spielte ich zumindest ein wenig auf ihre Maske an.

Zwar war ich nicht so ein großer Fan von *Star Wars* wie mein Bruder, das änderte aber nichts daran, dass ich die Filme bestimmt ein Dutzend Mal geschaut hatte.

Farah lachte, während sie begann, in ihrem Cocktail herumzustochern. »Ich mag Vampire, sie sind so mysteriös, aber *Twilight* war ehrlich gesagt nicht so meins. *Star Wars* finde ich aber super. Offensichtlich. Mein Dad ist ein Riesenfan, weshalb mir das quasi schon seit meiner Kindheit antrainiert wurde.«

»Ah, das ist ja interessant. Ein Fangirl erster Stunde. Und wie findest du die neuen Teile?«, fragte ich interessiert.

Sie zuckte mit den Schultern. »Ich weiß, dass viele, die mit den älteren Filmen aufgewachsen sind, die neuen nicht mögen, aber ich schon. Sie sind cool und ich liebe Poe Dameron. Er ist heiß.«

»Ich habe noch nie gehört, dass jemand die neuen Star-Wars-Filme mag, weil er den Schauspieler einer Nebenrolle heiß findet«, stellte ich lachend fest, während ich versuchte, den kleinen Funken Eifersucht im Keim zu ersticken. Ich hatte keinerlei Ähnlichkeiten mit Oscar Isaac. Er war dunkelhaarig und hatte guatemaltekische und kubanische Wurzeln. Meine blonden Haare und die für L.A.-Verhältnisse helle Haut standen in einem ziemlichen Kontrast. Andererseits hatte Farah längst zugegeben, dass sie sich zu mir hingezogen fühlte. Schon allein der Gedanke daran sorgte regelmäßig dafür, dass ich mich kalt abduschen musste.

»Tja, dann bin ich wohl die Erste. Was für eine Ehre.« Dieses Mal war der Ton in ihrer Stimme ironisch.

»Sehr gern. Freut mich, dass ich dein Selbstbewusstsein etwas aufpolieren konnte«, entgegnete ich freundlich.

»Das habe ich dringend gebraucht.«

Ich zog einmal zu stark an meinem Whisky Sour, sodass der Alkohol in meiner Kehle brannte. Ich musste kurz husten und schlug mir mit der Faust auf die Brust. »Hattest du einen miesen Tag?«

»Ja, kann man so sagen. Ich bin mit Lydia zusammengestoßen und sie hat ein Riesentheater veranstaltet. Wahrscheinlich hält mich die ganze Crew jetzt für eine Idiotin.«

»Was hast du ihr denn getan?«

»Hey, bekommst du eigentlich Luft durch die Nase?«, ging Farah meiner Frage galant aus dem Weg.

»Es ist heiß hier drinnen und ich schwitze wie ein Wasserfall, aber Luft bekomme ich durch das Filternetz in der Fuchsnase ganz gut. Na ja, so gut, wie man in einem stickigen Raum voller tanzender Menschen eben Luft bekommt.«

»Das glaube ich dir. Aber wieso setzt du sie dann nicht einfach ab? Zumindest zum Trinken«, schlug sie vor, doch ich schüttelte den Kopf. Das wollte ich nicht riskieren.

»Nein, das würde meinen Auftritt hier ziemlich ruinieren. Außerdem könnten wir uns dann nicht mehr so ungestört unterhalten.«

»Wieso könnten wir uns dann nicht mehr unterhalten?«, fragte sie grinsend. »Alle hier sind wahrscheinlich so reich und berühmt wie du.«

Ich spürte den kühlen Metallstrohhalm an meinen Lippen. Dann trank ich den letzten Schluck meines Whisky Sour aus, bevor ich ihr antwortete.

»Ich sehe extrem gut aus, das weißt du. Das würde nur die ganze Aufmerksamkeit auf uns ziehen«, scherzte ich, obwohl mir durchaus bewusst war, dass man mich gemeinhin als attraktiv bezeichnen würde. Zumindest, wenn man der *GQ* glaubte.

»Ach, ist das so? Ja, dann solltest du die Maske natürlich unbedingt aufbehalten. So habe ich dich länger für mich.«

Ich schüttelte leise lachend den Kopf, weil es so absurd war, dass gerade ausgerechnet die pflichtbewusste Farah Stewart mit mir flirtete. Es brachte mich zu der These, dass die Piña Colada unter ihren zarten Fingerspitzen nicht ihre erste war. War ich wirklich so viel zu spät gekommen?

»Das könnte man so sagen.«

»Gut, dann erzähl mir von dir, ich will das ausnutzen. Was ist deine Lieblingsfarbe? Welche Dinosaurierart magst du besonders und was wünschst du dir am meisten? Oh, und welchen Cocktail würdest du mir mixen? Ich brauche Inspiration«, fragte sie. Farah war wie verwandelt. Bis zu dem Abend, an dem ich ihr mit den Hunden geholfen hatte, waren wir uns seit Drehbeginn kaum begegnet. Ich hatte zwischenzeitlich im Studio drehen müssen, während Farah und Sarah sich um andere Dinge gekümmert hatten. Aber immer wieder bemerkte ich aufs Neue, wie sehr ich ihre Anwesenheit genoss. Sie war eine humorvolle und offene junge Frau. Wie konnte es nur so schlecht zwischen uns gestartet sein?

Farah sog den letzten Schluck ihres Cocktails ein, bevor sie die Ananasscheibe herausholte und genüsslich abknabberte. Es blieben nur halb geschmolzene Eiswürfel und ein weißer Schaum im Glas zurück.

»Hmm, meine Lieblingsfarbe ist Orange, glaube ich. Ich mag warme Farben. Mit Dinosauriern kenne ich mich ehrlich gesagt nicht so gut aus, aber als Kind fand ich den Triceratops echt cool. Das mit dem Wunsch ist schwer.«

Was wünschte ich mir am meisten? Es gab eine Menge Dinge, die ich mir wünschte. Zum einen, ein gefragter Schauspieler zu sein, der jedes Genre spielen konnte. Andererseits wünschte ich mir, keine Angst mehr zu haben. Ich wünschte mir, dass 27. 08. sich in Luft auflöste und aufhörte, mich zu stalken. Aber nichts davon konnte ich ihr sagen. Es gab noch einen Wunsch, den ich hatte, aber der war sehr fest in meiner Seele verwurzelt. So sehr, dass ich ihn noch nie laut ausgesprochen hatte. Bis jetzt.

»Ich wünsche mir, dass mein Bruder wieder mit mir redet.«

Sie schien ebenso überrascht wie ich.

»Verstehe ich, bei dem, was alles passiert ist. Hast du es je wieder versucht?«, fragte Farah vorsichtig.

Ich nahm einen tiefen Atemzug. Alles, was ich ihr gerade erzählte, war wahr, und es fühlte sich gut an, mich ihr zu öffnen. Dr. Sanders hatte recht. Das konnte wirklich etwas bewirken. Seit ich Farah die ganze Geschichte anvertraut hatte, fühlte sie sich wie eine Vertraute an. Jemand, der mein Geheimnis hütete wie sein eigenes.

»Das ist nicht so einfach. Er sitzt in einer Klinik und möchte mich weder sehen noch geht er je ans Telefon.«

Es fiel mir schwer, daran zu denken, aber es ihr zu sagen, war ganz einfach gewesen.

»Das klingt nicht gut. Tut mir leid.« Ihre Worte waren weich und verständnisvoll. Ich spürte, wie sie ihre warme Hand an meinen Oberarm legte und mich ansah. Da war kein Mitleid in ihren Augen, da war einfach nur ein Lächeln, das die Welt verändern konnte.

Für einen Moment blendete ich die laute Musik, die tanzenden Menschen und die bunten Lichter um uns herum aus, nur um die Konturen ihrer Lippen anzusehen.

Die Stille zwischen uns währte einen Moment zu lang. Farah warf einen Blick auf ihr Smartphone. »Wann wird eigentlich gespendet und vor allem wofür?«

Dankbar nahm ich ihren Themenwechsel an.

»Mein Freund Winston organisiert jedes Jahr diese legendäre Party. Er hat seine sechzehnjährige Schwester an den Krebs verloren, weil die Forschung noch nicht besonders weit ist. Deshalb gehen alle Spenden an die Kinderkrebsforschung. Man kann sich den ganzen Abend überlegen, wie viel man geben möchte.« Ich schob ihr einen der auf Pappe gedruckten QR-Codes rüber, die auf den Stehtischen und der Bar verteilt lagen. »Du musst ihn nur scannen und kommst direkt auf die Website. Da kann man auch den aktuellen Stand einsehen.« Ich machte es vor und hielt ihr mein Smartphone hin. »Wie viel wollen wir spenden?«

Farahs Augen weiteten sich. Ihr war deutlich anzusehen, dass sie nicht den blassesten Schimmer hatte, was sie darauf sagen sollte. »Du meinst Geld?«

»Mein Mathelehrer hätte jetzt ›Nein, Bananen‹ geantwortet.«

Farah grinste. »Das ist eine unfaire Frage. Ich kenne dein Vermögen nicht und weiß nicht, was man durchschnittlich auf solchen Veranstaltungen ausgibt.«

»Das ist ein Argument, das ich akzeptieren kann. Für *Snowlight* bekomme ich zweiundzwanzig Millionen Dollar.«

Farah, die gerade einen Schluck trank, begann plötzlich zu husten.

»Nicht dein Ernst.«

»Ich weiß, ein ganz schöner Abstieg nach *Road Explosion*«, antwortete ich, wohl wissend, dass sie das nicht gemeint hatte.

»Ich traue mich gar nicht zu fragen, was du dafür bekommen hast«, gab sie zu.

»Achtunddreißig Millionen Dollar. *CBF Productions* hat eben direkt riesiges Potenzial gesehen.«

Farahs Kinnlade klappte runter, bevor ich ihr sagen konnte, wie viel Steuern ich dafür noch hatte abdrücken müssen.

»Paxton Wright«, ertönte eine Stimme hinter mir. Ich drehte mich um und sah in das kantige Gesicht eines brünetten jungen Mannes.

»Na, sieh mal einer an. Dich hätte ich zwischen diesen Aasgeiern nicht erwartet.«

»Jasper Anderson«, begrüßte ich ihn grinsend. Er war der Erbe eines Immobilienimperiums und wahrscheinlich der einzige Millionärssohn, den ich kannte, der mehr IQ hatte als Geld auf dem Konto. Wir kannten uns nur flüchtig, weil sein Vater manchmal Filmsets zur Verfügung stellte. Ich mochte seine zurückhaltende, aber gleichzeitig selbstbewusste Art. Sehr erfrischend zwischen den ganzen Heuchlern. Das respektierte ich.

»Was verschlägt dich nach Anchorage?«

»Ich bin genau wie du zum Spenden hier. Ich bin ein großzügiger Mann.«

»Da freut sich Winston sicher sehr, dass so rege Anteilnahme herrscht.«

Jasper nickte. »Meine Freundin hier ist leider ein großer Fan von dir. Sie hat mir einfach nicht geglaubt, dass wir uns kennen.«

Ich musste grinsen, als ich sah, wie sich Jaspers Lippen verzogen. Er schenkte seiner hübschen Begleitung einen triumphierenden Seitenblick. Die junge schwarzhaarige Frau errötete wie auf Knopfdruck und machte einen auffällig unauffälligen Schritt hinter Jasper.

»Es freut mich sehr, dich kennenzulernen. Und ich muss Jasper leider recht geben, wir kennen uns. Das letzte Mal, als wir uns gesehen haben, habe ich unfreiwillig in Alkohol gebadet.«

In Jaspers Blick glänzte der Schalk. Er erinnerte sich offenbar genauso gut an den Abend wie ich. Jemand hatte mich angerempelt und das Nächste, woran ich mich erinnerte, waren die von der Champagner-Pyramide herabstürzenden Gläser. Hätte ich nach diesem Abend nicht meine erste Nachricht von 27. 08. erhalten, wäre er mir wahrscheinlich als spaßig in Erinnerung geblieben.

»Du übertreibst, Wright.«
»Das ist mein Job.«
»Deshalb wäre es super, wenn du ihr ein Autogramm geben würdest. Dann kann sie aufhören, dich anzuschmachten.« Er schob mir eine Serviette und einen Stift hin. Freundlich lächelte ich sie an und griff nach der Serviette. Ich unterschrieb ohne Widmung, weil es mir etwas seltsam vorkam, jemandem eine Serviette zu widmen, aber sie schien trotzdem äußerst glücklich zu sein.
»Vielen Dank.«
Jasper nickte zur Verabschiedung. Ich griff nach Farahs Hand und zog sie vom Barhocker auf die sich füllende Tanzfläche.
»Lass uns tanzen«, forderte ich sie auf und drehte sie in meinen Armen. Der Bass dröhnte zu den Neunziger-Songs und ließ mein Herz rasen, wobei ich zugeben musste, dass ich nicht ganz sicher war, ob es an der Musik oder an Farah lag. Der glänzend schwarze Stoff legte sich wie eine zweite Haut um ihren Körper. Sinnlich kreisten ihre Hüften zu *Let's Get Loud*. Es fiel mir schwer, mich nicht mit den Blicken in ihrem Kleid zu verlieren. Aber je länger ich Farah ansah, desto weniger hörte ich auf die liebliche Stimme von Jennifer Lopez.

Ich spürte ihre Hände am Kragen meines Anzugs. Farah zog mich an sich. Nun war das Einzige, das noch zwischen uns gepasst hätte, ein gefaltetes Kaugummipapier. Bunte Lichter tauchten uns in die verschiedensten Farben. Wir verschmolzen mit den Menschen um uns herum. Ich konnte mich nicht daran erinnern, wann ich zuletzt in einer Menschenmenge untergegangen war.

Für einen Moment glaubte ich, mich nie besser gefühlt zu haben. Doch dann änderte sich etwas. Ich wurde beim Tanzen angerempelt. Einmal, zweimal, dreimal. Und jede Berührung ließ mich ein paar Sekunden lang einfrieren.

Bilder einer Party fluteten meinen Kopf. Jaspers Party letzten Sommer. Danach hatte sich mein Leben verändert. Als ich den Zettel gelesen hatte, der mir zugesteckt worden war, war mir klar geworden, dass ich meine Unbeschwertheit in der Sekunde verloren hatte, als ich in meine Sakkotasche gegriffen und das verdammte Stück Papier daraus hervorgezogen hatte. Ohne dass ich etwas dagegen tun konnte, tauchten Buchstaben vor meinem inneren Auge auf und bildeten die Worte, die sich wie ein Zeichen in meinen Kopf gebrannt hatten.

Du bist einzigartig. Du bist so perfekt, dass es wehtut. Aber ich kann damit umgehen. Ich bin da, Paxton. Immer. Danke für dein Vertrauen.

Nein, nein, nein, nein. Die Lichter begannen, vor meinen Augen zu verschwimmen. *Nicht jetzt, verdammt.*

Ich griff nach Farahs Hand und zog sie in das mäßig besuchte Foyer des Museums. Sie sagte nichts. Sie stand da und hielt meine Hand, während ich meine Maske abnahm, um richtig Luft zu bekommen. Ich atmete tief ein und aus. Mein Brustkorb hob und senkte sich immer langsamer, und auch mein Herz begann sich zu beruhigen.

»Zu viele Menschen?«

Ich nickte zur Antwort. Sie hatte recht. Es waren Erinnerungen hochgekommen, die ich jeden einzelnen Tag meines Lebens verdrängte. Ich begann mich leer zu fühlen, um mein Innerstes nicht mit Angst zu füllen. Diese Leere war unerträglich. Sie umklammerte mein Herz so lange, bis es zu zerspringen drohte.

Farah strich mit ihren weichen Fingerspitzen beruhigend über meinen Handrücken, und durch meine Brust zog sich ein leichtes Kribbeln. Sie zeigte mir, dass ich nicht allein war.

Ich hob meine Hände und legte sie an ihre Wangen. Ihre tiefbraunen Augen schimmerten in der dezenten Beleuchtung. Mir wurde klar, dass ich dieses Verlangen nicht länger ignorieren konnte. Also tat ich das Dümmste, was ich tun konnte, und zog sie an mich. Ihre Hände wanderten auf meine Brust, und unweigerlich fragte ich mich, wie sie sich auf meiner nackten Haut anfühlen würden. Allein, dass ich mir das wünschte, zeugte davon, wie egal mir die Keine-Beziehungen-am-Set-Klausel in meinem Vertrag war. Ich wollte Farah kennenlernen. Ich wollte sie in meinem Leben. *Ich will* sie, schoss es mir durch den Kopf. Und im nächsten Moment presste ich meine Lippen auf ihre.

Sie waren butterweich und ich schmeckte den Alkohol auf ihrem Lippenstift. Farah schlang ihre Arme um meinen Oberkörper und sorgte dafür, dass auch das letzte bisschen Staub zwischen uns keinen Platz mehr fand. Hitze wallte durch meinen Körper, als tobte um uns herum eine Feuersbrunst.

Und dann endete es so plötzlich, wie es begonnen hatte. Farah löste sich von mir. Ihre Lippen umspielte ein verlegenes Lächeln. Es war eines dieser Lächeln, die dafür sorgten, dass alles in einem ganz heiß wurde. Ich konnte nicht anders, als zu grinsen.

»Ich ... also, ich mache so was normalerweise nicht.« Farah errötete, und ich akzeptierte, dass ich das schiefe Grinsen auf meinen Lippen wohl nicht so schnell wieder loswerden würde.

»Das habe ich überhaupt nicht gemerkt. Aber es ist nur fair von mir zu sagen, dass dein Lippenstift ein wenig verschmiert ist.«

Automatisch hob Farah die Hand an die Lippen. »Dann entschuldige mich bitte. Ich bin gleich wieder da.« Hastig lief sie in Richtung des ausgeschilderten Damen-WCs.

Ich steckte meine Hände in die Hosentaschen und beschloss, einfach nur vor mich hin zu grinsen wie ein verliebter Teenager. Als ich ein Tippen auf der Schulter spürte, dachte ich im ersten Moment, Farah hätte etwas vergessen. Doch als ich mich umdrehte, war es nicht Farah, die hinter mir stand. Platinblonde Locken wellten sich über das dunkelrote Abendkleid, das Lydia Benson trug.

»Paxton, ich wittere schon deinen nächsten Skandal. ›Hollywoodstar vergnügt sich mit Assistentin. Der tiefe Fall des Paxton Wright‹.«

Die gute Laune und das Hochgefühl waren plötzlich wie betäubt.

»Ich wusste gar nicht, dass du auch hier bist.«

»Alle sind hier. Tragisch, was sich heutzutage alles auf High-Society-Partys herumtreiben darf. Dein Stuntdouble, die kleine Lancaster, Sarah Willson, ich glaube, dass ich sogar die Rezeptionistin hier gesehen habe«, klärte sie mich auf.

»Was willst du, Lydia?« Meine Stimme klang hart und trotzdem lächelte sie, als hätte sie gerade im Lotto gewonnen. Das konnte nichts Gutes bedeuten.

»Ich könnte die pikanten Fotos, die ich eben geschossen habe, sicher für eine Menge Geld an die Klatschpresse verkaufen. Was glaubst du, wie viel ich dafür bekomme? Fünfhundert Dollar? Tausend?« Lydia Benson, meine Filmpartnerin, begann, wie ein Storch um mich herumzustolzieren.

»Was willst du?«, wiederholte ich meine Frage.

»Ich werde diese Bilder löschen, eins nach dem anderem, jedes Mal, wenn du mit mir ausgehst. Wir wären das perfekte Paar, Paxton. Und es wäre wahnsinnig gute PR für dich, eine gefestigte Schauspielgröße zu daten.«

Verärgert zog ich meine Augenbrauen zusammen. »Ich wusste nicht, dass Reality-TV jetzt auch offiziell zur Schauspielerei zählt.«

»Ach, komm, sei nicht so. Du weißt genau, dass eine Affäre mit einem Crewmitglied entgegen deinem Vertrag dich zerstören würde.«

Ja, das wusste ich nur zu gut. Diese Klauseln waren streng, aber Farah war nun mal nicht irgendeine Affäre. Sie hatte sich ohne viel Aufhebens und Trara in mein Herz geschlichen, um dort zu bleiben.

»Und wenn es nicht nur eine Affäre ist?«

Lydia lachte. »Wie süß. Paxton Wrights Herz aus Eis ist geschmolzen. Dann ist es halt ihre Karriere, die du zerstörst. Denn soweit ich weiß, dürfen Crewmitglieder auch nichts mit Schauspielern anfangen. Und willst du wirklich, dass ihr ihr Leben lang der Ruf nachhängt, sich mit dem großen Paxton Wright hochgeschlafen zu haben? Niemand würde sie wegen dieses unprofessionellen Verhaltens engagieren. Das weißt du genauso gut wie ich.«

Lydias Worte ruhten schwer auf meiner Brust. Sosehr ich sie verabscheute für das, was sie vorhatte, hatte sie doch recht. Farah und mir drohte eine erhebliche Geldstrafe, wenn wir uns einander hingaben. Wäre es hier nur um meine Karriere gegangen, hätte ich darauf geschissen. Aber ich wusste, wie wichtig ihr die Filmwelt war. Das hier war ihr Traum.

Mein Herz wurde schwer, als mir klar wurde, dass ich nicht der sein wollte, der ihre Karriere ruinierte, bevor sie begonnen hatte.

»Du willst ausgehen?«
»Ja, während der Drehzeit. Du wirst der nächste Zac Efron und ich die nächste Vanessa Hudgens.«
»Du weißt schon, dass das nicht gehalten hat?«
Lydia stöhnte beleidigt auf. »Natürlich weiß ich das. Es geht um die PR und nicht um eine echte Beziehung. Also tust du es?«
Ich starrte nachdenklich zu Boden. Das Lochmuster meiner Budapester wirkte urplötzlich wahnsinnig attraktiv. So musste ich Lydia wenigstens nicht in die Augen sehen, wenn ich einwilligte.
»Okay, ich mache es unter der Bedingung, dass es einen Riesenkrach gibt, der später wieder zur Trennung führt. Silvester wäre dafür doch perfekt.«
Lydia schüttelte lachend den Kopf. »Nein, nein. Das ist zu früh. Bis ein Jahr nach der Premiere.«
»Kommt nicht infrage. Maximal bis zur Premierenfeier in sechs Monaten. Wir lassen uns hin und wieder zusammen ablichten. Keine Küsse, keine Intimitäten.«
Lydia nickte grinsend. »Deal. Dann schnapp dir deine Sachen. Du solltest besser ins Hotel gehen. Da ist es nicht so gefährlich.« Dann machte sie auf dem Absatz kehrt und stolzierte zurück zur Party.
Voller Wut steckte ich die Hände in die Taschen meines Sakkos. Ich erstarrte. Die Spitzen meiner Finger ertasteten ein zusammengefaltetes Stück Papier. In Zeitlupe zog ich es aus der Tasche.

Ich bin dein Spiegel und du bist meiner. Wir gehören zusammen, auch wenn du mich noch nicht siehst. Du wirst es bald.

27.08.

31.12.

Liebes Tagebuch,

heute Abend ist eine Hollywood-Silvesterparty, zu der ich gehen werde. Ich hoffe, dass Paxton da sein wird, aber ich gehe davon aus. Ich habe mir ein rotes, mit Swarovskikristallen besetztes Kleid gekauft. Das letzte Mal habe ich auch Rot getragen, als wir uns begegnet sind. So erkennt er mich bestimmt.

KAPITEL 20

PAXTON

Lydia war eine anstrengende Drehpartnerin. Sie spielte gut und brachte Emotionen super rüber, wollte aber ständig alles neu drehen, damit sie sich selbst am besten in Szene setzen konnte. Die ersten Szenen hatten wir direkt in den ersten Tagen nach ihrer Ankunft abschließen können. Man musste ihr lassen, dass sie äußerst professionell war. Zumindest am Set. Außerhalb davon versuchte sie um jeden Preis, mit mir in Kontakt zu kommen, sodass alle es sahen. Unser Deal gefiel mir nicht, aber er war zu Farahs Bestem.

Ich hatte sie nach der Party angelogen und ihr erzählt, dass ich Ruhe und ein wenig Abstand brauchte, wenn die Angstschübe kamen. Farah verstand es, auch wenn ich ihr ansah, dass sie sich um mich sorgte. Es war nicht gänzlich gelogen, denn normalerweise verhielt es sich mit meiner Angst wirklich so. Aber nicht mit ihr. Sie gab mir das Gefühl, okay zu sein.

Ich hatte Lucy und Kyle von Lydias Erpressung und von unserem zwielichtigen Deal erzählt und beide waren sich ziemlich sicher, dass sie das auf Anweisung ihres Agenten hin tat. Eine Lovestory, die sich zwischen den Schauspielern der Protagonisten am Set eines Liebesfilms abseits der Kamera ergab, stand karrieretechnisch hoch im Kurs. Kristen Stewart und Robert Pattinson waren, was das anging, die beliebtesten Beispiele. Aber ich hatte nicht vor, wirklich etwas mit Lydia anzufangen. Sie war nicht mein Typ und konnte ganz schön biestig sein. Abgesehen davon, kam mir der Zeitpunkt mehr als unpassend vor. Gerade jetzt, wo meine Stalkerin sich wieder in mein Leben schlich, fühlte ich mich dadurch nur noch angreifbarer.

Inzwischen waren zu dem ersten Brief zwei weitere dazugekommen. Einen hatte ich in meinem Exemplar des Drehbuchs gefunden, das ich nur eine Sekunde aus den Augen gelassen hatte, als mir einer der Schlittenhunde buchstäblich ans Bein gepinkelt hatte. Das waren gleich zwei böse Überraschungen an einem Tag gewesen. Und die dritte war am Tag darauf gefolgt. Denn der dritte Brief, der an meinem Fenster geklebt hatte, hatte sich auf Farah bezogen, zumindest glaubte ich das.

Ich hasse es, wie du sie ansiehst. Mich siehst du nie so an. Sie hat deine Blicke nicht verdient, niemand außer mir hat das. Ich mag sie nicht, ich kann sie nicht leiden. Und je mehr du sie magst, desto mehr hasse ich sie. Den Hass zu kontrollieren, ist nicht einfach, ich tue es für dich. Aber irgendwann, Paxton, wird es nicht mehr funktionieren. Wenn du zu weit gehst, habe ich keine andere Wahl mehr, als selbst zu weit zu gehen.

In Liebe

27. 08.

Ihre Worte hatten sich in meinen Kopf gebrannt. Jedes einzelne sah ich, wenn ich die Augen schloss. Ich konnte nicht mehr schlafen und lag ständig wach. Mittlerweile trank ich so viele Energydrinks, dass sich mein Arzt gesorgt hätte.

Am liebsten wäre ich zu Farah gegangen, um es ihr zu sagen. Aber sie konnte noch schlafen. Sie fühlte sich sicher und sie hatte Spaß. Der Zwiespalt, in dem ich steckte, schien ein Abgrund zu sein, in dem ich alleine versank. Einerseits wollte ich sie nicht beunruhigen, andererseits kam es mir falsch vor, es nicht zu tun. Sie war stark und sensibel zugleich, und ich wusste nicht, welche Seite überwog. Es war hart für sie, unter Nolan zu arbeiten, der sie keines Blickes würdigte. Jedem von uns war aufgefallen, dass er sie immer, wenn sie eine gute Idee hatte, Kaffee holen schickte. Und der Kaffee entwickelte sich sowieso zum wunden Punkt der Runde.

Aus irgendeinem Grund konnte Lydia Farah überhaupt nicht leiden. Und Farah schien es ganz ähnlich zu gehen. Ich hatte nichts von irgendwelchen Auseinandersetzungen mitbekommen und so was sprach sich an einem Filmset normalerweise binnen Minuten herum. Trotzdem tat Lydia alles, um Farah das Leben besonders schwer zu machen.

Ich war gerade dabei, dem Leithund Jo und seiner rechten Pfote Yuna zum wiederholten Male das Geschirr des Hundeschlittens anzulegen, damit es später besonders authentisch aussah. Und jeder, der behauptete, dass das ein Kinderspiel war, log. Gott sei Dank waren Jo und Yuna nicht nur gut ausgebildete Schlittenhunde und filmerfahren, sondern auch von Natur aus Schlaftabletten, die alles über sich ergehen ließen. Eine Eigenschaft, die für Huskys ungewöhnlich war.

Ich löste den letzten Riemen und legte das Geschirr wieder ab. Mittlerweile schaffte ich es in weniger als sieben Minuten, was sich dafür, dass ich bei zwölf angefangen hatte, echt sehen lassen konnte. Ich warf Jo ein Leckerchen in den Rachen und wuschelte durch Yunas dickes Fell. Dabei bildete ich mir ein, dass die Hunde mir zulachten, während sie sabbernd vor sich hin hechelten.

»Super, ihr zwei, das habt ihr richtig toll gemacht. Und wenn ihr weiter so gut mitmacht, bekommt ihr erstens weiterhin so viele Leckerlis und zweitens müsst ihr es immer kürzer über euch ergehen lassen, weil ich immer besser werde. Damit gewinnen wir alle, findet ihr nicht, Kumpel?«, fragte ich die Hunde.

Jo, der daraufhin kurz aufbellte, als würde er mir zustimmen, schmiegte sich an mein Bein.

»Wusste ich's doch«, sagte ich grinsend, bis die hohe Stimme von Lydia die Konversation mit meinen neuen besten Freunden unterbrach.

»Ich finde es ja toll, dass du so viel Zeit mit den Tieren verbringst, aber wir müssen jetzt weitermachen.«

»Ich muss auf die Tiertrainerin warten, Lydia. Ich kann die Hunde ja nicht einfach alleine lassen«, antwortete ich scharf. Denn wenn es nach ihr ginge, war die Beziehung zu den Hunden für den Film völlig irrelevant. Für mich war sie das nicht. Am liebsten hätte ich Jo jeden Abend mit in meine Suite genommen, aber ich wusste nicht, wie die Trainerin das gefunden hätte. Mit ihm hätte ich mich auf jeden Fall sicherer gefühlt. Vielleicht konnte ich Linda dazu noch überreden. Es mussten ja nicht gleich alle acht Hunde sein. Jo war erst mal völlig ausreichend.

»Ich hab ja auch gar nicht gesagt, dass du die Hunde alleine lassen sollst. Gleich kommt Stewart, du kannst sie ihr doch geben. Immerhin ist es ihr Job«, schlug Lydia überheblich vor. Das Grinsen auf ihren Lippen machte klar, dass sie damit bezweckte, Farah noch mehr aufzuhalsen. Diese kam gerade mit acht Bechern Kaffee in einer Pappschale um die Ecke, in der Hoffnung, dass der für Lydia endlich gut genug für sie sein würde. Denn meine Filmpartnerin hatte sie in den letzten Stunden bestimmt sechsmal neuen holen lassen, weil ihrer kalt, falsch gezuckert oder schlichtweg unter ihrer Würde war. Farah ertrug die Sticheleien, auch wenn ihre Augen dabei immer ausdrucksloser wurden. Es würde ihr das Herz brechen, wenn sie erfuhr, dass ich mit Lydia ausging. Ich hasste mich jetzt schon dafür.

»Ihr Job ist es, Sarah am Set zu assistieren und nicht den Kaffeepegel der Belegschaft zu halten oder auf Hunde aufzupassen, Lydia.«

Lydia schnaubte verächtlich. »Aber damit assistiert sie doch, denn dadurch können alle anderen ihre Arbeit machen.«

Ich streichelte Jo und sammelte das nun feuchte Hundegeschirr im Schnee zusammen. »Mal ist es ja auch in Ordnung, aber du übertreibst es einfach.«

»Ich werde es auch weiter übertreiben, das hat sie mehr als verdient«, antwortete Lydia und zupfte ihre zwei blonden Flechtzöpfe aus dem Kragen ihres pinken Wintermantels.

»Und womit bitte?«

»Damit, dass sie versucht hat, mich umzubringen?« Lydia klang schockiert, als müsste ich darüber Bescheid wissen. Aber das erschien mir doch äußerst seltsam.

»Wie soll sie das denn gemacht haben?«

»Na, in Los Angeles hat sie mir einen Strawberry Frappuccino gemacht, mit Erdbeeren drin. Ich bin allergisch gegen Erdbeeren«, betonte Lydia beleidigt.

»Aber ist es nicht so, dass man bei Starbucks das bekommt, was man bestellt?«

»Ja, aber ich hatte das Getränk extra ohne die rote Soße bestellt, und trotzdem waren Erdbeeren drin«, regte sie sich künstlich auf.

Ich faltete das Geschirr zusammen und stopfte es in die dafür vorgesehene Tasche. Dann legte ich Jo und Yuna ihre Halsbänder und geflochtenen blauen Leinen wieder an, die so gut zu ihrem grauen Fell passten.

»Du bist nicht auf die Idee gekommen, dass in einem Strawberry Frappuccino noch mehr Erdbeeren sein können als in der roten Soße? Und wieso hast du überhaupt einen bestellt, wenn du weißt, dass du dagegen allergisch bist?«, fragte ich sie, worauf sie keine Antwort zu haben schien. Stattdessen stampfte sie einmal wütend in den Schnee, bevor sie die Fäuste ballte und mich finster ansah.

»Weißt du was, Paxton? Wenn du sie so toll findest, kann sie ja die Ivy spielen.«

Ich grinste überlegen. »Ich denke nicht, dass das ein Job wäre, für den man sie begeistern könnte. Denn normalerweise ist sie eher die Dominante, die Anweisungen gibt, und nicht diejenige, die sie befolgt.«

»Dafür meistert sie das Kaffeeholen aber ausgezeichnet«, konterte Lydia. Manchmal sah man ihr an, dass sie nicht so naiv war, wie sie tat.

»Dann kannst du dir ja vorstellen, wie gut sie in dem Job wäre, für den sie eigentlich hier ist, wenn sie schon das herausragend meistert, was ihr so gar nicht liegt«, erwiderte ich achselzuckend.

Meine Worte schienen Lydia zum Nachdenken angeregt zu haben. Zumindest schwieg sie für einen Moment, was für sie eine Seltenheit war. »Na, du musst es ja wissen«, blaffte sie dann, bevor sie in die Hütte verschwand, in der wir gleich weiterdrehen würden.

Ich war mir ziemlich sicher, dass ihr Interesse an einer Affäre mit jedem Konter, den ich ihr gab, mehr und mehr schwand. Was für mich privat nicht von Nachteil war, konnte den Film jedoch ruinieren. In der nächsten Szene sollte es richtig zwischen uns knistern und das würde jetzt nicht mehr so einfach werden.

Kopfschüttelnd sah ich Lydia nach, als das Smartphone in meiner Jackentasche losklingelte. Ich entsperrte es mit meinem Gesicht und hielt es mir ans Ohr.

»Mr Wright, Joel hier, der zweite Hundetrainer. Leider verspäte ich mich, weil mir irgendein Vollhorst in Anchorage hinten draufgefahren ist. Wir warten jetzt auf den Abschleppdienst und die Polizei«, informierte er mich sauer.

»Oh, das klingt gar nicht gut. Haben Sie denn wenigstens das Spezialfutter für unsere kleinen Freunde bekommen?«, fragte ich, weil das der eigentliche Grund war, weshalb er überhaupt das Set verlassen hatte und in die Stadt gefahren war.

»Nein, der Tierhandel musste es jetzt extra bestellen. Ich hoffe, dass es bis morgen da ist. Heute muss der Koch des Hotels dann noch mal für Lindas und meine Schützlinge kochen«, seufzte er.

Jo und Yuna sahen aus, als wüssten sie genau, dass etwas mit ihrem Frauchen nicht stimmte. Beide legten die Köpfe schief und machten große Augen. So musterten sie mich höchstens, wenn sie nach getaner Arbeit ein Leckerchen erwarteten. Aber Joels Stimme am Telefon hatten die Huskys sofort erkannt, auch wenn er sie nicht halb so oft am Set betreute wie Linda.

»Und Ihnen ist nichts passiert?«

»Ich denke nicht. Mein Handgelenk tut weh, aber das wars dann auch schon. Mit dem anderen Fahrer ist alles in Ordnung, also kein Grund zur Sorge.«

»Das klingt doch schon mal gut, aber wenn sich Ihr Handgelenk nicht bessert, bis Ihr Wagen abgeschleppt ist, fahren Sie bitte noch ins Krankenhaus und lassen das durchchecken. Versprechen Sie mir das?«

Ich hörte, wie Joel am anderen Ende der Leitung rau lachte. »Wahrscheinlich haben Sie recht. Nicht, dass es schlimmer ist, als es aussieht. Linda hat frei und ist, soweit ich weiß, gerade nicht in der Stadt. Würde es Ihnen etwas ausmachen, solange auf unsere beiden Rudelführer aufzupassen?«

Ich grinste die beiden Hunde an. »Das bekomme ich schon hin.«

»Lassen Sie sich von ihnen nicht auf der Nase rumtanzen. Darin sind die beiden Naturtalente. Fragen Sie sonst auch Ms Stewart, wenn Sie Unterstützung brauchen.«

Nachdem wir aufgelegt hatten, hoffte ich einfach, dass Joels Handgelenk nur verstaucht war. Aber jetzt würden meine beiden neuen Freunde und ich erst mal das Beste aus der Situation machen.

Ich schaute zu ihnen hinunter und tätschelte Yuna den Kopf. »Wisst ihr, was, ihr kommt einfach mit. Was haltet ihr davon?« Da die beiden Hunde nichts dagegen bellten, ging ich davon aus, dass sie keine Einwände hatten.

Sowohl Nolan als auch Lydia sahen mich entgeistert an, als ich mit den beiden Huskys durch die Tür der gemütlich, wenn auch rustikal eingerichteten Lodge spazierte.

»Mr Wright, weshalb bringen Sie die Hunde mit ans Set?«, fragte Nolan grimmig.

»Joel wurde leider in einen Autounfall verwickelt und schafft es nicht rechtzeitig her. Ich denke, dass er noch ins Krankenhaus fahren wird. Aber es ist Gott sei Dank niemandem etwas Schlimmeres passiert«, erklärte ich die Situation.

»Aber die können doch nicht beim Dreh dabei sein. Was ist denn, wenn sie bellen? Das ruiniert doch jede Szene«, jaulte Lydia und zeigte auf die unschuldig dreinblickenden Huskys.

Ich verdrehte die Augen. »Das sind zwei Filmhunde. Ich denke, dass wir sie bedenkenlos hierlassen können«, antwortete ich.

Aber nun schüttelt auch Nolan White den Kopf. »Ms Benson hat recht, die Hunde sind ein Risiko. Wo ist denn die kleine Assistentin, die nie was zu tun hat?«

Farah, die am anderen Ende des Raumes dabei war, den Kaffee unter den Kameraleuten aufzuteilen, erstarrte in der Bewegung. Mit weit aufgerissenen Augen sah sie zu Nolan. »Wie bitte?«, fragte sie erschrocken. Doch Nolan schien das nicht zu interessieren.

»Sie gehen jetzt eine riesige Runde Gassi mit diesen zwei Schoßhunden«, ordnete Nolan an.

Farah bewegte sich keinen Zentimeter. »Das geht nicht, Sir«, stotterte sie. »Ich kann gern noch mehr Kaffee holen.«

Lydia, die Farahs Unsicherheit sofort bemerkt hatte, beschloss, noch tiefer in der Wunde zu bohren. »Der Regisseur hat Ihnen eine Anweisung gegeben, Stewart. Wollen Sie diese etwa nicht befolgen?« Lydias Tonfall war mehr als provokant. Er war abwertend, fast schon demütigend.

»Doch, ich mache sonst alles, aber ich habe Respekt vor so großen Hunden. Besonders, weil ich sie überhaupt nicht kenne.«

Meine Brust zog sich zusammen, als sie mir einen kurzen flehenden Blick zuwarf.

»Wissen Sie, was einen guten Regisseur ausmacht, Ms Stewart?«, fragte Nolan verärgert. Niemand sagte etwas. An dem sonst so belebten Set herrschte Totenstille. »Niemand widerspricht einem guten Regisseur. Niemand, der danach noch seinen Job behalten will.«

Jeder im Raum hielt den Atem an, als Farah sich aus ihrer Starre löste und nachgiebig nickte. Ihre Augen glänzten. Waren das Tränen?

»Ich werde Farah kurz einweisen, damit sie alles richtig macht. Vielleicht können wir in einer Viertelstunde anfangen?«, sagte ich in einem Tonfall, der es nicht zuließ, dagegen anzugehen.

Nolan machte eine zustimmende Handbewegung, während der Rest der Crew noch immer in Schockstarre verweilte. Ich war froh, dass ihm nicht bekannt war, dass Farah sich schon um die Hunde hatte kümmern müssen. Ich dachte gern an den Abend, auch wenn er sie auf eine harte Probe gestellt hatte. Sie wusste, dass es schwer für sie werden würde, wenn sie Sarah nicht bald die Wahrheit sagte.

Schnell lief Farah aus der Hütte und ich mit den Hunden hinterher. Doch sie hielt nicht an, um auf mich zu warten. Sie rannte weiter in den Wald hinein.

»Farah, halt an!«

Doch sie wartete nicht.

»Farah, bitte halt an!«

Plötzlich drehte sie sich beim Laufen um und zeigte mir, dass sie weinte. »Ich kündige! Das lass ich nicht mit mir machen!«, schrie sie mir entgegen. In Farahs Augen tobte das Chaos. Normalerweise war sie diejenige, die alles koordinieren konnte. Aber jetzt war nichts von ihrer sonst so kontrollierten, toughen Persönlichkeit übrig.

»Das wirst du nicht. Das hier ist dein Traum«, rief ich ihr hinterher. Der Wind um uns herum pfiff hin und wieder durch die Tannen und schüttelte den Schnee von den Nadeln, während das Knirschen unserer Boots dafür sorgte, dass wir noch lauter brüllten. Und dann schrie plötzlich keiner mehr. Farah wurde langsamer und schüttelte nur immer wieder den Kopf.

»Es geht nicht, Paxton. Nichts ist, wie ich es mir vorgestellt habe. Nolan ist ein Arsch, Lydia auch und manchmal bist du ebenfalls einer. Und dann kommt noch diese beschissene Angst dazu. Es geht einfach nicht!« Die Verzweiflung in ihrer Stimme war unüberhörbar. Sie zitterte bei jedem Wort, jedem Buchstaben, jedem Atemzug.

»Du willst Regisseurin werden. Du wirst all diesen Wichsern in den Hintern treten. Ich weiß, dass es hart ist. Fuck, sich von Ängsten nicht unterkriegen zu lassen, ist immer schwer. Aber du würdest es bereuen, wenn du jetzt hinschmeißt, und verdammt noch mal, ich brauche dich!«, rief ich aufgebracht. Und dann blieb sie endlich stehen.

Mittlerweile waren wir in dem Bereich angekommen, der nicht mehr regelmäßig geräumt wurde. Der Schnee war knietief, sodass nur noch die Köpfe der Hunde daraus hervorschauten. Aber Jo und Yuna störte das nicht.

Farah drehte sich zu mir um. In ihren Augen glänzte die pure Angst. So hatte sie mich auch in der Hundelodge angesehen. Ich kannte diesen Ausdruck nur zu gut. Ich hatte ihn mehr als einmal im Spiegel gesehen. Denn so sah ich aus, wenn ich eine Panikattacke bekam.

Ein Kloß bildete sich in meinem Rachen, als ihr weitere Tränen über die Wangen liefen. Ich näherte mich ihr noch ein paar Meter, bis sie den Arm ausstreckte und mich erstarren ließ. »Bitte komm nicht näher«, flehte sie.

Ich nickte und umklammerte die Leinen der beiden Hunde. Am liebsten wäre ich auf sie zugerannt, um sie in meine Arme zu ziehen, aber ich tat es nicht. Ich blieb stehen. So, wie sie es von mir wollte. Sie litt unter Zoophobie und ich hatte die zwei Hunde an der Hand.

»Ich bin hier. Versuch, daran zu denken, wie wir die Hunde gefüttert haben. Keiner hat irgendwie gefährlich reagiert.« Meine Worte waren so sanft, dass der Schnee sie zu verschlucken drohte. Die Nässe durchdrang meine Hosenbeine und ließ den kalten Stoff an meiner Haut kleben. Aber es war mir egal, weil mein Herz bei jeder weiteren Träne von ihr ein kleines bisschen zerriss. »Bitte«, flüsterte ich, wohl wissend, dass zwischen uns noch vier oder fünf Meter lagen. So oder so hätte sie mich nicht gehört und trotzdem wusste sie genau, was ich gesagt hatte.

»Ich kann nicht auf die Hunde aufpassen. Ich dachte, es wäre besser geworden, aber das ist es nicht, Paxton.«

Mein Herz setzte aus und für einen Augenblick befürchtete ich, dass es nie wieder beginnen würde zu schlagen. Die Hunde bewegten sich nicht und trotzdem fühlte es sich an, als würden ihre Leinen in meine Handflächen schneiden. Einfach, weil es sich für Farah so schrecklich anfühlen musste.

Ich wollte sie noch immer in den Arm nehmen, ihr Leid teilen und da sein, wenn es kein anderer war. Aber jetzt gerade war ich pures Gift für sie. Und Lydia hatte mich auf dem Kieker. Wenn ich nur eine falsche Bewegung machte, landete ich in der Presse und Farahs Karriere war ruiniert. Wenn dieser Vorfall ausgeschlachtet würde, würde sie sich wahrscheinlich nie wieder davon erholen.

Ich wusste, wie hart es war, mit Ängsten zu leben, und dass es immer unmöglich aussah, sie zu überwinden. Doch ich war mir sicher, dass es einen Weg gab, ihr zu helfen. Aber jetzt gerade war nicht der richte Zeitpunkt, um den Helden zu spielen. Also gab es nur eine Sache, die ich tun konnte, und das war, das Feld zu räumen und die im Schnee weinende Farah zurückzulassen.

»Ich verstehe, warum du Angst hast, und ich weiß auch, dass es nicht hilft, wenn ich dir sage, dass du dich nicht zu fürchten brauchst. Weil die Angst so oder so dafür sorgt, weil sie ein Arschloch ist. Es wird sicher jemanden am Set geben, der es schafft, für ein paar Stunden auf zwei Hunde aufzupassen, und wenn es Elane selbst ist. Deshalb werde ich jetzt zurücklaufen und ich möchte, dass du das auch tust, wenn du bereit dazu bist.«

Farah nickte stumm. Sie zitterte und ihre Haare hingen platt herunter, weil sich Schneeflocken darin sammelten, die vereinzelt von den Bäumen fielen. Innerlich betete ich, dass sie nicht zu lange brauchte, um sich aufzuraffen. Es begann zu schneien und sie war sicher schon bis auf die Knochen durchnässt.

Mich in diesem Moment umzudrehen und Farah zu verlassen,

fühlte sich falsch an, und doch war es das Richtige. Ich führte Jo und Yuna langsam zurück in Richtung des Sets und warf immer wieder einen Blick über die Schulter, um zu sehen, ob Farah mir wirklich folgte. Sie kam.

Lydia und Cory rannten mir schon aufgeregt entgegen. Sogar Elane stand mit verschränkten Armen vor der Hütte und sah besorgt in unsere Richtung.

»Was ist passiert?«, fragte Lydia, in deren Stimme ich den Hauch eines schlechten Gewissens erkannte.

»Farah kommt«, antwortete ich ihr nur, während ich geradewegs Elane ansteuerte. Sie lief auf mich zu und nahm mich zur Seite.

»Paxton, können Sie mir sagen, weshalb Ms Stewart am Set die Beherrschung verloren hat, als Nolan ihr eine Aufgabe gegeben hat? Ich hatte eigentlich den Eindruck, dass sie diesen Job packen würde. Glauben Sie, dass das für sie zu viel ist?«

Wütend über diese schwachsinnige Frage umklammerte ich die Leine der Hunde, die das ganze Theater am wenigsten interessierte.

»Farah ist meiner Meinung nach die Beste, die Sie bekommen können. Sie sollten selbst mit ihr sprechen, damit Sie verstehen, was passiert ist. Aber geben Sie ihr ein wenig Zeit, das gerade war hart für sie. Schade, dass Nolan ihr Talent verschwendet, indem er sie nur Kaffee holen lässt. Was das betrifft, sollten Sie vielleicht auch mal mit unseren anderen Kolleginnen sprechen. Ich würde gern den Drehtag heute beenden. Kennen Sie jemanden, der auf meine beiden Freunde hier aufpassen könnte, bis Linda kommt?«

Elanes Blick war verständnisvoll. Sie war eine kluge Frau und hatte bestimmt eine Ahnung. »Machen Sie gerne Schluss für heute. Sie haben ja schon einiges heute Morgen geschafft und Cory wird sich bestimmt gern um die Huskys kümmern. Vielleicht schaffen Sie es ja, dass es Ms Stewart später wieder besser geht. Würden Sie mich anrufen, wenn sie bereit ist, mit mir zu sprechen? Das kann natürlich nicht so stehen bleiben, aber ich würde gern ihre Seite der Geschichte hören, bevor ich eine Entscheidung treffe. Das arme Mädchen sorgt sich bestimmt schon um seinen Job.«

Als ich Farah in langsamen Schritten auf uns zutrotten sah, holte ich eine Wolldecke aus der Hütte, die eigentlich zur Dekoration der Szenerie gehörte. Alle starrten sie an, aber niemand bewegte sich, um ihr zu helfen. Der Einzige, dem ich das nicht übel nahm, war Cory, da er inzwischen die Hunde an der Leine hielt.

Farah zitterte, als ich ihr die Decke umlegte und sie ins Hotel begleitete. Es fiel mir schwer, einen professionellen Abstand zu wahren, weil alles, was ich wollte, war, sie in die Arme zu schließen. Sie war unterkühlt und ihr Mantel wog schwer durch die aufgesogene Nässe. Ihr Make-up war verlaufen und ihren braunen Augen fehlte der Glanz, der sonst immer da war. Sie hatte etwas Zerbrechliches an sich.

Sie sagte nichts und sah mich nicht an, bis zu dem Moment, in dem sich die Tür hinter uns schloss und die Welt aussperrte. Ich schlang die Arme um Farah und zog sie, wie sie war, an mich.

»Danke, dass du da warst.«

»Immer, Farah, immer.«

Sie lächelte leicht. »Vielleicht können wir die nächsten Tage ja mal zusammen etwas essen gehen. Du und ich.«

Alles in mir wollte Ja schreien. *Ja, Farah Stewart, geh mit mir aus!* Aber das ging nicht, wenn wir unsere Jobs behalten wollten. Noch hatte bis auf Lydia niemand gemerkt, dass wir uns zueinander hingezogen fühlten. Zumindest glaubte ich das.

»Ich denke, dass das keine gute Idee ist. Wir sollten, solange wir drehen, weiterhin auf freundschaftlicher Basis miteinander umgehen«, sprach ich genau die Wörter aus, die ich am wenigsten sagen wollte. Aber Farah war professionell. Sie war klug genug, nicht zu glauben, dass es an ihr lag. Oder?

01.01.

Liebes Tagebuch,

der Abend war fantastisch! Paxton war auf der Party, auf der ich auch war. Ich habe mich als Kellnerin reingeschlichen, auch wenn ich sicher nur nach einer Einladung hätte fragen müssen. Aber ich wollte ihn nicht in Schwierigkeiten bringen. Ich weiß ja, wie er von den Menschen in seiner Umgebung manipuliert wird. Heute war viel Security dabei, aber ich habe es trotzdem geschafft, mich einmal kurz mit Paxton zu unterhalten, und das hat noch mal bestätigt, wie sehr es zwischen uns knistert. Ich bin mir sicher, dass er es nicht mehr lange ohne mich aushält. Und dann werde ich da sein.

KAPITEL 21

PAXTON

Es fiel mir mit jedem Tag, den Farah nur das Nötigste mit mir sprach, schwerer, mich auf den Dreh zu konzentrieren. Zwei Wochen ging das nun schon so und es war alles andere als einfach für uns, den jeweils anderen zu meiden. Ich hatte mich ein paarmal mit Lydia ablichten lassen, unserem geheimen Deal zuliebe, und ich war sicher, dass Farah das gesehen hatte. Ich verbrachte meine Abende in meinem Zimmer, ging baden und trank zu viel von dem alaskischen Bier, das viel zu bitter schmeckte. Und jede einzelne Sekunde waren meine Gedanken bei Farah.

Das Leuchten zwischen uns wurde von einer dunklen Wolke verdeckt, die versuchte, es endgültig zu ersticken. Aber so einfach gab ich mich nicht geschlagen. Ich hatte nur nicht die Eier dazu gehabt, ihr zu gestehen, dass ich mich nur von ihr fernhielt, weil Lydia es verlangte. Dass ich es für sie tat, war kein besonders gutes Argument, aber es war mein Grund. In einzelnen Momenten bereute ich sogar, dass ich Farah überhaupt so nahegekommen war, nur um mich im nächsten Moment wieder dafür zu rügen. So oder so war das meine verdammte Schuld. Damit kannte ich mich nur zu gut aus.

Jetzt gerade stand Farah neben Nolan und konzentrierte sich auf das Klemmbrett in ihren Händen, das sie mit zitternden Fingern umklammerte, als würde ihr Leben davon abhängen. Was es mir noch viel schwerer machte, nicht auf sie zuzugehen und sie in die Arme zu schließen, war, dass ich genau wusste, weshalb es ihr nicht gut ging. Es waren die Huskys, die in ihren Geschirren durch den Schnee tollten. Jeder wusste mittlerweile, wie groß ihre Zoophobie war, und es war ein wahres Wunder, dass sie sich so nah an die Hunde herantrauen wollte, obwohl *wollte* eher das falsche Wort dafür war. Heranwagen *musste* traf es besser.

Nolan hatte ihr nach dem kleinen Zusammenbruch die Pistole auf die Brust gesetzt und gesagt, er werde abdrücken, wenn ihr das noch mal passiere. Er hatte es nicht wörtlich gemeint, aber jeder wusste, dass es den Tod ihrer Karriere bedeuten würde, wenn sie hier rausflog.
»Wright, Sie müssen die Hunde anspannen. Lydia wird mit Ihnen reden und Sie müssen sie ansehen, als wüssten Sie bereits genau, dass Sie etwas für sie empfinden, Sie können es ihr aber noch nicht sagen«, rief Nolan mir zu.

Ich nickte und brachte mich hinter dem Hundeschlitten in Position. Gleich musste ich ein paar Schritte nach vorn machen, damit mich Lydia ansprechen konnte. Wir würden einen romantischen Moment spielen. Ian zeigte Ivy, wie man den Schlitten lenkte. Wir würden gemeinsam durch unberührte Strecken mit atemberaubender Aussicht fahren, die extra für den Dreh heute gesperrt worden waren.

Das Spannende dabei war, dass ich den Schlitten in der nächsten Szene selbst steuern würde, obwohl Cory auf dem Kamerawagen vor uns saß, um im Falle eines Falles meinen Platz einzunehmen. Neben und hinter uns würden uns zwei weitere Kamerawagen begleiten und auf einem von ihn würden sich auch die Regieassistentinnen, Farah und Nolan befinden.

»Wenn du bereit bist, ruf die Hunde zur Ruhe, Paxton. Lydia steht schon auf Position«, ordnete Vince, der Kameraassistent, an.

»Stopp!«, rief ich und zog die Blicke der Hunde auf mich. Ich bedeutete ihnen, sich in ihrer üblichen Hackordnung vor dem Schlitten zu platzieren, und sie folgten. Yuna und Jo waren die Führer des Rudels und belegten deshalb natürlich die beiden vorderen Plätze. Linda, die mir wahnsinnig beim Training geholfen hatte und der Gott sei Dank bei ihrem Unfall nichts passiert war, würde dafür sorgen, dass mit ihren Schützlingen alles glattlief.

»Wenn ihr das Geräusch meiner Synchronklappe hört, geht's los. Sprecht deutlich, damit es später gut nachsynchronisiert werden kann. Alles klar so weit?«, rief Vince dieses Mal allen zu.

Lydia und ich gaben ein zustimmendes Handzeichen.

Vince rückte seine runde Nickelbrille zurecht. »Take one, Szene 66. Action!«

Völlig in Gedanken versunken aussehend, zog ich die Riemen des Ledergeschirrs zu und hörte auf Lydias durch den Puderschnee stapfende Schritte.

»Du trainierst ja wieder«, erklangen ihre erstaunten Worte.

Lächelnd sah ich zu ihr auf. Das Lächeln war mit Abstand das Schwierigste bei der Schauspielerei. Damit es gut war, musste es echt aussehen, und damit es echt aussah, musste es echt sein. Bei vielen mittelmäßigen Schauspielkollegen wirkte es unecht, weil sich die Lippen zwar verzogen, die Augen aber nicht glänzten. Auch mir fiel es unendlich schwer, meine Augen in diesem Moment leise strahlen zu lassen. Aber der Gedanke daran, wie Farah mich geküsst hatte, und die Tatsache, dass sie mich viel zu auffällig übertrieben geschminkt hatte, damit ich im Einkaufszentrum nicht auffiel, sorgte dafür, dass es doch klappte.

»Ja, es gab da jemanden, der mir gesagt hat, dass man für das, was man will, kämpfen müsse, um man selbst sein zu können. Keine Ahnung, wer das war, klang aber gut«, sagte ich achselzuckend, während ich die Stabilität der Leinen überprüfte.

Lydia verschränkte die Arme vor der Brust. Nadine und Maxine hatten ihr einen seitlichen Zopf geflochten und sie in ein funkelndes Skioutfit gesteckt, für das es eigentlich noch viel zu kalt war. Ich war beeindruckt von ihrer Wandlungsfähigkeit. In diesem Augenblick hätte man sie wirklich für eine nette und nicht garstige Persönlichkeit halten können.

»Der- oder diejenige muss eine äußerst charmante und tolle Person sein.«

»Das wird sich zeigen«, erwiderte ich mysteriös.

Lydia trat ein bisschen Schnee zur Seite, bevor sie sich neben mich hockte. »Und wirst du wieder an einem Rennen teilnehmen? Am Iditarod zum Beispiel«, fragte sie beiläufig, während sie den letzten Hund im Geschirr, Perry, streichelte.

Meine Miene wurde ernst, immerhin hatte Ian bei diesem großen Rennen seinen besten Freund Levi verloren und sich geschworen, es nie wieder zu versuchen. Auch wenn er sich eigentlich wünschte, es für sich und Levi zu Ende zu bringen.

»Mit Levi ist das Iditarod für mich gestorben.«
»Kelly, deine Vermieterin, hat mir erzählt, dass das immer dein Traum war.«
»Ach, hat sie das?« Ich zog eine Augenbraue übertrieben nach oben, ohne den Ernst aus meinem Gesicht weichen zu lassen. Lydia nickte stumm.
»Kelly redet viel, wenn der Tag lang ist«, sagte ich und zurrte den letzten Gurt an den Schlitten. Wir erhoben uns und Lydia sah mich flehend an.
»Und wieso machst du dann deinen Schlitten fertig, keine zwei Monate vor dem Rennen, nachdem du ihn Jahre nicht angerührt hast?«
Ich erstarrte und blickte melancholisch zu Boden. »Weil ich es liebe und ich zeig dir, warum.«
»CUT!«, rief Nolan. Sein sonst so grimmiges Gesicht wirkte zufrieden. Eine Glanzleistung, wenn man bedachte, dass er dafür bekannt war, pauschal unzufrieden zu sein. »Das war gut.« Er drehte sich zur Crew um und hob eine Hand. Alle schwiegen augenblicklich. »Drehschluss. Wir treffen uns morgen früh am Kamerawagen«, grummelte er, bevor er durch den Schnee zu dem Zelt stapfte, in dem Carrie, die gerade nichts zu tun hatte, Kaffee an die frierende Filmcrew ausschenkte.

Ich tätschelte die Hunde liebevoll, bevor Linda sie abspannte und mitnahm, damit auch sie eine kurze Pause bekamen, um zu toben und etwas zu trinken. Mein Blick wanderte zu Farah, die sich keinen Zentimeter rührte, bis die Hunde verschwunden waren. Jeder, der sie nur ein wenig kannte, bemerkte, wie die Anspannung sich von ihr löste.

Wie auch der Blick von allen anderen fiel ihrer auf den Kaffeestand, von dem aus mir Carrie zuwinkte. Damit hatte ich eine gute Chance, Farah zu treffen und sie in ein kurzes Gespräch zu verwickeln.

Ich wartete, bis ich beobachten konnte, dass Farah sich auch wirklich in die Richtung des Kaffeedufts bewegte. Erst dann lief ich ihr langsam nach, um im rechten Moment neben ihr zum Stehen zu kommen. Das war ein Plan. Etwas Besseres hatte ich nicht. Und schon fühlte ich mich in meine Teeniezeit an der Highschool zurückversetzt. Niemand wurde mit Selbstbewusstsein und einem Ego wie meinem geboren. Nein, das war harte Arbeit gewesen. Aber jetzt gerade war davon nichts zu fühlen.

Ich schob meine kalten Hände in die Jackentaschen, als ich mich neben Farah stellte. Unsere Schultern berührten sich ein wenig, was für einen Funken Wärme in mir sorgte. Carrie war gerade dabei, den Kaffee in eine Armee aus Pappbechern zu füllen. Die sich nun räuspernde Farah schien ihr bisher nicht aufgefallen zu sein.

»Kann ich mir einen Becher nehmen?«, fragte Farah höflich.

Überrascht drehte Carrie sich um und nickte dann grinsend. »Klar, du kannst dir auch zwei nehmen.«

»Oder sieben«, ergänzte ich. Während Carrie leise kicherte, sah Farah mich ausdruckslos an, bevor sie sich einen Kaffee schnappte. In meinem Kopf hatte es lustiger geklungen, als es gewesen war. *Das war armselig, Paxton.*

»Kann ich dich kurz sprechen?«, fragte ich.

»Immer, wenn du willst.«

Ich lachte kurz. »Tut mir leid, Carrie, aber eigentlich meinte ich Farah, wir reden später.«

Carries Lächeln wurde breiter. »Immer wieder gern. Aber eine Frage habe ich noch. Cory und ich wollen heute Abend zur Karaokenacht in die Hotelbar. Ein paar andere kommen auch mit. Hättest du Lust dazuzustoßen?«, fragte Carrie, bis ihr auffiel, dass sie nur mich gefragt hatte. »Und du natürlich auch, Farah«, ergänzte sie schnell.

Gerade als ich ablehnen wollte, nickte Farah. »Ich komme gern.«

Und damit hatte ich keine Wahl mehr. »Ich auch.«

Carrie strahlte. »Super, dann sehen wir uns um acht in der Bar.«

Das war meine Chance, Farah nah zu sein, auch wenn es bedeutete, dass andere dabei waren. Aber in der Not fraß der Teufel Fliegen. Und in diesem Szenario war ich der Teufel.

15.02.

Liebes Tagebuch,

Paxton zieht sich immer mehr aus den Medien zurück, was mich sehr traurig macht. Ich habe das Gefühl, dass es ihm nicht gut geht, und habe deshalb ein kleines Überlebenspaket zusammengestellt. Mit Schokolade, einer »Get well soon«-Karte, die ich selbst gebastelt habe, Kopfschmerztabletten und was man sonst noch so braucht. Ich hoffe, dass er nicht ernsthaft krank ist. Ich habe mir vorgenommen, jetzt öfter bei ihm vorbeizuschauen und zu beobachten, wie es ihm geht.

KAPITEL 22

FARAH

In der Hotelbar war es von außen stockduster. So gut wie kein Licht drang durch die milchigen Glasscheiben auf den hell erleuchteten Flur. Vielleicht war ich zu früh und sie hatte noch gar nicht auf.

Ich schob den Ärmel meiner Bluse hoch und warf einen Blick auf meine Armbanduhr. Der Zeiger, auf dem eine kleine Biene saß, bewegte sich gerade auf die Acht. Ich war überpünktlich. Hatte ich etwas falsch verstanden?

Ich drehte mich, um in Richtung der Rezeption zu schielen. Marlyne telefonierte gerade sehr aufgebracht mit jemandem, der nicht verstand, dass momentan keines der Zimmer zur Verfügung stand. Ich entschied mich, einfach noch einen Moment zu warten, vielleicht kamen ja Carrie oder Cory vorbei. Oder Paxton.

Bei dem Gedanken an Paxton Wright begann mein Herz schneller zu schlagen. Gleichzeitig drohte es vor Enttäuschung stehen zu bleiben. Ich wusste nicht, was das zwischen uns war, aber es war echt und es fühlte sich berauschend an. Umso mehr tat es weh, wenn Paxton immer wieder in alte Muster zurückfiel. Er grüßte mich nur sporadisch und gab sich desinteressiert und kühl, wenn ich mehr als einen Satz mit ihm wechseln wollte.

Das, was mich dabei besonders aufregte, war, dass es mir eigentlich egal sein sollte. Unsere Verträge schlossen Beziehungen zwischen Crew und Schauspielern kategorisch aus. Es wäre dumm, etwas mit Paxton anzufangen. Aber leider gehörte das Herz nicht zu den klügsten Organen. Während mein Gehirn genau wusste, dass es besser für uns beide war, den jeweils anderen mit einem gewissen Sicherheitsabstand zu genießen, verlangte mein Herz nach Paxton. Mein Herz musste sich keine Gedanken darüber machen, eine horrende Vertragsstrafe und den Rauswurf zu riskieren, mein geschätztes Gehirn und ich allerdings sehr wohl. Die Gefühle, die in mir darauf warteten, endlich ausbrechen zu dürfen, wüteten. Es war, als kämpfte ich gegen mich selbst. Herz gegen Kopf. Gefühl gegen Verstand. Traum gegen Realität.

In diesem Moment wünschte ich mir nichts sehnlicher, als Paxton Wright einfach zu hassen. Dann wäre das alles hier um einiges leichter. Aber niemand hasste heutzutage mehr. Man entwickelte nur noch Abneigungen oder man konnte jemanden nicht besonders leiden, aber der Hass verblasste in den Köpfen der Leute. Wenn Liebe das Gegenteil von Hass war, ging damit nicht auch ein Teil ihrer Intensität verloren?

Fragen, die darauf hindeuteten, dass ich auf jeden Fall einen Cocktail trinken sollte. Vielleicht auch zwei.

Wartend wippte ich von den Fersen auf die Zehenspitzen und warf einen erneuten Blick auf die Bienchenuhr, die mir mein Dad zum zehnten Geburtstag geschenkt hatte. 8:03 Uhr.

»Hey«, ließ mich eine etwas zu vertraute Stimme aufsehen.

Paxton sah gut aus. Wie immer. Er trug einen Hotel-Hoodie, was ihn wie einen ganz normalen Mann wirken ließ. Nun gut. Ein übermenschlich attraktiver Normalo.

»Hey«, antwortete ich kurz angebunden.

»Karaoke also.«

Ich nickte. »Genau. Karaoke.«

»Singst du gern?«, fragte er nach Small-Talk-Schema F. Von der Verbindung und dem Knistern, das spätestens seit dem Kuss zwischen uns existiert hatte, war nichts zu spüren. Es war eher, als sprächen wir gerade zum allerersten Mal miteinander. Dabei hatte ich ihn meine inneren Dämonen mehr als einmal sehen lassen. Die Enttäuschung in mir breitete sich wie eine Flutwelle aus.

»Nein, eigentlich nicht. Aber ich dachte, es wäre nett, mal etwas zu tun zu haben.«

»Wollen wir dann reingehen?«

»Ich bin unsicher, ob sie schon geöffnet haben.«

»Dann wird es wohl Zeit, das rauszufinden.« Paxton drückte die Tür auf und wir betraten die spärlich beleuchtete Hotelbar.

Es war dunkel. Die runden Tische wurden von Teelichtern beleuchtet und der nach Vanille duftende Dunst der Nebelmaschine waberte durch den Raum. An ein bis zwei Tischen saßen vereinzelt Crewmitglieder. Ich kannte längst nicht jeden beim Namen, aber immerhin kamen sie mir bekannt vor. Auch Sarah und die andere Regieassistentin waren hier. Sie winkte uns kurz zu, bevor sie sich in die Getränkekarte vertiefte.

Mir entging nicht, dass Sarah ständig aufsah, um Paxton anzuschauen. Ihre Blicke hatten etwas Vertrautes, Intimes und ich würde lügen, wenn ich behauptete, dass es mir nichts ausmachte. Wieder spielte mein Verstand mir einen Streich und zeigte mir, wie Sarah und Paxton Dinge miteinander taten, von denen ich überhaupt nichts wissen wollte.

Ich zwang mich, die Bilder in meinem Kopf zu ignorieren und mich stattdessen in dem Raum umzusehen. Der Karaokeabend schien nicht zu den beliebtesten Veranstaltungen zu gehören, obwohl ich natürlich nicht wusste, wie es war, wenn sich das Resort im Normalbetrieb befand. An einem Nischentisch blätterte Cory durch die Getränkekarte, bis er grinsend zu uns aufsah. Er trug ein ähnliches Hemd wie Paxton und hatte seine blonden Haare zurückgekämmt.

Als Paxton sich neben ihm niederließ, war ich froh, noch nicht betrunken zu sein, denn schon im nüchternen Zustand gaben mir die beiden das Gefühl, doppelt zu sehen.

»Wie geht's?« Cory schlug Paxton auf die Schulter. Dieser rieb sich die Stelle, bevor er seine Es-ist-alles-bestens-Miene wieder aufsetzte.

»Gut, war ein anstrengender Tag. Ich habe eine Szene dreiundzwanzigmal neu drehen müssen, weil ich ständig meinen Text vergessen habe.«

Paxton stand ein wenig neben sich und die egoistische Hoffnung, dass das etwas mit mir zu tun haben könnte, schlich sich in meine Gedanken.

Corys Augen weiteten sich. »Deshalb bin ich Stuntdouble geworden.«

»Und ich habe deshalb Regie studiert«, ging ich auf Corys Worte ein.

»Das hilft mir so gar nicht.«

»Wissen wir«, antwortete Cory grinsend.

Paxton saß zwischen uns und er wirkte dabei, als könnte er sich tausend angenehmere Dinge vorstellen. Nervös spielte er an seiner Armbanduhr herum.

Wenig später stieß Carrie zu uns. Ihre rotblonden Locken hüpften fröhlich, als sie sich neben Cory auf die gepolsterte Sitzbank sinken ließ, die wie ein Halbmond um einen kleinen runden Tisch platziert war. Carrie strahlte wie jedes Mal, wenn ich sie sah, und ich hatte das Gefühl, dass wir uns alle in ihrer Gegenwart entspannten.

Sie stützte sich mit den Oberarmen auf der Tischplatte ab und grinste in Richtung der kleinen Bühne vor uns. Mehrere Mikrofonständer waren darauf positioniert. Der Bildschirm, der die Songtexte anzeigte, stand auf einem winzigen Lacktischchen von Ikea am Rand der Bühne. Ein älterer Herr in der dunkelgrünen Uniform des Hotels war gerade dabei, die Technik einzuschalten. Er nahm sich eines der Mikrofone und setzte sein breitestes Lächeln auf.

»Herzlich willkommen zum monatlichen Karaokeabend des *Alaska Snow Resort*. Ich bin Hugh, der heutige Gastgeber, und es freut mich, dass wir so eine exklusive Runde sind. Wenn Sie einen Songwunsch haben, dann tue ich mein Möglichstes, ihn zu erfüllen. Sollte es zu Leerzeiten kommen, bin ich dazu befugt mitzusingen. Das bedeutet für Sie, dass diese Mikrofone am besten die gesamte Zeit besetzt sein sollten, wenn Sie mein Katzengejaule nicht ertragen wollen.«

Ein Lachen ging durch den Raum. Hugh kam bei den Gästen gut an.

Zwei bunt gekleidete Assistentinnen aus der Abteilung für Kostümbild und Maske eröffneten die Bühne mit einem Highschool-Musical-Song. Sie trafen zwar nicht jeden Ton, hatten aber wirklich viel Spaß.

»Und, habt ihr schon einen Song, den ihr unbedingt singen möchtet?«, fragte Carrie interessiert.

Paxton zuckte mit den Schultern. »Ich lasse mich noch inspirieren.«

»Und du, Cory?«, wandte ich mich an den Stuntman.

Dieser kratzte sich nachdenklich am Hinterkopf. »Ich bin kein besonders guter Sänger, weshalb ich an Alice Cooper dachte. Der klingt ja eigentlich permanent wie eine überfahrene Katze«, sagte er.

Carrie kicherte amüsiert. »Ich möchte auf jeden Fall etwas von Green Day singen. *Boulevard of Broken Dreams* vielleicht.«

»Das ist mein Lieblingslied«, enthüllte Paxton, als wäre er traurig, dass er nicht auf die Idee gekommen war, den Song zu performen.

»Das ist ja ein Zufall, dann werde ich ihn einfach für dich singen«, versprach Carrie.

Paxtons Kiefermuskulatur spannte sich plötzlich an. Er sah nicht aus, als würde er sich über Carries Angebot freuen. Und auch Carrie merkte das.

»Das war ein Witz, Paxton.«

Er fing sich wieder und nickte.

»Ich denke, ich werde etwas aus *The Greatest Showman* singen«, durchbrach ich die sich anbahnende Stille.

»Das klingt auch gut. Wenn du willst, singe ich das Duett *Rewrite the Stars* mit dir«, bot Cory an.

»Das wäre super, sehr gern«, nahm ich sein Angebot an. Ich fühlte mich deutlich wohler damit, nicht allein auf der Bühne stehen zu müssen. Ich war kein Showgirl und bevorzugte es, hinter der Kamera oder, wie in diesem Fall, hinter der Bühne zu stehen. Aber mit Cory würde es sicher Spaß machen, auch wenn ich mich fragte, was genau mich dazu verleitet hatte, zu einer Karaokeparty zu gehen. Ich konnte weder singen noch tanzen und bei *SingStar* hatte ich noch nie gewonnen. Aber hey, es würde sicher lustig werden.

Wir orderten eine Runde Mojitos und dann eröffnete Carrie die Bühne für unsere Gruppe. Sie ließ Paxton seinen Song und sang nicht wie angekündigt *Boulevard of Broken Dreams*. Carrie hatte sich deshalb für einen Song von Céline Dion entschieden, den ihr Hugh empfohlen hatte. Sie war wirklich gut. Ihre Stimme war weich und hoch, und das Lächeln verließ ihre Lippen nicht eine Sekunde lang.

Als sie das Mikro niedergelegt hatte und von der Bühne gehopst war, nahm sie einen kräftigen Schluck aus ihrem Cocktailglas. »Und? Wie war ich?«

»Sehr gut, aber jetzt zeigen wir, was wir können. Komm, Farah.« Cory griff an Paxton vorbei nach meiner Hand und zerrte mich zur Bühne.

Es dauerte einen Augenblick, bis ich mich an die blauen Scheinwerfer gewöhnt hatte, die uns beleuchteten. Mir wurde bewusst, dass sich die Bar in der letzten Stunde deutlich gefüllt hatte, und mein Herz hämmerte ein wenig vor Aufregung. Wenn ich mich jetzt blamierte, wusste es spätestens morgen jeder am Set. Doch dann begann die Musik und Cory stimmte den ersten Ton an. Ein Glück traf er die Töne genauso wenig wie ich.

Ich umklammerte das Mikro in meiner Hand und sang den Part von Zendaya, so gut ich konnte. Mir machte es überraschenderweise nichts aus, was die Menschen denken könnten oder ob sie mich schlecht fanden. Ich sang und das Adrenalin pumpte Glückshormone durch meine Adern. Ich hatte ganz vergessen, wie sich unbeschwerter Spaß anfühlte. Es war ein kleines Stückchen Freiheit. Bis zu dem Moment, in dem mein Blick zu Paxton wanderte und an seinen Augen hängen blieb.

Er beobachtete mich. Jeden Schritt, den ich auf dieser kleinen Bühne machte, schien er zu analysieren. Es war ironisch, dass er mich wie ein Kreuzworträtsel anstarrte, obwohl er der mysteriöse, unnahbare Charakter von uns war. Er hatte eine gewisse Ähnlichkeit mit den männlichen Protagonisten aus den Liebesromanen, die Sha regelmäßig verschlang. So, wie er mich jetzt gerade ansah, hätte ich genauso gut Bella auf Edwards Präsentierteller sein können. Und trotzdem überschlug sich mein Herz, wofür ich es hasste. Ich sollte Paxton vergessen, ich hatte ihn bereits viel zu nah an mich herangelassen, ohne zu ahnen, dass das an einem Abgrund enden könnte.

Die Melodie verstummte in den Boxen. Schnell legte ich das Mikro auf den Tisch neben mir und stolperte mehr von der Bühne, als dass ich lief. Auf der weichen Bank platzierte ich mich dieses Mal nicht neben Paxton, sondern neben Carrie, die mir freudig dazu gratulierte, mich nicht vollkommen blamiert zu haben. Und auch Cory wirkte sehr zufrieden mit unserem kurzen Auftritt.

Gerade als er ansetzte, etwas zu sagen, rutschte Paxton von der Bank und machte sich auf in Richtung Bühne. Es wurde still im Raum, als die Leute begriffen, wer sich die ganze Zeit unter ihnen befunden hatte und nun auf die Bühne trat. Das blaue Scheinwerferlicht färbte Paxtons Augen in ein unnatürliches Petroleum. Er krempelte seine Ärmel hoch, bevor er sich kurz zu Hugh rüberlehnte und ihm seinen Wunsch zuflüsterte.

Mein Puls stieg an, und auch Carrie und Cory warteten gespannt auf das, was kam. Paxton räusperte sich und befreite das Mikro aus dem Ständer vor ihm.

»Hallo, ich bin Paxton und ich singe *From Now On* aus *The Greatest Showman*«, sagte er.

Mein Herz blieb stehen.

Paxton klang beim Singen anders, als wenn er sprach. Dunkler, rauer und härter. Die Emotionen seiner Worte spiegelten sich in der Farbe seiner Stimme. Und mit der Hoffnung im Song kam etwas Neues. Ich wünschte mir eine Spur zu sehr, dass er dieses Lied aus meinem Lieblingsfilm für mich sang. All die Versprechungen, die Hugh Jackman in diesen Zeilen machte, fühlten sich an, als gehörten sie mir. Nur dass es nicht so war, obwohl sich die Endorphine in meinem Körper die größte Mühe gaben, das zu vertuschen.

Gänsehaut zog sich über meinen ganzen Körper und ein Kribbeln so fein wie der Flaum einer Feder umschloss meine Haut. Mir wurde so unfassbar heiß, und als er sah, wie ich zu schwitzen begann, lächelte er dieses unbeschreibliche Lächeln.

Himmel, ich hasste Paxton Wright. Ich hasste ihn aus tiefstem Herzen dafür, dass er meinen Körper durcheinanderbringen und mir gleichzeitig die kalte Schulter zeigen konnte.

Es war einfach nicht fair. Er spielte den Vernünftigen, der sich an seinen Vertrag hielt und mich dazu brachte, jedes einzelne meiner Prinzipien als Grillanzünder zu verwenden. Ich war wegen eines Jobs nach Alaska gekommen, nicht wegen eines Mannes. Was war aus meinem Erst-Karriere-dann-Liebe-Plan geworden? Hatte ich ihn wirklich so einfach verworfen, nur weil irgendein aufgeblasener Hollywood-Wichtigtuer in mein Leben getreten war?

Reiß dich zusammen, Farah. Reiß dich verdammt noch mal zusammen.

Das mit dem Selbstüberreden musste ich dringend üben, wenn nur ein einziger Blick von Paxton ausreichte, um mich an den Kuss und all das, was wir in den letzten Wochen erlebt hatten, denken zu lassen. Das Kribbeln in mir wollte einfach nicht verschwinden, und der einzige Weg, den ich sah, um das zu ändern, war, selbst zu gehen.

Ruckartig stand ich auf. Ein Cocktailglas rutschte vom Tisch und zersprang auf dem teuren Holzboden. Die Blicke, die an Paxton gehaftet hatten, glitten zu mir. Doch ich ignorierte sie, drehte mich um und verließ die Bar. Ich hatte das Gefühl, dass mein Herz erst wieder zu schlagen begann, als die Tür hinter mir ins Schloss fiel. Die Stille der abendlichen Lobby durchströmte mich und ließ mich atmen. Doch diese Ruhe währte nicht lang.

Die Scharniere der Tür quietschten leise, als Paxton neben mich trat. Seine Züge troffen nur so vor Sorge.

»Ist alles in Ordnung?«, fragte er. Schon allein, dass er neben mir stand, brachte mich wieder aus dem Konzept.

»Ich würde gerne Ja sagen«, gestand ich zögerlich. Ich umklammerte meine Oberarme und versuchte, auf meine weißen Turnschuhe zu starren. Sobald ich ihm in die Augen sah, würde ich es nicht über mich bringen zu sagen, was in mir vorging. Ich schaffte es nicht, vollkommen wegzusehen, also hängte ich mich an seine Lippen. Es waren nur Muskeln.

»Aber das tust du nicht.«

»Richtig, weil ich eine schlechte Lügnerin bin.«

Eine Sekunde lang zuckten Paxtons Mundwinkel, bevor sie in die Starre zurückfielen, die ihn so bitterlich ernst aussehen ließ. »Es ist meine Schuld.«

»Das ist es«, bestätigte ich seine Annahme.

»Farah, ich …«, setzte Paxton an, doch er brach ab. Mein Herz stolperte in der Hoffnung, dass er etwas sagte, was die Sache zwischen uns änderte, vereinfachte, real werden ließ.

»Ja?«

»Es tut mir leid, dass ich dich geküsst habe. Das war nicht richtig. Ich weiß nicht, was da über mich gekommen ist. Ob es die Angst durch die Menschen oder der Alkohol war, ich hätte dich niemals küssen dürfen. Es tut mir wirklich leid.«

Bei seinen Worten rutschte mir das Herz in die Hose. Etwas, das ich für echt gehalten hatte, zerbrach in so winzige Teile, dass nichts als Staub in meiner Brust zurückblieb.

Hatte er sich gerade dafür entschuldigt, mich geküsst zu haben? Ja, das hatte er.

Ich hatte das Knistern zwischen uns gespürt. Bei den Proben, auf dem Eis, in den Bergen, ja, selbst in der Mall war ein Hauch von sprühenden Funken durch die Luft geflogen. Konnte ich mir das wirklich eingebildet haben? War meine Menschenkenntnis so schrecklich?

»Wow, das tut weh«, sagte ich. Das Bedürfnis, zu gehen, wuchs, und doch bewegte ich mich keinen Millimeter.

»Kann ich mir vorstellen.«

»Nein, nein, das kannst du nicht. Ich habe keine Ahnung, wer du bist, Paxton Wright, und trotzdem gaukelt mein Herz mir vor, da wäre etwas zwischen uns. Ich habe mich dir geöffnet, Paxton. Das habe ich noch nie getan. Niemals. Und du traust dich, mich zu küssen, mich dann wegzustoßen und mir zu sagen, dass es nichts bedeutet hat?« Meine Hände ballten sich zu Fäusten und meine Stimme wurde mit jedem Wort dünner.

Paxton schluckte schwer. Er machte einen Schritt auf mich zu und ich wich zurück. »Es hat nicht nichts bedeutet.«

Ich schüttelte vehement den Kopf. »Tu das nicht. Sag nicht, es sei anders. Das hast du in der Sekunde verwirkt, als du dich bei mir dafür entschuldigt hast, mich geküsst zu haben. Der Kuss existiert nicht mehr. Nicht für dich.«

Wütende Tränen sammelten sich in meinen Augen. Meine Füße setzten sich unter mir in Bewegung. Ich drückte mit dem Zeigefinger auf den Fahrstuhlknopf, als ginge es um mein Leben und nicht darum, von einem Mann wegzukommen, in den ich offenbar gerade dabei war mich zu verlieben.

Paxton folgte mir und die Türen schlossen sich hinter uns. Ich drückte auf die Zwei und Paxton auf die Fünf. Zwischen uns lagen nicht nur Welten, sondern auch Stockwerke. Die Stockwerke waren überwindbar, die Differenz zwischen unseren Leben war es nicht.

27.03.

Liebes Tagebuch,

es ist das passiert, was ich vorhergesagt habe. Paxton ist single! Da wir heute wieder Jubiläum haben, werde ich ihm später noch eine Pralinenschachtel unter dem Tor seiner Einfahrt durchschieben. Seit einiger Zeit ist das nämlich leider gesichert und ich komme nicht mehr so einfach auf das Grundstück. Ich freue mich schon darauf, meinen eigenen Schlüssel zu bekommen. Das kann nicht mehr lange dauern.

KAPITEL 23

FARAH

Je näher die Weihnachtsfeiertage rückten, desto mieser ging es mir. Seit der Sache auf dem Karaokeabend hatte ich kein Wort mit Paxton gewechselt und auch er hatte keinerlei Kontakt gesucht. Ich sollte froh darüber sein, aber ich war es nicht. Wir sahen uns jeden Tag am Set. Ich assistierte Sarah und kümmerte mich um die Kleinigkeiten, die so anfielen. Die Reinigung des Hundeschlittens nach den Szenen mit Cory war neu dazugekommen.

Gerade hatte Nolan mit Paxton und Cory die Szenen gedreht, bei denen der Schlitten und Ians Hunde verschüttet wurden. Paxton fuhr dabei in die hinabstürzenden Schneemassen, wo Cory sich unter dem kühlen Weiß begraben ließ. Unsere Lawine wurde von einer Schneemaschine porträtiert und entgegen allen Annahmen war das keinesfalls ungefährlich. Paxtons erster Versuch, die Szene zu drehen, die später als Rückblende fungieren würde, endete mit einer Schneerettung. Zu sagen, dass meine Atmung nicht vor Schreck stehen geblieben war, wäre glatt gelogen gewesen. Aber dann hatte Nolan Cory dazugeholt und der war ein Profi.

Drei Stunden später, nach vier weiteren Versuchen, war die Szene im Kasten. Und ich wurde dazu verdonnert, die Kufen des Schlittens mit einer Zahnbürste zu polieren. Vielleicht war es deshalb so einfach gewesen, Paxton zu romantisieren, weil mein Traumjob sich als Mogelpackung entpuppt hatte.

Missmutig schrubbte ich über den blanken Stahl, bis die Politur ihren Job machte. Erst wenn die Kufen glänzten wie die Zähne von Dwayne Johnson, hatte ich die Anweisung aufzuhören und die Erlaubnis, mein Werkzeug niederzulegen. Doch das war noch nicht ganz eingetreten, obwohl der Großteil bereits tat, was ich wollte.

Ich stapfte um den Schlitten herum, weil ich so weit war, auf der anderen Seite weiterzuarbeiten. Gott sei Dank hielten die Moonboots, was sie versprachen, auch wenn ich darin watschelte wie eine Ente. Meine Füße waren trotz der minus zehn Grad nicht am Frieren, ganz im Gegenteil zu meinen Knien, die trotz des Zwiebellooks und der Thermounterwäsche regelmäßig zitterten. Und auch meine rudolphähnliche Nasenspitze war eiskalt. Das Einzige, was das Arbeiten in der Kälte erträglich machte, waren die hellen Sonnenstrahlen, die mein Gesicht wärmten.

Für einen Moment schloss ich meine Augen und genoss die Wärme. Es war windstill und der Himmel wolkenlos, und doch schob sich etwas vor die wohltuende UV-Strahlung. Genervt öffnete ich blinzelnd die Augen. Eine platinblonde Schönheit stand mit verschränkten Armen vor mir. Ihre Haare schauten unter der pinken Pudelmütze hervor, die perfekt zu ihrer Winterjacke und den Fäustlingen passte. Lydia Benson.

Ich rappelte mich hoch und schenkte der Schauspielerin ein gequältes Lächeln. »Was kann ich für Sie tun, Ms Benson?«

Lydia verzog ihre Lippen zu einem Lächeln, das vermuten ließ, dass sie vorhatte, mir etwas anzutun.

»Du hast da etwas vergessen«, sagte sie und deutete auf eine Stelle der Kufe. Sie war inzwischen auch dazu übergegangen, mich zu duzen, was wahrscheinlich mit ihrer Stelle als Ausbeuterin junger Assistentinnen einherging.

Ich konnte nichts erkennen und runzelte die Stirn. »Nein, da müssen Sie sich versehen haben.«

»Ich versehe mich nie«, antwortete Lydia lachend. Sie zog sich einen Handschuh von den Fingern und holte ein Kaugummi aus ihrem Mund. Ohne Weiteres schmierte sie den rosa Schleimball an die Stelle der Kufe, auf die sie eben noch gezeigt hatte. »Siehst du, genau da.«

Angewidert verzog ich das Gesicht. Wie konnte man nur so sein? Was, verdammt noch mal, hatte ich ihr getan? Waren es immer noch die Erdbeeren? Das war Monate her.

»Lass sie in Ruhe. Sie macht nur ihre Arbeit«, hörte ich eine Stimme hinter mir, die mir viel zu vertraut war. Ein wohliger Schauer lief meinen Rücken hinunter und fühlte sich wie Verrat an meiner Seele an.

»Du brauchst mich nicht zu verteidigen, Paxton, das schaffe ich schon selbst«, entgegnete ich mit einem bissigen Unterton. Ich drehte meine Zahnbürste, um mit dem Stiel das Kaugummi abzukratzen. Dadurch, dass es noch so feucht und klebrig war, ließ es sich gut lösen, sodass ich es Lydia auf die pinke Jacke schmieren konnte.

»Sie haben da etwas verloren. Gern geschehen.« Ich legte so viel Überheblichkeit in meine Stimme, wie es mir möglich war.

Lydia stöhnte entrüstet. »Das hast du nicht getan.«

»Doch. Wie man in den Wald ruft, so schallt es heraus«, antwortete ich, nur um kurz darauf meine Zahnbürste wieder zu drehen und über die Stelle zu schrubben, die sie gerade mit ihrem Speichelabfall besudelt hatte.

Einen Moment lang dachte ich, sie würde mich in Ruhe lassen, doch vergeblich. Sie lief zu Paxton hinüber, den ich nach wie vor versuchte nicht anzusehen. Ich konnte hören, wie ihre Finger über das glatte Polyester seiner Jacke strichen.

»Hast du es ihr schon gesagt, Babe?«, fragte sie in einem so süßen Tonfall, dass ich Angst vor einem Zuckerschock bekam.

Babe? Hatte sie Paxton gerade Babe genannt? Mir wurde schlecht.

»Nein, noch nicht. Das sollte Sarah übernehmen. Sie ist ihre Vorgesetzte«, antwortete Paxton nüchtern.

Die Angst, dass es um meinen Job ging und nicht gut aussah, schlich sich ein. War die Aktion mit den Hunden doch eine Nummer zu viel gewesen? Oder hatte Paxton mich angeschwärzt für meine Gefühle, über die er sicher Bescheid wusste? Es gab eintausend Möglichkeiten und jede einzelne endete damit, dass ich wieder bei meinen Eltern einzog. *Bitte nicht.*

»Gut, dann hole ich sie dazu«, verkündete Lydia.

Ich sah ihr nach, wie sie zu Sarah lief, die ungefähr hundert Meter entfernt stand und einen Kameramann einwies. Sie unterhielten sich kurz und dann folgte Sarah Lydia zu mir zurück. Mein Herz pochte vor Angst wegen dem, was nun kam.

»Hallo, Farah«, begrüßte mich meine Chefin, bevor sie Paxton, den ich immer noch in meinem Rücken spürte, ein herzliches Lächeln schenkte. »Hey, Paxton.«

»Hey«, antwortete dieser kurz angebunden.

»Es ist so, dass sich Melinda Leaves gemeldet hat. Sie hat einer Sondersendung zugestimmt, in der es um deinen Fauxpas gehen wird. In zwei Wochen ist Heiligabend. Da soll sie ausgestrahlt werden. Im landesweiten Fernsehen und auch länderübergreifend«, erklärte Sarah. »Lucy hat einen Leitfaden geschrieben mit Dingen, die gesagt werden dürfen, und jenen, die keine Erwähnung finden sollten. Da Lydia morgen Einzelszenen drehen wird, bitte ich dich, Farah, mit Paxton zu üben, damit er sich nicht vor sämtlichen Nationen zum Horst macht.

Morgen um 16 Uhr starten die Aufnahmen im *Anchorage Museum*. Du begleitest ihn am besten. Dann weiß ich meinen Filmhelden in besten Händen.« Der laszive Unterton in ihrer Stimme, der sicher nicht an mich gerichtet war, entging mir nicht. »Ich werde ebenfalls dabei sein. Ich habe Melinda Leaves versprochen, den Aufbau der Sonderfolge zu überwachen. Wir werden uns dort sehen. Haar und Make-up werden vor Ort gemacht. Das bekommt ihr hin, oder?«, fragte meine Chefin.

Bei dem bloßen Gedanken an das Museum und was auf der Party passiert war, bildete sich ein Kloß in meinem Hals. Und so, wie Lydia aussah, wusste sie es.

»Natürlich. Im Babysitten von Mr Wright sollte ich ein Profi sein ... mittlerweile«, antwortete ich steif.

Sarah sah mich zufrieden an. »Sehr gut, das wollte ich hören.«

»Um zehn vor deiner Tür«, sagte ich zu Paxton.

»Ich freue mich drauf.«

Mir war nicht ganz klar, ob er seine Worte ironisch meinte, oder ob sie so bedeutungslos waren wie seine Reue.

Den Abend verbrachte ich damit, darüber nachzudenken, wie ich den Tag morgen möglichst professionell überstehen konnte. Sha hatte bereits vorgeschlagen, mich bei Tinder anzumelden und darauf zu hoffen, dass es jemanden im Hotel gab, der mich von Paxton ablenkte.

Einen Moment lang überlegte ich, Cory einen Besuch abzustatten, aber dass er Paxton wie aus dem Gesicht geschnitten war, half nicht besonders dabei, Mr Hollywood aus meinen Gedanken zu verbannen und mich wie eine Erwachsene zu verhalten statt wie ein verliebter Teenager.

Ein leises Klopfen holte mich aus den Gedanken und sorgte dafür, dass ich mich aus dem Bett schälte und in meinen Kunstfellpuschen ans andere Ende des Raumes watete. Eine Sekunde lang hoffte ich, dass es Paxton war und ich alles nur geträumt hatte. Doch er war nicht derjenige, dem ich die Tür öffnete. Es war Carrie. Die rot gelockte Schauspielerin stand mit einer Flasche Wein vor mir und hielt mir zwei Pappbecher hin. Ich war offensichtlich nicht die Einzige, die einen bescheidenen Tag hinter sich hatte.

»Hey, komm doch rein.« Ich trat einen Schritt zur Seite und ließ sie an mir vorbei. Sie trug wie ich einen lässigen Jogginganzug und fläzte sich aufs Bett.

»Ich habe Wein dabei.«

»Das sehe ich«, antwortete ich.

»Stimmt. Aber was du nicht siehst, ist, dass er teuer war. Ich habe ihn einem der Kellner abgeluchst.« Sie stellte die Pappbecher auf meinen Nachttisch und entkorkte die Flasche.

»Dann trinken wir jetzt teuren Wein aus billigen Bechern«, prostete ich ihr zu und Carrie lachte.

»Typisch Hollywood. Nichts ist, wie es scheint, und alles ist, wie es nicht sein sollte.«

Wir stießen an und leerten unsere recycelbaren Trinkgefäße in einem Zug. Ich schaltete den Fernseher ein und wie ein Fluch lief auf FOX gerade *Road Explosion. Klar, was auch sonst.*

Ich regelte den Ton runter, bevor ich meinen Kopf schief legte und Carrie ansah. »Warum war dein Tag scheiße?«

»Ich habe heute meine erste Szene gedreht. Siebzehnmal. Und Nolan hat zu mir gesagt, dass ich überlegen solle, wie mein Vater ins Drehbuchbusiness einzusteigen, weil selbst ein Kanarienvogel mehr Talent habe als ich.«

»Autsch«, gab ich mitleidig von mir.

»Ja, das habe ich auch gedacht.«

»Und, überlegst du's dir?«, fragte ich sie neugierig und leicht angeschickert, weil ich noch nicht dazu gekommen war, irgendwas zu essen.

»Was? Drehbücher zu schreiben?«

Ich nickte.

»Nein, eher werde ich zu besagtem Kanarienvogel.«

Wir lachten. Zum ersten Mal seit Tagen fühlte ich mein Zwerchfell. Es tat gut.

»Und du hast Paxton Wright geküsst«, wechselte sie das Thema und reichte mir einen zweiten Becher mit Wein.

Entgeistert drehte sich mein Kopf in Carries Richtung. »Woher ...?«

»Das weiß jeder am Set. Sarah versucht sich nicht anmerken zu lassen, dass es sie beschäftigt. Aber sie ist seine Ex. Ich glaube, sie ist eifersüchtig.«

Na klasse. Nichts konnte ich weniger gebrauchen, als in den Ex meiner Chefin verliebt zu sein, für den sie vielleicht noch Gefühle hatte. Ich sah mich schon bis zum Ende meines Lebens Kaffee holen.

»Meinst du, ich sollte sie darauf ansprechen?«

Carrie schüttelte den Kopf. »Das würde ich lassen, wenn du deinen Job behalten willst. Außer es ist etwas Festes mit euch. Sonst macht sie sich weiter Hoffnungen und das ist nicht fair.«

Ihre Worte versetzten mir einen Stich. Das mit mir und Paxton war nichts Ernstes, nein, es war überhaupt nichts.

»Da braucht sie sich wohl keine Gedanken zu machen.« Ich nahm einen Schluck Wein und betete, dass er den Schmerz etwas ertränken würde. »Aber ich dachte, sie hätte ihn betrogen. Wie kann sie ihn dann wiederhaben wollen?«

»Tja, manchmal sieht man Spielzeug von anderen und vergisst, dass das eigene viel besser ist. Zumindest, bis man damit gespielt hat.«

Ich musste lachen. »Vergleichst du Paxton gerade mit einem Matchboxauto?«

»Vielleicht«, antwortete Carrie achselzuckend. »Vielleicht bin ich aber auch einfach schlecht im Vergleichen von Dingen.«
»Das könnte angehen.«
»War es gut?«, fragte Carrie neugierig.
»Was? Der Kuss?«
»Ja, den meine ich.«
Ich schüttelte den Kopf, nachdem ich einen weiteren Schluck Wein getrunken hatte. »Es war schrecklich. Schrecklich schön. Paxton Wright macht nur Ärger«, antwortete ich. Ich war mir sicher, dass Carrie mir anhörte, wie elend ich mich fühlte.
»Alle Männer machen immer nur Ärger. Manchmal wünschte ich mir, es wäre alles einfacher und es würde eine Datenbank mit perfekten Partnern geben, aus der man sich einen aussuchen könnte«, sagte Carrie.
Ich musste gackern. »Wie in einem Supermarkt.«
Carrie nickte. »Genau so.«
»Du, Carrie, wissen wirklich alle von dem Kuss? Bist du dir ganz sicher?«, fragte ich, obwohl ich die Antwort eigentlich überhaupt nicht wissen wollte.
»Ich glaube schon. Auf jeden Fall die, die euch in der Lobby gehört haben. So was verbreitet sich wie ein Lauffeuer, aber ich glaube, die meisten interessiert es nicht.«
»Gut, das wäre nämlich furchtbar peinlich.«
Wir tranken noch zwei Becher Wein, bevor wir in meinem Bett einschliefen.

06.04.

Liebes Tagebuch,

Paxton verlässt kaum das Haus. Ich denke, er hat gerade superviel zu tun, weshalb ich ihm auf Instagram täglich schreibe, dass ich hinter ihm stehe und an ihn denke. Mittlerweile sind einundzwanzig meiner Profile blockiert worden, was das nicht einfacher macht. Sein Management scheint gar nicht glücklich damit zu sein, dass sich Paxton mir jetzt hingeben könnte. Aber das bekomme ich schon hin. Liebe ist stärker!

KAPITEL 24

PAXTON

»Wie oft willst du das noch durchgehen?«, stöhnte ich, als Farah mich zum gefühlt hundertsten Mal rezitieren ließ, was ich alles nicht erwähnen durfte. Nach einem kleinen Abstecher zum Frühstücksbuffet hatten wir uns in meine Suite zurückgezogen. Und seitdem quälte Farah mich mit den Anstandsregeln für den Talkshowauftritt wie eine Lehrerin ihre Schüler mit Matheaufgaben.

Sie saß im Schneidersitz auf der roten Stoffcouch, während ich auf dem weichen Teppich vor dem glimmenden Kamin lag und zwischen ihr und den Holzbalken unter der Decke hin und her sah. Sie führte eine Strichliste darüber, welche Punkte ich immer wieder vergaß. Jedes Mal, wenn ich eine Kleinigkeit ausließ, bildete sich eine schmale Falte zwischen ihren Augenbrauen. Ich musste zugeben, dass ich das irgendwie attraktiv fand und deshalb den Punkt *Nicht über Freundschaft Plus sprechen* mit Absicht nicht aufgezählt hatte. Zumindest ein paarmal.

»So lange, bis ich weiß, warum du jedes Mal diese eine Sache rauslässt. Elane, Sarah und dein Management bringen uns beide um, wenn du da später drüber sprichst.«

Ertappt grinste ich sie an. »Vielleicht bin ich ja einfach nur vergesslich.«

Farah legte die Liste zur Seite und verschränkte die Arme vor ihrer Brust. »Klar, der Paxton Wright, der sein gesamtes Drehbuch mittlerweile vorwärts und rückwärts auswendig aufsagen kann. Und ich bin die Kaiserin von China.«

»Das bist du nicht.«

Sie zog eine Augenbraue hoch. »Dann bist du auch nicht vergesslich.«

Hatte ich schon erwähnt, dass ich mich zu der Sorte Mann zählte, die dem Charme einer Frau eigentlich nicht so schnell erlag? Aber bei Farah erfüllte ich so ziemlich jedes Klischee aus allen romantischen Komödien, die nach 1985 gedreht worden waren. Ich erwartete, mich darüber zu ärgern, aber das passierte nicht. Jeder Schlagabtausch, jedes Lächeln und jedes einzelne Wort zwischen uns führte dazu, dass ich mich wohlfühlte. Etwas, das ich schon so lange vermisste. Ich war mir in der Zeit mit ihr selbst so nahgekommen und hatte kaum an 27. 08. gedacht. Keine Ahnung, ob das an Farah lag, die mir den Spiegel vorhielt, oder an etwas anderem. Im Grunde war es auch egal, solange ich nach vorn sehen konnte. Und genau das würde ich jetzt tun.

Ich erhob mich von dem weichen Teppich, nahm die Unterlagen von der Couch und setzte mich neben Farah, die mich überrascht anstarrte. Nur dass die Überraschung die Enttäuschung über das, was zwischen uns vorgefallen war, nicht verdrängte. Sie spiegelte sich in ihren Augen und zeigte, wie sehr ich ihr wehgetan hatte. Farah versuchte, es sich nicht anmerken zu lassen und professionell mit mir umzugehen, aber es war alles andere als leicht für sie.

»Wie wäre es, wenn ich jeden dieser Punkte richtig schön melodisch aufsage und wir uns dann fertig machen, um ins Museum nach Anchorage zu fahren?«

Farah nickte und streckte mir eine Hand entgegen. »Deal. Na, dann schieß mal los, Hollywood.«

Wenig später saßen Farah und ich auf der Rückbank von Sams Limousine und bestaunten die in Weiß gehüllte Landschaft auf der anderen Seite der Fenster. Die Sicht war klar und es schneite ausnahmsweise mal nicht durchgängig. In den letzten zwei Wochen hatte es nicht einen Tag gegeben, an dem sich kein Meer aus Schneeflocken über uns ergossen hatte. Ich war mir sicher, dass ich diese eiskalte Nässe in dem Moment vermissen würde, in dem ich in das Flugzeug zurück ins heiße Los Angeles stieg.

Man sollte meinen, dass man das Zeug nach Wochen in Alaska nicht mehr sehen konnte, aber so war es für mich nicht. Und wenn ich Farah neben mir betrachtete, die gedankenverloren aus dem Fenster schaute, war ich sicher, dass es ihr genauso ging. Ein Lächeln schlich sich auf meine Lippen, als ich sie dabei beobachtete, wie sie sich ihre mittlerweile pastellvioletten Haarspitzen um den Zeigefinger zwirbelte.

Als sich die Häuser am Straßenrand häuften und immer höher wurden, begann ich nervös zu werden. Gleich würden wir auf den Parkplatz des *Anchorage Museum* fahren. Dann war es endgültig vorbei mit der Ruhe und das Rampenlicht würde wieder über mein Leben herrschen.

Die letzten Wochen hatte ich das Internet gemieden und es einfach auf den anstrengenden Dreh geschoben. Lucy war nicht besonders begeistert, weil ich bisher nicht ein einziges Mal den Resort-Pullover auf Social Media getragen hatte. Ich musste mir dringend vornehmen, das nachzuholen. Aber im Augenblick genoss ich jede freie Minute, in der ich für mich sein konnte und nichts mit der Welt teilen musste.

Das Verrückte dabei war, dass es mir jahrelang nichts ausgemacht hatte und ich sogar eitel genug gewesen war, es zu genießen. Neider und Hater waren mir egal gewesen und über jeden Fan hatte ich mich gefreut. Ich hatte zu den Prominenten gehört, die ohne Bodyguards das Haus verließen und den Paparazzi zuwinkten. Allen Fans, die sich trauten, mich anzusprechen, hatte ich ein Autogramm gegeben. 27. 08. hatte dafür gesorgt, dass ich zu nichts davon mehr in der Lage war.

Hier in Alaska war ich zum ersten Mal seit einem Jahr länger ohne Personenschutz und das war okay gewesen. Ich hatte mich frei bewegen können. Die meiste Zeit hatte niemand gewusst, dass ich hier war, und Farah hatte sich als gute Gesellschaft entpuppt. Aber ab morgen würde sich das ändern. Dann würde jeder wissen, wo ich mich befand. Ich müsste jedes Detail meines Lebens, was ich aß, was ich anhatte und wenn ich krank wurde, wieder in der Öffentlichkeit breittreten lassen. Ich hasste, wie sehr ich es hasste.

Als ich eine warme Berührung auf meinem Handrücken spürte, bemerkte ich erst, dass ich gar nicht mehr aus dem Fenster geschaut hatte, sondern auf die schwarze Matte unter meinen Füßen. Ich hob meinen Blick und traf direkt auf Farahs rehbraune Augen.

»Wir sind da«, flüsterte sie, als wäre das ein Geheimnis und keine Tatsache.

Ich sah durch das Fenster auf die moderne Glasfront des Museums. Irgendwie hatte ich mir eher etwas Altehrwürdiges vorgestellt. Das hier war zeitgenössische Architektur der Extraklasse. Der große transparente Kasten wirkte, als käme er direkt aus dem zweiten Teil von *Zurück in die Zukunft*. Unweigerlich fragte ich mich, wie effektiv es wohl war, so viel Glas zu heizen, immerhin dauerte der Winter in Alaska um einiges länger als in anderen Staaten oder Ländern, wenn man mal von Grönland absah. Dinge, über die ich mir bei unserem letzten Besuch keinerlei Gedanken gemacht hatte. Es war dunkel gewesen und meine Aufmerksamkeit hatte etwas anderem gegolten.

»Weißt du, wo wir hinmüssen?«, fragte ich Farah, die die meiste Zeit so gut organisiert war, dass sie wahrscheinlich sogar über ihre Essgewohnheiten eine Excel-Tabelle führte.

Und wie erwartet nickte sie. Sie hatte nicht mal in einen Kalender oder in ihr Smartphone schauen müssen, um mir darauf eine Antwort geben zu können. Diese Frau beeindruckte mich einfach immer wieder.

»Wir müssen zur Information. Dort werden wir abgeholt. Soweit ich weiß, ist die Kunstgalerie für uns gesperrt worden. Sarah hat sich schon um den Aufbau gekümmert. Du musst noch in die Maske. Und ich gehe einfach mal davon aus, dass sie dir auch ein Outfit rausgesucht haben. Heute benutzen wir also den Haupteingang.«

»Was ist falsch mit den Sachen, die ich gerade anhabe?« Überrascht sah ich an meinem dunkelblauen Hemd und der schwarzen Hose hinab.

»Nichts, aber ich weiß nicht, was Sarah für Anweisungen bekommen hat.«

»Du findest also, dass ich gut aussehe?«, fragte ich neckisch.

Farah stieß die Autotür auf und stieg aus, bevor sie sich noch einmal runterbeugte, um nach ihrer Tasche und nach ihrem … Klemmbrett zu greifen. Natürlich hatte sie ein Klemmbrett dabei.

»Darauf werde ich nicht antworten«, erwiderte sie.

»Irre ich mich oder hast du das damit nicht gerade getan?«
»Vielleicht, aber vielleicht auch nicht.«
Gerade als ich die Autotür ebenfalls aufdrücken wollte, öffnete Sam sie für mich. Automatisch stellte sich bei mir dieses dumpfe Gefühl der Scham ein, das ich immer empfand, wenn jemand mir die Tür aufhielt, nur weil ich Schauspieler war. Säße ich mit einem gebrochenen Bein und zwei eingegipsten Armen in einem Rollstuhl, wäre das ja okay. Aber so?
Wertschätzend legte ich Sam eine Hand auf die Schulter. »Danke, Sam.«
Der Chauffeur nickte freundlich. »Gern Mr ... Paxton. Rufen Sie mich einfach an, wenn Sie zurück ins Resort möchten oder sonst irgendetwas benötigen.«
Farah kam um das Auto herum und lächelte. »Sie sind der Beste. Fahren Sie vorsichtig!«
»Mach ich, Miss Farah, danke.«
Während Sam dabei war, die Limousine galant auszuparken, liefen Farah und ich zum Eingang des Museums. Farahs Stiefeletten klackerten über den Asphalt des Parkplatzes. Der Schnee war frisch geräumt worden. Das Einzige, was unter unseren Sohlen knirschte, war das Streusalz, das verhindern sollte, dass sich jemand alle Knochen brach. Dann wären der Rollstuhl und die eingegipsten Körperteile nicht mehr weit entfernt. Es wäre ziemlich ironisch, wenn das gerade jetzt passieren würde.
Farah stemmte die Tür auf, die genauso gläsern war wie der Rest des Gebäudes. Was für eine Überraschung. Die Eingangshalle war beinahe leer, weshalb unsere Schritte durch den ganzen Raum schallten, während wir uns der Information näherten. Hier hatten wir gestanden und uns geküsst, aber nichts erinnerte mehr daran, dass in diesem Museum eine Party stattgefunden hatte. Winstons Aufräumteam hatte sich die größte Mühe gegeben, alles wieder zu beseitigen. Vereinzelt hingen abstrakte Kunstwerke an den eingezogenen Wänden, was es auch nicht wirklich gemütlicher machte.
Hinter dem Pult saß eine kleine ältere Dame mit braunem Dutt und geschecker Hornbrille. Sie starrte mürrisch in ihren Schundro-

man und beachtete uns gar nicht, obwohl sie uns gehört haben musste. Die Geschichte schien nicht sonderlich anregend zu sein.

Nicht von dieser Welt – Verliebt in drei außerirdische Landärzte, las ich leise. Das leichte Schmunzeln konnte ich mir nicht verkneifen, obwohl das wesentlich besser war, als wie ein unreifer Dreizehnjähriger laut loszulachen.

Farah räusperte sich auffällig neben mir, sodass die Dame gezwungen war aufzusehen, wobei sie sich nicht die Mühe machte, ihre Lektüre zur Seite zu legen.

»Ja?«, murrte sie desinteressiert.

»Ich bin Farah Stewart und habe Mr Wright dabei. Würde uns bitte jemand abholen und zum Set bringen?«

Die Frau stöhnte nur, als sie nach dem Hörer griff und in der Geschwindigkeit von Flash – dem Faultier aus *Zoomania* – eine Nummer eintippte.

»Larry, der Schauspieler ist da«, quakte sie in den Hörer. Das Wort *Schauspieler* betonte sie so abwertend, dass es fast schon beeindruckend war.

Ich war diese Abfälligkeit gewohnt. Die meisten Menschen glaubten, dass wir uns aufgrund unseres Berufes für wichtiger hielten. Und wenn ich ehrlich war, traf das auf rund 80 Prozent meiner Hollywood-Kollegen auch zu. Bis auf Keanu Reeves oder Sandra Bullock waren die meisten wirklich abgehoben. Als ich das erste Mal auf ein ehemaliges Teenie-Idol getroffen war, hatte ich kurz in Erwägung gezogen, mich zu betrinken, um ihr divenhaftes Geplapper zu ertragen. Ich hatte mich letztendlich dagegen entschieden, weil ich nicht vorgehabt hatte, mich in der Öffentlichkeit zu blamieren. Das waren die wahrscheinlich härtesten zwei Stunden meines Lebens gewesen.

Das schnelle Tippeln von hohen Schuhen zog meine Aufmerksamkeit auf sich. Am Set redeten wir kaum miteinander, weil es sich meistens nicht ergab. Aber jetzt hatte Sarah sich aufgebrezelt.

Als sie mich sah, begann sie zu strahlen. »Paxton, schön, dass du pünktlich bist. Ich weiß, das ist eigentlich nicht deine Stärke.«

»Es ist auch schön dich zu sehen, Sarah«, erwiderte ich kühl.

Sie nahm mich kurz in den Arm, bevor sie Farah ein Lächeln schenkte.

»Ich habe alles getan, um ihn vorzubereiten. Er hat es ziemlich schnell begriffen.«

»Nichts anderes habe ich erwartet. Du bist die beste Assistentin, die ich je hatte.« Als dieses Kompliment über Sarahs Lippen kam, durchflutete mich ein warmer Schauer. Es fühlte sich gut an, wenn sie Farah lobte. Etwas in mir wünschte sich, dass sie es noch mal tat.

»Ja, unser lieber Paxton hat eine Menge Talente«, erwiderte Sarah fast schon doppeldeutig. Unweigerlich wanderte mein Blick zu Farah. Sie schluckte bei den Worten ihrer Chefin. Jeder, der sie nur ansah, wusste sofort, woran sie dabei dachte. Für eine Sekunde war es mir unangenehm, bis Farah antwortet.

»Ja, sicher. Er kann bestimmt etwas …«, sie schien darüber nachzudenken, was sie von mir zu sehen bekommen hatte. Und die Antwort darauf war leicht: nichts. Ich hatte ihr so gut wie nichts von mir gezeigt, wenn man meine Familiengeschichte mal ausklammerte.

Ich runzelte die Stirn, weil ich über Farah so einiges erfahren hatte und es mir irgendwie unfair vorkam. Auch ihr wurde das in diesem Moment noch einmal bewusst.

»Er kann gut wandern«, ergänzte sie ihre vorangegangene Aussage.

»So ein außergewöhnliches Kompliment habe ich ja noch nie bekommen«, sagte ich grinsend an sie gerichtet.

Peinlich berührt strich sie sich eine ihrer braun-violetten Haarsträhnen hinters Ohr.

Sarah lachte aufgesetzt. »Na, dann wollen wir doch mal zum Set wandern!«

Sarah führte uns durch die menschenleere Ausstellung, vorbei an den Vitrinen, in denen man allerlei Jagdausrüstungen und die kunstvoll verzierten Pelzmäntel der indigenen Bevölkerung Alaskas bewundern konnte. Zwischendurch befanden sich immer wieder schmale Bänke, auf denen Besucher üblicherweise kurz innehalten konnten.

»Sooo, wir werden heute im Rasmussen-Flügel drehen. Hier sind vor allem Kunstwerke, Skulpturen und Arrangements von nordischen und heimischen Künstlern ausgestellt. Elane und Melinda Leaves fanden das vor dem Hintergrund des Filmsettings sehr passend.« Als wir in einen weitläufigen Bereich kamen, staunte ich nicht schlecht. Atemberaubende Landschaftsgemälde in goldenen Rahmen zierten in gleichmäßigen Abständen die weißen Wände. Die Bänke waren vor die Fenster geschoben worden und machten Platz für eine niedrige, aber große runde Bühne, auf der sich zwei rote Sofas gegenüberstanden. Mittig war ein Sessel platziert worden. Hier würde ich also in weniger als zwei Stunden mein Privatleben offenlegen müssen und Millionen von Menschen auf der ganzen Welt würden mir dabei zusehen. Klasse.

Rundherum tummelten sich schon Kameraleute, die verschiedene Erfassungswinkel einstellten, während Lichttechniker sich um die Ausrichtung der Beleuchtung kümmerten. Zwei kräftig gebaute Männer waren gerade dabei, ein überdimensioniertes Banner mit dem Logo der Talkshow aufzustellen. Direkt hinter dem Sessel, der damit als Melindas Platz geoutet wurde.

»So, die Maske hat einen Raum weiter hinten mit Trennwänden aufgebaut, sodass du dich auch etwas zurückziehen kannst. Melindas Kabine ist nebenan, aber sie ist schon durch.«

»Melinda ist bereits hier?«

»Ja, schon den ganzen Tag«, erklärte Sarah.

»Du bekommst das hin, Paxton«, versuchte Farah, mir Mut zu machen.

»Das glaube ich auch. Ich werde jetzt die Fragen für den Teleprompter vorbereiten. Wir treffen uns fünfzehn Minuten vor Drehbeginn auf der Bühne für den kurzen Soundcheck und die letzten Lichteinstellungen. Das wird schon«, verabschiedete sich Sarah.

Wortlos liefen Farah und ich in die provisorische Maske, die aus drei Raumtrennern, einem beleuchteten Standspiegel und einem Garderobenständer bestand. Farah schnappte sich den unbequem aussehenden Klappstuhl in der Ecke und legte ihre Sachen über die Lehne. Gleichzeitig hängte ich meinen Parka an die wackelige Kleiderstange und machte es mir auf dem Drehstuhl gemütlich. Mir fielen Fotos von mir auf, die mit Make-up-Farbstreifen am Spiegel hingen.

»Wie geht es dir?«

Ich wandte mich Farah zu, die sich auf ihrem Stuhl zurückgelehnt hatte und ihre Beine ausstreckte. Sie trug ein kurzes schwarzes Kleid mit langen Ärmeln, eine Strumpfhose und die Absatzstiefeletten, die in der Eingangshalle so laut geklackert hatten. Ich glaube, in diesem Moment fiel mir zum ersten Mal auf, wie schön sie war. Nicht einfach nur hübsch, sondern wirklich schön. Und das war sie nicht nur jetzt. Gott, ihr Lachen, nachdem sie mich mit Zahnpasta bespuckt hatte, der unsaubere Pferdeschwanz und die kurzen Shorts hatten mich so wahnsinnig gemacht, dass ich mich ein zweites Mal unter die kalte Dusche hatte stellen müssen und ständig davon träumte. Und wenn sie mich weiter mit so großen, sorgenvollen Augen ansah, wurde mein Gewissen immer schlechter.

»Wenn du wissen willst, wie es mir geht, solltest du in die Klatschblätter schauen. Die wissen immer alles.«

»Ich habe aber gerade kein Klatschblatt da«, erwiderte Farah, als hätte sie nur auf so eine Aussage gewartet.

Meine eben noch betäubten Mundwinkel zuckten kaum merklich. »Die Dame an der Information leiht dir bestimmt eins, wenn du nett fragst. Ich würde sagen, dass deine Chancen, etwas über mich darin zu finden, aktuell bei rund 80 Prozent liegen.«

Farah grinste. »Nicht schlecht, Hollywood, aber ich fürchte, dass diese Frau mich zum Abendessen verspeist, wenn ich sie noch mal anspreche. Dann bekommst du eine neue Babysitterin und die ist vielleicht nicht so cool wie ich.«

»Sie wäre auf jeden Fall nicht so schön wie du«, rutschte es mir raus. Für eine Sekunde erstarrte ich wegen meiner Worte. Aber als ich sah, wie Farahs Mund sich traurig öffnete, bekam ich das Bedürfnis, klarzustellen, dass ich jedes einzelne Wort genauso gemeint hatte. Stattdessen starrte ich ihr sprachlos in die Augen. Mein Zwerchfell fühlte sich eingerostet an. Keine Ahnung, wann ich zuletzt so gelacht hatte, dass sich meine Lungenflügel mit Freude gefüllt hatten.

»Was herrscht hier denn für eine Grabesstimmung?«, hörte ich eine hohe weibliche Stimme fragen, die zu einer Frau gehörte, deren lange braune Haare ihr in dichten Wellen über die Schultern fielen. Nadine, unsere Maskenbildnerin.

Abrupt blickten wir beide in ihre Richtung. Farah sah sogar etwas erschrocken aus. Ich hatte nicht damit gerechnet, dass die *Snowlight*-Crew sich hier um alles kümmern würde, aber bei genauem Darübernachdenken ergab es Sinn. Wir hatten schließlich alles dafür hier und waren ein eingespieltes Team. Zumindest die meisten von uns.

»Das wüsste ich aber auch gern«, sagte eine zweite Frau, die ihren blonden Bob nach hinten warf, als sie die Garderobe betrat. Maxine, die Kostümbildnerin. Beide Frauen waren in ihren Dreißigern und zählten zu den Besten in ganz Hollywood. Ihr Erfolgsrezept war die Teamarbeit, denn die beiden bekam man nur im Doppelpack. Ich hatte schon bei einigen Gastauftritten in namenhaften Serien wie *Grey's Anatomy* oder *Brooklyn Nine-Nine* mit ihnen arbeiten dürfen und es immer sehr genossen.

»Nichts, unsere liebe Farah hier wollte nur gerade einen Witz reißen«, erklärte ich, einfach um irgendwas zu sagen.

Farah, die wahrscheinlich so schnell keinen Witz auf Lager hatte, boxte mich strafend.

Nadine ignorierte das und fragte: »Und worum ging es in dem Witz?«, während sie die Schminksachen auf dem Metalltisch vor mir zurechtrückte.

Farah sah für den Bruchteil einer Sekunde überfordert aus, doch dann schien ihr etwas einzufallen. »Es war ein Witz über ... eine Gurke ...«

Verblüfft sah ich sie an und auch Nadine und Maxine wirkten mehr als überrascht. Maxine, die gerade dabei war, die Hemden an der Kleiderstange nach Farben zu sortieren, unterbrach ihre Arbeit sogar, und das sah ihr so gar nicht ähnlich. Normalerweise brachte sie nichts aus dem Konzept. Wahrscheinlich hätte sie eine Sturmflut managen können, während sie der Queen ein Kleid an den Leib schneiderte.

»Über eine Gurke?« Sie runzelte die Stirn.

Farah nickte. »Ja, genau.«

Nadine lachte. »Ich wusste gar nicht, dass es Witze über Gurken gibt.«

»Doch, immerhin besteht unser Körper zu 80 Prozent aus Wasser. Damit sind wir quasi Gurken, riesige Gurken … nur eben mit Gefühlen.«

Die beiden Frauen lachten, während ich stumm schmunzelte. Zu wissen, dass Farah da war, machte das anstehende Interview gleich sehr viel erträglicher, auch wenn es nach wie vor in ihren Augen wütete, wenn sie mich ansah. Ich musste ihr die Wahrheit sagen, wenn ich wollte, dass sie nicht begann, mich zu hassen. Aber vielleicht war es genau das, was sie brauchte, um weiter ihren Träumen nachjagen zu können.

Niemand sollte gezwungen sein, sich zwischen dem eigenen Traum und der Liebe entscheiden zu müssen. Und doch hatte ich Farah in genau diese Situation manövriert. Ich hatte für sie entschieden, ohne sie zu fragen, und das war falsch gewesen. Das war mir klar, und doch wollte ich nicht, dass sie wegen mir etwas aufgab, für das sie so viel eingebüßt hatte. Und den Vertrag zu brechen, wäre nichts anderes als Aufgeben.

29.06.

Liebes Tagebuch,

Paxton und CBF Productions haben heute verkündet, dass Paxton in der Liebesromanverfilmung Snowlight die Hauptrolle übernehmen wird. Ein Liebesfilm! Das ist doch ein klares Zeichen! Ich werde mich sofort bewerben, damit wir Ende des Jahres, wenn die Dreharbeiten beginnen, genug Zeit zusammen haben, um unsere Liebe neu zu erwecken. Ich bin so aufgeregt.

KAPITEL 25

FARAH

Nervös stand ich neben einem Kameramann, der es bereits geschafft hatte, eine Dose Pepsi in unter einer Minute auszutrinken und die ersten vier Buchstaben des Alphabets zu rülpsen. Das professionelle Lächeln auf meinen Lippen konnte nicht überspielen, wie unwohl ich mich gerade fühlte. Selbst Paxton schien das aufzufallen, obwohl der bereits auf einem der roten Samtsofas saß und den Toncheck über sich ergehen ließ.

Er zog die Augenbrauen hoch und sah mich fragend an. *Ist alles okay?*, formten seine Lippen stumm. Mir war nicht danach zu antworten, und doch tat ich es.

Ich nickte und verbreiterte mein aufgesetztes Lächeln noch etwas, in der Hoffnung, dass dann zumindest der Kameramann neben mir nichts von meinem Unbehagen spürte.

Paxton lächelte mir aufmunternd zu, aber es tat weh. Er war der, der gerade auf einer Couch saß, auf der eine Talkshowmoderatorin in den nächsten fünfundvierzig Minuten sein ganzes Liebesleben auf links ziehen würde. Ihn hatte es um einiges schlimmer getroffen. Dagegen war mein erotisch rülpsender Kameramann ein Geschenk Gottes.

Als ein Regieassistent von Melinda Leaves' Produktionsfirma die Klappe zufallen ließ und runterzählte, begannen meine Hände zu schwitzen. Was war, wenn Paxton sich nicht im Zaum halten konnte und irgendetwas sagte, was uns beide ins Unglück stürzte? Dann müsste ich mir schon wieder einen neuen Job suchen und ich konnte mir vorstellen, dass an Nolan Whites Set gefeuert zu werden dabei nicht besonders förderlich sein würde. Aber was mir überraschenderweise noch viel mehr Sorgen machte, war, dass Paxton etwas von sich preisgab und später damit leben musste.

Ich hatte mittlerweile verstanden, dass er zu den Guten gehörte, auch wenn mir selbst das leider nicht zugutekam. Er war aufrichtig, freundlich und nicht so arrogant, wie ich ihn eingeschätzt hatte. Und mir gefiel leider gar nicht, dass ich das wusste, so, wie mein Herz sich anfühlte. Das zwischen uns gefährdete unsere Jobs und Paxton konnte so eine PR gerade nicht gebrauchen. Er hatte sich für seine Karriere entschieden, das war sein gutes Recht. Und trotzdem schmerzte es, wenn ich sah, wie er an mir vorbeilief und nichts tat, außer die Hand zu heben, um mich zu grüßen.

Als der eingängige Talkshoweinspieler losträllerte und die etwas korpulente Moderatorin Melinda Leaves die Zuschauer begrüßte, wie ihr Teleprompter es vorgab, hatte ich das Gefühl, so etwas wie Aufregung in Paxton Wrights Augen zu sehen. Dieses Fünkchen erlosch nach wenigen Sekunden, um dann seiner Professionalität zu weichen. Er lächelte nun freundlich, aber nicht glücklich in die Kamera. Das war wichtig, immerhin verkörperte er den reumütigen Schauspieler.

Melinda begann, etwas über Paxtons kometenhaften Aufstieg am Hollywood-Himmel zu philosophieren, was seinem angeschlagenen Image nur helfen konnte. Sie fragte ihn nach seinem ersten Casting, dem ersten Drehtag am Set von *Road Explosion* und wie er zu *Snowlight* gekommen war. Paxton klang bei jeder seiner Antworten zwar gründlich, aber wenn man genau hinhörte, stellte man fest, dass alles, was er sagte, keinen Inhalt besaß. Er redete um den heißen Brei herum, was nur ein wahrer Schauspieler konnte, der etwas zu verbergen hatte.

Melinda hing geradezu an seinen Lippen, obwohl ich mir sicher war, dass sie es auch gemerkt haben musste. Aber sie wusste, wie sie jemanden wie ihn aus der Reserve locken konnte. Das war ihr Job. Sie war Melinda Leaves. Also holte sie einen Gast auf die Bühne, mit dem niemand gerechnet hatte. Mein Atem stockte, als ich erkannte, wen wir da vor uns hatten. Shit.

Die Lippen zu einem aufgesetzten Lächeln verzogen, stöckelte Caralie Reynolds auf schwarzen Overknee-Boots auf die Bühne. Gegenüber von Paxton setzte sie sich. Das orange Minikleid, das sie trug, schrie förmlich: *Seht mich an!* Am liebsten hätte ich sie mit einem Verkehrshütchen verglichen, aber dafür sah sie zu gut darin aus.

»Nein, nein, nein. So war das nicht geplant!«, fluchte Sarah leise und stellte sich schockiert neben mich.

»Wusstest du nichts von ihrem Auftritt?«

Sie schüttelte den Kopf. »Sicher nicht. Das hätte Paxtons Management niemals genehmigt.«

»Können wir was tun, um ihn da rauszuholen?« Meine Stimme klang besorgter, als sie sollte.

Sarah schüttelte erneut den Kopf. »Wir können nur hier sein und ihm vom Rand aus beistehen. Paxton jetzt da runterzuholen, würde alles nur schlimmer machen. Man würde ihm vorwerfen, geskriptet zu sein. Da muss er durch. Ich bete, dass er keinen Scheiß macht.«

Einen Moment lang herrschte Stille im Studio, als sich Caralie und Paxton einfach nur ansahen. Melinda beobachtete ihre Gäste genaustens, bevor sie anfing zu reden.

»Es freut mich sehr, dass Sie sich dazu entschieden haben, hier mit mir über das, was passiert ist, zu sprechen und auch Ihren Fans gegenüber reinen Tisch zu machen.«

Caralie strich sich durch ihre welligen roten Haare. Sie wirkte ein bisschen, als wäre sie nervös und nicht nur unangenehm berührt. Aber hätte ich jemanden, der mir so vertraut hatte wie Paxton ihr, in die Scheiße geritten, wäre ich wahrscheinlich auch nervös, wenn ich ihm in einer Talkshow gegenübersitzen müsste. Ich fragte mich sowieso, wie es zu so etwas kam. Man konnte sich doch auch trennen ohne irgendein Theater. Aber vielleicht war ich nur ein treudoofer Esel und verstand nicht, was an einer Affäre so reizvoll war. Außerdem konnte ich mir sehr gut vorstellen, dass Paxton auch nicht der schlechteste Freund gewesen war.

Caralie ergriff als Erste das Wort und wandte sich direkt an Paxton. »Es ist wirklich schlecht gelaufen. Weder dir noch mir ging es gut. Privat gab es einige … Zwischenfälle, die dafür gesorgt haben, dass wir uns entzweiten. Ich weiß, dass das, was ich getan habe, normalerweise nicht richtig ist, aber ich will, dass du weißt, dass es nicht deine Schuld war.«

Melinda nickte zufrieden über den Anfang ihrer Sonderfolge. Paxtons Miene hingegen sah nicht mehr ganz so gelassen aus wie noch vor ein paar Minuten. Ich hoffte, dass er zu mir sehen würde, zumindest ein Mal, weil ich wusste, dass ich ihn beruhigen konnte. Ich wollte, dass er das Gefühl bekam, nicht allein zu sein, egal, wie sauer ich gerade auf ihn war. So, wie er bei den Hunden meine Hand genommen hatte, wollte ich seine nehmen, wenn auch nur im übertragenden Sinn.

Aber Paxton schaute nicht zu mir. Stattdessen hörte er sich Caralies Ausführungen darüber an, wie das mit ihm angeblich begonnen hatte. Ich konnte mir den Schmerz nicht vorstellen, oder die Demütigung, die Paxton empfinden musste, weil all das hier in den Medien ausgebreitet wurde. Zumal die Hälfte frei erfunden war. Aber so war es nun mal, wenn man zu der Crème de la Crème von Hollywood zählte. Das fiel wohl unter die Schattenseiten des Ruhmes.

Mit verschränkten Armen fixierte ich ihn. Ich achtete auf jede Handbewegung, jedes kurze Zucken und jeden Wimpernschlag, den er tat. Bisher hatte er nichts geäußert, was ihn irgendwie in Verruf bringen konnte. Das war schon mal ein guter Anfang. Nach ein paar Minuten bekamen Sarah und ich Besuch am Rand des Sets. Die Masken- und Kostümbildnerinnen Maxine und Nadine gesellten sich zu uns.

»Und? Ist es spannend?«, fragte Nadine neugierig.

»Noch nicht wirklich. Bisher hat Caralie nur darüber geredet, wie es zu der Affäre gekommen ist«, erklärte ich leise.

»O Mann, Paxton tut mir wirklich leid. Wisst ihr, ich habe ihn mal nach einem Date gefragt, als er mit Sarah zusammen war. Zu dem Zeitpunkt war ich nicht so groß in der Klatschpresse unterwegs, weshalb ich nicht wusste, dass er frisch in einer Beziehung steckte. Natürlich hat es kurz wehgetan, aber hätte ich das gewusst, hätte ich auch gar nicht gefragt. Sorry, Sarah«, erklärte die brünette Maskenbildnerin.

Sarah senkte kurz den Blick, bevor sie ihn wieder an Paxton kettete. »Du hast ja keine Ahnung, wie oft das passiert ist.«

Maxine boxte ihrer Kollegin humorvoll gegen den Oberarm. »Ich glaube, jeder hier hat schon mal davon geträumt, mit Paxton Wright auszugehen. Ich nehme mich da nicht raus. Aber wenn er jetzt single ist, könnte man ja noch mal fragen.«

Die Mädels kicherten leise, wofür wir direkt tadelnde Blicke von Melindas liebstem Assistenten kassierten.

»Dann frag ich aber zuerst!«, flüsterte Nadine nicht wirklich leise.

»Die Mühe könnt ihr euch sparen.« Man hörte Sarah ihre Unzufriedenheit an.

Nadine und Maxine sahen sie überrascht an. »Wie kommst du denn darauf, Sarah?«, fragte Nadine.

Sarah band ihre blonden Haare zu einem unordentlichen Pferdeschwanz und zuckte mit den Achseln. »Ich glaube nicht, dass er noch mal etwas wirklich Ernstes mit einer Kollegin anfängt, auch wenn es manchmal danach aussieht. Nach der Sache mit Caralie kann ihm das auch keiner verdenken.« Sarahs Seitenblick galt mir und augenblicklich schwirrten Carries Worte wieder in meinem Kopf herum. Gefühlt jeder wusste von dem Kuss. Ich bildete mir ein, so etwas wie Enttäuschung aus ihren Worten herauszuhören.

»Hattet ihr lange was miteinander?«, fragte ich leise. Ich hätte mich dafür beißen können, dieses Fass geöffnet zu haben.

Sie nickte, ohne weiter darauf einzugehen. Ich war nicht sicher, ob ich das unter gut oder schlecht verbuchen sollte. Sie sah aus wie ein schwedisches Model. Wenn ich mir Caralie genau angesehen hätte, wäre mir wahrscheinlich direkt aufgefallen, dass groß, dünn und umwerfend schön genau sein Typ war.

Daran zu denken, dass er auch Sarah geküsst und es nicht für einen Fehler gehalten hatte, versetzte mir einen Stich. Ich versuchte es zu ignorieren. Leider weniger erfolgreich. Das Bild, wie er mit seinen Fingern durch ihre langen blonden Haare strich und ihr die hautenge grüne Bluse auszog, die sie gerade trug, setzte sich in meinen Gedanken fest wie ein fieser Schimmelpilz. Hier kippte die Stimmung, genau wie auf der Bühne.

Paxtons Hand begann zu zittern. Das zog nicht nur meine Aufmerksamkeit auf sich, sondern auch die von Melinda Leaves. Für sie war es ein gefundenes Fressen. Ich hatte nicht mitbekommen, worum es zuletzt gegangen war, aber jetzt schien die Situation etwas aus dem Gleichgewicht zu geraten.

»Paxton, Sie sehen aus, als würde Sie etwas stören. Sehe ich das richtig?«

Paxton legte seine linke Hand auf die Seitenlänge der Couch und begann, mit den Fingerspitzen auf den roten Samt zu tippen. »Wissen Sie, Melinda, ich glaube, Sie haben recht damit. Caralie und ich waren Freunde. Zumindest dachte ich das. Irgendwann, als ich gerade in New York war, haben wir angefangen, regelmäßig miteinander zu schlafen. Das hatte nichts mit Zukunftsplänen oder Gefühlen zu tun. Das war Spaß, mehr nicht. Wir haben das sogar vertraglich festgehalten.«

Caralie schnappte nach Luft. »Das ist so typisch für dich, Paxton. Jetzt wirfst du eine Vereinbarung in den Raum, die längst hinfällig war«, begann sie ihre Tirade. »Immer geht es nur um dich. Weißt du eigentlich, wie anstrengend das ist? Alle anderen sind immer die, die dir etwas Böses tun. Du hast nie an etwas Schuld. Und jetzt wirfst du mir indirekt vor, mich nicht in dich verliebt zu haben? Ich finde es schon unverschämt von dir, dass ich dir total egal bin!«

Das Lächeln auf Melindas Gesicht breitete sich aus, als sie merkte, dass ihr Plan funktionierte. Diese Sonderfolge würde definitiv für Schlagzeilen sorgen.

Paxton lachte. »Ist das gerade dein Ernst? Wir waren kein Paar. Du liebst mich nicht, das hast du nie, und das ist okay. Mich als Arsch der Nation hinzustellen, weil ich mich weigere, eine PR-Beziehung mit dir einzugehen, war nicht fair. Das kannst du besser.«

Caralie ballte ihre Hände zu Fäusten und presste sie sich auf die Knie. »Und da sieht man es wieder: Du willst die Menschen nicht verstehen. Du hättest meiner Karriere helfen können, aber du denkst nur an dich. Du drehst dir alles so, wie du es brauchst.«

Paxton zog eine Augenbraue hoch. »Versuchst du mir gerade zu sagen, dass du mich doch liebst?«

Ich musste schmunzeln, weil ich diese charmanten Sprüche von ihm gewohnt war. Ich wusste, dass er sie im Regelfall nicht ernst meinte. Aber für Caralie schien das Ganze ganz und gar nicht humorvoll zu sein.

»Ich habe dich geliebt. Wirklich, Paxton. Du warst alles, was ich je wollte. So zu sein wie du, so berühmt wie du, beliebt zu sein, das alles wollte ich für uns beide. Aber weißt du, wie schwer es ist, so ein Arschloch wie dich zu lieben?«

»Weißt du, was das Seltsame ist, Caralie? Du widersprichst dir selbst. Eben hast du noch gesagt, dass du mich wolltest, und dann ist es schwer, ein Arschloch wie mich zu lieben? Oder hab ich das falsch verstanden?«

Melinda schüttelte den Kopf. »Ich glaube, das hat sie so gesagt. Aber für so was schneiden wir ja mit. Würde mir kurz jemand rausfinden, was Caralie vorhin gesagt hat?«, fragte Melinda an die Crew gewandt.

Sofort lief einer ihrer Assistenten hektisch hin und her und sprach mit verschiedenen Leuten, bis er hinter einem Pult verschwand. Wenig später stellte er sich an den Rand und programmierte Caralies Worte in Melindas Teleprompter ein.

»Super, vielen Dank. Ja, ja genau. Sie haben gesagt, dass Sie ihn geliebt haben, und dann haben Sie gesagt, dass er Ihre Karriere hätte in Schwung bringen sollen. Wie verträgt sich das?«

Caralie blickte ertappt drein. Es schien ihr so schnell nichts einzufallen, womit sie sich aus der Affäre ziehen konnte. Wobei Affären ja ihr Ding zu sein schienen. Stattdessen griff sie auf eine altbewährte Methode zurück: das gute alte Ausflippen.

»Das ist doch ein abgekartetes Spiel. Ich sollte herkommen, um meine Seite der Geschichte zu schildern! Mir kann keiner erzählen, dass es nicht von Anfang an darum ging, mich vorzuführen! Aber so schnell bekommt ihr mich nicht klein. Paxton ist nicht jedermanns Liebling, für den ihr alle ihn haltet. Er hat so viel Dreck am Stecken, dass es für zwei Leben reicht.«

Mittlerweile sah auch Melinda so aus, als könnte sie Caralie nicht mehr ernst nehmen. »Haben Sie dafür irgendwelche Beweise?«

Caralie lachte aufgesetzt. Dann schüttelt sie den Kopf. »Um so was zu wissen, braucht man keine Beweise. Das ist pure Erfahrung. Immerhin war ich mit diesem Arsch in einer Beziehung.« Triumphierend verschränkte sie die Arme vor ihrer Brust.

Paxton musterte sie eindringlich, als wollte er sie sich ein letztes Mal so einprägen, wie sie dort saß. Ich konnte mir vorstellen, dass er sie nach diesem Abend nie wieder sehen wollte.

»Ich weiß nicht, wie du auf so was kommst, aber es verletzt mich, das aus deinem Mund zu hören«, sagte Paxton enttäuscht.

»Jetzt tu mal nicht so. Als ob es dich auf einmal interessiert, was ich denke. Wer sagt mir eigentlich, dass du mich nicht betrogen hast?«

Diese plötzliche Behauptung ließ nicht nur meinen Atem stocken. Alle sahen sie schockiert an.

Paxton beugte sich vor und rieb sich nachdenklich die Augen, bevor er aufsah. »Ich habe dich nie betrogen. Man kann niemanden betrügen, mit dem man nicht zusammen war«, antwortete er nüchtern. Ich war wirklich beeindruckt, wie ruhig er blieb, während Caralie sich selbst hochschaukelte.

Plötzlich stand Caralie wütend auf und zog sich den Saum ihres orangen Bleistiftkleids wieder herunter. Dann griff sie in den Stoff ihres tiefen Ausschnitts und riss an der Kabelage, welche die Tontechniker dort montiert hatten, damit man sie hörte. Frustriert warf sie Paxton das kleine Mikro an den Kopf und stampfte schnaubend wie ein Büffel von der Bühne. »Das muss ich mir nicht geben! Das ist doch ... TV-Mobbing oder so was!«, rief sie sauer durch die Galerie.

Melinda und Paxton sahen sich überrascht an, weil keiner von ihnen mit dieser Wendung gerechnet hatte.

»Okay, was für ein interessanter Abend, meine Lieben. Paxton, dann habe ich noch eine Frage für Sie, bevor wir unsere Sonderfolge im *Anchorage Museum* beenden. Sind Sie bereit?«

Paxton nickte und wirkte nun wesentlich entspannter.

»Glauben Sie, dass Sie sich davon erholen werden und sich wieder verlieben können? Oder gibt es da vielleicht schon wieder jemanden, den Sie uns nur noch nicht vorgestellt haben?«, fragte Melinda neugierig.

Auf Paxtons Gesicht legte sich zum ersten Mal an diesem Abend ein wirklich echtes Lächeln. »Also, ich würde lügen, wenn ich behaupten würde, dass es gerade keine junge Frau in meinem Leben gibt, die mir den Kopf verdreht.«

»Na, das klingt doch sehr vielversprechend. Können Sie uns mehr dazu sagen? Ich bin sicher, dass es Ihre Fans brennend interessiert«, erwiderte die Talkshow-Moderatorin mit einem Zwinkern.

Paxton schüttelte den Kopf. »Ich gehe mit einer Kollegin vom *Snowlight*-Set aus. Lydia Benson. Mal sehen, wohin das führt.«

Mein Herz rannte los, stolperte und stürzte zu Boden. Deshalb hatte sie ihn neulich Babe genannt. Er und Lydia. Das war doch ein schlechter Scherz.

Nachdem Paxton von seinem Mikrofon befreit worden war und sich von Melinda verabschiedet hatte, kam er zu mir. »Und? Wie war ich?«

»Charmant wie immer«, sagte ich, versuchte, desinteressiert oder beiläufig zu klingen, um mir nicht anmerken zu lassen, dass mich die Sache mit Lydia sehr traf.

»Du klingst wie eine Bewertung aus einem Hotelportal«, erwiderte Paxton lachend.

»Ja, was soll ich sagen? So ein nettes Kompliment hat mir lange keiner mehr gemacht, vielen Dank dafür«, antwortete ich genervt.

»Immer wieder gern.«

»Und weißt du schon, wie's weitergeht?«

Paxton kratzt sich nachdenklich am Hinterkopf. »Also Sarah hat mir gerade den Tipp gegeben, dass vielleicht jemand etwas zu essen besorgen könnte. Denn wenn du nicht plötzlich zaubern kannst, wirst du auch seit heute Morgen nichts mehr gegessen haben«, fügte er noch hinzu.

Paxton hatte recht. Ich war mir nicht einmal mehr sicher, ob ich an diesem Morgen überhaupt etwas gefrühstückt hatte.

»Ich weiß nicht, wo man hier jetzt so spät noch etwas herbekommt, aber ehrlich gesagt habe ich auch keinen Hunger.« Der war mir in dem Moment vergangen, als er vor einem Millionenpublikum behauptet hatte, Lydia zu daten.

»Komm schon, Stewart, nicht dass du mir noch umkippst«, sagte er und begann, zwischen den Mitarbeitern umherzulaufen. Die meisten hatten mit dem Aufräumen von Kabeln oder dem Abbauen der Bühne zu tun. Nur eine junge Dame stand verloren am Rand. Und genau die hatte Paxton ins Auge gefasst.

Er stellte sich neben sie und sprach sie an. »Entschuldigen Sie, aber können Sie uns vielleicht sagen, wo wir um diese Uhrzeit noch etwas zu essen finden können?«

Die junge Frau schien äußerst überrascht zu sein, dass Paxton sie ansprach. Ihre Augen weiteten sich und sie brauchte ein Moment, bis sie realisierte, dass er sie etwas gefragt hatte.

»O ja, also dreiundzwanzig Häuser weiter ist ein Burgerladen. Der hat die ganze Nacht auf. Allerdings ist es da immer ziemlich voll, und ich bin mir nicht sicher, ob es eine gute Idee wäre, Sie dort einfach hineinlaufen zu lassen. Immerhin sind Sie ziemlich bekannt.«

Paxton nickte, als hätte er das zuvor nicht bedacht, was ich mir kaum vorstellen konnte.

»Ja, da haben Sie recht, meine Liebe … Wie war noch mal Ihr Name?«, fragte er charmant. Langsam merkte ich, worauf er hinauswollte, und ehrlich gesagt fand ich es ziemlich frech von ihm.

»Susi, Susi Lane. Ich bin die Assistentin von Melindas Assistentin«, stellte sie sich stolz vor.

»Susi, wären Sie so lieb, etwas für meine Kollegin Farah und mich zum Abendessen zu holen?«, fragte Paxton höflich und mit einem Blick, bei dem es wirklich schwer war, ihm etwas abzuschlagen.

Susi nickte. »Gern, aktuell stehe ich ja sowieso nur rum. Gibt es etwas, das Sie beide sich wünschen?«

Paxton kramte sein Portemonnaie aus der Gesäßtasche und holte einen Fünfzigdollarschein heraus, den er Susi in die Hand drückte. »Also ich wäre schon mit einem Cheeseburger wirklich zufrieden. Was ist mit dir, Farah?«

»Ich habe noch immer keinen Appetit. Aber vielen Dank, Susi«, wiegelte ich ab. Das Einzige, was ich wollte, war hier rauszukommen.

»Sie nimmt einen Cheeseburger«, bestellte Paxton über meinen Kopf hinweg.

Susi sah mich kurz fragend an, doch ich stimmte nur zu. Innerlich hasste ich Paxton gerade sehr. Dafür, dass er mich geküsst hatte, dass er mir das Gefühl gegeben hatte, da wäre etwas zwischen uns, dass er Lydia datete, und dafür, dass er wusste, wie hungrig ich war.

»Also zwei Cheeseburger, kein Problem.«

»Es ist wirklich sehr nett von Ihnen. Vielen Dank, dass Sie sich die Mühe machen. Sehen Sie den Rest als Ihr Trinkgeld, weil Sie uns vor dem sicheren Hungertod bewahrt haben«, sagte Paxton freundlich.

Susi lächelte. »Nichts zu danken, das ist doch der Job einer Assistentin.«

Um den Technikern, die dabei waren, das mühevoll aufgebaute Set wieder abzubauen, aus dem Weg zu gehen, zogen wir uns in den langen Gang mit den nordischen Gemälden zurück. Die meisten bildeten die unmittelbare Umgebung ab: Gebäude aus der Stadt Anchorage sowie die hohen Berge, Gletscher, Eisbären oder die Aurora Borealis. Vor einem Bild, das die Polarlichter in leuchtend grünen und violetten Farben zeigte, blieb ich stehen. Für einen Moment war die Versuchung groß, das Gemälde zu berühren, doch da wir uns in einem Museum befanden, hielt ich das für keine besonders kluge Idee. Nachher verlor ich meinen Job nicht, weil Paxton Scheiße gebaut hatte, sondern weil man mich eines versuchten Museumsdiebstahls beschuldigte. Auch das wäre nicht besonders gut für meine Vita.

Paxton stellte sich neben mich und betrachtete das Bild. »Es ist wunderschön«, flüsterte er. Seine Stimme hinterließ eine zarte Gänsehaut auf meinen Armen. Ich versuchte wirklich, es zu ignorieren, aber mein Verstand hatte andere Pläne. Am liebsten hätte ich ihn zur Rede gestellt, ihm an den Kopf geworfen, wie sauer ich war.

»Ja, das ist es. Ich habe noch nie wirklich Polarlichter gesehen, aber irgendwie glaube ich zu wissen, dass sie genauso aussehen müssen wie auf diesem Bild«, antwortete ich stattdessen.

Paxton machte einen weiteren Schritt näher an das Bild heran. »Deshalb bin ich auch eher ein Fan von Kunst, die Emotionen vermittelt, als von schön dahingemalten, seelenlosen Bildern.«

Emotionen und Paxton? Bis vor ein paar Minuten hätte ich es geglaubt, doch nun?

Und als hätte Paxton meine Gedanken gelesen, kratzte er sich am Hinterkopf und machte den Mund auf. »Ich verstehe, weshalb du sauer bist.«

»Tust du das?«

»Ja, ich habe mich wie ein Arsch verhalten«, setzte er an, doch ich schüttelte den Kopf.

»Präsens.«

»Wie bitte?«

»Du *verhältst* dich wie ein Arsch. Gegenwartsform. Du hast nicht damit aufgehört.«

»Farah, manchmal ändern sich Dinge.«

Natürlich taten sie das, aber wenn er das für eine geeignete Ausrede hielt, hatte er sich geschnitten.

»Stimmt, und deshalb sind wir ab jetzt Kollegen. Keine Freunde, nichts sonst. Nur Kollegen, die in einer Galerie stehen, auf einen Cheeseburger warten und sich über Kunst unterhalten.«

»Das ist, was du willst?«

Ich nickte. »Ja, genau das.«

Paxton schob die Hände in die Taschen und ging zu einem Bild rechts von mir. Es zeigte eine abstrakte Schneelandschaft in eisigen Tönen. Er deutete auf das Gemälde. Im ersten Moment zeugte seine Miene von Besorgnis, bis er den Schauspieler raushängen ließ und zu seinem üblichen Charme zurückkehrte.

»Abstrakte Kunst ist ein Spiegel inneren Chaos«, schwafelte er vor sich hin.

»Jetzt klingst du wie ein Kunsthändler«, sagte ich spöttisch, doch Paxton grinste nur.

»Wer weiß, vielleicht war ich in meinem früheren Leben mal einer.«

»Klar, natürlich. Was ist dein liebstes Kunstwerk?«

Paxton blickte einen Moment nachdenklich zu Boden, bevor er etwas erwiderte. »*Der Schrei*«, antwortete er dann.

»*Der Schrei*?«

»Ja, das sagte ich doch. Das Gemälde von Edvard Munch. Glatzköpfiger Typ auf einem Steg, der schreit. Das Bild meine ich.«

Ich rümpfte die Nase. »Du hast einen bizarren Kunstgeschmack.«

»Ach ja?«

»Ja, das Bild ist gruselig. Ich glaube ja, dass nur Psychopathen Munchs Werke schön finden, aber dann passt es ja zu dir.«

»Ich habe nicht gesagt, dass ich es schön finde.«
»Aber wie kann ein Gemälde, das du nicht schön findest, dein Lieblingskunstwerk sein?« Verblüfft beobachtete ich, wie er sich einer der Bänke näherte. Er setzte sich und überlegte einen Moment. »In diesem Bild stecken eine Menge Emotionen, die ich gut verstehe.«
»Dann bist du wirklich ein Psychopath.« Ich mochte Paxton mehr, als ich sollte oder gut für mich war, aber er war immer noch Teil meines Jobs. Ich würde darüber hinwegkommen, irgendwann. Aber bis dahin war alles, was ich hatte, mein Traum. Also beschloss ich, ihn wie jemanden zu behandeln, für den ich nie etwas empfunden hatte. Mal sehen, wie lange das funktionierte.
»Aber das ist immer noch besser, als dem Mainstream-Fanatismus von van Gogh anzugehören.«
Ich stutzte. »Was ist so schlimm daran, van Goghs Werke zu mögen?«
»Nichts, gar nichts.«
»Aber?«
»Da ist kein Aber«, log Paxton übertrieben auffällig.
»Was, hat der große Actionheld etwa Angst, weil er gar nicht begründen kann, weshalb Van-Gogh-Fans für ihn die Loser unter den Kunstliebhabern sind?« Verspielt boxte ich Paxton gegen den Oberarm.

Für einen kurzen Moment lang sah er schmerzerfüllt aus, aber als sich sein Ausdruck nicht änderte, wurde mir klar, dass es nicht an meinem Faustschlag lag. Vielmehr an meinen Worten.
»Warum machst du das immer?«
»Was?«
»›Der große Paxton Wright‹, ›der große Actionheld‹, das hört sich an, als wäre ich total der überhebliche und unnahbare Mistsack, der sich zu fein für diese Welt ist. Aber das bin ich nicht, Farah.«
Wir sahen uns einen Moment lang schweigend an. Offenbar hatte ich nicht damit gerechnet, dass unser Gespräch so eine Wendung nehmen würde. Paxton verunsicherte mich, was mir auffiel, als ich begann, von einem Bein auf das andere zu wippen. Er hatte es harsch

formuliert, was klarmachte, dass das für ihn wirklich ein ernst zu nehmender Gedanke war.

»Es tut mir leid, ich ...«

Paxton winkte ab. »Alles gut, halb so wild.«

»Gut, denn eine Frage habe ich da noch.«

»Und die wäre?«

»Wer sagt denn Mistsack?«

»Wer sagt denn Geigenarsch?«, konterte Paxton.

»Touché. Aber das beantwortete meine Frage nicht.«

»Na gut. Jeder, der keine Ahnung von Kunst hat, sagt immer, dass er ein großer Verfechter von van Goghs Werken ist. Wenn man dann versucht, mit diesen Menschen über den Künstler zu reden, merkt man häufig ziemlich schnell, dass das Interesse der Person schon bei *Sternennacht* aufhört. Das ist frustrierend.«

»Sieh einer an. Der große Paxton Wright ist ein Fan der schönen Künste, wer hätte das gedacht.« Ich schmunzelte, weil er wusste, dass ich seinen Titel extra betonte. Und wieder befand ich mich im Flirtmodus. Gab es einen Schalter in meinem Körper, womit ich das abstellen konnte, bevor es begann, wirklich wehzutun? Denn noch flirtete er mit mir, aber ab morgen am Set hatte er wieder Lydia. Das, was ich hier betrieb, war selbstverletzendes Verhalten. Ich wollte ihn hassen, aber er war immer noch der Paxton, den ich kennengelernt hatte. Und ich war immer noch Farah, die mal wieder wollte, was sie nicht haben konnte.

»Ich bin eben für Überraschungen gut«, unterbrach er meine Gedanken.

»Ich auch«, sagte ich und griff nach meiner kleinen Handtasche, die schon den ganzen Abend von meiner Schulter baumelte. Ich öffnete die Clutch und zog mein Smartphone in der abgegriffenen *Sternennacht*-Hülle heraus. Die hatte er ganz offensichtlich noch nicht bemerkt.

Paxtons Augen weiteten sich überrascht. Da hatte ich wohl ins Schwarze getroffen. Fettnäpfchen korrekt platziert.

»Ich ...«, setzte Paxton an, offensichtlich zu verblüfft, um weiterzusprechen.

»Ja?«

Er fuhr sich verlegen durch die perfekt sitzende Frisur. »… habe verkackt, ist wahrscheinlich die einzig legitime Antwort.«

»Ja, wahrscheinlich. Aber keine Angst, ich nehme dir das jetzt nicht die ganze Zeit krumm. Ich bin eher der Typ späte Rache«, erwiderte ich, so kühl ich konnte.

Paxton spannte sich für eine Sekunde an, seine Gesichtszüge verhärteten sich. Und dann, als wäre nie etwas gewesen, wurden sie wieder weich. Bevor ich mich fragen konnte, ob ich etwas Falsches gesagt hatte, hustete es auffällig hinter unseren Rücken.

»Ich habe Ihre Burger«, sagte Susi, etwas außer Atem .

»Das ging aber schnell. Sind Sie etwa gerannt?«, fragte Paxton stirnrunzelnd, als er Susi die duftende braune Papiertüte abnahm.

Sie nickte stolz. »Ja, der Laden ist zwar fast direkt nebenan, aber ich wollte niemanden warten lassen, und als ich gesagt habe, dass die Burger für Paxton Wright sind, ist die ganze Belegschaft quasi ausgeflippt.«

»Das kann ich mir vorstellen. Immerhin reden wir hier vom *einzig wahren* Paxton Wright.« Die Betonung meiner Worte quittierte Paxton mit einem leichten Seitenhieb. Jetzt hatte ich auf ewig etwas, womit ich ihn aufziehen konnte. Das besänftigte meinen inneren Schmerz für einen Moment.

»Dann fahren wir später wohl mit Security nach Hause«, sagte er nur. Ich konnte seine Worte schlecht einschätzen. Es war, als hätte er einen Schleier vor den Augen, der die wahre Bedeutung seiner Worte verdeckte.

»Danke, Susi, das war sehr lieb.«

»Sehr gern. Wenn Sie noch etwas brauchen, sagen Sie einfach Bescheid. Ich wohne in Anchorage. Ich wäre bestimmt ein tolles persönliches Zimmermädchen oder so was. Ich bin wandelbar, ich kann alles sein.« Sie hielt dem verdatterten Paxton eine Visitenkarte hin. Es war offensichtlich nicht Susis, denn sie hatte ihre Nummer mit einem halb leeren Kugelschreiber auf die Rückseite gekritzelt.

»Danke, Susi. Für die Burger … Ich melde mich, wenn ich etwas benötige«, antwortete Paxton.

»Versprochen?«, fragte sie ein wenig zu aufdringlich.

Paxton nickte nur. Ihm schien die Situation unangenehm zu sein. Ich hingegen amüsierte mich prächtig bei dem Anblick eines vielleicht sogar leicht verunsicherten Paxton Wright. Und doch war der Engel auf meiner Schulter überzeugender als das Teufelchen. Also legte ich meine Hände sanft auf Susis Schultern und drehte sie langsam in Richtung des Ausgangs, wo auch die Techniker noch am Werkeln waren.

»Wenn Paxton irgendwas braucht, erfahren Sie es zuerst. Versprochen«, verabschiedete ich mich von der freundlichen Assistentin, bevor sie auf die Idee kam, über Paxton herzufallen. Obwohl er das mehr als verdient hätte. Ich war einfach zu nett.

»Super. Dann wünsche ich guten Appetit!«

»Danke«, antworteten Paxton und ich im Chor. Gut, es war mehr ein Kanon, weil er früher angefangen hatte. Aber es erfüllte seinen Zweck. Susi lief zu den fleißigen Technikern hinüber, und ich bildete mir ein, sie dabei ein paarmal leicht springen zu sehen.

Paxton und ich fläzten uns auf eine der freien Bänke, die für den Dreh verrückt worden waren und nun den optimalen Blick auf die Bilder freigaben. Ich zog meine Beine in den Schneidersitz, während ich Paxton in der Papiertüte rascheln hörte. Er nahm sich seinen Burger und wickelte ihn genussvoll aus dem Papier. Und so gut, wie er roch, schmeckte der Burger auch. Der Käse war gleichmäßig geschmolzen und der Garpunkt perfekt. Ich war mir ziemlich sicher, dass Paxtons prominenter Name nicht ganz unschuldig an der guten Qualität war. Aber mir sollte es recht sein. Wir schwiegen beim Essen und genossen jeden Bissen.

Solange er auf dem letzten bisschen seines Burgers herumkaute, knüddelte Paxton das Papier zu einer kleinen Kugel zusammen. Er zielte auf den silbernen Mülleimer, der auf der anderen Seite des Raumes unter einer traditionellen Inuit-Felljacke stand. Und er verfehlte.

»Es sieht nicht aus, als wärst du in der Basketballmannschaft deiner Highschool gewesen«, kommentierte ich seinen miesen Wurf.

Paxton stand auf und bückte sich nach dem Knötchen, um es dieses Mal vernünftig wegzuwerfen. »Nein, dafür war ich immer zu klein.«

»Zu klein? Wie groß bist du? Ein Meter achtzig?«

Paxton zuckte mit den Schultern. »Ein Meter sechsundachtzig.«

»Und damit ist man echt zu klein? Verrückt.«

»So ist das. Als Jockey ist man mit ein Meter sechzig fast schon zu groß. Man kann nicht alles haben«, führte Paxton an, als er sich wieder zu mir setzte.

»Ich glaube ja, dass es auf die Größe nicht ankommt«, meinte ich.

»Ach, ist das so? Bei allem?«

»Ja, bei absolut allem«, erwiderte ich standhaft. Erst als Paxton daraufhin herzhaft zu lachen begann, wurde mir klar, was ich da eigentlich gerade gesagt hatte. Und schon legte mein Selbstbewusstsein den Erröten-Schalter um und ließ mich erdbeerfarben anlaufen.

»Das respektiere ich.« Paxton griff in meinen Schoß und für eine Sekunde löste seine beiläufige Berührung ein kurzes Funkensprühen in mir aus. Das war schnell vorbei, nachdem er sich einfach nur mein Burgerpapier unter den Nagel riss. Er formte es ebenfalls zu einer Kugel und hielt sie mir hin.

»Wenn die Größe egal ist, triffst du wandelnder Meter das Ding da drüben bestimmt mit links«, zog er mich auf und nickte in Richtung des silber funkelnden Mülleimers, der sich perfekt in das moderne Gesamtbild einzufügen schien. Eine Seltenheit bei Mülleimern.

»Ich bin ein Meter zweiundsechzig. Mach mich nicht kleiner, als ich bin«, antwortete ich und nahm ihm das Kügelchen aus der Hand.

»Wenn du nicht triffst, musst du mit mir ausgehen«, sagte er grinsend.

Mein Herz hämmerte einen Moment zu lange, als er das sagte. Fragte mich Paxton Wright gerade nach einem Date, obwohl er eben erst im Fernsehen vor laufender Kamera verkündet hatte, dass er mit Lydia ausging?

Ich knüddelte das fettige Papier noch weiter zusammen, bereit, es in einem metallischen Mülleimer zu versenken. Doch ich warf nicht. Stattdessen legte ich es links neben mir auf die Bank. Ich war kein Teil von Paxtons Spiel und ich hatte nicht vor, noch einer zu werden. Also stand ich auf und verließ das Museum, um mit einem Taxi zurück ins Resort zu fahren. Mein Herz ließ ich zurück.

27.08.

Liebes Tagebuch,

heute vor einem Jahr sind wir uns zum ersten Mal begegnet. Dieser Tag hat unsere Leben für immer verändert. Ich hoffe, dass ich ihn heute Abend wieder treffe. Ich werde da auf ihn warten, wo wir uns zum ersten Mal begegnet sind.
   Ich bin sicher, dass er da sein wird.

KAPITEL 26

FARAH

Weihnachten näherte sich in einem Affenzahn. Es war bereits etwas über eine Woche vergangen seit Paxtons Fernsehinterview. Und trotzdem kam es mir so vor, als wäre ich eben noch auf einem See mit ihm eislaufen gewesen. Nun blieben keine sieben Tage mehr, bis die ganze Welt in Mürbeteigplätzchen und mit Lametta behängten Tannenbäumen zu ersticken drohte.

Normalerweise liebte ich Weihnachten, was nicht nur daran lag, dass Sha und ich uns gegenseitig witzige Dinge schenkten und uns dann mit Punsch abfüllten, um unsere Familie besser zu ertragen. Ich liebte die Dekorationen überall auf den Straßen und in den Geschäften, wovon ich in Anchorage relativ wenig sah.

Auch im Resort zog erst jetzt die Vorweihnachtsstimmung ein. Marlyne und eine Kollegin waren seit Tagen dabei, Mistelzweige und kleine geschmückte Tannenbäume in den Fluren zu positionieren, nur um dem Resort etwas Weihnachtscharme zu verleihen. Bei normalem Betrieb hätten sie sich wahrscheinlich mehr Mühe mit der Deko gegeben. Ich hatte keine Ahnung, ob sie dachten, dass alle sowieso über die Feiertage nach Hause fliegen würden. Alternativ war auch möglich, dass sie es bei dem ganzen Rummel, der am Set herrschte, einfach nicht für nötig befanden und die Dreharbeiten nicht stören wollten.

Es gab eine Menge Möglichkeiten, aber keine einzelne änderte etwas daran, dass ich beim Anblick der Bäume mit den Gedanken immer zurück zu den moosgrünen Augen wanderte, die ich so gern hassen wollte. Stattdessen fuhr ich schon wieder mit dem Fahrstuhl in den fünften Stock des Resorts, nur um mich dann nicht zu trauen, auszusteigen und Paxton all das an den Kopf zu schleudern, was ich fühlte.

Als das gewohnte *Pling* ankündigte, dass ich mein Ziel erreicht hatte, machte ich einen Schritt in den Flur. Die letzten sieben Male war ich direkt wieder zurückgetreten, aber dieses Mal schlossen sich die Fahrstuhltüren hinter mir, bevor ich durch sie hindurchschlüpfen konnte.

»Verdammt«, murmelte ich. Ich konnte meinen Zeigefinger dabei beobachten, wie er einige Male aufgeregt auf den orange blinkenden Pfeil drückte.

Das Zufallen einer Zimmertür hielt mich auf. Für den Bruchteil einer Sekunde hoffte der masochistische Teil von mir, dass es Paxton war, der hinter mir stand. Doch ein Blick über meine Schulter verriet, dass es Lydia war. *Klasse.*

Automatisch verhärteten sich meine Muskeln und ich stand da wie versteinert, unfähig, das Gesicht von ihr abzuwenden, als wäre sie Medusa persönlich.

Lydia warf ihre blonde Mähne zurück und rollte mit den Augen. »Was willst du hier, kleine Stewart? Das ist nicht deine Etage, oder irre ich mich?«

Tust du nicht, ich wusste gar nicht, dass du so scharf kombinieren kannst, hätte ich am liebsten geantwortet, doch dazu fehlte mir entschieden das Selbstbewusstsein. Stattdessen war ich typisch Farah und sagte einfach die Wahrheit: »Richtig, ich wollte noch kurz zu Paxton.«

Lydia hob eine Augenbraue. »Ach ja? Was möchtest du bitte bei *meinem* Freund?«

Ihre Worte verursachten ein höllisches Brennen in meiner Kehle. Ihr Freund. Es war wie in einem wahr gewordenen Albtraum. Warum mussten immer die Highschool-Schönheiten den Quarterback bekommen? Das war so klischeehaft und trotzdem irgendwie mein Leben.

Das Geräusch der sich öffnenden Metalltüren holte mich zurück aus den Gedanken. Ich hätte einfach nur einsteigen müssen, um aus dieser Situation zu fliehen. Und doch war ich dumm genug, genau das nicht zu tun.

»Es ist etwas Persönliches«, hielt ich es stattdessen vage. Ich betete, dass sie irgendeinen Flug erwischen musste und mich deshalb in den nächsten fünf Sekunden allein auf dem Flur stehen lassen würde. Doch offenbar hatte es Lydia trotz ihres Louis-Vuitton-Reisekoffers und der Gucci-Tasche nicht besonders eilig, irgendwohin zu reisen.

»Ich würde sagen, dass es dafür etwas zu spät ist. Du hattest deine Chance bei ihm und du hast sie nicht genutzt.«

Meine Hände ballten sich zu Fäusten, nicht weil ich mich beherrschen musste, ihr keine runterzuhauen, sondern weil es wehtat, wie viel Wahrheit in ihren Worten schlummerte. Ich hatte meine Chance gehabt und theoretisch war ich nicht hier, um Paxton anzuflehen, doch mit mir auszugehen, auch wenn mein Herz inständig versuchte, mich dazu zu überreden. Vielleicht traf mich ihre Bemerkung deswegen so hart.

»Das weiß ich. Danke für diese Erinnerung.«

»Ich erinnere dich gern daran, wo dein Platz ist. Sprich mich einfach an, wenn du es mal wieder brauchst. Ich helfe jederzeit«, stichelte sie zynisch, bevor sie ihren Koffer an mir vorbei zum Fahrstuhl schob.

Wie konnte man so gemein werden? Welches Kind hatte ihr im Kindergarten den Lolli geklaut? Paxton konnte ich vielleicht nicht sagen, was ich fühlte, aber Lydia schon. Sie war mir zu egal, als dass es mich scherte, ihre Gefühle zu verletzen, indem ich ihr meine Meinung geigte. Okay, ganz egal war es mir nicht, allerdings fiel es mir bei ihr nicht ganz so schwer.

»Was habe ich dir getan, Lydia?«

Sie verzog ihre pink glänzenden Lippen. »Fragst du mich das gerade wirklich?«

»Ja, tue ich, und wenn du mir jetzt wieder den Kaffee vorhältst, dann schreie ich. Das ist verdammt blöd gelaufen, aber es ist kein Grund, mich zu behandeln wie ein Stück Dreck in deinem Bauchnabel!« Meine Stimme war bedeutungsschwer.

»Heißt es nicht eigentlich ›unter der Schuhsohle‹?«

Diesmal rollte ich mit den Augen. »Das ist doch egal. Es geht um den Punkt, dass ich absolut nicht weiß, was ich noch machen soll, damit du aufhörst, mich zu malträtieren.«

»Das kann ich nicht«, gestand sie aufgebracht.

»Wieso nicht?«, fragte ich wütend.

»Weil es das Einzige ist, was mich davon abhält, dich nett zu finden, wenn du die liebe, reizende, hilfsbereite Farah bist.«

Schockiert sah ich sie an. Hatte sie das gerade wirklich gesagt? Sie behandelte mich schlecht, damit sie mich nicht mögen musste? Ergab das auch nur irgendeinen Sinn?

»Und was wäre so schlimm daran, mich zu mögen?«

Lydia nahm die Hände von dem Griff ihres Rollkoffers und verschränkte sie vor der Brust. Sie sah einige Sekunden auf den Boden, bis sie sich mit dem Rücken an die geschlossene Fahrstuhltür lehnte. Es schien ihr schwerzufallen, über das zu sprechen, was sie gerade angeschnitten hatte.

»Du bist ein Glückspilz, Farah Stewart, und du weißt es nicht einmal.«

»Ist das ein Scherz? Ich habe meinen Job verloren, wegen dir. Ich musste all meine Ersparnisse aufbrauchen, um meine Miete zu bezahlen, bis ich diesen Job bekommen habe. Ich habe gelogen, damit sie mich bloß nicht ablehnen. Ich mache die Drecksarbeit am Set, hole Kaffee und frage mich jeden Tag, wie ich damit jemals eine echte Regisseurin werden soll. Und dann ist da noch dieser dumme Vertrag. Ja, ich habe Gefühle für Paxton, aber das ist egal, weil mein Vertrag eine Beziehung mit ihm verbietet. Gut, dass deiner es nicht tut. Ihr Schauspieler dürft miteinander ausgehen, immerhin ist das gut für die PR. Das heißt, ich darf ab jetzt zusehen, wie ihr Händchen haltet und Fotos macht. O ja, ich bin so ein verdammter Glückspilz!«

Ich hatte mich so sehr in Rage geredet, dass ich gar nicht gemerkt hatte, wie meine Tränen angefangen hatten zu fließen. Mit verheulten Augen stand ich vor Lydia Benson, die mich, warum auch immer, für beneidenswert hielt. Früher hätte ich mir jederzeit Gedanken darüber gemacht, wie ich aussah und ob sie das gegen mich verwenden würde. Aber all das war unwichtig geworden.

»Wie gesagt, du weißt nicht, wie gut es dir eigentlich geht«, kommentierte Lydia kühl.

»Dann sag es mir bitte! Damit ich vielleicht unglücklicher werden kann, damit du und ich eine friedliche Koexistenz führen können.«

»Du willst es wirklich wissen? Schön. Du hast diesen Job, weil du ihn machen wolltest, weil du einen Traum hast. Du hast ein Ziel, auf das du hinarbeiten kannst, und Träume, die sich ganz sicher irgendwann erfüllen. Der Mann, den ich zu PR-Zwecken date, ist verliebt in dich und würde wahrscheinlich lieber von einem Hochhaus springen, als mit mir für etwas gute Publicity auszugehen. Aber er tut es, für dich.«

»Wie meinst du das?«

Lydia seufzte betroffen. »Paxton geht mit mir aus, weil ich ihn damit erpresst habe, deine Karriere zu ruinieren, sollte er es nicht tun.«

Lydias Geständnis machte mich einen Moment lang sprachlos. »Wow, das ist furchtbar.«

»Ich weiß, ich bin kein guter Mensch, und trotzdem wärst du nett zu mir, wenn ich es zulassen würde. Aber das würde mir noch mehr vor Augen halten, wie sehr mich dieses Business verändert hat. Mein Management dirigiert mein Leben. Ich muss Filme drehen, die ich nicht drehen will, ich muss mit Menschen ausgehen, für die ich nichts empfinde, ich muss mich 24/7 verkaufen wie einen Gebrauchtwagen. Gemein zu sein, ist die einzige Entscheidung, die ich selbst treffen kann.«

Und auf einmal verrauchte meine Wut auf Lydia. Sie war ein Mensch, keine Ausgeburt der Hölle, auch wenn sie sich alle Mühe gab, das zu verbergen.

»Es tut mir leid, dass du –«

»Siehst du? Genau das meine ich. Ich habe dich gedemütigt, und trotzdem bist du sofort nett, nur weil ich dich einmal nicht mies behandle.«

Etwas Besseres, als zu schweigen, fiel mir nicht ein. Was sollte man dazu auch sagen?

Ich sah sie an, beobachtete ihre Gesichtszüge, die sich für einen Moment lösten. »Du solltest für dich einstehen und das tun, was du möchtest. Und auch wenn es mir wirklich schwerfällt, das jetzt laut zu sagen, aber du bist eine Wahnsinnsschauspielerin. Jedes Management kann sich freuen, mit dir zu arbeiten. Lass dich nicht unterbuttern. Glaub mir, ich bin darin Expertin, und du bist nicht ganz unschuldig daran.«

Lydia wischte sich schmunzelnd mit dem Ärmel eine Träne von der Wange. Diese eine Sekunde konnte ich mir vorstellen, dass wir in irgendeinem Paralleluniversum bestimmt befreundet sein könnten.

Als sie ihre Fassung zurückerlangte, drückte sie auf den Fahrstuhlknopf und die Türen öffneten sich erneut, bereit, endlich benutzt zu werden. Sie drehte sich noch einmal zu mir um, wobei sie genauso aufgesetzt wirkte wie sonst auch.

»Du kannst Paxton haben. Ich will keinen Mann, der kein Interesse an mir hat. In sechs Monaten könnt ihr, was auch immer da läuft, öffentlich machen. Da endet unser Deal. Und wenn du irgendwem hiervon erzählst, dann mache ich dir dein Leben zur Hölle. Verstanden?«

»Verstanden.«

»Gut, dann fahre ich jetzt zu meiner Familie, um Weihnachten zu feiern. Ich wünsche dir viel Spaß mit meinem Fake-Freund.«

Die Türen schlossen sich zwischen uns und die Zahlen über dem Rahmen begannen, die Stockwerknummern hinabzuzählen. Mit jeder Nummer wurde der Wunsch, einfach bei Paxton ins Zimmer zu platzen, größer, und doch tat ich es nicht. Er hatte über meinen Kopf hinweg entschieden und mich angelogen. Das war nichts, was ich einfach abschütteln konnte.

28.08.

Liebes Tagebuch,

er ist gestern nicht gekommen, was mich ganz schön sauer gemacht hat. Ich habe an der Bar deshalb bestimmt zwei Gin zu viel getrunken. Langsam frage ich mich, ob dieses ganze Drama ihm zu krass das Hirn vernebelt hat. Er postet so gut wie nichts mehr und lässt sich selten irgendwo blicken. Aber das bekomme ich schon wieder hin.

KAPITEL 27

FARAH

Heute war der 20. Dezember, zwei Tage nach dem seltsamen Gespräch mit Lydia, das sich im nächsten Moment wie ein verrückter Traum angefühlt hatte. Ich lag allein in meiner Whirlpool-Badewanne und genoss die schäumenden Düsen in meinem Nacken, während ich Eistee aus einem Sektglas trank. Normalerweise hätte der Plan daraus bestanden, Sekt zu trinken, aber durch die Feiertage war so ziemlich alles an Supermarktalkohol in meiner Gehaltsklasse ausverkauft gewesen. Also trank ich übersüßen Eistee und wählte die Nummer meiner Eltern zum dritten Mal, ließ es einmal klingeln und legte dann panisch wieder auf. Zurückrufen taten sie nie. Mein Dad war an ein Bett gefesselt und erlebte kaum noch einen Tag bewusst mit, während meine Mutter sich einfach nicht die Mühe machte.

Ich hatte vor, ihnen zu sagen, dass ich über die Feiertage arbeiten musste. Es stimmte nicht, aber es bewahrte mich vor einem weiteren schrecklichen Weihnachtsfest, bei dem ich im Esszimmer saß und versuchte wegzuhören, während meine Familie darüber sinnierte, warum genau aus mir nichts wurde. Weihnachten bei den Stewarts glich einer Trauerfeier, weshalb ich froh war, es dieses Jahr zu umgehen. Auch Sha, meine einzige Verbündete, hatte sich ausgeklinkt, weil die Flüge einfach viel zu teuer gewesen wären.

Den Menschen aus Hollywood schienen die horrenden Flugpreise nichts auszumachen, denn beinahe alle fuhren über die Feiertage zu ihren Familien. Carrie flog an Heiligabend nach Ohio und auch Cory hatte vor, seine Schwester zu besuchen. Was Paxton tat, wusste ich nicht, aber ich versuchte, es so gut es ging zu ignorieren. Und trotzdem kehrten meine Gedanken immer wieder zu ihm zurück. Es war wie verhext.

Ich stellte den Wasserhahn an, um ein wenig heißes Wasser nachlaufen zu lassen, denn ich hatte nicht vor, die Badewanne die nächsten zwei Stunden zu verlassen. Mein Newsfeed wurde von mäßig lustigen Weihnachtsreels und dem *Best of Failarmy* überschwemmt, sodass ich viel zu viel meiner Badezeit damit zubrachte, mir singende Kätzchen in Elfenkostümen anzusehen und mich zu fragen, ob die Tiere sich ihre Kostüme selbst hatten aussuchen dürfen.

Bei jedem einzelnen Tiervideo kräuselten sich meine Nackenhaare eine Sekunde lang, bis mein Körper realisierte, dass sich das, was ich mir da ansah, nicht in meiner Nähe befand. Es wurde einfacher, und als ich bei einem entspannt schlafenden Entenküken ankam, musste ich sogar schmunzeln.

Zumindest, bis meine sich öffnende Badezimmertür dafür sorgte, dass mein Herz stehen blieb. Jemand war hier und ich war nackt.

Ganz automatisch glitt ich ein Stück tiefer in die Wanne und schaufelte den Schaum zu mir, sodass nichts von mir zu sehen blieb, das nicht gesehen werden sollte. Paxton kam durch die Tür und grinste mich an. Er trug den Hotel-Hoodie, den ich ihm bei unserer ersten Begegnung vorbeigebracht hatte. Meine Muskeln versteiften sich genau wie die Zornesfalte auf meiner Stirn.

»Was machst du hier, Paxton?«

»Ich bin hier, damit du mit mir übst«, sagte er und ich konnte mir ein verächtliches Schnauben nicht verkneifen.

»Warum fragst du nicht deine Fake-Freundin Lydia?«

Paxton kam näher und setzte sich auf den Porzellanrand der Badewanne. Erst jetzt fiel mir die Zettelage wirklich auf, die unter seiner Achsel klemmte.

»Weil sie, wie du schon sagtest, nicht meine Lydia ist.«

Er sortierte die Zettel und drückte mir ein paar Seiten in die Hand.

»Ach nein? Jetzt plötzlich nicht mehr? Du küsst mich, sagst dann, dass das nicht gehe und dass es dir leidtue, nur um dann in einem Interview zu erzählen, dass du mit der Frau ausgehst, die mir das Leben hier besonders schwer macht? Und jetzt ist das auch schon nicht mehr aktuell? Entscheid dich mal, was du willst, Paxton. Oder kommst du zu mir, um mir zu erzählen, was wirklich passiert ist? Ihre Geschichte kenne ich schon, fehlt nur noch deine.« Meine Stimme klang sauer und gereizt. Doch was mich mit Abstand am meisten aufregte, war Paxtons permanentes Nicken. Er stimmte jedem Punkt zu und sah mir reumütig in die Augen. Im Museum hatte ich mich zuerst einwickeln lassen, aber nun hatte ich Tage darüber nachgedacht und entschieden, dass er einfach nur ein Arsch war.

»Das war scheiße von mir.«

»Ja, stimmt. Aber immerhin siehst du es selbst.«

»Was nichts daran ändert, dass ich hier bin, weil ich dich brauche.«

»Und das kann keine zwei Stunden warten?«, stöhnte ich genervt.

»Nein, außerdem siehst du aus, als könntest du gerade schlecht weglaufen und müsstest mir zuhören.«

Ich wollte mich nicht von Paxton Wright zum Lächeln bringen lassen. Mit aller Selbstbeherrschung versuchte ich, weiterhin so kühl zu wirken, als säße ich in einem Eiskübel und nicht in dampfendem Badewasser. Paxtons Mundwinkel zuckten und dann zuckten auch meine. *Verdammt.*

»Also du liest Ivy, ich Ian. Aufteilung wie gehabt?«, fragte Paxton.

Ich nickte resigniert. Es fiel mir nicht leicht zu realisieren, dass ich gerade nackt in einer Wanne lag, während ich wieder einmal mit Paxton Wright seinen Text übte. Seine pure Anwesenheit machte mich nervös und immer wieder checkte ich, ob der Schaum verrutschte. Ich überlegte ihn rauszuschmeißen, aber dann bekäme ich den Kopf sowieso nicht mehr frei. Das Proben mit ihm durchzuziehen, schien mir die einfachste Methode zu sein, ihn schnellstmöglich wieder loszuwerden.

»Also schön«, antwortete ich und las die Beschreibung der Szene einmal durch, bevor ich begann sie vorzulesen.

»Ivy und Ian streichen das erste Zimmer der Pension. Es muss schnell gehen, damit alle Räume pünktlich zum Iditarod vermietbar werden. Ivy trägt eine alte Latzhose mit beigen Farbflecken, genau wie Ian. Sie bespritzen sich mit Farbe, die überall auf den Malerfolien hängen bleibt.«

»Hör auf, hör auf. Ich ergebe mich«, sagte Paxton und ich sah vor meinem inneren Auge, wie Ian kapitulierend den Pinsel hochhielt.

»Jetzt, wo du weißt, dass du verloren hast? Das ist jämmerlich, Ian.«

»Ich bin nun mal ein schlechter Verlierer. Hin und wieder ist es einfacher aufzugeben, als sich eine Niederlage einzugestehen.«

Mein Herz klopfte. Irgendwie stieg das Gefühl in mir auf, dass das hier mehr war als nur das stumpfe Proben einer Szene.

»Wo liegt der Unterschied?«, fragte ich.

»In der Selbstbestimmtheit, denke ich«, antwortete Paxton mit einem vielsagenden Blick. »Manchmal hat man diesen Luxus, manchmal nicht.«

»Ian lehnt sich zu Ivy und küsst sie«, las ich vor.

Paxton sah mir in die Augen, bevor er sich zu mir lehnte und seinen Zeigefinger unter mein Kinn legte. Er hob es leicht an und fixierte meinen Blick, bevor er ein paar Millimeter vor meinen Lippen haltmachte. Etwas in mir wollte sich ihm entgegenstrecken, das sich durch den Wasserdampf wellende Papier fallen lassen und ihn an mich ziehen.

»Darf ich das tun?«, fragte er sanft und mein Herz macht einen Satz. Am liebsten hätte ich Ja gesagt, aber das war nicht die richtige Antwort.

»Das ist keine gute Idee. In ein paar Tagen wird das Interview ausgestrahlt und dann gibt es kein Zurück mehr«, flüsterte ich.

Doch Paxton erwiderte nichts. Stattdessen nahm er mir die Seiten aus der Hand und blätterte um. Ich überflog die Zeilen einmal, zweimal. Ich konnte nicht glauben, was dort stand.

»Wieso?«, fragte ich verblüfft.

»Wegen dir, Farah.«

Auf dem Papier war eine Mail von Paxton an sein Management, Melinda Leaves persönlich und den Sender abgedruckt, in der er erklärte, dass er das Interview-Sende-Okay zurückzog, weil er sich in eine andere Frau verliebt hatte und niemanden verletzen wollte. Er bot stattdessen einen Ersatztermin für ein Exklusivinterview an.

»Du bist die Frau.«

Mein Atem stockte vor Aufregung. »Aber ich verstehe nicht ganz, wieso du es mir erst jetzt sagst.«

Paxton kratzte sich am Hinterkopf. »Ich wollte dich schützen. Lydia hat gesehen, wie wir uns auf Winstons Party geküsst haben. Es gibt Fotos und sie hat mit einem Skandal gedroht. Ich wollte nicht, dass du in der Presse als jemand dargestellt wirst, der sich hochschläft. Das hätte deine Karriere gefährden können. Es ist dein Traum, Farah, und ich wollte nicht, dass du mich irgendwann dafür hasst, ihn nicht leben zu können.«

Mein Atem wurde schwer und Gefühle prasselten auf mich ein. Verwirrung, Freude, Angst, ein aufgeregtes Kribbeln, alles.

»Was hat sich geändert?«, fragte ich vorsichtig.

»Ich möchte den Abend mit dir verbringen, genau wie Weihnachten. Wir gehen zu Elane, wenn sie nach den Feiertagen wieder ans Set kommt. Dann wird es kein Skandal, sondern eine Cinderella-Story. Bitte tu mir den Gefallen, steig aus der Wanne und sag Ja.«

Paxton reichte mir seine Hand, doch ich zögerte, bis ich sie nahm. Er bot mir das, wovon ich träumte. Ich wollte ihn und meinen Job. Doch jetzt gerade wollte ich einfach nur ihn.

»Ich werde mitkommen, aber ich bin … na ja … nackt. Würdest du bitte gehen, damit ich mich anziehen kann?«

Paxton grinste. »Natürlich, auch wenn ich sicher bin, dass da nichts ist, was ich in meinem Leben nicht schon mal gesehen habe.«

Ich schob meine geröteten Wangen unter das warme Wasser, um mich besser zu fühlen und nicht vor Scham im Boden zu versinken. Seine Worte lösten ein anzügliches Kopfkino in mir aus und den Großteil davon war Paxton ebenfalls unbekleidet. Sein schönes Lächeln … die Narbe auf seiner Brust … das definierte Sixpack … der V-Muskel, der bis zu seinen Lenden …

»Geh jetzt raus«, befahl ich mit Nachdruck, bevor es hier drinnen noch heißer wurde. Ich drohte jetzt schon überzukochen und Paxton schien mir das anzusehen. Das mit dem Verbergen von Gedanken und Emotionen musste ich wirklich noch üben.

»Na gut«, sagte er. »Dann bereite ich schon mal was vor.«

Als Paxton durch die Tür verschwand, tauchte ich mit dem ganzen Kopf unter Wasser und zwang mich dazu, die Augen zu öffnen. Der Schaum glitzerte an der Wasseroberfläche über mir und warf winzige Regenbogenstrahlen auf meine nackte Haut. Ich würde so was von kalt duschen gehen, bevor ich zu ihm rüberging.

27.09.

Liebes Tagebuch,

heute habe ich erfahren, dass ich bei Snowlight mitwirken darf! Ich fasse es nicht! Paxton und ich werden zusammen sein. Jeden Tag! Ich schreibe ihm aktuell ganz viele Gedichte und Briefe, aber dass wir uns sehen werden, soll eine Überraschung werden! Ich werde ans Set kommen und dann nimmt alles seinen Lauf.

KAPITEL 28

PAXTON

Wir hatten die Polster der Couch auf dem Boden ausgebreitet und uns vor dem elektrischen Kamin in meiner Suite eingekuschelt. Seit Farah die neue Star-Wars-Serie gestartet hatte, war keiner von uns mehr aufgestanden. Sie erzählte die ganze Zeit, wie die Geschichte des Mandalorianers in den allgemeinen Star-Wars-Kontext einzuordnen war, aber wenn ich ehrlich war, verstand ich davon nur die Hälfte. Ich stand auf ihre Passion und die Begeisterung, mit der sie von ihrer liebsten Science-Fiction-Welt erzählte. Aber ich war viel zu beschäftigt damit, mich nicht von der Tatsache ablenken zu lassen, dass sie keine zehn Zentimeter von mir entfernt lag.

Gegen Abend hatten wir uns mit Marlynes Einverständnis eine Tiefkühlpizza in den Ofen der Restaurantküche geschoben, die Farah eigentlich für »schlechte Zeiten« eingekauft und in ihrer Minibar aufbewahrt hatte. Sie hatte mir anvertraut, dass sie zu den Menschen gehörte, die Coupons aus Zeitschriften ausschnitten und dann glücklich einkaufen gingen. Das führte dazu, dass sie manchmal hamsterte. Irgendwie süß. Und es war nie schlecht, zehn Tiefkühlpizzen im Fach zu haben.

Als sich die fünfte Folge dem Ende zuneigte, sah ich durch die Fenster. Die Zeit war so schnell vergangen, dass ich gar nicht gemerkt hatte, wie es draußen dunkel geworden war. Am Himmel glommen Tausende Sterne und erleuchteten den Schnee. Transparent wirkende grüne Schlieren tanzten durch die Nacht. Polarlichter.

Sofort schlug ich die Decke weg und sprang auf.

Farah musterte mich verwirrt. »Alles okay?«

Ich nickte grinsend. »Ja. Komm, wir müssen nach draußen!«

»Jetzt?«

»Ja, jetzt«, sagte ich und wickelte mir den Schal um die Kapuze meines Hotellogo-Hoodies. Der darauf abgebildete Bär, die Berge und das Sternenbild passten perfekt zu der Atmosphäre vor unserem Fenster.

Mein Leben lang hatte ich davon geträumt, Polarlichter zu sehen, und jetzt war es endlich so weit. Eine Chance, die ich mir nicht entgehen lassen würde, und ich wollte diesen Moment unbedingt mit Farah teilen.

Wir zogen uns dick an und verließen das Hotel. Ich streckte meinen Arm gen Himmel und deutete auf die tanzenden Lichter über unseren Köpfen. Und nun sah Farah sie auch. Mit offenem Mund lief sie ein paar Schritte nach vorn und beäugte jede kleine Bewegung.

»Der Wahnsinn«, rief sie. Ich lachte, aber Farah nahm mich überhaupt nicht wahr.

»Wir können noch ein Stück weiter rausgehen. Zu den hinteren Set-Hütten, da ist es weniger beleuchtet. Dann sehen wir sie besser.«

Als wäre es ihre Idee gewesen, machte Farah kehrt und lief in Richtung der Hütte, die sie seit der Hundesache gemieden hatte.

Um uns herum war es beinahe still. Wir hörten nur das Knirschen unserer eigenen Füße im Schnee und manchmal ließ ein Windstoß die Tannenzweige knistern. Alles wirkte so friedlich.

Wir setzten uns auf die Veranda der alten Holzhütte und sahen in den Himmel. Die eben noch blassgrünen Lichter zogen sich nun wie kräftig leuchtenden Schlieren über den Himmel. Ihre zarten Bewegungen waren langsam und ruhig. Es wurden mehr und mehr, die in den verschiedensten Tönen über unseren Köpfen zu tanzen begannen. Manche smaragdgrün, andere violett wie Farahs verblasste Haarspitzen. Jeder einzelne Lichtfaden am Himmel war es wert, hier draußen in der Kälte zu sitzen und zu frieren. Sie waren so schön, wie Farah es war.

»Danke«, flüsterte sie neben mir.

»Wofür?«, fragte ich sie überrascht.

»Dass du findest, dass ich so schön bin wie die Lichter am Himmel.«

»Oh, wenn du nicht zufällig einen Crashkurs im Gedankenlesen belegt hast, habe ich das wohl laut gesagt.«

Farah grinste. »Definitiv das Gedankenlesen.«

Ich sah sie an. Ihren hübschen Mund zu einem Lächeln verzogen, das nur den Sternen gehörte, wandte sie ihren Blick wieder dem Himmel zu. Es sah ein wenig so aus, als hätte sie Angst, die schönsten Momente zu verpassen, wenn sie nicht jede Sekunde des Naturspektakels in sich aufsog. Diese Nacht war besonders.

Ich zog einen Handschuh aus und malte Linien in den Schnee auf den Verandastufen. Die kühlen Flocken schmolzen auf meinen warmen Fingerspitzen. Mit der glatten Hand schob ich den Schnee neben mir zusammen, bevor ich die klebrige Masse zu einer Kugel formte. Ich hielt sie einen Moment in der Hand und beobachtete, wie die Polarlichter sie grün färbte. Ich drückte mich hoch und betrachtete erst Farah und dann den Schneeball in meiner Hand. Ich warf ihn einmal lässig nach oben und fing ihn direkt wieder.

»Weißt du, was diesen Abend perfekt machen würde?«, fragte ich meine Begleitung.

Farah sah mich kopfschüttelnd an.

Meine Mundwinkel verzogen sich zu einem breiten Grinsen. »Eine Schneeballschlacht.«

Ich pfefferte ihr meinen Ball entgegen. Farah drehte sich blitzartig zur Seite, sodass der Schnee an ihrer Schulter zerschellte.

»Na warte!« Nun sprang sie auf und formte einen, nein, gleich zwei Schneebälle, die sie auf mich abfeuerte. Einer verfehlte mich, der andere traf mich genau im Gesicht. Die kalten Schneekristalle schmerzten auf der warmen Haut meines Gesichts und sorgten dafür, dass ich mich lebendig fühlte.

Dieser kurze Moment der Unachtsamkeit kostete mich den Sieg unserer kleinen Schlacht, denn Farah hatte vorgearbeitet. Sie hatte sich ein paar kleine Kugeln geformt, die sie schnell wie ein Maschinengewehr auf mich warf. Jeder Treffer saß. Die weißen Flocken verfingen sich in meinem Schal, schmolzen an und liefen in meinen Kragen. Jedes Mal, wenn ich versuchte zu kontern, war sie schneller. Farah besaß auf jeden Fall das Potenzial, als professionelle Werferin zu arbeiten. Wenn es diesen Beruf noch nicht gab, konnte sie ihn locker erfinden.

»Okay, ich gebe auf, ich gebe auf!«, rief ich ihr mit erhobenen Armen zu. Aber Farah schien mir zu misstrauen.

Beidhändig mit einem Schneeball bewaffnet, funkelte sie mich an.

»Sicher, Hollywood?«

»Ja, ich habe keine mehr, sieh her.« Ich wackelte mit meinen noch immer erhobenen Händen und Farah grinste zufrieden. Sie stapfte auf mich zu und ließ ihre Munition fallen. Ich legte meine Hände auf ihre durch den Mantel verborgenen Hüften.

»Weißt du, was noch besser ist als eine kleine Schneeballschlacht?«, fragte ich sie. Ich fuhr mir durch die blonden Haare und schüttelte den Schnee aus.

Farah zuckte mit den Achseln. »Du wirst es mir sicher gleich sagen.«

»Bin ich immer so vorhersehbar?«

»Oft, denke ich«, antwortete sie und zog meinen Schal zurecht, wobei noch mehr von dem weißen Zeug in meinen Kragen rutschte und mich frösteln ließ. Aber auf das bisschen kam es sowieso nicht mehr an.

»Gut, dann kannst du mir bestimmt prophezeien, was ich jetzt vorhabe. Immerhin hast du den Gedankenlesekurs absolviert.«

Farah legte sich ihre Zeigefinger an die Schläfen und schloss die Augen, bevor sie begann, eine seltsame Melodie zu summen. »Ich sehe weißen Puder!«, verkündete sie verschwörerisch.

»Was für ein Talent! Hier ist zwar alles gefroren, weshalb die Wahrscheinlichkeit dafür schon bei guten 87 Prozent liegt, aber hey. Die restlichen 12 Prozent kommen bestimmt von dem Kurs.«

Sie boxte mir zur Antwort in die Seite. Ich griff nach ihrer Hand und nutzte den Schwung, um sie mit mir zu Boden zu ziehen. Nun lagen wir beide mit dem Rücken im Schnee und ich spürte, wie sich jedes meiner Kleidungsstücke mit kaltem Wasser vollsog.

»Toll, jetzt liegen wir im Nassen, hast du dir das so vorgestellt?«, fragte sie lachend.

»Definitiv genau so. Ich wette nämlich, dass ich den schöneren Schneeengel von uns beiden mache«, forderte ich sie heraus.

Farah runzelte die Stirn. »Was ist das?«

»Du weißt nicht, was ein Schneeengel ist?«

Sie schüttelte den Kopf. »Nein, ich komme aus Florida.«

»Und ich komme aus Kalifornien und weiß trotzdem, was das ist. Aber pass auf, es ist kinderleicht. Du legst dich in den Schnee und streckst deine Arme und Beine aus. So wie der lockige Typ auf dieser Zeichnung von daVinci, die in sämtlichen Arztpraxen hängt –«

»Du meinst den vitruvianischen Menschen«, unterbrach sie mich.

»Genau den. Auf jeden Fall bewegst du deine Arme und Beine dann hin und her. So weit es geht. Warte, ich zeigs dir.«

Ich kam mir ein kleines bisschen idiotisch vor, aber nun lag ich hier in Alaska unter den Polarlichtern und wedelte mit meinen Gliedmaßen durch den Schnee.

Farahs Lächeln verbreiterte sich und ich rechnete damit, jede Sekunde einen Spruch reingedrückt zu bekommen, doch ich wartete vergeblich. Stattdessen begann Farah mitzumachen. Wir schneeengelten eine ganze Weile, aber es wurde immer kälter. Als meine Hose an den Beinen kleben blieb, weil sie so nass war, stand ich auf und begutachtete mein Werk. An einigen Seiten etwas unsauber, aber trotzdem sehr winterlich. Auch Farah drückte sich nach oben und klopfte ihre Hände aneinander.

»Das sieht doch super aus«, sagte sie und ich bildete mir ein, einen Funken Stolz in ihrer Stimme zu hören.

»Auf jeden Fall. Und jetzt können wir bis zum Rest unseres Lebens rumerzählen, dass wir auf einem Berg in Alaska im Puderschnee gelegen haben. Und das unter den Polarlichtern. Schon ziemlich cool, wenn du mich fragst.«

»Ich werde es in meinen Lebenslauf aufnehmen. Aber ich glaube, wir sollten so langsam zurück.«

Dem stimmte ich zu. »Ja, es wird kalt, aber eine Sache wäre da noch.«

Farahs Blick wurde neugierig. Ich nahm ihre Hände und zog sie an mich.

»Ich habe es so gemeint, als ich gesagt habe, dass die Polarlichter fast so schön sind wie du. Du strahlst, Farah, auch wenn du das manchmal nicht siehst. Aber du tust es. Und du gibst mir das Gefühl, dass auch ich strahlen kann, wenn wir zusammen sind«, flüsterte ich. Die Worte wogen schwer vor Bedeutung. Aber ich wollte es nicht einfach so stehen lassen.

»Ich glaube, da ist was Besonderes zwischen uns«, flüsterte sie.

Ein leises Lachen entfuhr meiner Kehle. »Wenn nicht nur meine Haut bei dem Gedanken, dich zu sehen, kribbelt, dann ist da definitiv etwas zwischen uns.«

»Und wie gehen wir damit um?«

Nachdenklich kratzte ich mich am Kopf. »Ich habe nicht die leiseste Ahnung. Aber wenn du dich wohler damit fühlen würdest, wenn wir das nicht rausfänden, dann ist das okay. Du musst es mir nur sagen.«

Sie rieb sich die Oberarme, machte aber keine Anstalten zu gehen. »Was ist denn mit dir? Ich meine, du hast eine große Karriere und ich bin ein Neuling auf dem Gebiet. Dir werden sie unterstellen, mich auszunutzen, wenn aus uns tatsächlich etwas werden sollte«, äußerte sie besorgt.

»Und dir werden sie, wie gesagt, vorwerfen, dich hochzuschlafen. Die wichtigste Regel in Hollywood ist: Fuck off. Du kannst es niemals allen recht machen, aber wir können dafür sorgen, dass wir das Beste aus der Sache herausholen. Und so was ist deutlich leichter auszuhalten, wenn man jemanden an seiner Seite hat, für den man etwas empfindet.« Nun hatte ich es ausgesprochen. Und etwas in mir wollte, dass sie es erwiderte. Aber so einfach war das nicht, das war es nie.

»Wir sollten zurück ins Hotel gehen. Ich glaube, bei diesem Gefühlschaos ist es mir lieber, das vor einem heißen Kamin zu besprechen.«

28.10.

Liebes Tagebuch,

Paxton hat mein Herz gebrochen. Er hat mit Caralie Reynolds geschlafen! Sie hat ein Foto von danach gepostet. Auch wenn ich nicht glaube, dass sie wirklich ein Paar waren, denke ich, dass das Foto echt ist. Sie ist so eine verdammte Hure! Er ist ein Mann und hat sich verführen lassen, aber das ist ihre Schuld! Nur ich darf Paxton verführen und das werde ich schon ganz bald tun. Nicht mehr lange und wir sind endlich zusammen.

KAPITEL 29

FARAH

Ich saß auf dem roten Sofa und starrte Paxton an, während er seinen Resort-Pullover wieder abstreifte, weil sein Winterparka vom Schneeengeln durchnässt war. Der Hoodie wirkte mit den nassen dunklen Punkten, die willkürlich auf dem Stoff verteilt waren, wie das Fell eines grünen Dalmatiners. Aber das war es gar nicht, was dafür sorgte, dass ich meinen Blick nicht von ihm abwenden konnte. Nein, der Grund dafür war eher, dass sein schwarzes T-Shirt etwas verrutschte und damit den Blick auf sein fast schon stählern wirkendes Sixpack freilegte. Meine Lippen kräuselten sich zu einem leichten Lächeln. Wenn er sich noch mehr Zeit dabei ließ, würde ich noch mit dem Sabbern anfangen. *Himmel, Farah!*

Paxton hängte den Pullover über einen der modernen Stühle, der akkurat in einer Ecke seiner Suite stand.

»Willst du deine Sachen nicht auch ausziehen?«, fragte er grinsend, als er das T-Shirt ablegte und die Gürtelschnalle an seiner Hose öffnete.

Ich musste mich nicht sehen, um zu wissen, dass ich gerade dabei war, wie eine überreife Tomate zu erröten. Hitze breitete sich wie eine Rauchwolke in meinem ganzen Körper aus, obwohl meine Körpertemperatur dem Gefrierpunkt hätte gleichen müssen. Auch der Bereich zwischen meinen Schenkeln blieb davon nicht verschont.

Es herrschte Chaos in meinem Kopf, aber vor allem in meinem Körper. Ich fragte mich wirklich, weshalb er bereit war, für mich seinen Vertrag zu brechen. Nicht dass ich ihn zu gut für mich hielt, sicher nicht. Lediglich der Umstand, dass ich so gar nicht in sein sonstiges Beuteschema passte, verunsicherte mich ein wenig.

Fragen wie *Meint er das ernst? Oder ist es nur aus der Situation heraus dazu gekommen?* bahnten sich ihren Weg in mein Bewusstsein. Immerhin war das Setting so traumhaft schön gewesen, dass ich für einen Augenblick daran gezweifelt hatte, ob das alles wirklich passiert war. Aber so, wie er mich gerade ansah, hatte ich definitiv nichts von alledem geträumt. Darüber, wie genau es so weit gekommen war, brauchte ich nun auch nicht mehr nachzudenken. Dieser Drops war gelutscht. Die Frage, die nun zwischen uns stand, war: Und jetzt?

Paxton schien sich im Gegensatz zu mir nicht so viele Gedanken zu machen, denn er ging dazu über, sich auch die schwarze Hose abzustreifen, bis er in nichts als schwarzen Calvin-Klein-Boxershorts vor mir stand. Der Gedanke daran, wie Marty McFly aus *Zurück in die Zukunft* von Lorraine mit Calvin angesprochen wurde, weil der Markenname auf seiner Unterhose stand, half nicht besonders, mich davon abzulenken. Meine Scham schmälerte es auch nicht.

Der beinahe nackte Paxton Wright stand keine zwei Meter entfernt und ich verhielt mich wie eine Gafferin auf dem Freeway. Es war mir unangenehm, aber ich konnte meinen Blick einfach nicht von ihm lösen. Als wäre er ein Unfallauto, das in einem Graben hing. Ein ziemlich attraktives Unfallauto.

Paxton schien das nicht im Geringsten zu stören.

»Du erkältest dich noch, wenn du deine kalten nassen Sachen noch länger anbehältst. Ich helfe auch gern.« Anzüglich zog er eine Augenbraue hoch.

Lachend schüttelte ich den Kopf. »Danke, aber dafür brauche ich deine Hilfe nicht. Ich bin ein großes Mädchen und kann das schon ganz allein.«

Er zuckte mit den Schultern. »Ja, aber es macht mehr Spaß, wenn ich es tue.«

Der Punkt, an dem mein Gesicht nicht noch röter anlaufen konnte, war gerade erreicht worden.

»Dir oder mir?«, fragte ich, so lässig ich konnte.

Paxton grinste mich selbstbewusst an. »Uns beiden.«

Ich zog meine Brauen hoch und sah ihn provokant an, während ich mich von der Couch erhob und direkt vor ihn stellte. »Ach ja?«

Sein Blick wanderte zu dem Reißverschluss des Wintermantels, den ich immer noch trug. Langsam griff ich nach dem Zipper und zog ihn genüsslich nach unten. Dann ließ ich den schweren Mantel zu Boden gleiten.

»Himmel, habe ich einen Spaß«, hauchte ich übertrieben, während ich mir auch meinen Pulli über den Kopf zog. Meine elektrisierten Haare standen kreuz und quer und nahmen mir in meinen Augen sämtlichen Sex-Appeal.

Der nach wie vor halb nackte Paxton machte einen weiteren Schritt auf mich zu, sodass sich unsere Nasenspitzen beinahe berührten. Mein Herzschlag verdoppelte sich vor Aufregung. Er wurde schneller und schneller, bis er in dem Moment stoppte, als Paxtons Lippen ein weiteres Mal an diesem Abend auf meine trafen. Langsam und vorsichtig liebkosten sie die meinen, bis er das Tempo anzog. Er wurde fordernder, und auch die Schmetterlinge in meiner Bauchgegend begannen zu rebellieren und sich nach mehr zu sehnen. Adrenalin und Phenylethylamin schossen durch meine Blutbahnen und versetzten mich in ein Hochgefühl, das hoffentlich niemals enden würde.

Paxtons Hände wanderten über meinen Rücken und verweilten einen Moment an meinen Hüften. Fast schon fordernd lehnte ich mich an ihn, was ihm ein leises Stöhnen entlockte. Er schob seine Hände unter den dünnen Stoff meines Shirts und jede einzelne Berührung kribbelte über meine Haut.

»Was wird das hier?«, hauchte ich zwischen unseren Küssen.

Paxton hielt für einen Moment inne und sah mich an. Das tiefe Grün seiner Augen strahlte auf eine Art, die ich bei ihm noch nicht gesehen hatte. Lüstern.

»Was willst du, dass es wird?«

Seine raue Stimme schickte mir einen warmen Schauer durch den ganzen Körper. Was genau wollte ich? Ich hatte ehrlich gesagt keine Ahnung. Das Einzige, was ich mittlerweile wusste, war, dass er ein Teil davon war.

Selbstbewusst umfasste ich den Saum meines T-Shirts und warf es auf die Couch, sodass der schwarze Spitzen-BH zum Vorschein kam, der leider so gar nicht zu meinem himmelblauen Slip passte. Aber ich war mir ziemlich sicher, dass das Paxton gerade ziemlich egal war.

Denn so, wie es aussah, würde keiner von uns noch lange bekleidet bleiben.

»Willst du hierbleiben oder wollen wir lieber ins Schlafzimmer gehen?«, fragte Paxton.

Ich löste mich ein paar Zentimeter von ihm, ohne ihn loszulassen und so die Verbindung zwischen unseren Körpern zu kappen. »Wieso willst du weggehen?«, fragte ich mit leichter Atemlosigkeit.

Paxton nickte in die Richtung des Eingangsbereiches, in dem sich neben der Holztür ein bodentiefes Balkonfenster befand. Der lautlos fallende Schnee türmte sich davor und Eiskristalle bildeten schöne Muster auf dem Glas. Ich erstarrte, als mir bewusst wurde, dass uns theoretisch die ganze Zeit jemand hätte beobachten können. Natürlich war es nachts und kaum einer war im Hotel, aber wenn jemand unten entlangging, konnte er uns sehen. In Unterwäsche.

Paxton streichelte sanft über meine nackten Oberarme. »Es dürfte zwar so gut wie niemand über Weihnachten hiergeblieben sein, aber ich dachte mir, dass du dem Risiko, gesehen zu werden, lieber aus dem Weg gehen würdest.«

Eilig schnappte ich mir mein T-Shirt und hielt es vor meine Brüste. »Das klingt ja fast so, als wäre es *dir* ziemlich egal, ob man uns sieht.«

Paxton erstarrte für einen Moment. Dann nickte er in Richtung der Schlafzimmertüren. »Ist es nicht. Glaub mir.«

Ich folgte ihm bereitwillig und zog die Tür hinter mir zu. Die Fenster des Raumes waren auf der Hinterseite des Hotels gelegen, sodass wir einen tollen Blick über den eingeschneiten Wald hatten. Trotzdem überließ Paxton nichts dem Zufall und zog die weißen Gardinen zu, die wahrscheinlich so viel kosteten, wie ich im Monat verdiente.

Ich legte mich auf Paxtons Bett und beobachtete jede seiner Bewegungen. Mir fiel zum ersten Mal auf, wie kontrolliert und gleichzeitig grazil er war. Es musste idiotisch klingen, aber wäre er ein Tier, wäre er ein Puma. Mich ordnete ich eher in die Kategorie Hauskatze ein, was mir ganz recht war.

»Woran denkst du?«, fragte er, als er sich zu mir legte und wir begannen, gemeinsam an die helle Holzdecke zu starren.

»Welche Katzenart ich wäre«, gab ich ehrlich zu und legte meinen

Kopf an seinen Hals. Sein tiefes Lachen ließ seinen Brustkorb vibrieren.

»Das ist doch nicht schwer. Du bist definitiv eine York Chocolate.«

Verwirrt blickte ich zu ihm hoch. »Die kenne ich gar nicht.«

Paxton drehte sich zu mir und sein Blick sorgte dafür, dass ich einen Augenblick lang vergaß, wie man atmete. Mein Herz trabte, nein, es galoppierte, als er seine Finger zart über meinen Arm gleiten ließ, bis sie mein Kinn erreichten. Er hob es ein Stück zu sich und sein warmer Atem kitzelte meine Lippen. Das Einzige, was man in diesem Moment zwischen unseren Gesichtern hätte durchschieben können, war ein Post-it.

»Ihr Fell ist so braun wie warme Schokolade und manchmal hat es einen leichten lila Schimmer.«

»Magst du den lila Schimmer?«

Paxton zwirbelte sich eine meiner Haarsträhnen um den Finger und strich vorsichtig über die nur noch lavendelfarbenen Spitzen, die ich dringend mal nachfärben musste. Vielleicht würde mir Nadine ja ein Tiegelchen Haarfarbe mitbestellen, wenn ich sie nett darum bat.

»Ob ich ihn mag? Ich glaube, mögen ist da das falsche Wort.«

»Was ist das richtige Wort?«

Paxton zog seinen Finger aus meinen Haaren, sodass eine feine Locke zurückblieb, bevor seine Hand sanft über meine Seite hinabglitt. Und je tiefer er kam, desto nervöser wurde ich. Am Bund meiner Jeans stoppte er. Sein Blick fragte und flehte zugleich, und mein Lächeln gab das Okay. Seine Fingerspitzen kribbelten auf meinem Bauch und öffneten dann den Knopf meiner Jeans.

»Da fällt mir spontan heiß ein.«

Seine Finger bewegten sich zu dem kleinen Reißverschluss und zogen ihn in Zeitlupe hinab.

»Oder sexy«, hauchte Paxton.

Ich spürte, wie die Wärme sich in meiner Lendengegend ausbreitete.

»Attraktiv.«

Er küsste meinen Hals, während er mir die klamme Jeans langsam herunterschob.

»Sinnlich.«

Ich stöhnte auf, als sich seine rauen Fingerspitzen auf den empfindlichsten Punkt meines Körpers legten. Alles in mir spannte sich an, um dem betörenden Kribbeln entgegenzuwirken. Paxton lacht tief und leise, als er das merkte. »Aufregend«, raunte er dann. Sein Zeigefinger kreiste langsam über meinen Slip und stahl mir den Atem. »Wunderschön.«

Ich konnte mir bildlich vorstellen, wie das helle Blau meines Slips zwischen den Beinen immer dunkler wurde. Und auch Paxtons Härte drängte sich an meine Leiste. Nun war ich es, die mit ihrer Hand über seine trainierte Brust strich. Als ich über seine Narbe fuhr, spannte er sich an und erstarrte für einen Moment in der Bewegung. Ich wollte nicht, dass er aufhörte, und hatte Angst, dass es nun komisch werden würde. Ergab das Sinn?

Doch bevor ich diesen Gedanken Raum geben konnte, lagen seine Lippen auf meinen. Er nahm meine Hand und führte sie ein Stück weiter nach unten. Weg von seiner Narbe, hin zu dem Bund seiner Boxershorts, durch die seine Erektion deutlich hervorstach.

Ich schob meine Hand unter dem Bund hindurch und legte meinen Daumen auf seine Spitze. Paxton stöhnte auf und unsere Küsse wurden schneller, härter und raubten mir den Verstand. Er hakte sich unter meinen Slip und zog ihn hinunter. Seine Finger zogen ihre Kreise nun auf meinen feuchten Schamlippen. Es fühlte sich an, als schössen Tausende Watt durch meinen Körper. Ich würde explodieren, wenn wir jemals damit aufhörten.

Ich schob Paxton nun ebenfalls die Boxershorts runter und umfasste ihn. Das Pulsieren zwischen meinen Beinen verstärkte sich so rasant, dass ich befürchtete, nach dem Sex ein Sauerstoffzelt zu brauchen. Er umfasste meinen Rücken, um den Verschluss meines BHs zu lösen. Leise lachend sah ich ihn an, als er keinen fand. Ich griff zwischen meine Brüste und drückte den kleinen Verschluss auf der Vorderseite auf.

Grinsend holte er ein Kondom hervor. Ich nahm es ihm aus der Hand und rollte es sanft über seinen Penis. Paxton stöhnte und griff nach dem Kopfteil des Bettes, als müsse er sich halten, um nicht vor Erregung über mir zusammenzubrechen.

Ich legte meine Hände an seine trainierten Oberschenkel und zog ihn auf mich.

Er strich mit seiner freien Hand meine braun-violetten Wellen von meiner Brust und streichelte über meine Wange.

»Und du willst das hier ganz sicher?«

Ich nickte. »Ich glaube, ich war mir noch nie so sicher.«

»Auf diese Antwort habe ich gehofft.«

Ich legte Paxton meine Hand in den Nacken und bäumte mich auf, als ich ihn in mir spürte. Das Vorsichtige, Zarte brauchte nicht lang, um sich in wilde, unbändige Stöße zu verwandeln. Meine Hormone spielten verrückt und spülten Endorphine wie prickelnde Brause durch meinen Körper. Wir bewegten uns in unserem eigenen Rhythmus, als hätten wir schon hundertmal miteinander geschlafen. Jedes Stöhnen, jeder Kuss und jede Berührung heizten uns nur noch weiter ein, bis das Feuerwerk zwischen uns verglühte und eine sternenklare Nacht zurückblieb.

Paxton hatte recht gehabt. Wir leuchteten.

07.12.

Liebes Tagebuch,

der Dreh hat begonnen und es ist der Wahnsinn, ihm so nah zu sein. Ich habe ihm schon ein Geschenk gemacht. Allerdings hat er sich nicht anmerken lassen, wie es ihm gefiel. Mir ist aufgefallen, dass eine Menge Frauen am Set Interesse an ihm haben. Ich werde mich wohl darum kümmern müssen.

Leider muss ich Weihnachten mit meiner Familie feiern, weshalb ich nicht hierbleiben kann. Soweit ich weiß, verbringt Paxton seine Feiertage am Set, um sich auf die Drehtage nach Weihnachten einzustellen und für die Schlittenhunderennszenen zu trainieren. So viel Engagement ist einfach nur sexy.

KAPITEL 30

FARAH

Das Plätschern von Wasser und das Licht, das durch die zugezogenen weißen Vorhänge fiel, weckten mich. Ich hatte die Nacht bei Paxton verbracht. Es war schön gewesen, in seinen Armen einzuschlafen, und zum ersten Mal seit einer Ewigkeit fühlte ich mich wirklich ausgeschlafen. Obwohl ich mich an jedes einzelne Gefühl, jedes Lächeln und jedes Wort erinnern konnte, kam es mir unwirklich vor.

Ich wickelte mich aus der warmen Decke und lief zu Paxtons Schrank hinüber, um mir eins seiner T-Shirts zu leihen, damit ich nicht die ganze Zeit nackt im Bett sitzen musste, solange er unter der Dusche stand. Ich war überrascht davon, wie chaotisch sein Schrank aussah. Ich hatte ihn für ordentlicher gehalten. Ein Lächeln schlich sich auf meine Lippen. Paxton Wright war immer für Überraschungen gut.

Auf einmal klopfte es. Schnell hüpfte ich zur Tür der Suite, warf mir Paxtons Bademantel über und öffnete sie, doch es war niemand dahinter. Eine schwarze Lackschatulle und eine eingewachste Rose lagen auf dem Boden vor dem Zimmer. Ich nahm beides an mich und schloss die Tür hinter mir mit der Ferse. Paxton erhielt verrückte Fanpost, aber er war ein Hollywoodstar, vielleicht war das bei Weitem nicht das seltsamste. Ich beschloss, ihn danach zu fragen. Mein Spiegelbild blickte mir, verzerrt von dem schwarzen Plastik der Schatulle, entgegen.

»Farah ...« Paxton brach ab. Ich kannte den Ausdruck in seinen Augen. Ich hatte ihn bestimmt schon einhundertmal gesehen. Jeden Tag im Spiegel, wenn ich daran dachte, mit was für einer riesigen Angst ich lebte. Diesen Blick würde ich überall wiedererkennen. Und nun sah Paxton mich so an. Auf die gleiche Art und Weise. Mit derselben Enttäuschung und derselben Furcht.

»Nein«, hauchte er. Tränen stiegen ihm in die Augen. »Nein. Was hast du dir dabei gedacht? Wolltest du mich aushorchen?«

Verwirrt sah ich ihn an. »Was meinst du?«

»Was ich meine? Das hier meine ich.« Schmerz wütete in seiner Stimme. Er hob die lackierte Plastikbox und hielt sie mir vor die Nase. Paxton war wütend. Auf mich.

»Du bist sauer auf mich wegen dieser blöden Schachtel?«

»Tu nicht so. Ich habe es vermutet. Zwar nur kurz, aber ich habe vermutet, dass du *sie* bist! Und jetzt kommst du rein, mit dieser Rose und der Schachtel, und denkst, es wäre alles okay?!«

Ich hatte keinen Schimmer, was Paxton meinte. Aber das Gefühl, das in mir wuchs, war kein gutes.

»Kannst du mir bitte sagen, was los ist? Weshalb bist du plötzlich sauer auf mich?« Meine Stimme überschlug sich vor Verzweiflung.

»Ist das dein Ernst? Monatelang verfolgst du mich und tust so, als würden wir uns hier kennenlernen, und ich Idiot habe mich auch noch in dich verliebt«, keuchte Paxton atemlos. »Seit unserer ersten Begegnung an diesem Set hattest du es geplant. Ich weiß nicht, wie, aber du hast es geschafft«, sagte er unterkühlt.

Augenblicklich schossen mir Bilder besagter erster Begegnung durch den Kopf. Wie ich in den Couchtisch gefallen war, wie wir uns gegenseitig für Einbrecher gehalten hatten, wie genervt er gewesen war, als er erfahren hatte, dass ich ihn die nächste Zeit im Auge behalten sollte, und wie ich mich gefragt hatte, woher die Narbe auf seiner trainierten Brust kam. Ich stellte mir für eine Sekunde vor, wie ich sie gestern Nacht mit meinen Fingern nachgefahren war.

Richtig emanzipiert, Farah. Er steht gerade vor dir und schreit dich an. Lass dich nicht davon ablenken, wie sehr du auf diesen Kerl stehst. Das hat er gerade nicht verdient!, ermahnte ich mich selbst. Was war nur los mit ihm?

»Ich will, dass du verschwindest. Für immer. Ich liebe dich nicht, du verdammte Psychopathin!«, brüllte er mich an. Panisch griff er nach dem Föhn, der auf der Anrichte neben dem Eingang lag.

Und trotzdem konnte ich das Stechen in meiner Brust nicht ignorieren. Es schmerzte so unendlich.

Mein entrüsteter Blick spiegelte sich in dem schwarzen Plastik der Schatulle, die ich wie einen zerbrechlichen Gegenstand in meinen Händen hielt. Mein Spiegelbild wirkte so verzerrt.

»Warum sagst du so was?« Meine Stimme zitterte und Tränen bahnten sich ihren Weg über meine Wangen.

Paxtons schmerzerfüllter Blick zeigte, dass ihn meine Worte verletzten. Er hatte mir bereits gestern gestanden, dass er sich in mich verliebt hatte, unabhängig von dem hier.

»Waren alle Gemeinsamkeiten, jeder Moment eine Inszenierung?«, fragte er. Sein Ausdruck war hart, voller Wut und hatte nichts von dem Paxton, in den ich mich verliebt hatte.

»Natürlich nicht. Ich habe nichts inszeniert. Ich habe keine Ahnung, was los ist. Sag es mir doch, bitte.« Mit jedem Wort, das meine Kehle verließ, wurde meine Stimme dünner, bis die letzte Silbe nur noch ein leises Flehen war. Ich wollte zu ihm laufen, doch er richtete den Föhn auf mich, als wäre er eine Schusswaffe.

Paxton schüttelte den Kopf und machte ein paar Schritte auf mich zu. »Nein, Farah, du hörst sofort auf, sofort! Du verlässt dieses Set und lässt dich nie wieder in meiner Nähe blicken.« Er griff nach der Schatulle und hielt sie wie einen Schild vor seine Brust.

Jetzt, wo meine Hände leer waren, fühlten sie sich verloren an. Ich wurde unsicher und wusste nicht, was ich mit ihnen tun sollte. In die Hosentaschen? Ich hatte keine. In die Seiten stemmen? Zu aufgesetzt. Also verschränkte ich sie schützend vor meinem Körper.

»Du denkst, ich stalke dich?«, unterbrach ich Paxton.

»Ja, das tue ich. Ich weiß es. Es passt alles zusammen. Die Siebenundzwanzig, du hast diese True-Crime-Stalking-Sendung geschaut, als ich neulich in dein Zimmer gekommen bin, du warst immer da, kurz bevor ich Briefchen bekommen habe, du kommst aus Los Angeles ...«

»Das meinst du ernst, oder?« Meine Frage war leise. Sie war nur ein Schatten meines sonst so starken Selbstbewusstseins. Mein Herz wurde schwer bei dem Gedanken daran, dass meine Gefühle für ihn der Grund dafür waren. Ich atmete tief ein, aber der normalerweise leichte Sauerstoff fühlte sich in meinen Lungen an wie Blei.

Und auch der sonst immer lächelnde Paxton Wright hatte Schwierigkeiten, seine Gedanken in Worte zu fassen. Er war vollkommen panisch und paranoid. Es mir zu erklären, schien ihm alles abzuverlangen. Ich hasste mich dafür, dass ich so ein irrationaler Mensch war und meine Wut sich längst in pure Enttäuschung verwandelt hatte.

»Ich hatte Angst, dass ich mich der falschen Person öffne«, seufzte Paxton ehrlich. »Und dann habe ich genau das getan.«

Obwohl er nicht weitersprach, hatte ich das Gefühl, dass das nicht alles war und er mir noch so viel mehr zu sagen hatte. Ich wollte ihn danach fragen, aber meine Gedanken schnürten mir die Kehle zu.

Paxton schloss für einen Moment seine Augen, bevor er den Blick senkte. Seine Finger schienen die Schatulle noch stärker zu umklammern.

»Ich verdächtige hinter jeder neuen Person, die in mein Leben tritt, dich, 27.08. Und du bist nicht einfach nur in mein Leben getreten. Du bist hineingeplatzt und hast alles auf den Kopf gestellt. Da hatte ich mich allerdings schon in die Scheiße geritten. Ich kann nicht mehr schlafen, nicht mehr träumen, ohne mich zu fürchten.«

Ich bekam kein Wort heraus. Es war, als wären meine Stimmbänder urplötzlich gelähmt. Und auch Paxton sagte nichts Weiteres. Er saß einfach nur da und strich mit seinen Fingern durch seine dunkelblonden Haare. Ich wusste nicht, was ich tun oder sagen sollte. Wie reagierte man am besten, wenn der Jemand, in den man sich verliebt hatte, einem erzählte, dass er gestalkt wurde und einen für die Täterin hielt?

Ich fühlte mit und wäre ihm am liebsten um den Hals gefallen, um zu beteuern, dass ich es nicht war, aber das Ziehen in meiner Magengegend hinderte mich daran. Ich fühlte mich, als wäre er dabei, mir das Herz bei lebendigem Leib rauszuschneiden, nur um es dann auf den Boden zu werfen und darauf zu warten, dass es aufhörte zu schlagen. Er dachte gerade nicht rational, das war mir klar, aber was war mit dem Rest der Zeit? Was war mit all den gemeinsamen Stunden, in denen Paxton sich nichts hatte anmerken lassen, mir dabei geholfen hatte, mit meinen Ängsten umzugehen, oder mich einfach nur vor ihnen beschützt hatte? Es hatte unendlich viele Möglichkeiten und Gespräche gegeben. Jedes Mal hatte er sich wieder dafür entschieden, mir nicht zu vertrauen, und das, obwohl ich meine inneren Mauern für ihn eingerissen hatte. Ich war so naiv gewesen, ihm mein Herz auf dem Silbertablett zu servieren. Und Paxton? Er hatte mich belogen und hielt mich für jemanden, der ihm etwas antun würde, für eine Psychopathin. Wie hatte er mir in die Augen sehen, mich anlächeln und mich küssen können, in dem Wissen, dass es jemanden gab, der hinter ihm her war, und dass ich es sein könnte? Mein Gehirn drohte zu platzen.

»Ich verstehe, dass jemand wie du bestimmt viele Fans hat und deshalb vorsichtig ist. Besonders, wenn es solche Ausmaße annimmt. Das ist nicht gesund und ich hoffe, dass sich das wieder legt. Ich verstehe es wirklich, auch wenn ich es mir nicht vorstellen kann. Aber, Paxton, ich bin deine Kollegin, deine Freundin, und nicht irgendein Fan.« Meine Stimme war belegt, fast brüchig. Wieso zum Teufel konnte er mir nicht einfach glauben?

»Geh, geh einfach und lass dich nie wieder blicken. Deine Karriere ist vorbei.«

Mir wurde klar, wie verletzt ich war, und ich konnte diese Seite von mir nicht davon ablenken, sich so zu fühlen. Mit jeder Sekunde, die Paxton so gebrochen dastand, wurde der Kloß in meinem Hals größer. Das, was ich für so etwas wie Liebe gehalten hatte, bröckelte und zerbarst in meinem Inneren, bis beinahe nichts als schmerzender Staub übrig blieb. Staub und Wut.

»Muss ich mich nun darauf einstellen, dass ich wegen dir in einen Internetskandal verwickelt werde? Falls ja, hinterlass mir bitte ein Memo. Meine Handynummer hast du ja.« In dem Moment, in dem ich sie aussprach, bereute ich meine Worte auch schon wieder. Aber das konnte ich ihm später immer noch sagen. Jetzt war ich nicht in der Lage dazu.

Ich war verwirrt. Absolut alles stand kopf. Ich war mir nicht mal sicher, wer eigentlich für das alles verantwortlich war. War es wirklich er oder doch ich oder die neue Spielfigur, die gerade auf dem Plan aufgetaucht war, 27.08.?

Das Schmettern seiner zufallenden Zimmertür hallte durch den Flur des Hotels und unterstrich das Chaos, das in mir tobte.

KAPITEL 31

FARAH

Ich zog das schwarze Kleid, das wir Sha extra für ihren Abschlussball gekauft hatten, aus dem Kleiderbeutel und hängte es an die Garderobe meines Hotelzimmers. Nachdem es ihr auf der Gala in Reykjavík kein Glück gebracht hatte, hatte sie es verbrennen wollen. Gut, dass ich sie noch dazu hatte überreden können, es mir zuzusenden. So war zumindest ein Teil, der mich an meine Familie denken ließ, an meiner Seite. Meine Mom ignorierte mich weiterhin und mein Dad war nach wie vor nicht in der Lage, sich selbstständig zu melden.

Bei dem Gedanken an ihn spürte ich eine Träne über meine Wange laufen. Er hatte schon früh erkannt, dass der Film meine größte Leidenschaft war und in unser Familienunternehmen einzusteigen nicht das Richtige für mich gewesen wäre. Wenn er mich jetzt gesehen hätte, wäre er stolz, dass ich meinen Träumen gefolgt war.

Es wird nie wieder sein, wie es mal war.

Alles hier, von den Bettpfosten bis hin zum polierten Parkett, schien mich dafür zu belächeln, dass ich auf dem Weg war, Weihnachten in einer Hotelbar zu feiern. Mir wurde wieder bewusst, dass ich nur wegen der Arbeit in dieses Fünf-Sterne-Resort gekommen war. Es gehörte zu der Sorte Wohnunterkunft, die ich mir nicht so bald selbst würde leisten können.

Ich hatte mir vorgenommen, gleich noch bei Paxton vorbeizusehen, auch wenn ich nicht anklopfen würde. Er wollte mich nicht sehen, aber ich brauchte die Sicherheit, dass es ihm gut ging, auch ohne mich. Wir hatten uns, seitdem er mich als hinterhältige Stalkerin bezichtigt hatte, nicht gesehen und das war sicherlich kaum ein Zufall.

Ich trat auf den Flur, wo ein freundliches Stuntmanlächeln mir entgegenblickte. Cory kam aus Carries Zimmer, das nur zwei Türen entfernt von meinem lag.

»Wir sehen uns. Danke noch mal für das Ladekabel, dann kann ich ja beruhigt über die Feiertage nach Hause fliegen«, sagte er und wedelte zum Abschied mit dem weißen Adapter. »Hey, Farah, du siehst toll aus. Das Kleid ist der Wahnsinn. Ich wünsche dir frohe Weihnachten.«

»Danke, ich dir auch«, antwortete ich, bevor ich mich einen Schritt durch Carries offene Tür hineinwagte und obligatorisch an den Rahmen klopfte, wie Paxton es gerne tat. Sie war gerade dabei, den Koffer auf dem Bett zu durchwühlen. Erst als sie zu mir aufblickte, bildete sich ein Lächeln um ihre Mundwinkel. »Hey.«

»Hey. Was suchst du?«

Carrie, die ihre Suche in der Sekunde aufzugeben schien, als ich fragte, ließ sich auf das weiche Bett sinken und starrte das silberne Ungetüm von Koffer an, das nun neben ihr lag.

»Mein Notizbuch, ich kann es einfach nicht finden. Ich muss es zu Hause vergessen haben.«

»Wolltest du nicht sowieso nach Hause fliegen?«, fragte ich meine Kollegin.

Carrie nickte seufzend. »Ja, aber mein Flieger wurde gecancelt wegen des Wetters in Ohio. Da leben meine Eltern. Dad ist schon vor ein paar Tagen nach Hause geflogen. Ich hatte versprochen nachzukommen und jetzt sitze ich hier fest. Ich habe vor einer Stunde bei der Produktion angerufen und gefragt, ob ich hierbleiben darf. So ein Ärger.« Carrie schien ehrlich traurig darüber zu sein, Weihnachten nicht bei ihrer Familie verbringen zu können. Ich hatte das Gefühl, dass sie etwas Gesellschaft gut gebrauchen konnte.

»Ich bleibe auch hier. Wollen wir uns etwas aufs Zimmer kommen lassen und Weihnachtsfilme auf Netflix schauen?«, fragte ich sie.

Sie lächelte mich dankbar an. »Ja, gern. Ich habe auch noch eine Packung Ginger Brea–«

Das laute Klopfen an der Tür unterbrach uns unerwartet. Carrie richtete sich auf. Ich rechnete damit, dass Cory zurückkam, weil er irgendwas vergessen hatte. Dann öffnete sich die Tür einen Spaltbreit und Paxton schob sein Gesicht hindurch.

Carrie sprang auf und grinste ihn an. Mir fiel dabei auf, dass sie ein weihnachtliches Strickkleid und dazu passende Stiefel trug, die bis zu ihren Knien hochführten. Als Paxton mich entdeckte, wurde sein Ausdruck hart. Er sah nicht aus wie jemand, der einen Termin vergessen hatte, sondern wie jemand, der nicht wusste, was los war. Dann gewann der Schauspieler in ihm wieder die Oberhand.

»Ich wollte kurz Bescheid sagen, dass ich hierbleibe und Elane dich nun zu meiner neuen Aufpasserin erklärt hat«, sagte er und schenkte Carrie ein aufgesetztes Lächeln, das mir zeigen sollte, dass es ihm gut ging. Ohne mich. Und trotzdem bekam ich ein unbehagliches Gefühl. Er hatte die Produzentin sicherlich darum gebeten, nicht mehr mit mir arbeiten zu müssen. Dass ich noch hier war, grenzte damit an ein Weihnachtswunder. Dass er mich nun so ansah, als wäre ich die gefährlichste Person in seinem Leben, zerbrach den Teil in mir, der noch einen letzten Funken Hoffnung gehegt hatte.

»Mach ich gern. Ich habe dich ab sofort im Auge, Wright. Verlass dich drauf«, bestätigte Carrie lächelnd. Diese neue Aufgabe und die Aussicht, Weihnachten nicht vollkommen allein zu verbringen, hoben ihre Mundwinkel und damit ihre Stimmung sichtlich.

»Gut, und frohe Weihnachten«, sagte er kühl, bevor er die Tür wieder zuzog und aus dem Zimmer verschwand, als hätte ich ihn mir nur eingebildet.

Konnte ich das so stehen lassen? Nein, das ging nicht. Paxton hatte mein Herz gesehen und ich kannte seins. Ich wollte das nicht aufgeben. Nicht jetzt, nicht so. Er musste mir einfach glauben.

»Entschuldige mich bitte einen Moment«, sagte ich zu Carrie und hastete in meinem schwarzen Kleid zur Tür.

Paxton blieb stehen, als er mich hörte. Durch sein Hemd sah ich, wie sich seine Rückenmuskulatur versteifte. Es spannte sich über seinen Körper und das letzte bisschen Ruhe entwich ihm.

»Paxton, warte. Bitte hör mir zu. Gib mir zwei Minuten. Bitte«, flehte ich. Meine Stimme klang mehr nach einem leichten Krächzen als nach realen Worten.

Er drehte sich zu mir um und sein Blick fesselte den meinen.

»Ich erwirke eine einstweilige Verfügung gegen dich. Wenn die durch ist, musst du das Set verlassen, wirst nie wieder mit mir arbeiten und mich nie wieder belästigen.«

Mir blieb die Luft weg. Das konnte er nicht so meinen. Mit einem Mal fühlte es sich an, als würde ich gegen eine meterdicke Wand atmen.

»Okay«, hörte ich mich selbst sagen. Okay? Nichts war okay. Wenn es stimmte, und Paxton war nicht der Typ dafür, so etwas zu erfinden, könnte das hier das letzte Gespräch sein, das ich je mit ihm führen würde. Mr Hollywood brach mir offiziell mein Herz. Und er sorgte für so viel Abstand, dass ich nicht mal die Chance bekommen würde, aufzukehren, was davon übrig blieb.

»Okay?«, wiederholte Paxton. »So einfach plötzlich?« Paxton lachte sarkastisch. »Du bist krank, Farah Stewart. Krank. Du brauchst verdammt noch mal Hilfe! Es ist nicht normal, jemandem auf Schritt und Tritt zu folgen, Briefchen zu schreiben und gruselige Rosen zu schicken. Das Set ist mein Rückzugsort und trotzdem hast du es geschafft, mir das hier zu ruinieren. Und das Idiotischste ist, dass ich mich bei dir sicher gefühlt habe. Wenn man gestalkt wird, verdächtigt man jeden dahinterzustecken. Jeden. Egal wie realistisch oder unmöglich das ist. Dir habe ich es am wenigsten zugetraut.«

»Ich bin es ja auch nicht!«, brüllte ich aus Mangel an Alternativen. Tränen bildeten sich unter meinen Lidern und lösten sich aus meinen Augenwinkeln. »Ich bin es nicht. Ich weiß nicht, was ich tun kann, um dir das zu beweisen!«

Paxton schüttelte den Kopf und schob seine Hände in die Hosentaschen. »Du kannst gar nichts tun.«

»Ich habe die Schachtel nur aufgehoben. Jemand hat geklopft und ich habe aufgemacht. Es war niemand da. Bloß die Schachtel und die Rose. Ich habe sie lediglich reingeholt. Wo, verdammt, sollte ich das Ding die ganze Zeit mit mir herumgetragen haben? Ich hatte keine Tasche dabei. Wo?«, redete ich mich um Kopf und Kragen. Er sollte zweifeln. Nur dann würde er mir zuhören. »Ich weiß ja nicht mal, was in dieser bescheuerten Schachtel war.«

Paxton runzelte die Stirn. Er griff in seine Hosentasche und zog ein zerknittertes Stück Papier hervor. Als er es glatt strich, kam ein

Ring zum Vorschein. Das Schmuckstück glänzte silbrig. Paxton warf ihn mir vor die Füße. Erschrocken machte ich einen kurzen Schritt zurück und Paxton begann zu lesen.

»Es tut mir leid, dass wir nicht zusammen sein können. Noch nicht. Aber ich genieße deinen herben Duft, wenn du bei mir bist. Er lässt mich von dem träumen, was sein könnte. Du wirst schon sehen, dass ich da sein werde, wenn der Dreh vorbei ist. Ich werde dir jede Nacht beim Schlafen zusehen, wissend, dass du von mir träumst. Bis ans Ende deiner Tage. Ich liebe dich. 27. 08.«

Jedes Wort hinterließ eine stärker werdende Gänsehaut auf meinem Körper. Dass so ein Brief in der Schatulle war, die ich in der Hand gehabt hatte, jagte mir eine Heidenangst ein. Ich versuchte mir vorzustellen, wie es Paxton ging, aber das konnte wohl niemand, der es nicht am eigenen Leib erfuhr. Ich verstand, dass er Angst hatte, die hätte ich auch gehabt. Aber dass er mich für seine Stalkerin hielt, verursachte trotzdem einen betäubenden Schmerz, der sich durch meinen Körper zog wie ein Gewitter.

»Kommen dir diese Worte bekannt vor? Fühlst du die Situation? Ich habe sie gefühlt, mit dir.« Paxton machte eine Pause. Es fiel ihm schwer, mit mir zu reden. »Du bist klug, da gab es bestimmt einen Weg. Wenn jemand an der Tür gewesen wäre, hättest du ihn oder sie sehen müssen. Der Fahrstuhl ist am Ende des Flurs. Man muss ihn erst rufen, bevor man einsteigt. Selbst die Feuertreppe hinter dem Fahrstuhl ist zu weit weg, um den Weg in der Zeit, die man zur Tür braucht, unbemerkt zur überwinden. Nur die Hauptdarsteller, die Produzentin und das restliche Regieteam wohnen auf meiner Etage, das heißt, dass nur jemand mit einem Zimmer hier sonst noch infrage käme. Also mach dich nicht lächerlich.«

»Und Lydia und Sarah sind keine Option?« Ich bekam direkt ein schlechtes Gewissen, meine Chefin in den Ring der Verdächtigen geworfen zu haben. Doch sie war da und sie war seine Ex. Vielleicht hatte sie die Trennung doch nicht so gut verwunden, wie sie tat. Und auch Paxton schien der Gedanke zu kommen.

»Jeder käme infrage. Aber du hast die Schachtel nicht geöffnet.«

»Ich habe was?« Mein Herz hämmerte.

»Jeder hätte die Schachtel geöffnet. Du bist neugierig, Farah, warum solltest gerade du die Schachtel verschlossen halten?«

»Wer dir was für Schatullen schickt, geht mich nichts an. Wir sind nicht exklusiv.«

»Waren«, korrigierte er mich. »Wir waren nicht exklusiv.« Ich nickte schwermütig. Paxton ging zu dem Fahrstuhl hinüber und drückte den Knopf.

»Weißt du, was das Schlimmste ist? Ich bezahle eine ziemlich teure Therapeutin, um mit meinen Ängsten klarzukommen. Und der muss ich jetzt gestehen, dass ich mich in meine Stalkerin verliebt habe. Vielleicht sind wir beide krank«, sagte er. Die Türen öffneten sich und Paxton stieg ein.

Niedergeschlagen kehrte ich zu Carrie zurück und klopfte an ihre Tür.

»Hey, du siehst bedrückt aus. War etwas mit Paxton?«

»Keine Ahnung, ich glaube, Weihnachten allein zu sein, ist nur nicht so mein Ding«, log ich, so gut ich konnte.

Carrie lachte. »Kein Problem, nichts, das wir mit etwas heißem Kakao vom Zimmerservice nicht wieder hinbekommen.«

Ich ging kurz zurück in mein Zimmer, während Carrie auf besagten Zimmerservice wartete. Dort warf ich mich in meinen Schlafanzug und schminkte mich wieder ab. Für einen deprimierenden Weihnachtsfilm-Marathon mit meiner Kollegin brauchte ich kein Make-up und der Bar würde ich heute Abend sicher keinen Besuch mehr abstatten.

Wir begannen mit dem ersten *Prinzessinnentausch*-Film auf Netflix, in dem Vanessa Hudgens eine Bäckerin und eine Prinzessin spielte, die ihre Plätze switchten und sich dabei verliebten. Wir tranken heiße Schokolade, die das Hotel mit einer Zuckerstange und einem Haufen Marshmallows servierte, und aßen Pizza. Als der Abspann zu Teil zwei lief und all die Namen aufzählte, die an dem Film mitgewirkt hatten, ohne jemals einen Funken Anerkennung für ihr Werk zu ernten, ploppte schon das Play-Symbol für Teil drei auf. Doch Carrie drückte nicht drauf. Stattdessen schwang sie sich aus dem Bett und zog sich das Strickkleid wieder an, das sie vorhin wie ich gegen einen Jogginganzug getauscht hatte.

»Ich gehe kurz nach Paxton sehen. Ich bin zum ersten Mal in meinem Leben Babysitterin. Irgendwie setzt mich das gerade unter Druck«, gab sie zu.

»Du willst deine Sache gut machen.«

Carrie nickte. »Ist das übertrieben? Sollte ich lieber eine Nachricht senden?«

»Bei Paxton ist vorbeisehen schon okay. Man weiß nie, was der so treibt.« Bei jedem Wort spürte ich förmlich, wie sich meine Stimmbänder ineinander verknoteten. Die ersten Male, die ich Paxton gesehen hatte, hatte er enorm viel nackte Haut gezeigt, und der Gedanke, sie könnte ihn so sehen wie ich, tat weh. Das war unnötig, weil ihn die halbe Welt ohne Klamotten kannte, und trotzdem ließ es mich nicht kalt.

»Dann ist ja gut. Wartest du hier? Ich bin in einer halben Stunde wieder da. Spätestens«, erklärte sie.

»Klar, ich suche einfach schon den nächsten Film raus«, antwortete ich und versuchte, das winzige bisschen Eifersucht zu unterdrücken, das gerade in mir aufkeimte wie ein Schneeglöckchen. Sie hatte den Job jetzt.

Solange Carrie bei Paxton war, sah ich mich im Zimmer um und versuchte, mich von all den Szenarien in meinem Kopf abzulenken, bis ich bei der Aussicht hängen blieb. Von hier aus konnte man direkt auf den See schauen. Ich machte ein paar Schritte zurück, um mich wieder auf das weiche Bett fallen zu lassen, bis meine Ferse plötzlich gegen etwas Hartes stieß. Es war ein offenes Lederbuch, das unter dem Bett hervorlugte.

Das muss das Notizbuch sein, das Carrie vorhin gesucht hat, schoss es mir durch den Kopf.

Ich hob es auf, um es zusammenzuklappen und auf Carries Nachttisch zu legen, als mir ein Absatz ins Auge fiel.

> **20.12.**
>
> *Liebes Tagebuch,*
>
> *im Januar ist schon die Trailerpremiere, für die es zu einer großen Party nach New York City geht. Snowlight wird immerhin der Film des Jahres. Und das wird meine Chance sein. Ich habe vor, Paxton dort endgültig für mich zu gewinnen. Und dann werden alle es sehen. Wir gehören zusammen und daran führt kein Weg vorbei. Lebend oder tot. Niemand kann sich dann noch zwischen uns stellen.*

Die Worte schnürten mir die Kehle zu. Carrie konnte nicht ... Nein, Carrie war sicher nicht ...

Es fiel mir wie Schuppen von den Augen. Paxton hielt mich für seine Stalkerin. Er hatte keine Ahnung, dass die wirkliche Gefahr gerade sein Zimmer betrat.

KAPITEL 32

PAXTON

Um 17 Uhr war es wahrscheinlich etwas zu früh für einen Whisky, aber ich brauchte ihn jetzt. Ich ging zum Barwagen hinüber und öffnete die Kristallglaskaraffe, die den Dalmore King Alexander III beherbergte. Die feinen Noten von Mandeln, wilden Früchten und süßem Karamell stiegen mir in die Nase und beruhigten meinen Puls, ohne dass ich auch nur einen Schluck trinken musste. Ich goss die braune Flüssigkeit in ein Whiskyglas vom Barwagen. Ein Gruß der Produktion stand auf einem kleinen Kärtchen daneben. Dann setzte ich das Glas an und ließ die Flüssigkeit in meinem Hals brennen.

Was, wenn Farah es nicht war? Was, wenn mein Gefühl mich täuschte? Ich hatte sie gesehen, mit der Box und der Rose in der Hand, und jedes Wort, das mir 27.08. in den letzten Jahren geschrieben hatte, war wieder real geworden. Eine Zeit lang hatte ich das alles gut verdrängen können und Farah war nicht ganz unschuldig daran gewesen. Sie hatte mich abgelenkt, genau wie die wunderbare Landschaft oder die Tatsache, dass ich mich meilenweit von zu Hause entfernt befand. Ich vermisste das Meer und den Strandblick, der mich jeden Morgen in den Hollywood Hills begrüßte. Und trotzdem hatte mir der Schnee um mich herum eine gewisse Sicherheit gegeben.

Es war unwahrscheinlich gewesen, dass sich 27.08. hierher verirrte, und ich hatte zum ersten Mal seit Langem Luft zum Atmen gehabt, ohne permanent angespannt durch mein Leben zu gehen. Ich wusste nicht mehr, wo oben und unten, was wahr oder falsch war. Und ich hatte keine Ahnung, wie ich das herausfinden sollte. Farahs Worte brachten mich zum Nachdenken. Ihre Argumente waren gut gewesen und ich wollte ihr glauben wie noch nie einem Menschen zuvor. Sie hatte mir das Herz gebrochen, als sie die Schachtel in der Hand gehalten hatte.

Nein, fiel es mir auf. Das war nicht Farah gewesen. Meine Angst trug die Schuld daran. Ich saß in einem Schleudersitz und die einzige Möglichkeit, da wieder herauszukommen, war, endlich den Mund aufzumachen.

Lucy und Kyle liebten mich, aber sie waren mein Management, und solange meine PR nicht zu schlecht war, verdienten sie Geld. Sie hatten mir eingeredet, dass ich keine Rollen in Blockbustern und Actionfilmen mehr bekam, wenn ich mich als Betroffener outete. Ich musste Paxton Wright bleiben, der starke unantastbare Ramboverschnitt aus Los Angeles. Trotzdem war ich, als es angefangen hatte, heimlich bei der Polizei gewesen. Diese hatte mir unmissverständlich klargemacht, dass die Rechtslage erst Ermittlungen zuließ, wenn etwas passierte, das über das Nachstellen und Senden von gruseligen Nachrichten hinausging. Was für ein Scheiß.

In einem Zug leerte ich das Glas und stellte es zurück auf das Tablett des Servierwagens. Ein lautes Klopfen riss mich aus den Gedanken und ließ mich zusammenfahren. Im ersten Moment befürchtete ich, es wäre Farah, die vorhatte, meine Welt noch weiter ins Wanken zu bringen, doch sie war es nicht. Stattdessen sah mir Carrie grinsend ins Gesicht.

»Aufpasserin Carrie meldet sich zum Dienst.«

Ich musste lächeln, als sie mich so ansah. Genau wie ihr Vater, der auch schon das Drehbuch zu *Road Explosion* geschrieben hatte, war Carrie ein positiver Mensch. Immer wenn wir uns am Set begegneten, strahlte sie und brachte gute Laune in die Crew. Dadurch, dass sie die Konditorin in der Bäckerei des Ortes spielte, in dem Ian lebte, hatten wir schon ein paar Szenen zusammen gedreht, auch wenn ihre Sprechrolle nicht über gute Ratschläge hinausging. Ich war der Meinung, dass sie das Zeug dazu hatte, groß rauszukommen, wenn sie es wirklich wollte.

»Also hier ist alles gut«, sagte ich.

Carrie drängte sich an mir vorbei ins Zimmer und setzte sich neben meinem zerknautschten Resort-Hoodie auf die Couch. Sie lächelte mich sorgenvoll an, als ich mich neben sie sinken ließ.

»Magst du mir sagen, was vorhin mit Farah war?«

Allein die Erwähnung ihres Namens sorgte für eine Übersprungshandlung der Gefühle in mir. Die Fragen *War sie es, war sie es nicht?* verwickelten sich mit den Gefühlen und dem wilden Herzklopfen, das ich empfand, wenn ich nur an sie dachte.

»Nichts. Manchmal ist sie sehr … aufdringlich«, versuchte ich mich rauszureden. Es schien zu funktionieren. Denn Carries Gesichtszüge formten nun ein warmes Lächeln.

»Darüber musst du dir keine Gedanken mehr machen. Ich werde mich später darum kümmern«, versprach sie.

Mein ganzer Körper spannte sich bei ihren Worten an. »Wie meinst du das?«, fragte ich, weil es mir bei ihrem Tonfall eiskalt den Rücken hinunterlief. Worum sollte sie sich kümmern? Sie hatte damit überhaupt nichts zu tun und soweit ich wusste, zählte sie auch nicht zu Farahs besten Freundinnen.

»Ich habe mit der Produktion gesprochen. Sie wird nach Weihnachten direkt nach Hause fliegen«, flüsterte Carrie zufrieden. Sie strich mir eine blonde Strähne aus dem Gesicht. Mein Herz setzte bei ihrer Berührung aus. Ihre Finger waren eiskalt und meine inneren Alarmglocken schrillten, bevor sie sich zu mir beugte und mich küsste.

Ich rutschte sofort zurück und musste trotz meines Schauspieltalents ziemlich überrascht aussehen.

»Ist alles in Ordnung?«, fragte sie. Ihre Stimme wurde erwachsener, tiefer, beinahe verführerisch rau.

»Ja, ich denke nur, dass wir das nicht tun sollten. Wegen unseren Verträgen«, sagte ich, doch Carrie lachte nur.

»Na, komm schon. Zier dich nicht so. Bei Farah hat dich das auch nicht gestört auf der Charityparty.«

»Du warst auch da?«

»Natürlich. Ich will groß rauskommen und auf Partys trifft man nun mal Stars wie dich«, erklärte sie kichernd.

Ich erstarrte, als Flashbacks wie scharfe Munition in meinen Kopf schossen. Ich hatte einen Kellner angerempelt. Er war in eine Champagner-Pyramide gefallen und auch ich hatte etwas von dem herabstürzenden Alkohol abbekommen. Ich war zur Toilette gegangen und hatte versucht, mein Hemd zu föhnen. Eine Frau mit einem rotblonden Bob hatte mir ihr Taschentuch für mein Gesicht geliehen. Carrie. Das war …

Wieder klopfte es an der Tür und auch diesmal zuckte ich zusammen. Carrie, die das sah, strich mir sanft über die Schulter, bevor sie aufstand. Ich saß da wie erstarrt. Was passierte hier gerade?

»Bleib ruhig sitzen, du bist ganz aufgewühlt. Ich mach das schon. Wir unterhalten uns gleich weiter.«

Sie öffnete die Tür und begann leise zu sprechen. Ich rutschte etwas zur Seite, damit ich sehen konnte, wer an der Tür war. Und dann konnte ich Farahs Gesicht erkennen. Sie redete mit Carrie und wirkte unsicher.

»Wer ist da?«, rief ich fragend, als hätte ich es nicht längst gesehen.

Carrie warf mir einen Blick über die Schultern zu. »Ach, niemand.«

»Hier ist Farah!«, hörte ich ebendiese rufen.

»Lass sie bitte rein, Carrie«, bat ich. Ich versuchte sogar zu lächeln, um ihr zu signalisieren, dass alles in Ordnung war. Dass Farah vor der Tür stand und ich nicht länger allein mit Carrie war, ließ mich ruhiger atmen. Für eine Sekunde sorgte die Tatsache, das Farah nicht hinter 27.08 steckte dafür, dass ich so etwas wie Erleichterung verspürte.

»Ich halte das für keine gute Idee, Paxton, wo sie doch eine Psychopathin ist.«

Farahs Gesichtszüge froren ein. »Das ist eine Lüge!«

»Lass sie bitte rein, Carrie, das soll sie mir selbst sagen«, wiederholte ich meine Forderung.

Carrie schüttelte den Kopf und schlug Farah die Tür vor der Nase zu. »Ich sollte den Sicherheitsdienst rufen, damit sie diese Frau entfernen«, sagte sie genervt und griff nach einem spitzen Korkenzieher auf dem Barwagen. »Oder ich verteidige dich selbst, wenn sie wiederkommt.« Sie drehte das gewundene Metall in den Händen.

Gänsehaut breitete sich auf meinem ganzen Körper aus. Perlen aus Angstschweiß bildeten sich an meinen Schläfen und ich betete, dass sie das nicht sah, weil ich befürchtete, sie könnte sich wie ein wildes

Tier auf mich stürzen. Was sollte ich nun tun? Sie zu konfrontieren, war eine miese erste Idee. Wer wusste schon, wie sie darauf reagieren würde. Mitspielen? Auch nicht gut. Vielleicht sollte ich eine Ausrede erfinden, damit ich gehen konnte. Sport? Nicht wichtig genug. Essen? Sie würde mir wahrscheinlich folgen.

Und dann kam mir eine richtig dumme Idee. Das Krankenhaus könnte funktionieren. Im Kopf ging ich das Stunttraining durch, das Cory mir mehr als einmal aufgezwungen hatte. Wie fiel ich, um mich nicht ernstlich zu verletzen, es aber schlimm aussehen zu lassen?

Meine und Farahs erste Begegnung schlich sich in meinen Kopf. Sie war in den Glastisch gefallen. Sie hatte meinen durch dasselbe Modell ersetzen lassen. Gott, das Hotel würde mich hassen und ich bekäme sicher den Ruf weg, ständig Dinge zu zerstören. Doch hier herauszukommen, war wichtiger, und egal, wie dumm diese Idee sein mochte, ich hatte das Gefühl, sie könnte funktionieren. Also stand ich auf und hakte meinen Fuß absichtlich unter den Teppich. Und dann fiel ich.

Laut klirrend schlug ich mit dem Gesicht auf das Metallgestell, das sich unter der Glasplatte befand. Meine Lippe platzte auf und Blut floss in mein Hemd. Ich spürte das Stechen von Scherben an meinem ganzen Oberkörper. Fuck. Noch nie war mir der Schmerz einer Glasscherbe, die zwischen meinen Rippen steckte, so egal gewesen wie in diesem Moment. Es kam mir vor, als tanzte ich mit einer Dämonenfürstin. Carrie war unberechenbar. Die freundliche, lustige Version von ihr war spurlos verschwunden. Was für ein beschissener Albtraum.

Sie hastete sofort zu mir. Ich spürte, wie ihre dünnen Finger meinen blutenden Unterarm umschlossen und mich aus dem Haufen zogen.

»Mein Gott, Paxton!«

Sie half mir mich aufzurichten und stützte mich bis zum Bett. Die Verletzungen waren schwerer, als ich erwartet hatte. Es erinnerte mich daran, dass Farah noch das Glück im Unglück erfahren hatte. Ich Idiot war zu ängstlich und eingeschnappt gewesen, ihr zu helfen.

Memo an mich: Entschuldige dich verdammt noch mal bei Farah und lass die Nähe zu. Sie war nicht der Feind.

Nein, mein Endgegner war gerade damit beschäftigt, sich neben mir auf die Matratze zu legen.

»Ruf bitte einen Krankenwagen«, bat ich. Das Stöhnen in meiner Stimme musste ich nicht spielen, weil die breite Scherbe meine Rippen penetrierte. Und das tat saumäßig weh.

Doch Carrie schüttelte den Kopf. Sie legte den Korkenzieher auf den Nachttisch, bevor sie ihren Kopf an meinen Hals schmiegte. »Ich kann dir helfen.«

»Nein, Carrie, ich brauche einen Arzt.«

»Schschsch. Ich bin hier. Du brauchst nur mich. Nur mich. Hörst du?«, flüsterte sie. Langsam strich sie mir über den blonden Schopf. Carrie schenkte mir ein Lächeln und beugte sich zu mir runter. Ihre Lippen legten sich auf meine und meine Muskeln verhärteten sich. Schmerz schoss in meine Unterlippe und ließ mich zurückzucken. Carrie störte das nicht, sie küsste mich einfach weiter. Ihre Lippen schmeckten salzig wie von einer Packung Erdnüsse. Galle stieg meine Speiseröhre hinauf, und für eine Sekunde kam mir die Idee, mich von innen mit Magensäure zu zersetzen, gar nicht so doof vor.

Als sie endlich von mir abließ, lief sie zufrieden ins Bad und besorgte einen nassen Waschlappen zum Kühlen meiner Wunden. Sie begann, damit an meiner anschwellenden Lippe herumzutupfen.

»Du kannst wirklich ganz beruhigt sein, sie kann dir nichts mehr tun. Sie kommt nicht wieder.«

Mein Herz hämmerte in meiner Brust, als wollte es sie durchbrechen. *Bitte, Gott, lass mich hier raus.* Mir ging auf, dass mein Krankenhausplan nicht funktionierte. Ich musste etwas anderes tun. Nur was?

»Danke, dass du hier bist. Aber ich brauche medizinische Hilfe. Warum holst du keinen Arzt?«, fragte ich aus einer Intuition heraus, mit der ich mich am liebsten nicht weiter beschäftigt hätte. Langsam und ohne mich aus den Augen zu lassen, lief sie ins Bad und holte ein weiteres nasses Tuch.

»Du bist ja ein ganz Neugieriger«, sagte sie und legte mir den Waschlappen auf das blutverschmierte Hemd.

»Sie würden dich mitnehmen und dann würdest du nicht wiederkommen. Du würdest mich verlassen. Das tust du immer. Du verlässt die Leute. Also habe ich nicht vor, dich gehen zu lassen.« Jedes ihrer Worte wurde von einem unheimlichen Grinsen begleitet. Sie war zufrieden so, wie es war, und ich Idiot hatte es ihr noch einfacher gemacht.

»Und wenn ich verspreche wiederzukommen?«, fragte ich freundlich, während ich versuchte, mich an den Zeitpunkt zu erinnern, an dem unsere Unterhaltung diesen Wendepunkt genommen hatte.

»Nein, das geht leider nicht. Meine Mutter hat mich verlassen, als ich klein war. Sie kam auch nicht wieder. Noch so einen Verlust würde ich nicht verkraften.«

Carrie zog etwas langes Schwarzes aus der Tasche ihres Strickkleids. Kabelbinder. Ich versuchte mich aufzurichten, doch die Schnittwunden und die nach wie vor in mir steckende Scherbe verhinderten es. Ihr Blick glitt wie eine stille Warnung zu dem Korkenzieher, der nur wenige Zentimeter neben mir lag und sich trotzdem unerreichbar anfühlte. Meine Körperteile waren wie vereist und egal wie sehr ich es wollte, ich war nicht in der Lage, mich auch nur einen Millimeter zu bewegen.

Carrie fesselte meine Hände aneinander. Als Nächstes waren meine Füße und Beine an der Reihe, sodass sie sich nicht mehr bewegen ließen.

Das plötzliche Klicken des Türschlosses ließ mich aufatmen. Carrie drehte sich zur Tür. Farah stand darin, in der Hand einen metallenen Kleiderbügel, den sie schützend vor sich hielt.

»Carrie. Du verfolgst Paxton seit über einem Jahr. Das muss aufhören.« Nervös strich sich Farah eine Strähne hinters Ohr.

»Hat dir niemand beigebracht, dass man nicht in fremden Sachen herumschnüffelt?«

Farah erstarrte bei dem Klang von Carries Stimme. Sie war verzerrt, als wäre es nicht Carrie, sondern jemand anderes, der ihren Körper als Sprachrohr missbrauchte. Hektisch holte Farah mit dem Kleiderbügel aus, doch Carrie duckte sich weg. Sie lief schnell zu dem Servierwagen und schleuderte den teuren Whisky von sich. Die Flasche traf Farah am Kopf. Ich sah, wie ihre Schläfe feuchter wurde.

Blut.

Farah schlug erneut mit dem Kleiderbügel zu und dieses Mal traf sie. Taumelnd sank Carrie zu Boden. Schmerzverzerrt rieb sie sich die Stirn, die nun ein roter Abdruck zierte. Mit ihrer Hand stemmte sie sich vom Boden hoch.

»Liebe kleine Farah. Ich habe lange gebraucht, um zu sehen, dass er dich will. Aber das ist nur eine kurze Verirrung, und damit er das erkennt, muss ich mich leider um dich kümmern. Ich hoffe, du nimmst es mir nicht übel«, referierte Carrie.

»Carrie, bitte ...«, säuselte ich flehend, damit sie von Farah abließ. Aber ich sah nur den kopfschüttelnden Umriss meiner vermeintlichen Kollegin. Sie näherte sich der Frau, die ich liebte, die ich verdächtigt hatte. Ich war noch nie im Leben so froh gewesen, unrecht gehabt zu haben. Himmel, da war mehr als nur eine einfache Entschuldigung nötig. Ich würde Farah die Welt versprechen müssen, damit sie mir verzieh. Aber im Moment war das egal. Im Moment ging es um ihr Leben.

Wieder versuchte ich mich aufzuraffen und dieses Mal schaffte ich es sogar in den aufrechten Sitz. Die Wunde in meiner Brust pulsierte so schmerzhaft, dass mir schwarz vor Augen wurde. Immer wieder drohte ich vor Schmerz das Bewusstsein zu verlieren.

»Gute Nacht, Farah«, sang Carrie. Ein weiterer Schlag und Farah sackte erneut zu Boden. Tränen hatten ihr Make-up verlaufen lassen und ihre Stirn war blutig. Der Gedanke, dass ich der Grund dafür war, zerriss mich. Wut und Hass vermischten sich in mir und machten es mir beinahe unmöglich, nicht aufzuspringen und Farah da rauszuholen. Carrie war eine absolute Psychopathin.

Sie zog ein kleines Springmesser aus ihrer Kleidtasche und drehte es verspielt in den Händen.

»Eigentlich wollte ich sie erst später loswerden, aber wenn sie dich wirklich so sehr belästigt, wäre es wohl eine Überlegung wert, es gleich hier zu erledigen.« Sie stellte sich mit dem Messer neben die doppelte Holztür des Bades und zeigte es der etwas verwirrt dreinschauenden Farah. Deren braune Wellen hingen stumpf hinab und ihre Augen wirkten glasig.

Carrie ließ die Klinge über das Holz gleiten, wo sie ohne Probleme einen unsauberen Kratzer hinterließ. Dann beugte sie sich über die am Boden liegende Farah. Noch nie hatte ich so viel Hass in den Augen einer Person gesehen. Langsam setzte sie Farah die Spitze ihrer Klinge an die Stirn. Mein Herz blieb stehen, als würde das verhindern, was Carrie vorhatte ihr anzutun.

Farah bewegte sich nicht. Sie sah Carrie nur in die Augen, bevor sie blitzartig ausholte und nach Carries Knöchel griff. Ein verzweifelter Schrei durchschnitt die Luft, als diese zu Boden fiel. Das Messer wurde bei dem Sturz meiner Stalkerin zur Seite geschleudert. Automatisch griff Carrie nach der Klinge, doch Farah war schneller. Sie stieß das Messer mit dem Fuß unter das Sofa. Voller Wut schnappte Carrie sich eine riesige Scherbe, die in der Nähe am Boden lag, und rappelte sich auf, um ein weiteres Mal auf Farah loszugehen.

Ein lauter Knall dröhnte urplötzlich durch das Zimmer und grelles Licht blendete mich.

»Lassen Sie die Waffe fallen!«, schrie ein uniformierter Beamter.

Carrie blitzte mich ein letztes Mal an. Ihre Augen glühten vor Wut. »Das ist ein Missverständnis. Diese Frau da drüben belästigt meinen Freund«, behauptete sie und zeigte auf mich.

Ein Polizist trat näher an sie heran. »Dann kommen Sie bitte mit uns, sodass wir Ihre Aussage aufnehmen können«, forderte er, ohne seine Waffe zu senken.

Carrie stieß einen schockierten Laut aus. »Aber ich kann ihn doch nicht allein lassen. Ich muss ihm helfen!«

»Wir haben einen Notarzt vor dem Hotel, der wird Ihren Freund behandeln. Aber jetzt lassen Sie bitte die Waffe fallen und begleiten uns.« Die Stimme des Beamten war ruhig und sanft. Die weiteren Polizisten hinter ihm blieben stumm und hielten ihre Pistolen im Anschlag, gewappnet für jegliche Eskalation.

Aus den Augenwinkeln erkannte ich, wie eine junge Beamtin Farah zunickte und das Wort ergriff. »Dann werden wir Sie zuerst mitnehmen«, sagte sie an Farah gewandt. Diese nickte ebenfalls und ließ die Polizistin an sich herantreten.

Das Klicken von Handschellen um Farahs Handgelenke ließ mich schmerzerfüllt zucken. Nein, das stimmte nicht. Am liebsten hätte ich geschrien, dass sie die Falsche hatten, aber kein Ton verließ meine Kehle.

Farah sah zu Boden, als sie nach draußen geführt wurde. Sie würdigte mich keines Blickes. Etwas in mir drohte von dieser Ungerechtigkeit erdrückt zu werden.

Nun schaltete sich der Beamte wieder ein, der mittlerweile nur noch ein paar Schritte von Carrie entfernt stand.

»Sehen Sie, die Frau ist weg. Also legen Sie jetzt bitte die Scherbe runter. Sie haben sich schon verletzt.«

Genau wie Carries schwenkte mein Blick zu ihrer Hand. Blut rann an ihrem Handgelenk hinab und hinterließ rote Flecken auf dem hellen Teppich. Vorsichtig öffnete sie ihre Faust. Der Polizist nahm sachte die blutverschmierte Scherbe an sich. Ab da ging alles ganz schnell. Blitzartig reagierten seine Kollegen. Als ich das Klicken eines weiteren Handschellenpaars hörte, realisierte mein Körper, dass es endete. Es war vorbei.

Erschöpft ließ ich mich zurückfallen und starrte an die Decke über meinem Bett. Erleichterung strömte durch meinen Körper. Es fühlte sich nicht mehr so an, als wäre meine Lunge voll mit Steinen. Ich atmete frei.

Eine Beamtin knipste die Kabelbinder an meinen Händen und Füßen auf. Tiefe rote Einschnitte kamen zum Vorschein. Wenig später lief Farah durch die Tür. Man hatte ihr die Handschellen abgenommen. *Es war eine Finte*, schoss es mir durch den Kopf. Sie hatte die Polizei gerufen und gebrieft. Deswegen war sie kurzzeitig weggegangen.

Mein Herz fühlte sich an, als würde es zum ersten Mal schlagen. Instinktiv drückte ich Farah an meine Brust, was uns beide vor Schmerz aufstöhnen ließ. Eine Sanitäterin verband die Scherbe, die zwischen meinen Rippen hervorragte, und verhinderte, dass ich verblutete. Sie würden mich ins Krankenhaus schicken. Ich betete, dass wenigstens Farah weitestgehend unversehrt geblieben war, sonst konnte ich für nichts garantieren.

»Ich bin da«, flüsterte sie.

»Ich weiß. Es tut mir so leid, Farah. Ich hätte mich von meinen

Zweifeln nicht einnehmen lassen dürfen«, stöhnte ich. Tränen lösten sich. Ich, Paxton Wright, saß schwer verletzt in meiner Hotelsuite und weinte aus Angst, die Frau, die ich liebte, die ich mehr als einmal verletzt und wahrscheinlich überhaupt nicht verdient hatte, würde mir das nie verzeihen.

Farah nickte leicht, bevor sie schmerzerfüllt zusammenzuckte. »Ängste sind irrational, Paxton. Sie lauern in deinen dunkelsten Schatten, um dann zuzuschlagen, wenn das Licht am hellsten scheint.«

»Heißt das, dass du mir vergibst?«

Farah schmunzelte. »Das überlege ich mir noch.«

»Wie stehen meine Chancen?«

»Dreißig zu siebzig würde ich sagen.«

»Und wie steigere ich das?«

»Indem du dich von der netten Sanitäterin ins Krankenhaus fahren lässt und überlebst«, sagte sie. Ihre Hand hielt meine, bis mich die Rettungskräfte auf eine Trage hievten. »Bist du jetzt frei, Paxton Wright?«

Auf diese Frage wusste ich nicht sofort eine Antwort. Ich hatte mich so lange selbst eingesperrt, dass ich nicht mehr wusste, wie sich Freisein anfühlte.

»Ich denke schon«, antwortete ich deshalb nur.

»Dann sollten wir demnächst mal miteinander ausgehen. Nach dem Dreh. Natürlich nur, wenn du nicht plötzlich doch etwas mit Lydia anfängst.«

Ich musste lachen, und dass das nicht besonders gut zu inneren Blutungen passte, wusste jeder, der schon mal eine Folge *Grey's Anatomy* gesehen hatte.

»Das fragst du mich jetzt? Allen Ernstes?«

Farah grinste. »Tue ich, irgendwie passt es zur Situation. Aber ich werde dir ganz sicher kein zweites Mal einen neuen Couchtisch organisieren.«

Ich musste sie festhalten, denn jemanden wie Farah fand man nur einmal im Leben, wenn überhaupt. Ich hatte nicht vor, sie noch mal im Stich zu lassen.

Zwei Rettungssanitäter schnallten mich fest und lösten die Bremsen der rollenden Trage. Ich legte meine Hand auf den Arm der Sanitäterin, die mich verbunden hatte, und bedeutete ihr so, noch einen Moment zu warten. Diesen Moment hatte ich. Ich brauchte ihn.

»Farah.«

Farah, die sich bereits etwas von mir entfernt hatte, um die Sanitäter arbeiten zu lassen, machte wieder einen Schritt auf mich zu. »Ja?«

»Ich liebe dich«, stöhnte ich kraftlos.

Vorsichtig beugte sie sich zu mir und küsste mich sanft.

Jetzt kann es nur noch besser werden, dachte ich, bevor ich in eine tiefe Bewusstlosigkeit fiel.

EPILOG

FARAH

DREI MONATE SPÄTER

Lächelnd setzte ich mich neben Paxton auf die dunkle Couch im Fernsehstudio und strich das tief ausgeschnittene schwarze Abendkleid meiner Cousine glatt. Paxton hatte darauf bestanden, mir ein neues Kleid zu kaufen, aber ich wollte, dass dieses mindestens einer Stewart Glück brachte.

Meine Mom, die sich, nachdem sie von den Vorkommnissen im Hotel informiert worden war, überraschenderweise direkt einen Flug nach Alaska gebucht hatte, hatte mir ebenfalls unbedingt ein neues besorgen wollen. Ich war froh, dass uns das Geschehen einander nähergebracht hatte, auch wenn wir noch einen langen Weg vor uns hatten. Aber was das Kleid betraf, gefiel es mir, ein Stück von Sha bei mir zu haben. Sie war da gewesen, als es sonst niemand gewesen war. Aber so war das mit Lieblingsmenschen. Sie standen zu einem, selbst wenn die Nacht am dunkelsten schien.

Nervös rutschte ich näher an Paxton heran. Alle Kameras waren auf uns gerichtet. Die roten Aufnahmelichter leuchteten und ich spürte, wie sich erste nervöse Schweißperlen in meinem Nacken bildeten. Es war das erste Mal, dass ich vor laufender Kamera sprach, während Paxton trotz der vielen neuen Narben, die nun seine Hände und Unterarme zierten, das personifizierte Selbstbewusstsein verkörperte.

»Es freut mich, dass Sie und Ihre …«

»Freundin«, ergänzte Paxton den Satz von Melinda Leaves, die sich von ihrem Zögern wahrscheinlich genau diese Offenbarung versprochen hatte. Trotzdem kam ich nicht umhin zu bemerken, dass sich das falsche Grinsen, das ich aufgesetzt hatte, in ein echtes verwandelte.

Paxton war bei mir. Wir hatten viel durchgemacht und überwunden und trotzdem zusammengefunden, weil das, was zwischen uns knisterte, etwas Besonderes war. Auch jetzt schenkte er mir einen seiner schelmischen Seitenblicke, die dafür sorgten, dass mein Herz vor sich hin stolperte.

»Es freut mich, dass Sie und Ihre heldenhafte Freundin Farah Stewart es zu mir ins Studio geschafft haben.« Melinda strich sich kurz durch ihren Afro, bevor sie die Hände faltete und mir freundlich zulächelte. Sie hatte mir vor dem Dreh mehrfach versichert, dass sie mir keine Fragen stellen würde, die ich nicht beantworten wollte. Ich hatte ihr eine Liste schreiben dürfen, was die Nervosität vor einer Blamage im landesweiten Fernsehen etwas schmälerte. Erst als Paxton meine Hand ergriff, wurde ich ruhiger. Ich war nicht allein.

»Es freut mich auch, hier zu sein. Vielen Dank für die Einladung.«

»Nachdem Paxton sein letztes Interview zurückgezogen hat – wegen Ihnen, Farah, nehme ich an –, war er mir dieses Interview quasi schuldig.«

Ich musste daran denken, wie ich in der Badewanne gelegen hatte, in der er mich schnulzige Passagen aus *Snowlight* hatte üben lassen, nur um mir mitzuteilen, dass das mit Lydia ein Fake gewesen war und er das Interview abblasen würde.

»Tja, und ich bin wie ein Lannister und begleiche immer meine Schuld«, antwortete Paxton, bevor er mir das Wort überließ.

»Zu meiner Verteidigung: Ich habe nicht damit gerechnet, dass er das tun würde.«

»Oh, wie kommt das?«, fragte Melinda neugierig.

»Na ja, eigentlich dürfen Schauspieler und Crewmitglieder keine Beziehungen miteinander eingehen. Im Gegensatz zu Paxton hätte ich es mir nicht leisten können, die im Vertrag festgehaltene Strafe zu zahlen«, gab ich zu.

»Das war bestimmt ein großes Hindernis.«

»Sie haben ja keine Ahnung.« Ein Seitenblick zu Paxton verriet mir, dass er schmunzelte. Es war wie ein Geheimnis, das nur uns gehörte. Wir hatten eine Menge durchgemacht, aber irgendwie hatten wir es doch geschafft.

»An dieser Stelle interessiert mich natürlich, wie Sie die Strafe dann doch bezahlen konnten. Immerhin sind Sie beide nun ein Paar.«

»Tja, das musste ich gar nicht. Wir haben uns mit der Produzentin getroffen und ihr alles erklärt. Sie hat freundlicherweise ein Auge zugedrückt. Immerhin hätte sie ohne mich keinen Hauptdarsteller mehr.«

Melinda lachte genau wie das Publikum. »Sehr schön. Paxton, wie geht es Ihnen jetzt nach den tragischen Ereignissen im *Alaska Snow Resort*? Sie müssen sicher wahnsinnige Angst gehabt haben. Für alle meine Zuschauer, die die letzten Monate hinterm Mond verbracht haben: Eine junge Frau hat Paxton Wright fast zwei Jahre lang nachgestellt. Das Stalking hat Heiligabend vergangenen Jahres seinen Höhepunkt erreicht und leider kam es zu einer Eskalation der Situation. Paxton, wie haben Sie diese Situation erlebt?«

Es wurde ruhig im Studio. Paxton wählte jedes seiner Worte mit Bedacht. Wir hatten entschieden, an die Öffentlichkeit zu gehen, um der Welt zu zeigen, dass es jeden treffen konnte.

»Ich war verängstigt, weil ich sie selbst hineingelassen hatte. Ich habe gedacht, sie wäre eine Kollegin, nicht diejenige, die mich seit Monaten verfolgt. Ich muss gestehen, dass ich zwischenzeitlich sogar Farah für meine Stalkerin gehalten habe. Ich habe sie von mir gestoßen und Angst bekommen, obwohl mein Herz ihr bereits gehört hat. Jemand, dessen ständiger Begleiter die Angst ist, beginnt irgendwann, sich mehr auf sie zu verlassen als auf sich selbst. Und ich hoffe, dass Farah mir das irgendwann verzeihen kann.«

Melinda nickte mitfühlend. Dann hob sie die Hände gefaltet vor die Lippen. »Das tun Sie doch, oder?«, fragte sie an mich gerichtet und ein Raunen ging durch den Saal.

Die Wahrheit war, dass ich ihm längst verziehen hatte. Alles, was passiert war, verband uns am Ende mehr, als dass es uns spaltete.

»Ja, das habe ich schon. Ich weiß, wie es ist, unter schrecklichen Ängsten zu leiden. Ich habe eine Zoophobie und den Fehler gemacht, es niemandem am Set zu erzählen, weil ich dachte, man würde mich dann nicht einstellen oder ich wäre weniger wert. Aber so sollte es nicht sein. Paxton hat mir damit geholfen, als es nicht mehr ging. Es ist okay, sich vor etwas zu fürchten, auch über den üblichen Rahmen hinaus.«

Ich holte kurz Luft, weil ich vergaß zu atmen, wenn ich aufgeregt war. »Doch wenn man merkt, dass die Angst beginnt, das eigene Leben zu steuern, sollte man sich damit auseinandersetzen. Es mag nicht das spannendste Thema sein, aber mir ist es wichtig zu sagen, dass niemand schwach ist, weil er Angst hat. Das habe ich selbst viel zu lange geglaubt. Ich habe jetzt eine Therapie begonnen, mit dem Ziel, irgendwann einen eigenen Hund zu besitzen.« Meine Stimme zitterte leicht, während ich versuchte, meinen Worten die Bedeutung zu verleihen, die sie verdienten.

»Das haben Sie schön gesagt, Liebes. Wie war es für Sie, mit Paxtons Angst konfrontiert zu werden?«, fragte sie mich. Im Studio herrschte Totenstille. Jeder einzelne Gast hing gespannt an den Lippen der Moderatorin.

»Es war hart. Er hatte mir zwar davon erzählt, aber man kann sich einfach nicht vorstellen, wie es ist, wenn da jemand ist, den man nicht kennt und der alles über einen weiß. Der einen kennt, obwohl man ihn noch nie gesehen hat.«

Paxton nickte und die Kamera schwenkte in seine Richtung. »Nicht nur Prominente werden gestalkt. Leider kann es jeden treffen. Mal ist es der Ex-Partner, mal die Kollegin, mal jemand Unbekanntes. Stalking hat viele Gesichter und für alle Betroffenen ist es schwer.«

»Hat außer Farah noch jemand davon gewusst?«

Paxton schüttelte den Kopf und ich spürte, wie seine Finger sich um meine Hand anspannten. »Nein. Obwohl, das stimmt nicht ganz. Auch mein Management wusste davon. Sie haben jemanden eingestellt, der meinen Social-Media-Content überwacht, um mich vor meiner Stalkerin zu schützen. Aber das hat nur gereicht, bis es auch in der Realität immer wieder zu Nachrichten und Geschenken kam.«

»Paxton, ich frage mich, weshalb Sie sich nicht früher an die Medien gewandt haben«, schnitt Melinda den Part des Interviews an, vor dem Paxton den größten Respekt hatte. Es war persönlich, beinahe zu privat, und doch betraf es viel zu viele Menschen.

»Ich bin ein Mann und zudem auch noch ein Actionfilmschauspieler. Ich arbeite täglich daran, fit zu sein und tough zu wirken, Gefühle nur auf Knopfdruck zu zeigen und ein Gentleman zu sein –«

»Was dir nicht immer gelingt«, warf ich ein, um die Stimmung etwas zu lockern. Ein Lachen ging durch das Studio und auch Paxtons ernste Gesichtszüge wurden weicher.

»Ja, daran arbeite ich zurzeit besonders. Aber was ich eigentlich sagen wollte, war, dass ich Angst hatte, diesen Ansprüchen nicht gerecht zu werden, wenn ich dieses Geheimnis öffentlich mache. Mein Management hatte Angst, dass ich keine Rollen mehr bekäme und dass meine Karriere vorbei sein könnte.«

Melinda war einige Sekunden lang sprachlos. Es schien sie zu erschüttern, wie es in Paxtons Gefühlswelt aussah. Es war hart und doch so erschreckend real.

Überall auf der Welt hielten Menschen Teile ihrer selbst versteckt, um nicht anders behandelt oder benachteiligt zu werden. Es war nicht fair.

»Das ist eine wichtige Message an unsere Zuschauer. Vielen Dank. Hat dieser Vorfall Ihre Arbeit an dem Film irgendwie beeinträchtigt? Was passiert mit Carrie Lancasters Rolle?«

Es war schwer für Paxton, über Carrie zu sprechen, also nahm ich das Ruder in die Hand. »Der Film ist abgedreht. *Snowlight* wird wie geplant in die Kinos kommen. Carrie hat ihre Taten gestanden und wartet auf ihre Verhandlung. Für Harold Lancaster, ihren Vater, war es ein Schock, und ich bin froh, dass er nicht nur uns, sondern auch die Behandlung seiner Tochter unterstützt. Die Produktion hat Carrie ersetzt, durch mich. Ich bin die Assistentin der zweiten Regieassistenz und damit irgendwie das Mädchen für alles …«

Paxton drückte meine Hand, sodass ein warmes Prickeln durch meinen ganzen Körper schwappte. Ich war glücklich hier zu sein. Der schlimme Teil war vorbei. So etwas konnte auch völlig anders ausgehen.

»… und weil sie mir regelmäßig bei den Proben geholfen hat, wusste sie, was zu tun war. Ich habe sie vorgeschlagen«, beendete Paxton grinsend meine Ausführung.

»Und, Farah, wie gefällt Ihnen das Leben als Schauspielerin?«
Ich zuckte mit den Achseln. »Ich denke, das entscheide ich, wenn ich den Film gesehen habe.«
»Gute Idee. Das werden wir alle tun. Gibt es noch etwas, das Sie zum Abschluss sagen möchten, bevor wir gleich im Anschluss eine Dokumentationsreihe zum Thema Stalking senden?«
Paxton löste seine Hand von meiner, bevor er mir den Arm um die Schultern legte und mich an sich zog.
»Es ist okay, alles zu fühlen, was du fühlst. Steh dazu, sonst verlierst du dich, bevor du die Möglichkeit hast, dich zu finden.«

NACHWORT

Die Geschichte von Paxton und Farah ist eine besondere. Ich habe mich mit Themen beschäftigt, die zu oft belächelt oder abgetan werden. Jeder hat Ängste. Bei manchen sind es Spinnen, bei anderen Menschenansammlungen, bei mir ist es die Höhe, die mich lähmt. Stalking ist das zweite große und wichtige Thema in *Stars In Our Hands*. Ich wurde nie gestalkt und musste nie empfinden, was Paxton durchmachen musste. Deshalb habe ich mich dazu entschieden, den zweiten Teil meines Nachworts an meine Freundin Nadine abzugeben. Sie ist betroffen und hat mich durch die dunkelsten Momente dieses Manuskripts geleitet. Ich hätte keine besseren Worte finden können:

Wenn euch die Geschichte rund um Farah und Paxton sprachlos zurückgelassen hat oder ihr daran zweifelt, ob das Ende wirklich so passieren könnte, hat Ada alles richtig gemacht.

Stalking ist ein Thema, welches sehr gerne verharmlost oder nicht für wichtig genommen wird. Wenn ihr bereits Erfahrungen in diesem Bereich sammeln musstet, werdet ihr vielleicht durch Adas einzigartige Geschichte daran erinnert, dass ihr niemals allein damit seid. Sie hat es geschafft, Stalking nicht zu romantisieren. Es ist unglaublich wichtig, diese Thematik anzusprechen, sie literarisch präsent zu gestalten, damit bei jedem einzelnen Menschen die Botschaft ankommt, dass Stalking weder romantisch noch harmlos ist. Es ist eine Straftat, die im schlimmsten Fall mit dem Tod enden kann.

Dabei spielt es keine Rolle, welchem Geschlecht ihr euch zugeordnet fühlt, woher ihr kommt oder wie viele Abonnenten ihr auf euren Social-Media-Kanälen habt. Kein Mensch hat das Recht, sich in das Leben anderer zu drängen. Auch wenn wie in meinem, aber auch in Paxtons Fall die stalkende Person unerkannt bleibt, ist es notwendig, sich Hilfe zu suchen.

Ich werde seit 2014 von einem unbekannten Menschen gestalkt und die Taten dauern noch immer an. E-Mails und Nachrichten an meinem Auto sind nur zwei Beispiele davon. Es gibt selten Momente der Ruhe. In akuten Phasen entwickle ich Ängste, die für Außenstehende keinen Sinn ergeben. Vertrauen zu anderen Menschen? Schwierig. Ich leide still. Manchmal auch sehr laut. So geht es Betroffenen.

Solltet ihr den Verdacht haben, gestalkt zu werden, oder jemanden kennen, der oder die gestalkt wird, hilft es manchmal schon, einfach nur da zu sein, zuzuhören und ihm oder ihr zu glauben.

Ada Bailey hat nicht nur mir eine Stimme gegeben, sondern allen Stalking-Betroffenen. Sie erlaubt uns einen Einblick in die kranke Welt der Nachstellung.

Solltet ihr euch jetzt noch immer fragen, ob das Ende realistisch geschrieben wurde, so beantworte ich euch diese Frage abschließend: Ja, diese Szene und die Tagebucheinträge könnten realistischer nicht sein. Mir kamen die Tränen, als ich diese Passagen gelesen habe. Ich bin unendlich dankbar für *Stars In Our Hands*. Dankbar für Ada als Freundin, als Autorin und als Mensch, der mir mit diesem Manuskript eine klare Botschaft hinterlässt: Ich nehme dich ernst, ich verstehe deine Ängste und du bist nicht allein.

Wenn ihr Betroffene von Stalking kennt oder selbst betroffen seid, dann holt euch bitte dringend Unterstützung bei der Polizei, dem Verein *Weißer Ring* oder lokalen Organisationen.

Ihr seid nicht schuld am Stalking. Ihr müsst und könnt das nicht allein durchstehen. Seid füreinander da.

Es ist Zeit, gehört zu werden.

Bleibt mutig. Bleibt stark.

Wir glauben an euch.

DANKSAGUNG

Ein Buch schreibt man niemals allein. Ein Satz, der mich durch die gesamte Geschichte von Farah und Paxton begleitet hat. Ich habe an einigen Stellen den Glauben an mich verloren und ihn an anderen zurückgewonnen. Das wäre nicht möglich gewesen, wenn nur einer der Folgenden gefehlt hätte, um mir zu helfen. Jedem von euch gehört ein Stück dieser Geschichte. Aber fangen wir am besten am Anfang an.

Pia, ohne dich wäre diese Idee überhaupt nicht zustande gekommen. Schon in der Sekunde, in der du mich gefragt hast, ob ich dem Verlag eine Winter-Romance schreibe, wusste ich, dass *Stars In Our Hands* (damals noch *Snowlight*) etwas ganz Besonderes werden würde.

Danke auch an meine Lektorin Larissa, die auch die schwierigsten Phasen des Lektorats mit mir durchgestanden hat. Ich bin dir wirklich dankbar, dass du nicht hingeschmissen hast. Wirklich, ich hätte es verstanden. Aber du hast mit mir gegen die Deadline gekämpft und offensichtlich haben wir gewonnen.

Als Nächstes stehen Maxi und Nadine R. auf meiner Liste. Ihr habt mit mir gebrainstormt und mich darin bestärkt, nicht ständig alles wieder zu löschen. Im Gegensatz zu mir und einigen anderen habt ihr keine Sekunde an der Geschichte oder meinen Fähigkeiten gezweifelt. Ich hätte das niemals durchgestanden, wenn ihr nicht da gewesen wärt. Danke für alles.

Ein ganz besonderes Dankeschön geht an dieser Stelle an meine liebe Nadine B., die sich bereit erklärt hat, die Inspiration für Paxton und meine Sensitivity Readerin zu sein. Du hast mir geholfen, das Stalking so realistisch umzusetzen, selbst wenn es beängstigend wurde. Niemand hat dieses Skript so nah an sich herangelassen wie du. Danke.

Ayla, ich danke dir für gemeinsame Kaffee- und Eistee-Eskalationen. Du hast mich aus dem Arbeitszimmer in die Welt geholt. Außerdem muss ich dir und Jenny B. danken, weil ihr mir den Freiraum gegeben habt, mich bei euch auszukotzen (darf man solche Worte in einer Danksagung überhaupt benutzen?), wann immer ich es brauchte, ohne euch eine Sekunde darüber zu beschweren. Danke. Und wo wir schon beim Beschweren sind, danke ich auch dir, Kate. Du hast meinen Frust regelmäßig über dich ergehen lassen und natürlich möchte ich dir dafür danken, dass ich mir zwei deiner Charaktere borgen durfte. Es war mir eine Ehre.

Ein fettes Danke geht auch an das Schreibsquad, Jenny, Marie, Isabel und Janine, weil ihr mich auf den letzten Metern gepusht und durch die Deadline gezerrt habt, genau wie an meine Testleserinnen, weil ihr *Stars In Our Hands* mit Argusaugen beobachtet und auf den Prüfstand gestellt habt. Danke dafür.

Ein Dankeschön geht auch an meine Familie, insbesondere an Pille, Holger, Mum, Paps und natürlich Joel.

Danke, dass ihr für mich da seid und an mich glaubt. Ich liebe euch.

Aber am meisten danke ich dir, weil du Farah und Paxton eine Chance gegeben und es bis hierhin geschafft hast. Ich hoffe, dass sie sich in dein Herz schleichen konnten wie in meins. Danke schön.

CONTENT NOTE

Dieses Buch enthält Elemente, die triggern können. Diese sind:

Angststörungen und Panikattacken
Stalking
Zoophobie
Sexuelle Übergriffe
Posttraumatische Belastungsstörung
Beschreibungen von Verletzungen und Blut

Solltest du hilfesuchend sein, scheue dich nicht, eine der Hilfe-Hotlines anzurufen. Betroffene und auch deren Angehörige bekommen so die Möglichkeit, im Schutz der Anonymität mit besonders geschulten Beratern über ihre Sorgen, Ängste und Probleme zu sprechen. Wende dich jederzeit an eine dieser Nummern, wenn du Unterstützung benötigst.

Telefonseelsorge: 0800/111 0 111 oder 0800/111 0 222
Nummer gegen Kummer: 116 111 oder 0800/111 0 333
Hilfetelefon – Gewalt gegen Frauen: 08000/116 016
Weißer Ring: 116 006
Hilfeportal sexueller Missbrauch: 0800/22 55 530

VERTRAUE NIEMALS EINEM ROYAL!

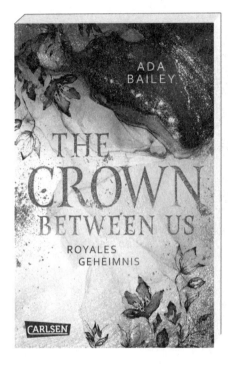

Ada Bailey
**THE CROWN BETWEEN US.
ROYALES GEHEIMNIS**
Taschenbuch
336 Seiten
ISBN 978-3-551-32062-9
Auch als E-Book erhältlich

REICHTUM, MACHT UND LUXUS – all das könnte für Alpha nicht weiter entfernt sein. Zumindest bis ihr Stiefvater sie nach einem missglückten Einbruchsversuch nach Westby schickt, auf das Eliteinternat schlechthin. Und obwohl Alpha sich eigentlich nichts aus den Reichen und Schönen von Antira macht, befindet sie sich plötzlich mitten im Zentrum von Intrigen, Dramen und Geheimnissen. Einziger Lichtblick ist der charmante Aaron Kingston, der sie mit seinen smaragdgrünen Augen sogleich in seinen Bann zieht. Doch Aaron ist niemand Geringeres als der Cousin des Thronerben von Antira und ein Playboy obendrein. Ein gefährliches Spiel um ihr Herz beginnt …

WWW.CARLSEN.DE

LIEBE AUF DEN ZWEITEN BLICK

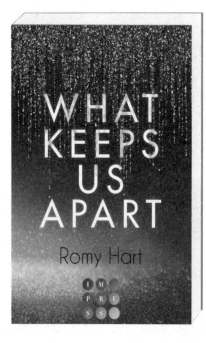

Romy Hart
**GLITTER LOVE 1:
WHAT KEEPS US APART**
Softcover
320 Seiten
ISBN 978-3-551-30505-3
Auch als E-Book erhältlich

DAS LEBEN IN DER HIGH SOCIETY ENGT SLOAN zunehmend ein. Auf einer sterbenslangweiligen Party trifft sie auf den arroganten Bad Boy Grant Fitzgerald, der sie dazu verführt, ein wenig mehr Spannung in den Abend zu bringen. Bevor sie einen gestohlenen Porsche zurückbringen können, werden sie aber von der Polizei aufgegriffen …

WWW.IMPRESSBOOKS.DE